新潮文庫

うしろにご用心！

ドナルド・E・ウェストレイク

木村二郎訳

新潮文庫

うしろにご用心！

ドナルド・E・ウェストレイク
木村二郎訳

新潮社版

12004

スーザン・リッチマンに捧ぐ
彼女はそれがそんなにいい考えだという確信がなかったが、
とにかく前に突き進んだ。神のご加護を。

うしろにご用心！

主要登場人物

ジョン・ドートマンダー……………運の悪い大泥棒
アンディー・ケルプ…………………ドートマンダーの相棒
メイ……………………………………ドートマンダーの同居人
スタン・マーチ………………………ドートマンダーの泥棒仲間
タイニー………………………………〃
J・C・テイラー………………………タイニーのガールフレンド
アーニー・オルブライト……………故買屋
ジャドスン・ブリント………………探偵志望の青年
ロロ……………………………………〈OJバー&グリル〉のバーテンダー
レイフィエル・メドリック…………〈OJバー&グリル〉の経営者
オットー・メドリック………………レイフィエルの伯父
マイクル（マイキー）・カルビーネ…レイフィエルの保護観察仲間
パム・ブラサード（ロゼル）………謎の美女
ホゼ・カレラス………………………アパートメント・ハウスの警備員
ホゼ・オツェゴ………………………〃
プレストン・フェアウェザー………大富豪の投資家
アラン・ピンクルトン………………フェアウェザーの秘書

I

七月のある金曜日の夜十時少し前に、仮釈放中でもない自由の身のジョン・ドートマンダーがアムステルダム・アヴェニューの〈OJバー&グリル〉に足を踏み入れると、常連客たちが来世について議論していた。「おれが理解できないのはな……」と常連客の一人が言った。ドートマンダーはバーテンダーのロロが何やら忙しそうにしているカウンターの右端へ向かった。その常連客があとを続けた。「……ああいう雲があることだ」

二人目の常連客が泡だらけのビアグラスを置いて言った。「雲だって? どの雲のことだい?」

「みんながすわっている雲のことだよ!」一人目の常連客が腕を危なっかしく振ったが、何も壊すことはなかった。「ああいう絵を観《み》てみろよ。イエスが雲の上にすわってるし、ほかの神も雲の上にすわってる。マリアさんも雲の上にすわってるし……」

「少し下のほうでな」三人目が口をはさんだ。

「ああ、そうだよ、だが、問題点を言えば、天国は家具を準備できてないのかね?」

ドートマンダーはロロに近づいた。かつて白かったエプロンをつけたその肉づきのよいバーテンダーは、ドートマンダーが以前に見たことがなく、〈OJ〉に備わっているとは思わなかった五個のグラスにひどく複雑なドリンクを作ることに没頭していた。そのグラスはカールし、ねじれ、深さより横幅が広く、クリスタル製のホイールキャップにもっともよく似ているが、それよりも小さい。しかし、それほど小さくはない。

一方、別の常連客があの世における家具の概念について異議を申し立てた。「家具をどうしたいんだよ? 天国は郊外のウェストチェスターじゃないんだぞ」

五人目の常連客が割り込んだ。「そうなのか? ああいう豊饒《ほうじょう》の地がどうだというんだ?」

「ミルクと蜂蜜《はちみつ》で満ちあふれた土地だよ」三人目の常連客がまるで起訴状であるかのように付け加えた。

一人目が懐疑的にグラスを持ちあげ、懐疑的に眉《まゆ》を吊《つ》りあげて言った。「そこではゴム長靴を配ってくれるのかい?」

ロロはいろいろなことをその五個のグラスに施していた。すでにクラッシュ・アイスをグラスの中にどどっと放り込んだあとだった。そして、今は赤い液体と黄色い液体と茶色の液体と透明な液体を加えている。そういう液体が氷のかけらのあいだを流れ落ち、混ざり合って、誰も結果を知りたくない実験室でのテストのような混合物を作った。

二人目の常連客が言った。「おれをいらいらさせるのは、この七十二人のヴァージンがいるいかれた天国だ」

「七十二人もヴァージンはいないぞ」一人目が反対した。

「まあ、そうだな」二人目が認めた。「みんなというわけじゃないが、それでも、これはどういう天国なんだ？　女子高に宛《あ》てがわれたみたいだな」

「キツイね」三人目が言った。

「想像できるかい？」二人目が言った。「昼めし時のカフェテリアでこれがどう受け止められるのか？」

ウェストチェスターの何かに反感を抱く四人目が言った。「バレーボールを習わないといけないのか？」

スポーツの話題が持ちあがると、みんながしばらく黙りこくった。ドートマンダーが見つめていると、ロロはバナナをスライスして、水中爆雷のようにグラスに落とした。次に、ロロはライムに手を伸ばした。ドートマンダーは店内を見まわして、何が起こっているのか調べた。七月も後半になり、ニューヨークは真夏だった。観光客たちのけだるい波に乗り、五人の女性がこの海辺らしくない海辺に打ちあげられた。この女性たちはウェーヴのかかったお互いの銀髪を整え合い、今では右手にあるブースの一つに陣取っている。彼女たちは背中を座席の背もたれに少しも触れさせず、陸軍士官学校の新入生のように背筋を伸ばして座席の前縁にちょこんとすわっていた。そして、慎重な喜びを込めた人類学者の目で〈ＯＪ〉の店内を見まわした。彼女たちの服装はロロが彼女たちのカクテルに注ぎ込んでいる多くの色彩と結びついていた。そのうちの一人が携帯電話カメラで写した〈ＯＪ〉の写真を家族に送信しているのがドートマンダーの目にはいった。

うん、確かに仮釈放中でもない自由の身はなかなか結構なことだが、やりすぎては意味がない。そのスパイ・カメラに隠れるように肩をすぼめながら、ドートマンダーが言った。「調子はどうだい、ロロ？」

「ちょっと待ってくれ」ロロが言った。それぞれのグラスの中では妖精《ようせい》が悪戯《いたずら》をしているように見えたが、ロロはまだ終えていなかった。最後に、赤く輝く楕円形《だえんけい》の物体をカクテルの上に落とした。それはもしかしてチェリーの親戚《しんせき》なのだろうか？

確かに、そんなグラスでも支えていられるのは、それまでだったが、いやいや、まだ終わってはいない。背後のカウンターの下にあるめったに使わない引き出しのほうを向くと、ロロは五本のパステル色の東洋風パラソルを取り出して、一本ずつそれぞれのドリンクに突き差した。まるで難破事故に遭った可哀想《かわいそう》なやつがそれぞれのグラスに置き去りにされたようだ。

それで、カクテル作りは実際に完了した。その五個のグラスを――たとえそういう形のグラスでも――トレイに載せるのに全神経を集中させる必要がないので、ロロは載せながら言った。「すでに塩入りビールの男が奥にいるぞ」

「よし」

トレイいっぱいに載せると、ロロはカウンターの下に手を伸ばして、澱《よど》んだ茶色い液体のびんを出してきた。びんのラベルにはこう書いてあった。

アムステルダム酒店特製バーボン

〝当店特製銘柄〟

そのびんをドートマンダーの前のカウンターに置くと、ロロが言った。「もう一人のバーボン・ロックは？　彼も来るのかい？」

「ああ」

「グラスを二つ出すよ」ロロが言って、そのとおりにすると、ドートマンダーが言った。「それに、ライの水割りも。氷をいつもカチンカチンと鳴らすやつだ」

「しばらく姿を見ないな」ロロは名前ではなくドリンクでみんなを覚えている。それがプロのやり方だと考えていた。

「今晩の招集をかけたやつだ」ドートマンダーが言った。「いい知らせであるように望むよ」

「右に同じだ」ロロはそう言ったが、ドートマンダーは彼の右ではなく前にいた。彼は異様な代物《しろもの》を載せたトレイを五人の女性観光客のほうに運び、その女性たちは彼の姿を携帯電話カメラにとらえた。

バーボンと氷のはいった二個のグラスをつかみあげて、ドートマンダーは常連客たちをよけて進んだ。彼らはまだ同じ議論を続けていた。三人目の常連客が言った。

「天国でカード・ゲームができないなら何をするんだ？　踊れないなら何をするんだ？」

「どうってことはないよ」二人目の常連客が言った。「おれは地球上でも踊れないんだからな」

ドートマンダーはその神学生たちから離れた。そして、犬のシルエットにそれぞれ〈紳士用〉《ポインターズ》と〈婦人用〉《セッターズ》と書かれた二つのドアの前を通り、今では電脳空間に続く非公式な入口と化した、なすすべもなくドアがあいたままの電話ブースの前を通って、コンクリートの四角くて小さな部屋にはいった。そこの三面の壁は床から天井までビールびんと酒びんのはいったカートン箱でおおわれていて、染《し》みのついた緑色のフェルトを天板に敷いたおんぼろの古い丸テーブルと肘《ひじ》かけのない五、六脚の木製椅子《いす》がやっとはいるだけのスペースしかなかった。そのうちの一脚はドアのほうをまともに向いていて、ニンジン色の髪をした男がすわっている。その男の右手の前にはビールのグラス、左手があるべきところの前には塩入れがあった。実際には、左手は携帯電話をつかんだまま、耳に当てている。「今ジョンが来た」と電話機に言った。「伝えておく」

「やあ、スタン」ドートマンダーはそう言って、スタンの左側にすわった。それで、ドートマンダーも何の邪魔もなくまともにドアを見つめられた。

スタンは電話を切り、携帯電話をポケットにしまうと、言った。「ウィリアムズバーグ橋はもう大丈夫だと思う」

「そいつはいい」ドートマンダーが言った。スタン・マーチはドライヴァーなので、自分が選んだ経路に通常以上の考慮を払うのだ。

「長いあいだ」スタンが言った。「ウィリアムズバーグ橋は車の中で眠りたいと思ったときに行くところだった。ニューヨーク市の環境整備担当者だったロバート・モーゼズはマンハッタン島を二分割させるために、ウィリアムズバーグ橋からホランド・トンネルまでつなげて、中国の万里の長城みたいな馬鹿《ばか》でっかい高速道路を建設したかったが、結局はしなかった。それはそれで結構なことで、ウィリアムズバーグ橋の工事が完了したので、とにかく建設されることはなくなった。キャナル・ストリートは素晴らしい横断道路だし、ウェスト・サイド・ハイウェイで簡単にここまで来られる。あまりにも早く来たので、これは二つ目の塩入れだ」スタンはドライヴァーなのでアルコールの摂取ペースを抑えたいのだが、ビールの気が抜けるのは好まない。それで塩を加える。ときおり、適量な塩を振りかけると、ビールの泡が出てくる。

「それは素晴らしい」ドートマンダーが言った。

「だがな」スタンが言った。「さっきの電話はラルフからだった。会合はキャンセルだ」ラルフとはラルフ・ウィンズロウのことで、ライの水割りをグラスの中でカチンと鳴らすやつだ。ドートマンダーが言った。「あいつがこの会を招集したのに、今となってキャンセルか」

「サツがあいつの車の中に何かを見つけたらしい」スタンが説明した。「詳しいことは言わなかった」

「わかるよ」

「じつのところ」スタンが言った。「あいつは短縮ダイアルでかけてきた。それで、あいつが赦《ゆる》された一本の通話でまだ弁護士と通話中だとサツは考えている」

「アンディーに電話してやれ」ドートマンダーが頼んだ。「ここへ来る途中だから、時間の節約になる」

「いい考えだ。あいつはおれの短縮ダイアルに登録してある。おまえはこんなもんを持ってないだろ？」スタンは携帯電話を取り出しながら尋ねた。

「持ってない」ドートマンダーがそっけなく言った。

スタンは集まりの最後の出席者にキャンセル報告の電話をかけながら、ドートマンダーと一緒に廊下を抜け、常連客たちの横をまわって、ロロのいるほうへ向かった。

ロロはやっと例の奇妙なドリンクを作っていたカウンターの部分を汚れた布巾《ふきん》でしっかりと拭《ふ》いていた。ブースでは女性たちがいなくなり、五個のグラスは汚い角氷を除いてすっかりからっぽになっていた。飲み干すのが速かった。しかし、パラソルを持ち帰っていた。

「悪いな、ロロ」ドートマンダーはバーボンのびんとグラスを戻しながら言った。

「予定変更だ」

「またのお越しを」ロロが言った。

ドートマンダーとスタンが出口に向かっていると、一人目の常連客が言った。「天国についてのおれの考えを聞きたいかい？　あそこへ行くと、居眠りをするんだ」

三人目の常連客があたりをよく見るために、バー・スツールにすわったまま半周まわった。「そうなのか？　それで、どうなるんだ？」

「何がどうなるというんだ？　それでお仕舞いだ。最期《さいご》の居眠りだ。それよりいいことが考えられるか？」

そのあとに深みのある沈黙が続き、ドートマンダーはドアから通りに出ながら言った。「おれはこれを当てにしてたんだ。何かの足しになるだろうから」

「おれもだ」スタンが言った。「家まで車で送るよ」

「ありがとう。もしかしたら」ドートマンダーが言った。「また電話がかかってくるかもな」

2

「ドートマンダー！　ジョン・ドートマンダー！　そこにいるのかね、ジョン・ドートマンダー？」

「うひゃあ！」ドートマンダーはひるんで、受話器を持った手を切断しない範囲で、できるだけ体から遠くに離した。

「ジョン・ドートマンダー！　あんたかね？」

「どならないでくれ！」

「何だって？」

「どならないでくれ！」

受話器が何やらつぶやいた。注意深く、ドートマンダーは受話器を頭部のほうへ近づけた。受話器がつぶやいた。「そういうことかね？　わしが街に戻ってきたというのに、電話が通じなくなったのかね？」

「アーニーかい？」例の〈OJ〉での会合がキャンセルされてから三週間後のことだ。

「あんただな！　やあ、ジョン・ドートマンダー！」

「そうだ、やあ、アーニー。あんたは戻ってきたんだな？」

「家のドアの鍵《かぎ》を外してから十分もたっておらん」

「すると、治らなかったわけだな？」ドートマンダーは驚いていなかった。

アーニーはどならなかったが、叫んだ。「どういう意味だね、治らなかったとは？　もちろん治ったわい！　わしは優等で卒業したんだよ、ジョン・ドートマンダー。あんたの目の前にいるのは別人だ」

「だが、おれはあんたの目の前にいない」ドートマンダーが指摘した。「それに、あんたの声はそれほど変わってないぞ」

「まあ、イメージチェンジだけだからな」アーニーが説明すると、ドートマンダーの誠実な同居人であるメイが手にペンを持ち（キッチンでクロスワード・パズルをしていたのだ）、さっきの騒ぎは何なのだろうと思いながら、心配そうな表情を顔に浮かべて、リヴィングルームにはいってきた。「新しい骨格を体に入れるようなわけにはいかんのだよ」アーニーが続けた。「わしはまだ以前と同じ身体構造だ。例外はわしの皮膚だ。すっかりカーキ色になってしまった」

「まあ、あんたはずっと熱帯にいたんだからな」ドートマンダーはそう言いながら、肩をすくめたり、首を振ったり、眉をぴくぴく動かしたり、胴体を捻《ひね》ったりする動作を念入りに組み合わせて、メイに見せた。今のところは何事なのかはっきりとわからないが、差し迫った脅威はなさそうだと示すためだった。

「うん、確かにそういうことだ」アーニーが同意した。「わしはいつこの自宅からまた出られるのかわからんのだ。だが、よく聞いてくれ。とにかく、わしは自宅からけっして出ることはないんだ」

「そのとおりだ」ドートマンダーが言った。

「じつのところ」アーニーが言った。「飛行機をおりてから、あんたにすぐ電話をかけてるのは、ここに来てほしいからなんだ」

「そこへかい？　あんたのアパートメントという意味かい？」

「うん、そう。わしはこれからずっとここにいるんだからな、ジョン・ドートマンダー。そして、ここに来てくれたら、わしはあんたの目の前であんたがすぐに気に入るような提案をするつもりだ」

「どういう意味だい、提案って？」

「ドートマンダー、この公共の道具では詳しく言えんのだよ、この電話では……」

「そうだな、わかったよ」

「だが、あんたも知ってるように」アーニーが言った。「あんたとわしのあいだの取引では、わしはいつも最高の金額を払っている」

「そのとおりだ」

「わしはいつも最高の金額を払わんといけない」アーニーが思い出させた。「もしも商売敵のストゥーンの悪党みたいに普通の金額を払ってたら、誰もわしと取引などしに来なくなるだろう。わしが基本的に不快な人間だからな」

「う~ん」

「それは過去のことだよ、ジョン・ドートマンダー」アーニーが約束した。「その目で見たまえ。ここへ来たら説明するよ。あんたは一ドルがこれほどまでに大きい値打ちがあるなんて考えもせんだろうね。来てくれ。わしはここにいる。顔面が蒼白《そうはく》に戻るまでこのアパートメントから出ないよ。いつでも寄ってくれよ、ジョン・ドートマンダー。それに、このことも言っておこう。家に戻れてうれしいよ。では、また」

「では、また」ドートマンダーが受話器に話しかけたのは、アーニーが電話を切ったあとだった。そして、彼も電話を切り、首を横に振った。

「わたし、辛抱強く待ってるのよ」メイが思い出させた。

「まあ、すわろう」ドートマンダーが言った。

それで、二人はすわった。メイは警戒しているようだった。ドートマンダーが言った。「ときどきアーニー・オルブライトという男の話をしただろ？」

「故買屋さんね」メイはペンをコーヒーテーブルの上に置いた。「あなたがときどきいろんなモノを売りに行く人でしょ。その人のことが好きじゃないのに」

「彼のことが好きなやつは一人もいない」ドートマンダーが言った。「彼自身も自分のことが好きじゃない。おれに言ったことがあるんだが、自分自身に嫌気がさして、鏡に背を向けたままひげを剃《そ》るらしい」

「でも、あなたはその人にいろんなモノを売るのね」

「彼は自分のひどい性格を埋め合わせるんだ」ドートマンダーが説明した。「ほかの誰よりも高い割合で引き取り金を払うことでね」

メイが言った。「その人、ほんとにそんなにひどいの？」

「ええっと」ドートマンダーが言った。「彼は隔離施設から戻ってきたんだ」

「隔離施設って？　その人はアルコール依存症患者でもあるの？」

「いいや、ただ不快なだけだが、それだけで充分だ。彼の家族もそれ以上我慢できなくなって、飛行機から落とすか、施設に入れるかの選択を強《し》いられた。家族の誰も飛行機を持っていなかったらしいから、もう一方を選んだんだ」

「ジョン」メイが言った。「あるグループの人たちがアルコール依存症か薬物依存症かそういう人たちを隔離するときは、今すぐリハビリ施設か、治療施設かどこかへ行くように言うものよ。そうでないと、まわりの人たちは近くにいてほしくなくなるって。もし不快な人を隔離施設に送るとなると、どこへ送るっていうの？」

「〈地中海クラブ〉だ」ドートマンダーが言った。「カリブ海のどこかだ。素晴らしい天候、周囲の笑顔などが体に染み込むと考えたんだろう。彼がそこにいるときに一度おれに電話をかけてきて、そこが気にくわないと言った。そこへ行かせても効果はないだろうとおれは思ったが、さっき彼がそこから戻ってきて、効果があったと言ったんだ。試してみるもんだね」

「ほんとに効果があったみたいな口振りだったの？」

ドートマンダーはさっきの電話での会話を思い出した。「う〜ん、わからないな」と言った。「そうかもしれない。彼はまだ大きな声を出していたが、それほど耳障《みみざわ》りじゃなかった。それでも、彼は自分のアパートメントに来てほしいと言った。おれに提案があるらしい。家に戻ると、すぐにおれに電話をかけてきたんだが、おれはどうすべきかわからない」

メイが言った。「あなたは行くと言ったの？」

「どうするか答えなかったと思う」

「でも、その人は家に帰るとすぐにあなたに電話をかけたのよ。行くべきだと思うわ」

ドートマンダーはため息をついた。長くて、偽りのないため息だった。「おれ一人であそこへは行けないと思うな、メイ」

「アンディーに電話をかけてみたら？」メイが提案した。

ドートマンダーはうなずいた。ゆっくりとした、ものうげなうなずきだった。「結局はそういうことになるんだな」と同意した。

3

携帯電話が震えたとき、アンディー・ケルプは知らない多くの人たちと一緒にエレヴェーターに乗っていた。高級な毛皮店へ向かうところで、その店の陳列スペースはマンハッタンのミッドタウンに建つこのビルディングの十一階にあった。八月半ばのある火曜日に、この上流階級向けのブティークの社員全員が休暇を取っているので、ケルプはそこへ向かっているのだ。けさ、この店の留守番電話の応答テープを聴いて、そのことを確認した。というわけで、買い物にはぴったりの日だ。

エレヴェーターの中で腿《もも》にヴァイブレーションを感じながら、今は電話に出るのはまずいが、〈ゴーゴリのセーブル毛皮店〉の前で出るよりはましだと思って、ポケットから携帯電話をつかみ出し、広げて、つぶやいた。「もしもし？」

まわりの人たちは、いつものように立ち聞きしていないような表情をしながらも、少し近くに上体を傾けた。

「何かやってるかい?」

「もちろん、何かやってるよ」ケルプはその声の持ち主がときどき一緒に働くジョン・ドートマンダーであることを認識して、言った。「通常は何かをやっている」

「そうか」今では疑惑の色を帯びた声で、ドートマンダーが言った。「単独か?」

つまり、おまえはおれを何かいいことから遠ざけようとしているわけかとドートマンダーは尋ねているのだ。「ああ、一人だ」とケルプは答えた。まわりのエレヴェーター利用者たちは咳払《せきばら》いをしたり、鼻をこすったり、足を床の上で動かしたりし始めて、ケルプの電話のつまらない内容に対する失望感を表わした。「そういうこともある」

エレヴェーターにいる二人の咳の音が大きすぎて、ケルプにはドートマンダーの返答が聞き取りにくかった。「時間ができたら、電話をしてくれ」

「一時間後に。たぶん、たぶん」

「おれは家にいる」ドートマンダーが言った。ドートマンダーはほとんどの時間何もしていない男だと、ケルプは承知していた。

「わかった」ケルプはそう言って、電話を切ったところで、エレヴェーターが十一階でとまった。ケルプがおりると、エレヴェーターは上にあがり続けた。その中では、多くの人たちがくしゃみをしたり、鼻をかんだり、肘を掻《か》いたりしていた。その五十五分後に、ケルプは西三十丁目台にある自分のアパートメントに帰ってきた。〈ウォルマート・スーパーマーケット〉の大きなショッピング・バッグを手に持っている。満杯だがそれほど重すぎなくて、ライム・グリーンのポリエステル製スウェターが中身の上にかぶせてあった。ケルプがベッドルームにはいると、彼とは親密な友人アン・マリー・カーピノーがコンピューターのディスプレイから顔をあげた。アン・マリーは最近、彼女の父親に関するトリヴィアな回答を得たい歴史マニアとしょっちゅう電脳空間的な文通を交わしている。彼女の父親は長いあいだ偉大と言われるカンザス州選出の下院議員だった。

「買い物をしてたの？」彼女は指先をまだキーボードにのせたまま尋ねた。「〈ウォルマート〉で！　あなたが？」

「厳密には違う」ケルプはショッピング・バッグをベッドの上に置いた。「おれはもっとでかい収穫を狙《ねら》ってたんだ」スウェターをゴミ箱に投げ捨てながら、ケルプはバッグの中に手を入れ、けっして流行遅れにならないスタイルで丈の短い銀色のセーブル毛皮コートを出した。「これはきみのサイズだと思うよ」

彼女はコンピューターの前から飛びあがった。「八月にセーブルなの！　この季節にぴったりだわ」

「三着ある」ケルプは彼女がその毛皮コートを羽織る姿に見とれた。そして、同じようなあと二着の収穫物を取り出しながら言った。「一着はきみに、あとの二着は家賃の支払いに」

「でも、これが一番いいわ」彼女はほほえみながら、手で毛皮の前身頃を撫《な》でた。

「ジョンがおれからの電話を待っている。リヴィングルームで電話をかけるよ」

「ああいう人たちって」彼女はコンピューターのほうへ軽蔑《けいべつ》を込めて手を振った。

「あの人たちはパパが冷戦に関してどういう見解を持っていたのか知りたがるの。まるでパパがどんなことに関しても見解を持っていたかのようにね。パパはただの政治家だったのよ、まったく、もう」

「やつらにはこう言ってやれ」ケルプが提案した。「冷戦は不幸なほど必然な出来事だったと、きみのパパは考えていて、最終的にはうまくいくようにと、毎晩祈っていたとね」

ケルプがそこに彼女を残してベッドルームを出たとき、彼女はまだセーブルを羽織ったまま立っていたが、顔には突然心配そうな表情を浮かべていた。まるで、結局は父親と同じような人間になったのだろうかと悩んでいるかのように。リヴィングルームで、ケルプはソファにすわると、TVの画面を見て、ドートマンダーに電話をかけた。

ドートマンダーは息を切らしながら、五つ目のベルで応答した。「はあ？」

「キッチンから走ってきたみたいだな」

「スナックがいいものだということがわかったよ。一日じゅうちょっとした食事を何度も摂《と》れて、体にも負担が少ない」

「それでも、おまえはキッチンから走ってこないといけなかった」

「おまえは電話をもう一台持ったらどうだという話をおれにするつもりはないよな？」ドートマンダーが言った。

「いや、そのつもりはない」ケルプが同意した。「ずっと前にあきらめたよ。それに、今回はおまえのほうが電話をしたがってるんだから、話題を選んでくれ」

「よし」ドートマンダーが言った。「アーニー・オルブライトだ」

ケルプは一拍待ってから言った。「それが話題なのか？」

「そうだ」

「あいつはずっと南のほうへ行った。隔離施設に」

「彼は戻ってきた。おれに電話をかけてきて、効果があったと言ったんだ」

「おれはセカンド・オピニオンを要求するね」

「セカンド・オピニオンを聞けるぞ」ドートマンダーが申し出た。「おまえ自身のオピニオンだ。彼はおれたちに会いたがっている。おれたちにすごい提案があるらしい」

「おれたち？」ケルプはアン・マリーがほほえみながら、リヴィングルームを通り抜けてキッチンへ向かう姿を見つめた。まだコートを着ていた。ケルプが受話器に言った。「アーニーはおれに電話をかけてこなかったよ、ジョン。おまえにかけたんだ」

「だが、おれたち二人一組だと彼は知っている」

「アーニー・オルブライトはおれに電話をかけてこなかった」ケルプが言った。「だから、おれはあそこへ行く必要はないんだ」

「すごい提案だと彼は言ったぞ」

「いいぞ」ケルプが言った。「まずおまえがあそこへ行け。もしそれが本当に本当にすごい提案だとわかったら、そのあとでおれに電話をくれ。ここへ来て、説明してくれてもいい」

「アンディー」ドートマンダーが言った。「おまえには正直に言うぞ」

「無理するなよ」

「一人では行けないんだ」ドートマンダーが認めた。「〈地中海クラブ〉から戻ったあとのアーニーの姿を見るのが怖いんだ。二人一緒に行くか、おれも行かないかのどちらかだ」

ケルプは窮地に追い込まれたような気持ちになってきた。「なあ、ジョン」そう言っていると、アン・マリーがキッチンからまたリヴィングルームを通り抜けてベッドルームへ向かった。まだほほえんでいて、まだセーブルのコートを着ている。途中で立ちどまり、コートの前を広げた。コートの下には何も着ていない。「おおおう」ケルプが言った。

「じゃあ、むこうで落ち合おう」ドートマンダーが言った。

不公平だ。人生には気を散らすものが多すぎる。どうすれば窮地から逃れられるんだろう？

アン・マリーはベッドルームのほうへ向かった。脱いだコートを両脚のうしろに引きずっている。ケルプが言った。「今すぐには無理だ。少しあとからな。四時とか」

「あそこで落ち合おう」ドートマンダーが言った。「入口の前で」

「待ちきれないな」ケルプはそう言って、電話を切った。

4

「パラダイスでまた素晴らしい一日が始まった」

「毎日そう言ってますね」

「うん、もちろん、毎日言うぞ」プレストンはそう言って、腹の上から砂を払い落とした。「それが重要な点じゃないかね？　すべての変わらない同一性、驚きの欠如、サスペンスの不在、永遠の画一的な楽しさ。そういう設定に登場する人物として、わたしは反応しなければならない。むなしく、とりとめがなく、うつろな毎日に、同じ陳腐な慣用句を使う。不思議なことに、きみは毎日そう言わない」

アランは顔をしかめた。これが初めてではないが、プレストンはアランが注意をしっかりと払っていないのではないかと疑っていた。「わたしが毎日何と言わないんですか？」

「〝毎日そう言ってる〟って」

アランは猿顔をすぼめて、ウォルナット顔にした。ボストン・レッドソックスの野球帽にサングラスをかけたウォルナットだ。「わたしが毎日何と言ってる、ですって？」

「ええい、まったく」プレストンが言った。この話の筋の初めに戻って、会話の行き違いを正すべきだろうか？　何のために？　行き違いを正さずに、彼は言った。「きみは雇われ同伴者には向いてないね？」

「わたしは完璧《かんぺき》な同伴者です」アランが言い張った。「わたしはあなたの要望でここにいるんです。あなたと会話を交わしています。あなたの使い走りをしています。自分自身の好みや性格を徹底的に二の次にして、あなたと口論をけっしてしません」

「きみは今わたしと口論しているではないか」

「いいえ、していませんよ」

また別の行きどまりだ。プレストンはため息をついて、長椅子に横たわった自分自身の怠惰《たいだ》な体の彼方《かなた》を見た。彼の緋色《ひいろ》の水泳パンツのウェスト部分を盛りあげているピンクの太鼓腹の彼方を、足の爪先《つまさき》の彼方を、このポーチを囲んでいる木製の白い手すりの手前側を越えて、少しの砂と小ぎれいな植林と海岸線と平行に走るレンガ道の彼方を、海岸線と緑色の泡立った海を見た。その海では、シュノーケルをつけて潜水する連中が点在し、ウィンドサーファーたちが風を受けてすべり、カヌーにぶつかっている。そういう人間たちが運動している光景を見守るだけでも疲れる。「ここが嫌いだ」と言った。

アランは疑いなく以前にも同様の台詞《せりふ》を聞いたことがあった。「もしよければ、ほかのところへ行けますよ」

プレストンは鼻を鳴らした。「どこへ？　ほかのどこも同じだ。ほとんどがもっとひどい。少なくとも、ここでは天気の移り変わりがない」

アランは目の前の景色を手で示し、「今は八月なんですよ、プレストン」と言った。「今は北半球全体がこんな感じなんです。雪が降らず、雨もそれほど降りません。あなたは好きなところへどこへでも行けますよ」

「きみは完璧なほどよく知ってるはずだ」プレストンはそう言って、本当に苛立《いらだ》ち始めた。「わたしが行きたい唯一《ゆいいつ》の場所は、わたしが絶対に行けない場所だ。自分の家だ。ニューヨークだ。わたしのアパートメントだ。わたしの社交クラブ、わたしの街、わたしの劇場街、わたしのレストラン、わたしの理事長会議、フランス語をしゃべれるわたしの五百ドルのコールガールたち。きみもよく知ってるように、そこはわたしが行けない場所だ。それに、きみはその理由もよく知っているはずだ。わたしがしばしば話すことだからね。そして、わたしの心を絶えず苦しめていることだから」

「あなたの奥さんたちということですね」

「元妻たちがいることは男女関係の常《つね》だ」プレストンが説明した。「それは性欲の最終結果にすぎない。だが、元妻たちは団結したり、知恵を寄せ合ったり、元恩人を下着姿にしようと企てたり、その下着にまで火を放とうと考えたりするべきではない」

「あなたはたぶん元奥さんたちを馬鹿にしてたんでしょ」アランが述べた。

プレストンは左右の手を広げて、肩をすくめた。「もちろん、わたしはあの女たちを馬鹿にしたよ。元妻たちは馬鹿にされて当然なんだ。小さくて貪欲《どんよく》な脳みそを持ったあこぎな小豚どもめが」

「それで、元奥さんたちは協力したんですよ」

「だが、あの女どもは団結すべきではなかった。お互いを憎しみ合うべきだった。あの四人の女どもが想定どおりに一人一人不機嫌なままでいれば、わたしは世界一強欲な離婚弁護士の要求のせいで地球の果てまで追い詰められて、今のように逃走する必要はなかったんだ」

「〈地中海クラブ〉は厳密には地球の果てではありませんよ」アランが教えた。

「その一つだよ」プレストンが言った。「ここは中心地ではないし、脈動する心臓部でもないし、神経中枢《ちゅうすう》でもなく、端的に言えば、ニューヨークではない。ここはな、アラン、ニューヨークじゃないんだ」

「同意見です」アランが言った。

「ありがとう」プレストンはふさぎ込んでから言った。「もしわたしがまた家に帰れるならね、アラン、きみも非常によく知っているように、今すぐ家へ帰るだろう。すると、わたしには同伴者をこれ以上雇う必要がないだろう。そして、きみはどっかの下水溝で飢え死にするはずだ。飢え死にして当然だ。雇われ同伴者よりも役に立たない人間がいるだろうか？」

「たぶんいないでしょうね」アランが言った。「もちろん、好感度の高い人たちには無償で同伴者が来るでしょう」

「そんな同伴者は一セントの値打ちもないがね。どういう意味だね、好感度の高い人たちとは？　わたしは好感度が高い。わたしは給仕係たちに笑いかけるし、ほかの客たちと冗談を言い合う」

「あなたは嘲笑《あざわら》ったり、からかったりしてます」アランが言った。「みんなの気持ちを傷つけるのが好きです。例えば、わたしの気持ちとか。そして、みんなが理解できない単語を使って、優位に立つのが好きです。あなたが古代ローマのトーガを着ていないのが驚きですよ」

「月桂冠《げっけいかん》を忘れてるぞ」プレストンはそう言うと、笑って続けた。「ここにいてほしい人間がいるんだが、誰かわかるかね？」

アランは少し驚いたようだ。「いてほしい人ですって？」

「あのちっちゃなオルブライトのやつだよ」プレストンが言った。「悪党か何かだ。バワリー・ボーイズものの古い喜劇映画から飛び出してきたような男だ」

「あなたは彼がいなくて寂しいんだ」アランが言った。水切り遊びの石のように薄く平たい口調だった。

「そうだ」プレストンはそう言うと、思い出して笑みを浮かべた。「相手をからかうことにかけては、あの男は今までで最高の対象だった。オルブライトという名前は本人の明る《ブライト》くない性格とはかけ離れている。あいつが飲み始めたときなんか！」

「あなたも飲み始めてましたよ」アランが言った。

「ああ、ときどき少しずつだ」プレストンが認めて、その事実を振り払った。「あの男の話し相手になるためだ。すると、わたしが馬鹿にしてやれるほど、あいつはしゃべってくれる」

「あなたも彼にいくつかのことをしゃべりましたよ」アランが言った。

「わたしが?」プレストンは自分がちっちゃなオルブライトのやつに話したことを思い出そうとした。「わたしがアーニー・オルブライトにいったい何を話したというんだ?」

「そのう、あまり知りません」アランが言った。「あなたがいい気分に酔ったときに個人的な話を。彼はたぶん忘れているでしょう。彼はあなたから個人情報を聞き出すために何度も訪ねてくるんじゃないかと、わたしはときどき考えそうになりましたよ」

「聞き出す、だって? わたしの個人情報を? 馬鹿なことを言うな。アーニー・オルブライトはきみがわたしに推薦したあのスキューバ・インストラクターと同じほど要領の悪いやつだった」

「あなたがスキューバをまた習いに戻っていたら」アランが言った。「あなたを溺《おぼ》れさせていたかもしれません」

「わたしが二度と習いに行かない理由の一つだ。だが、あのアーニー・オルブライトは違う。わたしの個人情報を聞き出すためではない。毎日毎日、わたしに会いに来て……」

「ほかに行くところがなかったからですよ、あなたのように」

「雇われ同伴者は口をはさんではならない」プレストンが言った。「あの男が会いにくるのは、いつかわたしを言い負かしてやろうと、あの可哀想なほど鈍い頭の中で夢見ていたからだ。あの男が舌をうまく動かせずに、鼻を真っ赤にして、気の利《き》いた台詞を見つけようと躍起になっている姿を見るのは楽しかったよ」

「ええ、彼は気の利いた台詞をあまり返しませんでした」アランが同意した。

「そう思うね」また笑いながら、プレストンが言った。「ニューヨークに戻ったあの男が今頃街のどこにいるのか知らないが、わたしのことをときどき思い出しているのだろうか？」

5

ドートマンダーは五分早く、ケルプは五分遅かった。もちろん、いつものことだ。二階にあるアーニーのひどく汚いアパートメントには通りに面した窓がないのに、汚いスカーフと同じほど不快な通気シャフトに囲まれていることを、ドートマンダーはよく知っていた。それでも、西八十九丁目のブロードウェイとウェストエンド・アヴェニューのあいだの歩道に立っていると、まるでアーニーが通り側のアパートメントを透視して、下の歩道までなぜか見通せるかのように、自分の姿がアーニーに丸見えだという感じを覚える。ドートマンダーはアーニーに会うために別に急いで階段をのぼって来ないことがアーニーには丸わかりだという感じだ。

しかし、そのとき、ケルプが両手をチノ・パンツのポケットに入れながら、通りを歩いてきた。ライト・ブルーのポロシャツを着ていたが、左胸に残った豹《ひょう》の形のかすかな跡は、アン・マリーが製造社のロゴマークを取り除いた箇所だった。「長いあいだ待ったかい？」ケルプは知りたがった。

「いや、さっき着いたところだ」ドートマンダーはケルプに満足感を与えないために言った。「行こう」

　彼はビルディングのほうに体を向けたが、ケルプが言った。「その前に検討するべきじゃないかい？」

　ドートマンダーが顔をしかめた。「何を検討するんだ？」

「そのう、どういう計画なのかとか、おれたちの取り組み方とか、そういうことだ」

「アンディー」ドートマンダーが言った。「アーニーはまだどんな提案か話してないんだ。おれたちは話すべきことを聞いたあとで検討する。おまえはただここで時間稼ぎをしようとしているだけだ。さあ行くぞ」

　ドートマンダーがまた入口の方に体を向けると、今度はケルプもあとに続いた。アーニーのビルディングの一階は道路側の店舗で、そのときはヴィデオ・ゲームを売っていた。ショウ・ウィンドウにはセックスと暴力に関する最も驚異的なポスターが貼ってあり、その左側には狭い玄関があった。ドートマンダーとケルプの二人がはいると、その玄関スペースはぎゅうぎゅう詰めになった。ドートマンダーは〝オルブライト〟と書いた汚いカードの横についたボタンを押してから、次に起こることがわかっているので、その横にある金属製の送話口に運命を賭《か》けた視線を投げた。

運命がやって来た。「ドートマンダーか？」

「そうだ」ドートマンダーが金属製の送話口に言った。否定できなくて残念だったが、耳障りなブザーが鳴って、ドアの解錠を知らせた。

ドアを抜けると、狭い廊下は古くて湿った新聞紙の香りが充満していた。急な階段は二階に続いている。そこではアーニー・オルブライト本人が立って、階段を見下ろしていた。顔に非常に奇妙な表情を浮かべていたが、歓迎の笑みのつもりかもしれない。「やっぱり」アーニーが言った。「二人で来たか」

「アーニーがおれまでも呼んでないことはわかってたんだ」階段をのぼりながら、ケルプがつぶやいた。ドートマンダーはケルプのつぶやきに反応せずに、無視した。

二人が階段をのぼり切ると、アーニーは体を自分のアパートメントのあいたドアのほうに向けて言った。「さあ、はいってくれ。だが、わしの顔を見ないように努めてくれ。わしはまだ陸軍の軍服みたいに見える」

う〜ん、じつのところ陸軍の軍服よりも少しひどい。アーニー・オルブライトが街で培《つちか》った皮膚が日に焼けたその顔は、最期の対面があるときに葬儀屋が施す死化粧のようだった。アーニー・オルブライトが柩《ひつぎ》のなかでどう見えるのか知りたければ、これがいい機会だ。

それを別にすれば、彼はとくに変化したようには見えない。木の根のような鼻を持つ白髪混じりの嫌なやつだ。ソーホー映画祭Tシャツを着て、明るい青のコットン・ショーツと、自分の鼻と同じ木から作ったようなビルケンシュトック社製のサンダルをはいている。

アーニーのアパートメントは家具の少なすぎる小さい部屋の集まりで、汚くて大きい窓は通気シャフトに面していて、部屋はほとんど彼のカレンダー・コレクションで飾られている。壁はいろいろな年の一月のカレンダーでおおわれていて、美脚の女性や氷の張った小川、可愛《かわい》らしい子猫、クラシック・カーの写真がついていた。あちこちにアーニーが不完全物と呼ぶカレンダーがあり、六月か九月から始まった年のものらしい。

「あそこの窓際《まどぎわ》のテーブルにすわってくれ」アーニーが勧めた。「あんたらがこのアパートメントであのにおいを感じない唯一の場所だ」

それで、二人は天板に〝不完全物な〟カレンダーがラミネート加工されたキッチン・テーブルをはさむ形で向かい合ってすわった。アーニーは別の木製椅子《いす》をそのテーブルに引き寄せて、すわった。ドートマンダーが言った。「ここではそれほどにおいはひどくないよ、アーニー」

「ここではね」アーニーが言った。「でも、ベッドルームで試してみろよ。隔離施設について話をさせてくれ」

「もちろんだ。その話をしたいのならね」

「この提案の背景というべきものだ」アーニーが言った。「わしがあそこへ行ったのは、ほかの選択肢は突然死しかないと、大切な近親者たちがかなり明白に示したからなんだ。信じてくれ、ほかの誰かに勧めたい経験ではない」

「お気の毒だったね」ドートマンダーが言った。

「まず、太陽だ」アーニーは思い出しながら、生成色《きなりいろ》の腕を引っ掻いた。「それは過大評価されている」と請け合った。「見ることもできないし、避けることもできないし、皮膚を痒《かゆ》くするだけ。少なくとも、わしの皮膚をね。それに、海だ」

ケルプが言った。「あんたは島にいたんだと聞いたぞ」

「やれやれ、そうなんだよ。どの方向に行っても、十フィート歩くと海だ。だが、海についてけっしてわからないことは、海は水だとあんたらは思ってるだろうが、そうじゃない」

ケルプは関心を抱き、知りたがった。「そうじゃないのかい?」

「水みたいに見えるし、水みたいに聞こえるがね」上体を近くに寄せると、アーニーは秘密を半ばささやいた。「海は塩だ」

「もちろんだ」ケルプが言った。「塩水だ」

「水は忘れろ。海は塩なんだ」アーニーは顔をしかめたが、その顔つきはよくならなかった。「うへっ。口の中からあの味を消すのにビールを信じられないほどたくさん飲まないといけなかった。すると、誰かがこう言った。〝太陽の下でそんなにたくさんのビールを飲んじゃいけない。マルガリータを飲め〟と。それでわしはマルガリータを飲んだが、それは塩だ。おいおい、あそこは塩だらけで、ミイラみたいに縮むぞ」

「たいした背景だな、アーニー」ドートマンダーが言った。

「そのとおりだ」アーニーが言った。「それほど不快ではなくなると、今度は饒舌《じょうぜつ》になってしまった。堅気になったあとの年取ったおじ貴みたいだ。では、本題に移ろう。本題はプレストン・フェアウェザーという男だ」

ドートマンダーはその名前を繰り返した。「そんな名前は聞いたことがないな」

「まあ、映画スターではないからな」アーニーが言った。「投機資本家だ。あの男は造幣局よりも金をたくさん持っている。あんたの有望な新進企業に投資してくれるが、ほとぼりが冷めると、ほらっ、このとおり、あんたには共同経営者がいて、しかもあんたよりも裕福だというやつ。そいつがその隔離施設にいたのは、弁護士や令状送達吏から姿を隠してるからなんだ」

「そいつが騙《だま》した人間たちからか？」ケルプが尋ねた。

「ある意味ではね」アーニーが言った。「だが、ビジネス・パースンからではない。いずれにせよ、プレストン・フェアウェザーは北アメリカで本当に美しい女たちと結婚していたらしい。しかし、その女たちがあいつに復讐《ふくしゅう》するために団結したんだ。それで、あいつは誰にも見つからないようにあの島へ行った。妻たちの憤慨が収まるまで待っているんだが、たぶんそれはありえんだろうな。だが、問題はこいつの性格はわしの以前の性格よりもずっとひどいことだ。あそこの誰もがあいつを嫌っている。あいつはあまりにも横柄《おうへい》で、相手を直接侮辱するが、金をたくさん持ってるので、みんなは我慢している。あいつはわしを二、三回馬鹿《ばか》にしたが、わしは肩をすくめて無視した。あいつは海みたいに、口当たりの悪いやつだが、あとで二、三人の人間があいつの所有している場所について教えてくれたんだ」

「場所か」ドートマンダーが繰り返した。「だんだん本題に近づいているような気がするなあ」

「うん、近づいてるぞ」アーニーが同意した。「プレストン・フェアウェザーはフィフス・アヴェニューに建つビルディングの最上階にある広くて豪勢な二層型ペントハウス・アパートメントを所有している。セントラル・パークが見渡せるし、そのアパートメントにはアート・コレクションとかスペインの銀製品とか、いろいろな金目の物がある。それで、わしはこのいろいろなものに関心があるんだよ。何年もわしとあんたたちとの関係の基礎になっているものだ。それで、わしはこいつに近づいた。わしはこいつとかなりの時間を過ごし、こいつと一緒に酒を酌《く》み交わし、酔っ払った振りをした。こいつの横柄な発言がわしの気にさわる振りをした。そのたびにおれはこのアパートメントの詳細を聞き出したわけだ。というのも、このアパートメントに興味を持ちそうな数人の人間を――つまり、あんたたちのことだ――知ってることに気づいたからだ」

「可能性はありそうだ」ドートマンダーが言った。

ケルプが言った。「事と次第によるな。例えば、忍び込む方法とか運び出す方法とかに」

「だから、わしはこの野郎と長すぎるほどの時間を過ごしたんだ」アーニーが言った。「ある男がこいつと一緒にいた。わからないが、個人秘書か助手か何かだ。アラン・ピンクルトンという男で、実際にかなり頭が鋭い。わしがしていることにこの男が勘づいたかもしれんと一度か二度思ったが、大丈夫だった。わしが知る必要のあることをすべて聞き出す頃には、このプレストンのやつがわしを治してくれてることに気づいたんだ。信じられるかね?」

ケルプが言った。「プレストンがあんたを治したって?」

「わしはこいつを観察した」アーニーが言った。「こいつのまわりの人間たちを観察した。どういう反応を示しているのかを観察していると、突然わかったんだ。まわりの人間たちの表情はかつてわしを見ていた人間たちの顔の表情と同じだったんだ。わしはプレストンと同じような意味での不快ではけっしてなかった。ほかの人間をわざと傷つけたり恥をかかせたりしなかったが、すべては同じ結果になる。〝プレストン・フェアウェザーみたいにはなりたくない〟とわしは自分に言い聞かせた。〝たとえ偶然であろうとも〟というわけで、こんな提案をしているんだ。わしは治って、家に戻った。そして、あんたに電話をかけたんだよ、ジョン・ドートマンダー。つまり、わしの提案を話すためにね」

「聞く準備はできている」ドートマンダーが言った。

「できているはずだと思っていた。わしはあのプレストンをすごく毛嫌いしている。あのプレストンのアパートメントを遠くから〝下見〟しているあいだ、あいつのひどい嫌味を我慢していた。わしのご褒美《ほうび》は、あいつが今度自分のアパートメントに足を踏み入れたときに見せる顔の表情を思い浮かべることだよ。それで、わしはこういう取引を提案する。あんたらがそこから運び出したものについて、わしがそれを売り払った金額の七十パーセントをあんたらに渡す。その割合はいつもの割合よりもずっと高い。いつもの、えっと、二十五パーとか、三十パーとかよりも……」

「十パーよりも」ケルプが言った。

「それよりもね」アーニーが言った。「今回は七十パーだ。それだけじゃないぞ。この仕事はちょろいもんだ。説明しよう」

アーニーは立ちあがり、部屋を出た。ドートマンダーとケルプは目を合わせた。ケルプがささやいた。「アーニーは前ほど不快じゃない。この目で見なければ信じられなかったね」

「だが、この場所はにおう」ドートマンダーがささやいた。アーニーがマーブル・ノートを持って戻ってきた。

「ここへ戻ってくるときに、飛行機の中で何もかも書きあげたんだ」アーニーがそう言ってすわると、そのノートブックを開けた。ボールペンで書いた判読が難しい直筆の文字であふれていた。そして、節くれだった指の先で文字をたどりながら言った。

「これは十八階建てのビルディングで、フィフス・アヴェニューと六十八丁目の角にある。最上階には二戸の二層型ペントハウスがある。北側と南側に、それぞれ通り側から裏側まで続いている。あいつは南側のほうを持っていて、ミッドタウンのイースト・サイドと公園を見渡せる。あいつの隣人はたぶん同じくらい金を持っているだろうが、何が見渡せるか? ヒスパニック系住民の多いスパニッシュ・ハーレム地区だ。プレストンがそのことで得意顔にならないはずがない」

「いいやつだな」ドートマンダーが皮肉った。

「どういう面でもそうだ。さて、ほかとは異なる付属物がある。このビルディングの裏で、六十八丁目の通り側に、集合アパートメントに改装した四階建てのタウンハウスがある。プレストンがそのタウンハウスを買った。そして、貸し出して、ますます金持ちになり続けている。角のビルディングの裏側を向いたそのタウンハウスの一階に、あいつはガレージを作った。ガレージを出たところで、角のビルディングの外側にエレヴェーターとエレヴェーター・シャフトを付け足した。あいつのガレージから自分のアパートメントへ行く自分だけのエレヴェーターだ」

「悪くないな」ドートマンダーが認めた。

「あんたらにとっても悪くない」アーニーが請け合った。「角のビルディングの住人すべてがハイテク警備システムやドアマンや館内防犯カメラを共有しているが、プレストンは自分専用の入口と自分専用のガレージと自分専用のエレヴェーターを持っている」

ドートマンダーが言った。「今はこいつのアパートメントに誰がいるんだ？」

「一カ月に二回」アーニーが言った。「一日と十五日に館内警備員が巡回して、二時間ほど費やす。一カ月に二回、十日と二十五日に清掃サーヴィスがやって来て、七時間費やす。毎月そのほかの二十七日間、そこは空っぽだ」

ドートマンダーが言った。「アーニー、その詳細は確かなのか？」

「わしはそのために代償を支払ったんだよ、ジョン・ドートマンダー」アーニーが請け合った。

ケルプが言った。「感情的な苦しみでな」

おれたちは下見をする必要がある」

「もちろん、あんたらは下見をせんといかん」アーニーが言った。「よし、わしがあんたらだったら、することはわかってる。わしなら、あのガレージに忍び込む。警報器があるが、あんたらはどうしたらいいかわかってるはずだし……」

「もちろんだ」ケルプが同意した。

「今、そこには」アーニーが言った。「プレストンのBMWがある。最高級の車種だ。わしがあんたらなら、その車を盗み出し、売り飛ばして、そこにトラックを入れ、エレヴェーターで上にあがるだろうな」

ドートマンダーはその話に興味を抱いたが、話が終わると、アーニーの言っていたにおいが思ったよりもだんだん強くなっていくことに気づき始めた。実際、我慢できないくらいだし、それほど長くはいられない。アーニーの不快さの名残《なご》りなのかもしれない。もしくは、八月のせいかもしれないが、そこを出るには今が潮時だ。椅子をテーブルから離して、ドートマンダーが言った。「それだけかい？　ほかに詳細は？」「ほかにどんな詳細があるというのかね？」

ケルプが立つと、ドートマンダーも立ち、アーニーも立った。ケルプが言った。

「おれたちは下調べをするよ」

「ああ」アーニーが言った。「だが、わしらは取引を結んだということだろ？」

ケルプが言った。「もしあんたがほかのクライアントにもこの提案をするつもりなら、まだ結んでいないと言っておこう」

「電話するよ」ドートマンダーが言った。

「首を長くして待ってるよ」アーニーが言った。「あんたからの電話を」

6

アーニーのアパートメントを出てから、セントラル・パークを通り抜け、フィフス・アヴェニューにある収穫候補地に向かいながら、ドートマンダーが言った。「ラルフ・ウィンズロウからまた連絡はあったかい?」

「えっ、あの取り止《や》めになった集まりのあとでかい?」ケルプは肩をすくめた。「信じられないだろうが、スタンから電話があったとき、おれは〈OJ〉からたった三ブロックのところにいたんだぜ」

「あそこでぐずぐずしている理由はなかったんだ」

「わかってる」ケルプは飛んできたフリスビーをよけながら言った。「あの二日後に、ラルフの弟から電話があってね、あの夜、ラルフは言葉巧みに厄介事から逃れたが、弁護士の忠告を聞き入れようと決心したらしい。健康のために別の場所に移転しようとね。それがたまたまニューヨーク州の外なんだとよ」

「すると、ラルフの考えていた企画は」ドートマンダーが言った。「消えたわけだな」

「そのようだ。その弟はどんな企画なのか知らないらしい」今度、ケルプは飛んできたフリスビーをつかんで投げ返してから、叫んだ。「おっとっと。ごめんよ」

「弟はどんな計画か知らなかったわけか」

「弟は堅気なんだ」ケルプはそう言って、フィフス・アヴェニューのほうにうなずきかけた。「もしかしたら、このヤマがその埋め合わせになるかもしれない」

「そう望むよ」

前方に見えるそのビルディングはまわりの建物よりも高く、一九五〇年代の不動産好景気時代に建ったものだ。その時代では細部や装飾や様式や品位が古くさくて利益にならないと見なされた。薄灰色の石造りの建築物で、公園に忍び寄るかのようにぬうっと突っ立ち、バルコニーがあばたのように散在していた。ドートマンダーとケルプは信号灯が青になるまで待ってから、フィフス・アヴェニューを渡って、六十八丁目を歩き、その巨大な建築物の横を通りすぎた。そして、その裏に建つより小さいタウンハウスの前で立ちどまり、ビルディング裏側を縦に走る黒い箱を見あげた。

「外壁はのぼれない」ドートマンダーが指摘した。「梯子段《はしごだん》も何もない」

「ジョン」ケルプが言った。「梯子段でこの十七階上まで昇りたいかい？」

「ただ言ってみただけだ」

聞き流すことにして、ケルプは注意を巨大なビルディングのうしろにある小さいタウンハウスに向けた。タウンハウスからポストモダンな木の幹のように上に伸びているエレヴェーター・シャフトに見えるか、タウンハウスに剣の柄《つか》のように突き刺さっているエレヴェーター・シャフトに見えるかは、人生に対する普段の考え方次第だ。この横幅二十五フィートのタウンハウスはニューヨークにあるタウンハウスの中でも横幅が広い方で、四階建てだった。窓が大きくて、一階の床は歩道の高さよりも半階分低くなっていた。ニューヨーカーたちが褐色砂岩と呼ぶタン色がかった灰色の石灰岩が正面の外壁に貼ってある。角の巨大な怪物のようなビルディングよりもたぶん古いだろう。じつのところ、角の怪物は、住居ビルディングがもっと低く建てられていた時代に、このタウンハウスのような五、六棟のタウンハウスに取って代わったんだろう。

このタウンハウスの正面は、中央に幅広い階段があり、錬鉄製の手すりが左右についていて、暗い色の面取りガラス窓のついた入念な木製玄関ドアに続いていた。その階段の下には、さらにつつましい階段が左側から右に伸び、半地下のアパートメントに続いている。

タウンハウスの右側では、左右対称の調和が最近の増築物で損なわれていた。何の特色もない金属製のオーヴァーヘッド・ガレージ・ドアがタウンハウスよりもタン色がかった灰色に塗ってある。ドライヴウェイの窪《くぼ》みがこのガレージ・ドアの前の縁石に残っていて、ガレージ・ドアの真ん中の腰の高さにある単純な真鍮《しんちゅう》のハンドルの上に二個の錠前がついていた。ガレージ・ドアの右隅の上に控えめな深緑色の金属箱があった。高さ一フィート、幅六インチ、奥行き三インチ。

「警報箱に気づいたか？」ケルプが言った。

ドートマンダーが言った。「ああ、見た。前にもあれによく似た箱を見たことがある」

「ただ、注意をしたほうがいいと言ってるだけだ」ケルプが言った。

「そうすると」ドートマンダーが言った。「ああいう警報器がある場合は、ベルの音を消して、電線をショートさせるために、発泡スプレーを持っていかないといけないな」

「当然だ」

「ということは、梯子が必要だな」

「そうとは限らない」ケルプが言った。

「とにかく、必要だと考えてみよう」ドートマンダーが言った。「この界隈《かいわい》で梯子を使うとなると、どうする？　電気会社のオーヴァーオールとヘルメットの格好をするか？　そして、警報箱に寄りかかるか？」

「おれが考えてるのはな、ジョン」ケルプが言った。「梯子の代わりに……」

「飛ぶんだな」

「違うよ、ジョン」ケルプは癇癪《かんしゃく》を起こさずに言った。「アーニーの言ったとおりだと思うね。まず、あそこからBMWを盗み出して、トラックを入れる。だが、このトラックは少し大きいものになる」

「うん」ドートマンダーが言った。「わかったぞ」

「おれたちのうちの一人をトラックのルーフの上に乗せたまま、角を曲がる」

「おれたちのうちの一人か」

「それはあとで考える」ケルプは手ぶりで考えを表現した。「ガレージ・ドアまでバックして、泡で警報器の作動をとめる。トラックが走り去り、角を曲がり、戻ってきたときにはBMWは消えていて、トラックが中にはいる」

「たぶんな」ドートマンダーが言った。

「何もかもがたぶんだ」ケルプが言った。「実行するまではな」

「うん、そうだな」

「充分に見たか？」

ドートマンダーは長いエレヴェーター・シャフトを最後にもう一度見あげた。「今のところはな」

保護色のように自分たちを周囲の環境に合わせるために、暗黙の了解で二人は角に戻り、フィフス・アヴェニューを横切って、セントラル・パークにはいった。今度はアーニーのアパートメントへ向かうのではなく、南のほうへ歩いた。公園内では二人は特徴がなく、夏の空気を楽しんでいるほかの市民に混じってしまう。ジョガーたち、スケートボーダーたち、自転車乗りたち、ベビーカー押したち、犬の散歩屋たち、フリスビー投げたち、一輪車乗りたち、樹木崇拝者たち、ハーレ・クリシュナ教徒たち、道に迷ったボーイスカウト隊員たち。しかし、六〇年代のフィフス・アヴェニューでは二人は泥棒以外の何者でもなかった。それを知られるのはまずいことだった。

南へ向かって歩きながら、二人はその日に見聞きしたことを熟考した。やがて、ケルプが言った。「すると、ドライヴァーが二人必要だな」

「おまえがその一人になれるぞ」

「いや、そうは思わないな」ケルプが言った。「スタン・マーチに連絡するってのはどうだ？」

「スタンは二人のドライヴァーになれない。あいつはすご腕だが、それほどすごくない」

「あいつにはママがいるぞ」ケルプが思い出させた。「スタンのママは車の運転がうまいらしい」

「ほとんどはタクシーの運転手だ」

「ときどき、おれたちのために運転してくれた。とにかく、おれの錠前関係の能力はビルディングの中で一番役立つと思う」

「そのとおりかもしれない」ドートマンダーが言った。「すると、おれたち二人とスタンとそのママだ。重い物を持ちあげる人間も必要だな」

「タイニーのことを言ってるんだな」

「ああ」

ケルプが言った。「みんなを呼び集めたいのか？　あしたの夜〈ＯＪ〉で集まろう」

「いいぞ」

二人は陽差しの中で、楽しそうな群集に囲まれながら、もう少し歩いた。すると、ドートマンダーが言った。「誰が想像しただろうな？　アーニーの隔離療法にプラスの面があるなんて」

7

それはとりとめのない空想にすぎなかった。スタン・マーチはブルックリン区とクイーンズ区の下請け製品工場地区を二十分のあいだ車で走り抜けながら、すべてが備わっているこの深緑色のリンカーン・ナヴィゲーターの堂々とした優美さを愛《め》でていた。そのとき、もしこの車輛《しゃりょう》にすべてが備わっているのなら、本当にすべてが備わっているんだということが、突然頭に浮かんだ。

そうだ。この時点では使用していないので、ダッシュボードで何の邪魔にもなっていないものがある。全地球測位システム、すなわちGPSの小さなスクリーンだ。これは残念ながら、自分のいる位置を知っている車なのだ。それに、その位置を教えることもできる。

面倒を起こす最近の機器だ。古いオンボロ車を盗んでも、転売価値は、以前の所有者から拝借するときに冒したリスクには見合わない。しかし、高い価値があるぴかぴかの新車は人工衛星に結びついている。それに、人工衛星を不能にする方法はまだ知られていない。

それが問題なのだ。スタンはそう思った。警察にはいろんな研究室がある。

自分はどのくらい長くこのおしゃべり車を乗りまわしていたんだろう？　ダッシュボードの時計によると、二十分だ。いや、二十一分だ。ブルックリン区のコニー・アイランドの西端にあるシー・ゲイト地区のシーフード・レストランでこの信用できない見事な車に乗り込んだのが一時二十七分で、今は一時四十八分だ。この車の本来の所有者は昼食を食べる時刻が早いのだろうか、遅いのだろうか？　所有者が魚貝類のごちそうを完食し、レストランから駐車場へ行き、自分の車があるべきスペースが空っぽだと気づいてから、警察が行動に移すまでどのくらいの時間がかかるのだろう？そして、空の上に浮かんでいる詮索《せんさく》好きな人工衛星がニューヨーク市全五区の警察官全員にこの位置を教えるまで、どのくらいの時間がかかるのだろう？　スタンの頭上にある人工衛星の重量のせいで、スタンは偏頭痛を起こしている。警察官たちがすごく見つけたい深緑色のリンカーン・ナヴィゲーターはこの瞬間、クイーンズ区のアクエダクト競馬場の横を通りすぎたばかりで、ベルト・パークウェイの東行き車線にあり、ケネディ空港がもうすぐ右側に近づいてくる。あと三十秒で警官が捜しに来るだろう。

ここからずらからなくてはいけないぞ。スタンは自分に言い聞かせた。たとえそんなことはとっくの昔から知っているとしても、高速道路にいないほうがいい。スタンは自分に忠告した。わかったよ、わかったから、黙っててくれ。スタンは自分に言い返した。少しいらいらしてきた。レファーツ・ブルヴァードが近づいてきたぞ。

ケネディ空港の近くはいつも車の流れがくそのろい。誰も空港まで地下鉄で行きたくない。それが問題の原因だ。筒状の交通手段は一日に一つだけでたくさんだ。それでも、出口ランプが右側にじわじわと忍び寄ってきた。スタンは左折の方向指示器を出し——できるときはいつも法令遵守《じゅんしゅ》だ——レファーツ・ブルヴァードに左折し、北のサウス・オゾン・パーク地区にはいった。三分後、バス・ゾーンを示す黄色い縁石の脇《わき》に停車した。ナヴィゲーターのティッシュ・ボックスから二枚引き抜いて、ハンドルやほかに触ったかもしれない箇所を拭《ふ》き、車をおりた。

ちょうど間に合った。スタンがレファーツ・ブルヴァードを二分足らず歩いたところで、車の流れがとまるか、信号が変わるのか、どちらかが先に来るのを待っていると、パトロールカーが彼の横にとまった。助手席の警官は、朝食に釘《くぎ》を食べることで鉄分を摂取しているような金髪の女性で、彼に呼びかけた。「あなた。そこの殿方」

〝あなた〟のほうが〝殿方〟よりも彼にはふさわしい呼び方だ。

スタンはこのような事態なので、何も悪いことをしていないような表情を保った。

その表情を浮かべたまま言った。「何ですか？」

「あの車をあそこに駐車しましたか？」

スタンは顔をしかめて、うしろを向いたが、ナヴィゲーターをまともには見なかった。「車ですか？　どの車ですか？」

「あなたの車じゃないんですか？」

「えっ、あのリンカーンですか？」スタンは含み笑いをして、罪のない表情を続けた。

「持ち主ならいいんですがね。わたしは地下鉄の駅へ向かってるんです」

「あの車をさっきおりてきたのはあなただと思ったんですが」その警官が食い下がった。

よし、もっと嘘《うそ》をついてやろう。「待ってくださいよ。わたしが中国人に見えますか？」

「いいえ、見えません」女性警官が言った。「それがどうしましたか？」

「ここに来る直前に」スタンが言った。「中国人の男性があの車をとめて、おりると、そっちへ行きましたよ。〝あいつは違反切符をもらうぞ。あそこはバス・ゾーンだからな〟って思ったのを覚えてます」

「あなたじゃないんですか？」まだ疑っている口振りだ。

「あの男はわたしとすれ違いましたよ」スタンが説明した。「早足でね。ねえ、青信号になりましたよ。もういいですか？」

「どうぞ」警官はそう言ったが、まだ納得していなかった。

それで、スタンは通りを渡って、さっき言ったように地下鉄の駅へ向かった。もしかしたら、きょうは個人の乗用車を運転するには最適な日ではないかもしれない。三分後、あの女性警官が戻ってきて、消火栓の横にパトカーをとめて待っていた。二人の警官がパトカーからおり、ガンベルトを調整している。運転席にいた警官はやせた男性で、退屈そうだった。

質問役はまだ女性警官のほうだった。「あなた、そこの殿方」

「また、こんにちは」スタンが言った。「まだ地下鉄の駅へ向かってるところです」

そして、ブルヴァードの先を指さした。あと二ブロック先だ。

「その中国人男性について話してください」女性警官が言った。

そのとき、スタンは自分が過《あやま》ちを犯したことに気づいた。さっきはこの女性警官の注意をそらし、その目に小さな妖精《ようせい》の粉をふりかけてやるために、中国人の男性の話を持ち出したのだ。それで、その架空の中国人が戻ってきて、スタンのケツにかみついたのだ。どうしてだと思う？　初めのうち、警官たちは駐車違反の車に関心があっただけだ。しかし、人工衛星がお節介な行動に出て、警官たちは盗難車を見つけ、スタンは容疑者を見たと主張する目撃者になってしまった。ええい、くそっ――大さじ二杯分のクソだ。

「そのう」もはや撤回するには遅すぎるので、スタンは言葉を慎重に選んで言った。「厳密にはその男が中国人かどうかわかりません。でも、東洋人です。そう思います。日本人か、ミャンマー人かも。タイ人かもしれません」

「服装は？」

「身につけてました」

「どんな服装でしたか？」

「ああ」この答えは間違いなく言える。「わたしに少し似てました」と言った。「ほらっ、普通の服装です。チノ・パンツに、明るい色のTシャツ。Tシャツには何も書いてなかったと思います」じつのところ、スタンのTシャツには『NASCAR《ナスカー》』（全米改造自動車競技連盟）と書いてあり、それぞれの文字のテイルパイプから排気ガスの煙が出ている。

女性警官はそのTシャツにすげない一瞥《いちべつ》をくれてから言った。「それで、その東洋人はどっちの方向へ行ったんですか？」彼女はまだ東洋人の存在を疑っていたが、その皮肉で満足している限り、スタンは構わなかった。

「あの角まで行って、右に曲がりましたよ」スタンは体をうしろに向けて、自分の車が来た道を示した。「あそこです。そのはずです」

「何歳ぐらい……」

スタンのポケットの中にある携帯電話がカーレースのスタート・ジングルを鳴らすと、女性警官が彼にきびしい一瞥をくれた。「失礼」スタンはそう言って、携帯電話を取り出すと、第二レースのアナウンスが始まる前になんとかボタンを押した。「はい？」

ジョン・ドートマンダーの声だった。スタンはすぐに聞き取った。「今晩集まりに来るかい？　おまえとおまえのママと」

「うん、やあ、ジョン」スタンはジョンにいつも見せるよりも大きな笑みを浮かべた。とくに警官たちに見せるために浮かべたものだった。「うん、またポーカーをやりたいんだな？」

「違うよ、おれは……」

ジョンの言っていることが警官たちに聞こえるかどうか、スタンにはわからなかったので、ジョンにはその続きを言わせないほうがいい。ジョンの言葉を遮って、スタンが言った。「おまえの金を取り戻したいんだな? それは無理だぜ。よく聞け。おれは今ここで駐車違反区域にとまっている車のことで、二人のお巡《まわ》りさんに協力してるところなんだ」

「う〜ん」

「だから、あとで話をしよう」

「今夜牢屋《ろうや》にはいるのか?」

「そんなことはないよ、ジョン」

「〈OJ〉で十時に」ジョンはそう言って、電話を切った。

スタンも切った。「友達同士のゲームですよ」と警官たちに請け合った。「小銭を賭《か》けるだけです」

彼女はうなずいた。「身分証明書を見せてください」

スタンは顔をしかめた。それ以上役に立てないことを本当に悪く思った。「いや、見せることはできません」

「できないって?」疑惑が倍増して、彼女が言った。「何か隠したいことでも?」

「知る限りありませんがね」スタンが言った。「歩道を歩くだけなのに、身分証明書を見せる必要があるとは信じられません。わたしが何をしたんですか？」
「あなたは目撃者なんです」
「駐車禁止区域の車を目撃したという？」
「駐車禁止区域の盗難車を目撃したんです」
「おっと」スタンは驚きの表情を見せた。「その場合、わたしは目撃者にはならない。
何もかも忘れました。これ以上役に立てなくて申し訳ない。ねえ、わたしは地下鉄に
乗り遅れたくないんですよ。レッカー車が持ち去る前に、たぶんあなたたちは証拠物
件を調べたいんじゃないですか？」
そして、彼はすごい速さでオゾン・パーク／レファーツ・ブルヴァード駅のほうへ
向かった。その駅はA列車のクイーンズ側の終点で、マンハッタン側のもう一つの終
点駅に着くまでにニューヨーク市全五区のうち三区を走り抜ける。しかし、そこまで
説明する必要はないだろう。

8

住所は、フィフス・アヴェニューの聖パトリック大聖堂の近くにある〈アヴァロン・ステイト銀行タワー〉だった。十九歳のジャドスン・ブリントは、ギャップのライト・グレイのスポーツ・ジャケットに、JCペニーのアクアマリン色の夏向きネクタイ、バナナ・リパブリックのホワイトの半袖《はんそで》ボタンダウン・シャツ(襟先はボタンでとめてある)、ウォルマートの黒いコットン・ソックス、メイシーズの黒い紐《ひも》つきドレス・シューズを身につけていて体じゅうが暑かったが、彼はそのどれにも着慣れていなかった。ジャドスンは、現実の人生を始めるためにロング・アイランドから街まで電車に乗ってきて、八月の太陽の下、ペンシルヴェニア駅から二十数ブロックを歩いてきた。自分の独断で高校をついに中退して、自分自身に与えた休暇は終わったのだ。

よし、目の前に〈アヴァロン・ステイト銀行タワー〉がそびえ立っている。寒々として、いかめしい灰色の高層ビルディングだが、彼は動じなかった。彼は勝ち組であるし、勝ち組であることを知っているし、勝ち組であることをこれから証明してみせるのだ。ロビーに続く入口のガラス・ドアを抜けると、左右を見まわして、館内オフィス案内板を見つけ、そっちへ向かった。『アライド・コミッショナーズ・コース会社――712』

よし。向きを変えようとしたとき、ほかの見慣れた名前が目にはいった。『相互療法調査サーヴィス――712』。これも七一二号室なのか?

突然疑い深くなり、前に並んでいる残りの企業名に目を通した。アルファベットの下のほうに知っている名前がもう一つ見つかった。『スーパースター音楽会社――712』。いったいどういうことなんだ?

ジャドスン・ブリントはきょう、この事態の最大の謎《なぞ》を解いてやったと思いながら、街にやって来たのだ。つまり、〈アライド・コミッショナーズ・コース会社〉の社長J・C・テイラーに会うために、その会社事務所をどこで見つけるべきかという謎だ。ミスター・テイラーは見つけられたくないのだが――それは明白だ――ジャドスンは〈アライド・コミッショナーズ〉の通信探偵養成コースで習った多くのテクニックのほか、古い私立探偵映画からのいくつかのテクニックや、自分で考えついた二、三のテクニックを使った。そして、ここにたどり着いたのだ。〈相互療法調査〉に？〈スーパースター〉に？

頭がおかしくなるほどの好奇心に駆られて、五階から二十一階まで専用のエレヴェーターに乗り、七階でおりると、七一二号室まで歩いて、見覚えがある三つの名前がドアにペイントで書いてあるのに気づいた。その三つの名前の下には知らない四つ目の名前があった。『メーローダ商務官事務所』メーローダ。何だ、これは？　国か？　とにかく、J・C・テイラーって何者なんだ？

それを知る方法は一つしかない。深く息を吸って、ジャドスンはドアノブを捻《ひね》って、七一二号室に足を踏み入れた。

なんて乱雑な部屋なんだ。受付室は狭くて散らかっていて、受付デスクはいろんなものの集まりのあいだに隠れている。すべての壁は床から天井まで灰色の金属棚におおわれていて、その金属棚は小さな茶色い段ボール箱であふれていた。使い古された灰色の金属デスクの上にあるコンピューターとプリンターだけがこの部屋の中で唯一《ゆいいつ》整頓《せいとん》されたものだったが、ラベルの束や本の山や世界じゅうの未払いの請求書のように見える紙類の斜塔のほうが目立っている。酒屋用段ボール箱は空っぽのものもあるし、ぎっしり詰まったものもあるが、そういう箱のいくつもの柱がこの部屋の空間のほとんどを覆《おお》い隠し、ふさいでいた。そういうものの真ん中で、酒屋用段ボール箱に本を詰めているのは、受付係にちがいない。

おお、なんてこった。彼女はジャドスンの夢から飛び出してきたような女性だった。気持ちを鎮《しず》めてくれるような夢ではなく、ヴィデオ・ゲームからヒントを得たような夢だ。三十代のその女性は冷徹に見えるブルネットで、その輝く目は光を浴び、その口はノーと言うために生まれてきたように見える。しかも、大声で。

ジャドスンがはいってくると、彼女は彼の姿をちらっと見て、こう言った。「何か用?」

「ぼくがここへ来たのは」ジャドスンは大胆さが唯一の方策だと決断した。「J・C・テイラーに会うためです」

一冊の本を片手で持ちあげながら、彼女はジャドスンを上から下まで見た。「残念だけど、今は留守よ」と言った。「予約は取った?」

「ええ、もちろんです」彼が言った。

彼女は信じなかった。「そうなの?」

ジャケットの内ポケットに手を入れ、定形の白封筒を取り出すと、ジャドスンは会話を進めるのが怖かったが、会話をやめるほうがもっと怖かったので、会話を続けた。

「ぼくの履歴書を渡すことになっています」

「あらっ、そう?」彼女の冷たい目は彼に賛成していない。

「ぼくはここでの仕事を希望しているんです」ジャドスンが言った。「〈コミッショナーズ・コース〉での仕事を。そこのコースを取ったんですよ、わかるでしょ?」

「いえ、わからないわ」

ジャドスンは肩越しにうしろのドアのほうへしかめ面《つら》を向けた。外側に会社の名前がずらっと記してあるドアのほうへ。「彼は本当にあそこのすべての名前の社長なんですか?」

ひややかな微笑が現われた。「どうして? あんたはあそこのすべてに郵便を出したの?」

「そのう……はい」

「〈スーパースター〉に」彼女が言った。「曲を書いてもらうために詞を送ったの? それとも、詞を書いてもらうために曲を送ったの?」

「詞を。詞を送りました」

「たいていの人はそうよ。その前に、ファック本を注文したと思うわ」

「はい、そうです」ジャドスンはそう言って、頬が火照《ほて》るのを感じた。これまで彼に〝ファック本〟と言った女性は一人もいなかった。よく考えてみれば、〝ファック〟と言った女性も。

ひややかな微笑がまた現われた。「年を偽ったでしょ？」

彼は笑みを返す必要があった。「はい、そうです」

彼女は手を前に出した。「その履歴書を見せて」

「ええ、どうぞ」

彼が履歴書を渡すと、彼女はそれを持って、デスクのまわりを歩きながら言った。「どっかの段ボール箱にすわってよ。椅子《いす》はみんなふさがってるから」

確かにふさがっていた。彼が酒屋用段ボール箱にすわると、彼女はデスクのうしろにすわり、彼の封筒をあけて、彼の履歴書を読んだ。その部屋は非常に静かになった。彼の耳に自分の息づかいが聞こえた。

彼女が顔をあげた。「あんたの年は？」

「二十四」

彼女はうなずいた。「あんた、嘘がかなり上手ね」と言った。「視線をそらさないということか」

「えっ？」

「この履歴書がなければ」彼女が説明した。「あんたなんか相手にしないところよ」そして、彼が自分のベッドルームにあるコンピューターでプリントアウトした三枚の紙を振った。

「ありがとうございます」

「とっても印象深いわ」

「ありがとうございます」

「見事な嘘の塊だわ」

「ありが……えっ？」

彼女はそれまでジャドスンにほほえみかけていた以上に好意的なほほえみをその履歴書に向けた。書いてあるリストの上に指先を走らせながら言った。「いろいろあるわね。破産、死去、合併。この職歴のすべてに説得力があって、あんたを求職者リストの最上位に押しあげるけど、この申し立ては一つも確認できないでしょうよ」彼女はほほえみをジャドスンのほうへ移して、いくらかの冷たさを加えた。「あんたはこれを書くのに懸命に長い時間をかけたはずね」

この女性から受けている混じり合ったシグナルのせいで、ジャドスンは気がおかしくなってきた。彼女は彼を嘘つきだと非難しているが、それで腹を立てているようには見えない。彼が上手な嘘つきであることはいいことなのだろうか？　仕事の利点なのか？　自分の二面性を認めたほうがいいのか、否定したほうがいいのか決められず、彼はただそこにすわったまま、彼女を見つめた。彼は鳥であり、彼女のほうは蛇であることが、まさによくわかっていた。

彼女は軽蔑《けいべつ》を込めた指先を振って、履歴書を乱雑なデスクの上に落とした。「ここでは人を雇ってないの」

「へええ」

「じつのところ……」彼女がそう言ったとき、電話が鳴った。ベルが二度鳴るまで、彼女はデスクの乱雑状態の山の中に電話機を見つけられなかった。そして、受話器に話しかけた。「メーローダ商務官事務所です。あらっ、こんにちわ、ジョン」彼女は、このジョンという人物に好意を持っているので、ジャドスンに向けるよりもずっと温かい笑みを受話器に投げかけた。ジャドスンは嫉妬《しっと》心で動揺し、じっと耳をすませた。「もちろんよ。あの人に伝えとくわ。〈ＯＪ〉で今夜十時ね。あの人はもうすぐここへ来るはずよ。このクソがらくたを動かすのを手伝ってくれるわ。じゃあ、また」電話を切って、ジャドスンに顔をしかめた。「さて、どこまで言ったっけ？」

「〝じつのところ……〟」

「そう、そうだった。ありがとう。じつのところ、わたしは今、ほかの商売を閉鎖してる途中なの。メーローダの商業活動がとってもうまくいってるのでね。ほかの活動の厄介事なんかに誰も関わりたくないわよ」

ジャドスンが言った。「失礼ですが、メーローダって何ですか? 国ですか?」

「もちろん、そうよ。国際連合にはほぼ二百の別々の国が加盟してるって知ってた?」

「いいえ、知りませんでした」

「そうよね。きっと二十以上の国名を言えないはずだわ。メーローダはレソトと同じほどちゃんとした国よ」

「そう思います」

「マラウィと同じほどね」

「そのはずです」

「ブータンと同じほどよ」彼女が言ったとき、ドアがあき、怪物のような男がはいってきた。

これがJ・C・テイラーなのか? ジャドスンはそうでないようにと祈った。ひどい気分になった。まるで、自分がヴィデオ・ゲームの中で眠りに落ち、人食い鬼が出てくるお伽噺《とぎばなし》の中で目覚めたような気分だった。

部屋にはいってくるときに、この男はドア口をいっぱいにふさいだ。その頭はロケットの円錐形《えんすいけい》の先端のように見え、左右に丸まった醜い耳がついている。茶色のスラックスに緑色のポロシャツ姿の男の体は、軍用トラックの大きさと柔らかさを備えていて、まるで男自身はゴルフ・コースに変装しようと努めているようだ。この巨獣は友好的な気持ちを抱かずにジャドスンを見て言った。「どういう状況なんだ？」

「わたしたちはまだ検討中なのよ」彼女が言った。「この人はでっちあげた履歴書を持ってきたけど、べらぼうに賢く考えられたものなの。そして、〝ここで仕事をしたい〟と言ったわ」

「きみは閉鎖してるところなんだぞ」怪物が指摘した。「きみの時間をメーローダ詐《さ》欺《ぎ》に注ぎ込めよ」

「わかってるわよ、タイニー」女性が言った。この人物が〝ごく小さい《タイニー》〟という意味のタイニーとして知られている状況を理解しようと努めながら、ジャドスンは言葉を失った。彼が我に返ると、彼女は話を続けていた。「……これまで使ってきた商品のことを懐《なつ》かしく思うでしょうね。このペテンを働くための時間がないことはわかってる。でも、そんなときにこの坊やがやって来たのよ」

ジャドスンは思った。ぼくのことかな？　うん、そうだ。

女性はジャドスンを見た。「あんたは十八か十九よね。合ってる？」

この二人は自分とは格が違う。自分とは格が違う人たちがいることを知らずに、きょうはロング・アイランドから街にはるばるやって来たが、もはや誰にも見つからないように小さくなるまで、ロング・アイランドに戻る電車の中で体がだんだん縮んでいくことだろう。「十九です」彼はそう言って、ため息をつき、立ちあがると、二度と他人に見せるほどの度胸はないことを知りながらも、その履歴書に手を伸ばした。

「ちょっと待って」彼女が言った。

驚いたジャドスンは、デスクの上で少し上体を屈《かが》め、履歴書を持ったままの状態で、動きをとめた。彼女を見ると、彼女はさっきよりも明るい笑み——一種の勇気づけるような笑み——を投げかけて言った。「そこにすわって」

「はい、承知しました」

彼がすわると、彼女はタイニーという名の巨人のほうを向いて言った。「忘れないうちに言っとくと、ジョンから電話があったわ。今晩十時に〈ＯＪ〉で集まりたいって」

「よし」タイニーが言った。しかし、そのあとジャドスンを指差して言った。「何の

ために こいつを引きとめるんだ？」

「この子のおかげで気がついたのよ」彼女が言った。「もし事務所長を雇ったら、昔の商売の面倒をすべて見てもらえるし、わたしは昔の商売をあきらめなくてもいいし、さらにメーローダに専念することができる」

彼は思案してから、その巨大な頭を上下に振って、うなずいた。「悪くないな」と同意した。

彼女は立ちあがって、デスクの向こうからまわってくると、さらに温かい歓迎の笑みを浮かべながら、手を差し出して言った。「わが社にようこそ、ジャドスン」

彼は飛びあがった。彼女の握手は非常に堅かった。彼が言った。「ありがとうございます」

「わたしはJ・Cよ、もちろんね」彼女はまた彼を驚かせた。「ジョゼフィン・キャロル・テイラー。でも、あんたは賢い子だから、すでにわかってたんでしょ？」

彼はすぐに平静を取り戻せた。それはいいことだった。これからもすぐに平静を取り戻す必要がしばしばあることに気づいたからだ。「ええ、もちろんですとも」と言った。「お会いできてうれしいです、J・C」

9

その夜十時に、ドートマンダーが〈ＯＪバー&グリル〉に足を踏み入れると、常連客たちがいつものようにカウンターの左端にかたまっていた。彩《いろど》り豊かなカクテルの材料が飛び散ったためにひとりでに地元の料理のようになっていくエプロンを着けたバーテンダーのロロは、カウンターの右端近くに立ち、けっして使わないハイテクの現金レジスターにもたれながら、とくに何もしていなかった。彼は進歩したすべての技術がいつか入口ドアの外へ退却するまで、引き出しをあけたままレジスターを操作することを好んでいるのだ。

ドートマンダーは、ロロのほうへ向かい、半ば近づいたとき、何かおかしいことに気づいた。店の中が静かなのだ。静かなだけではない、無言なのだ。一人の常連客も騒いでいない。常連客たちとロロのほか、埋まっているブースは一つだけで、ずっと右隅にあった。サテンのように艶《つや》のあるポリエステル製の派手なシャツを着た二人の男がすわっていた。一人のシャツはエメラルド色で、もう一人のシャツはアプリコット色だった。二人のシャツには色の異なるワイド・カラーがついていて、そのシャツを除けば、その二人も無言だった。

何が起こっているのだ？　お通夜《つや》か何かか？　誰も黒い喪章をつけていないが、常連客たちの顔は冴《さ》えなかった。常連客全員、男たちと女性補佐隊が自分たちのドリンクの上に上体を屈め、千ヤード先を見つめるその視線は、そういう療法がすでに選択肢ではなくなったことを示唆《しさ》している。端的に言えば、店内は労働者たちが金権主義者たちに徹底的に騙《だま》された姿を描いた社会主義写実派の壁画の一部分のように見えた。ドートマンダーは上を向いて、薄暗がりの上にトップハットと葉巻を見るだろうと半ば期待したが、何も見当たらなかった。

ロロからも何の手がかりも伝わらない。彼は肉づきのいい腕を組んだまま、現金レジスターにもたれながら、自分なりの少なくとも百五十ヤード先の凝視で自分の領分を見つめた。ドートマンダーはその視界に直接はいってから言った。「ロロ？」

ロロは目をしばたたいた。「えっ」と言った。ドートマンダーの姿を認めたように見えるが、歓迎の表情は顔に出なかった。その代わり、首を横に振った。「すまない」と言った。

「ここで集まろうと思ったんだ」ドートマンダーが言った。「奥の部屋で」そして、ロロが奥の部屋の存在を忘れた場合に備えて、奥の部屋のあたりを指差した。

「それは無理だ」ロロはそう言って、また首を横に振った。

予期せぬ返事だった。じつのところ、前例がない。ドートマンダーが言った。「別の連中が奥にいるのかい？」

「いや、使用中なんだ」ロロはそう言ったが、すごい矛盾のように聞こえた。

ドートマンダーは当惑した。仲間を集めたり、状況を検討して可能性を考え出したりするときは、いつも〈OJ〉の奥の部屋でするのだ。その部屋は安全で、店の経営者側は他人事には口出しをしないし、次回の注文も考慮して、ドリンクの値段はつけられている。だから、仲間たちはここへ来るのだ。じつのところ、ドートマンダー自身が呼び出し、今夜全員やって来る。

この事態における突然の障害をよけようと、ドートマンダーが言った。「おれたちはしばらく待ってもいいと思うよ。部屋が空っぽになるまで待って……」

ロロは首を横に振った。「悪いな、ジョン」と言った。「あの部屋は忘れてくれ」

ドートマンダーはロロを見つめた。全世界が正気を失ってしまった。「忘れてくれって？　ロロ、どういう……？」

「何か問題があるのか、ロロ?」

ドートマンダーは右方向を見た。ブースには翼手竜《よくしゅりゅう》のような襟のついたエメラルド色のシャツが見えた。そのシャツを着ている男は、短軀《たんく》だが、強そうに見える。まるで体が百パーセント軟骨でできているようだ。頭部には特大サイズの部位がくっついているので、横顔だけまともに見える。側面からでは古代ローマ時代の硬貨に刻み込まれた人物のようだったが、前からでは、車のフロントガラスを突き破ったばかりの鷹《たか》のように見えた。

その人物は、実際にはドートマンダーを見なかったが、ドートマンダーの存在に気づいていることを明白に示し、そのことに関してとくに喜んではいなかった。「ロロ?」と重ねて尋ねた。

「問題はないです」ロロはそう請け合ったが、その声は非常に陰気に聞こえた。そして、ドートマンダーに言った。「悪いな、ジョン」

ドートマンダーはまだ昔ながらの着地点を見つけようと思いながら言った。「ロロ、おれたちが……」

「悪いなとロロは言ってるんだ、ジョン」

ドートマンダーはエメラルドの男を見た。「あんたとは知り合いだったっけ?」

「知り合いになりたくはないと思うぜ、おまえさん」エメラルドの男はドートマンダーに言った。実際には何も動かさずに、ドートマンダーがそのエメラルド色の左肩越しにブースのほうを見ることを提案しているように思えた。そこでは、猫がシマリスを見つめるときの不動の残忍さで、アプリコットの男がドートマンダーを見つめていた。

そのあとにドートマンダーが何を言うつもりだったのか、何をするつもりだったのかは、彼自身にもわからなかった。彼の右手むこうのほうに見える動きが注意を引きつけ、アンディー・ケルプが上機嫌でやって来た。脳天気なほど何も知らないために、笑顔で言った。「おれたちが一番か? やあ、ロロ、調子はどうだい?」

「駄目だ」ロロが言った。

「ジョン、びんを受け取ったかい? おれたちは……」

「駄目だとロロはおまえに言ったぞ」エメラルドの男が言った。「丁寧にな。おれはちゃんと聞いたぞ」

ケルプは体を反らして、エメラルドの男を上から下まで見た。「こいつはどこの空飛ぶ円盤からおりてきたんだ?」彼は知りたがった。

エメラルドの男は見事なシャツの裾《すそ》をスラックスの外に出していた。その男が素早く手を背中のほうへ動かしたのは、突然腰に痛みを感じたからではない。ケルプは眉《まゆ》毛《げ》をその男のほうへあげた。興味を抱いて、生半可な笑みを浮かべている。

「アンディー」ロロが抑制した切迫感を持って言った。まだにやにや笑みを浮かべて、まだ穏やかにしているケルプがロロのほうに向くと、ロロが続けた。「ここでは厄介事を起こさないでくれよ、アンディー。頼むから、ここでは厄介事を起こさないでくれ」

エメラルドの男はまだ同じ格好のままで、手を背中にまわし、目をケルプから離さなかった。すると、アプリコットの男がやって来て言った。「何か問題か、ロロ?」

「すべて問題なしです」ロロはそう言ったが、本心ではなさそうだった。そして、続けた。「ジョン、なあ、ちょっと待ってくれ」と両手をカウンターの下に伸ばした。

全員が緊張した。常連客さえもほんの少しこそこそと動いた。しかし、ロロは〈アムステルダム酒店特製バーボン――〝当店特製銘柄〟〉の一クオートびんを捨てられた赤ん坊のように両手で抱きあげ、ドートマンダーのほうへ差し出して言った。「店のおごりだ。不便をかけて、すまないな。辛抱してくれて感謝する」

気がつくと、ドートマンダーはそのバーボンびんを手に持っていた。これまで、この店で無料で酒びんをもらったことは一度もないが、なぜかこの状況がその贈り物のことを忘れさせたのだ。「ロロ」と呼びかけた。「おれにできることは何かないのか？」

「家に帰ってくれ、ジョン」ロロはそう提案したが、そのあと上体を前に傾けて、カウンターにすわっている人間たちにしか聞こえないほどの小さな声で言った。「頼むから、タイニーを苛立《いらだ》たせないでくれ」

ケルプが言った。「あいつは苛立つだろうよ」

「頼むから」ロロが言った。

ケルプはドートマンダーを見た。「ジョン？」

どうしようもない。ドートマンダーはため息をついた。「〝頼む〟と言われたんだ」

そう言って、ドアのほうに体を向けた。

外に出ていくあいだ、二人は頭のうしろにほかのみんなの視線を感じていた。

10

「あたしの選ぶ道が気に入らないのなら」マーチのママが一人息子にどなりつけた。「車を盗んで、自分の好きな道を通って、〈OJ〉へ行けばいいのよ。どっちが先に着くか試してみたいね」

「どっちが運転するにしろ」恩知らずの青二才が答えた。「何台の車に乗っているにしろ、夏の夜十時にセントラル・パークの中を走ろうとは思わないだろうな。あの二人乗り馬車とか、そこらじゅうにクソを落としてるあの馬たちとか、一頭立て馬車に乗って本物のニューヨークを体験してるあの旅行者たちが見えるかい？」

「あの連中はどっかへ行くことさえしやしないんだから」マーチのママが苦情をもらした。その右手の親指は警笛ボタンの上でさまよっていたが、まったく触れてはいなかった。

「いや、どっかへ行くよ」誰にも賛成することのない彼女の息子が訂正した。彼は少し体の位置を変えると、母親のタクシーの前部席でエアコンの風から膝《ひざ》を遠ざけようとした。「旅行者たちはセントラル・パークの中で馬鹿《ばか》でかい円を描いてるんだ。時速七マイルぐらいかな? それから、五十九丁目に出て、〝ありがとう〟と御者に礼を言い、ホテルまで徒歩で戻って、故郷のフローおばさんに電話をかけ、こう言う。〝何があったと思う? ぼくたちは本当のニューヨーク体験を味わったところなんだ。屁《へ》をこく馬のうしろで四十分もセントラル・パークの中を馬車でまわったんだから〟とね。それで、注意を怠ってセントラル・パークで車を運転する人間たちを遅刻させるんだ」

「煩《わずら》わしいのは旅行者じゃないよ」マーチのママが伝えた。「馬でも馬車でもない。排気管のすぐうしろにいるお巡りさ。うしろを向かないで!」

「どうして?」スタンはそう尋ねながら、体をひねってうしろのパトカーを見た。パトカーは本当にママのタクシーのすぐうしろを走っているので、そのグリルについた雑草の断片が見えるほどだ。「おれは公園の中をぶらついているみんなと同じように、まわりをじろじろ見渡してもいいんだ」そして、前に振り返って言った。「どうしてこんなことになったんだよ?」

「あたしははじめから公園にはいることに決めていたのよ」彼女が言った。「うしろには誰もいなかったけど、突然お巡りがうしろにいたの。Uターンしたのかもね。あたしを信じてよ、スタンリー。ニューヨークの街じゅうをお巡りにつきまとわれることなんか選ばないわ」

「運が悪いな」スタンが言った。たぶん仲直りするつもりだったのだろう。

その仲直りの申し出を少しは受け入れて、彼のママが言った。「あの馬や馬車や旅行者たちはあたしの邪魔になることはなかったのよ、スタンリー。もしあたしが警笛を鳴らせられればね。でも、あのお巡りがあたしの真うしろにいたら鳴らすことができないわよ。お巡りたちはタクシー運転手たちをわずらわせるのが大好きなの。とくに旅行者たちがまわりで見つめるときはね」

「さて、七十二丁目が近づいてきたぞ」スタンが言った。「こんなにゆっくりと近づいてくるのを見るのははじめて……」

「もうたくさんよ」

「公園から出たら、ママが走る道は……」

「自分の走る道ぐらい自分で選ばせてよ、スタンリー」

「いいよ」スタンが言った。

「よろしい」

「運転手はあんただ」

「そのとおり」

「プロの運転手だ」

「そのとおり」

「何年もの運転経験が……」

「黙っててよ、スタンリー」

それで、スタンは黙っていたが、タクシーが公園や馬たちや旅行者たちやあのお巡りをあとにしたとき、彼女がセントラル・パーク・ウェストで右に曲がるという過ちを犯したことさえも伝えなかった。もっといい道はずっと西へ向かったまま、コロンバス・アヴェニューを通り過ぎてアムステルダム・アヴェニューまで行くことだとは言わなかった。そこで右に曲がれば、時差式信号のついた一方通行の道路を楽に走ることができる。いや、ママの好きにさせてやろう。対面通行で、時差式信号はなく、最後には時間のかかる左折になってしまうがな。まあ、いいか。

ついに、アムステルダム・アヴェニューに着いたが、マーチのママが〈OJ〉近くの消火栓の横に車を寄せたとき、ドートマンダーとケルプがその店から出てきた。ドートマンダーはバーボンびんを手に持っていた。驚いて、スタンが言った。「話し合いはもう終わったのか？　おれたちがそんなに遅れるはずはない」

「言葉に気をつけてよ、スタンリー」

「言ってみただけだよ」スタンはそう言って、タクシーからおりた。「ジョン？　アンディー？　どうした？」

ドートマンダーはバーボンびんでジェスチャーをした。「〈ＯＪ〉の中の様子がおかしいんだ」

「何だ、しまってるのか？」

「店の中にどっかの男たちがいてな」ケルプが言った。「プライヴァシーを守りたいらしいんだ」

マーチのママが歩道に出てきて言った。「貸し切りパーティーのために店をしめてるの？」

「まあ、そういうようなことだ」ケルプがそう言ったときに警笛が鳴った。

四人が警笛の鳴ったほうを向くと、タイニーが車体の長いリムジンの後部ウィンドウをあけているところだった。普通のタクシーがあまりにも狭いので、タイニーはどこかへ行く必要があるときにリムジンを雇いたがる。すると、ウィンドウがあいたので、彼が言った。「みんな、歩道に出ているのか」

ドートマンダーがタイニーのほうへ歩み寄って言った。「今夜はあの奥の部屋を使えないんだ。どっかほかのところへ行かなくちゃいけない」

スタンが言った。「どっかほかのところだって？　ほかにはどこもないぜ」

ケルプが言った。「ジョン、メイは映画を観《み》に行ってるのかな？」というのも、ドートマンダーがいろいろな理由で外出しているとき、メイはたいてい映画を観に行くからだ。

眉毛を疑わしそうに下げて、ドートマンダーが言った。「だから何なんだ？」

「そうなると」ケルプが言った。「おれたちはおまえのうちで集まるべきみたいだよ」

「どうしておれのうちなんだ？　どうしておまえのうちじゃないんだよ？」

「アン・マリーがうちにいて、賛成してくれないだろうよ、ジョン」

リムジンの中から、タイニーが言った。「ジョージーも絶対に賛成しないだろうよ」

J・C・テイラーを〝ジョージー〟と呼ぶのは世界じゅうでタイニーだけだ。

スタンが言った。「おまえたちはブルックリンのカナーシーまでわざわざ来たくはないだろうな」そこにスタンとそのママが住んでいるのだ。

ドートマンダーは何やらつぶやき、唸《うな》り声を出し、歩道を靴でこすった。「どうしてすべてがうまくいかないんだろう？」

「ジョン」ケルプが言った。「この歩道にいると、暑くてしょうがない。おまえのうちには、エアコンの効いた素敵なリヴィングルームがある」

スタンが言った。「タイニー、そこで会おうぜ。ほかのみんなはママのタクシーに乗っていけよ」

「よし」タイニーはそう言うと、運転手に指示を与えながら、ウィンドウを閉じた。

「さあ、ジョン」ケルプが言った。「解決策はこれしかないことはわかってるよな」

「わかった、わかった」まだ不機嫌なドートマンダーがそう言ったものの、こう付け加えた。「少なくとも、おれにはバーボンのびんがある」

「そうだ」ケルプが言った。「タクシーに乗ろう」

みんなが乗ると、マーチのママが言った。「メーターを倒さないといけないことは知ってるわね。お巡りに呼びとめられたくないのよ」

「わかった」ドートマンダーが言った。「スタンがタクシー代を払ってくれる」

「メーターを倒さないでくれよ、ママ」スタンが言った。

ママはダウンタウンへ向かうあいだ、ずっとふくれ面をしていた。

II

みんな、ドートマンダーのリヴィングルームが嫌いだった。この状況下では、ドートマンダー自身も嫌いだった。みんなが同じような背丈で、お互いに同じ距離を保っていると、テーブルのまわりに全員はすわれなかった。ドリンクを持ってきてくれる人間は誰もいないし、ドリンクの種類もあまりない。タイニーが自分のウォッカと混ぜられる唯一のものはクランベリー・ジュースだ。それは彼がいつも飲んでいる赤ワインよりも格段と質が落ちる。スタンとそのママはビールを選んだ。二人は運転するとき（とうしろから運転に注文をつけるとき）に、もっときついアルコール飲料よりもビールのほうを好むが、二人ともドートマンダーの塩入れが嫌いだった。「塩が出すぎるぞ！」

最初の十分は、キッチンとのあいだを行ったり来たりで費やした。じつのところ、キッチンはリヴィングルームからかなり遠かったのだが、ドートマンダーはそのことに気づいていなかった。そして、ついに全員が落ち着いた。ドートマンダーは自分のいつもの椅子に、マーチのママはメイのいつもの椅子に、タイニーはソファの大半に、ケルプはそのソファの残ったスペースに、スタンはキッチンから運んできた木製椅子に。

「さて」タイニーが言った。「ここに集まったのには理由があることはわかってるが、まず、おれが知りたいのは、〈ＯＪ〉に何があったんだ？」

ドートマンダーが言った。「ロロが奥の部屋を使わせてくれないんだ。ロロは嬉《うれ》しそうに見えなかった」

「ロロは気むずかしそうに見えたな」ケルプが言った。

ドートマンダーがうなずいた。「おれが言いたかったのはその言葉だ」

「それに」ケルプが言った。「常連客たちが何も言わないんだ」

スタンが言った。「何だって？　カウンターのおしゃべりどもが？」

「一言も」ケルプが言った。「連中は注意を引きつけたくないみたいだった」

「連中が引きつけたいのは注意だけだ」スタンがそう言うと、そのママが言った。

「スタンの言うことが正しいときは、ほんとに正しいのよ」すると、スタンが言った。

「ありがと、ママ」

「それに」ドートマンダーが言った。「店には二人の男がいて、威張りちらしていた」

喉《のど》を鳴らすような声でタイニーが言った。「おやっ、そうかい？」

ケルプが言った。「あいつらは組織のメンバーだったぞ、ジョン。組織のにおいがぷんぷんしてた」

タイニーが首を横に振った。「組織のやつらが〈OJ〉に、だと。どうしてもっと有名な〈コパカバーナ〉に固執しないんだ？」

ドートマンダーが言った。「組織に関わる何かがあの店で起こってると思うね」

ケルプが言った。「連中はレストランやバーでお互いに殺し合うのが好きだって知ってるかい？　もしかしたら、あの二人はミッキー・バナナ・ノーズとか何とかいうボスがやって来るのを待って、バンバンと撃つつもりだったのかもしれないな」

「それなら、早くすませてもらいたいものだ」ドートマンダーが言った。「流れ弾がロロに当たらないことを祈るよ」

「だから、気むずかしかったのかもしれない」ケルプはそう言ってから、ドートマンダーがただでもらってきた酒びんからゼリーの小びんにバーボンを注いで、小びんを顔の前にあげた。「なあ、ジョン」と言った。「おまえのアパートメントをけなすわけじゃないが、ここで飲むこのバーボンは〈OJ〉で飲むやつほどうまくないね」

「おれも気がついた」ドートマンダーが認めた。「移動すると味が落ちるんだろう」

タイニーが言った。「〈OJ〉をどうするつもりなんだ？」

「あしたの午後に」ケルプが言った。「おれとジョンがあそこへ行って、事情を聞いてくる。連中はあそこで用件をすませたのかどうか。そうだろ、ジョン？」

「もちろんだ」ドートマンダーが言った。「それで、本題にはいってもいいか？　ここに集まった理由について？」

「もしあたしが就寝時間までにカナーシーに帰るのなら」マーチのママが言った。

「それがいいわね」

「よし」ドートマンダーが言った。「この計画はアーニー・オルブライトの好意により、おれたちに提案されたんだ」

「アーニーはリハビリ中で留守だぜ」スタンが言った。

ドートマンダーはため息をついた。「いや、いや」と言った。「街に戻ってきたんだ」そして、アーニーが彼のアパートメントで話してくれたことをすべて、ケルプの脚注つきでそこのみんなに伝えた。

ドートマンダーが話し終えると、スタンが言った。「そのエレヴェーターはアパートメントの建物の外側を上にあがるのかい？」

「そうだ」ドートマンダーが言った。「それで、最上階と一階にだけドアがある」

「最上階で何かまずいことが起こったら」スタンが言った。「閉じ込められることになりそうだな」

ケルプが言った。「スタン、出はいりする方法はほかにもあるんだ。おれたちにとっては、そのエレヴェーターではいるのが最善の方法なんだ。だが、そのアパートメントのほうには入口ドアもあり、玄関ホールや、共用のエレヴェーターも複数あり、階段まである」

マーチのママが言った。「その部分は大丈夫よ、スタンリー。あたしが疑問に思ってるのは、この七十パーセントのほうなの」

「うん、これは尋常じゃないぞ」タイニーが言った。「故買屋が分け前の少ないほうを取るというのは」

マーチのママがドートマンダーに尋ねてみた。「それで、あんたはどう思うのよ、ジョン? アーニーは本気なの?」

「まあ、ある意味ではね」ドートマンダーが言った。「アーニーはこのアパートメントの所有者に本気で怒り狂ってたんだと思うよ。アーニーはまだその男に怒ってるんで、今は仕返しをしてやりたいんだろうな」

「おれもそう思う」ケルプが言った。「だが、これはアーニーが手に札束を握る前のことだ」

「金欲は復讐《ふくしゅう》に勝《まさ》る」タイニーが言った。「毎回そうだ」

「問題は」スタンが言った。「いくらの七十パーセントかということだ。おれたちは、例えば銀の灰皿をアーニーに渡す。すると、〝わしは百ドルで売ったので、あんたたちに七十ドル渡す〟とアーニーが言う。アーニーがいくらで売ったのか、どうすればわかる？　アーニーは請求書とか受領書を出す連中と取引してるわけじゃない」

「金の流れを示す書類を見たら」ドートマンダーが言った。「アーニーはそれに火をつけるだろうよ」

「すると、結局のところ」マーチのママが言った。「あたしたちが実行して、リスクを負うのに、アーニーはあたしたちに渡したいだけの金額を渡すってことね」

「いつもそうだ」ケルプが言った。「世界をまわすのは信頼だ」

「あした」タイニーが言った。「おれはこの場所を見に行く」そして、スタンとそのママに言った。「一緒に来るか？」

二人は顔を見合わせ、二人とも首を横に振った。「おれたちは車を走らせるだけだ」スタンが言った。「おまえたちが問題ないと言えば、おれたちは仲間に加わる」

「そのとおりよ」そのママが言った。

「いいぞ」タイニーがドートマンダーとケルプを見た。「おまえたち二人は〈OJ〉を調べに行くのか？」

「その予定だ」ケルプが言った。

「じゃあ、そのあとどこで落ち合おうか？」

「〈OJ〉はやめたほうがいい」ドートマンダーが言った。「どうなってるのか確信が持てるまではな」と自分の混み合ったリヴィングルームを見渡した。「それに、ここもやめたほうがいいかもしれない」

「昼間だ」タイニーが言った。「セントラル・パークの噴水の前で会おう。三時はどうだ？」

「いいぞ」ドートマンダーがそう言うと、アパートメントのドアがあく音がみんなの耳に聞こえた。みんながドートマンダーの顔を見ると、彼は立ちあがって、呼びかけた。「メイか？」

「家にいるの？」

メイがリヴィングルームの入口に現われ、その部屋を見渡して、言った。「みんな、家にいるのね」

みんなは立ちあがって、メイにハローとあいさつすると、ハローというあいさつが返ってきた。すると、メイが言った。「どうして〈OJ〉へ行かなかったの?」

「話せば長くなる」ドートマンダーが言った。

「みんなはすでにその話を聞いたんだよ」タイニーはそう言うと、ドアのほうへ向かった。「おやすみ、メイ。あした三時だぞ、ドートマンダー」

12

ジャドスン・ブリントは名前と住所をコンピューターに打ち込んだ。ラベルをプリントして、本を詰めた小さな段ボール箱に貼《は》りつけ、ピトニーボウズ郵便料金計器からしかるべき料金をプリントした。把手《とって》が高い位置にある金属製カートにラベルを貼った箱を積みあげ、カートがいっぱいになると、事務所からエレヴェーターまで押していってから、〈アヴァロン・ステイト銀行タワー〉のロビーにある郵便支局までエレヴェーターでおりた。それらの箱をアメリカ郵便公社に引き渡したあと、J・C・テイラーからあずかった認識札のついた鍵《かぎ》を使って、私書箱をあけた。私書箱八十八番の〈スーパースター音楽会社〉、私書箱十三番の〈アライド・コミッショナーズ・コース〉、私書箱六十九番の〈相互療法調査サーヴィス〉、私書箱二百二十二番の〈メーローダ共和国商務官事務所〉。階上に戻って、自分のデスクにすべての郵便物を置いたが、メーローダ宛《あ》てのいくつかの郵便物は別で、それらは国際連合に関連のある本物の国や公的機関から来たようだ。奥のオフィスのドアを控えめにノックしたあと、メーローダ宛ての郵便物を持ってはいり、J・C本人の前にあるデスクの上に置いた。J・Cは普段電話に出ていて、非常に役人風に聞こえるが、ときには外国人風に聞こえる。自分のデスクに戻ると、ジャドスンは次に新しく釣りあげた客たちをデータベースに打ち込んで、その客たちから受け取ったばかりの小切手を、そのタワーのロビーにある〈アヴァロン銀行〉の支店に開いている彼女の三つの口座の一つに振り込んだ。まず、それぞれ小切手には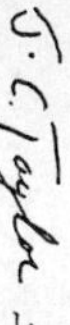

というサインを偽造して裏書きをした。それはジャドスンがすぐに習得した技能である。

ジャドスンがしたことすべてが法律違反ではないとしても――郵便詐欺とか、大量郵便割引の悪用、裏書署名の偽造、剽窃《ひょうせつ》、未成年への不適切物件販売などなど――この行為のすべてが仕事と呼べるものだろう。しかし、仕事よりも素敵だった。求めていた世界だった。どこかに存在しているはずだとジャドスンがずっと信じていたのに、見つける方法がわからなかった世界だった。その世界のほうが反対に彼を見つけたのだ。

彼がロング・アイランドで偽造求職用履歴書を書いたとき、自分のことを利口だと思った。ある意味では、本当に利口なのだが、自分が思っていた意味ではなかった。

J・Cがすぐに見抜いたのも無理はない。ジャドスンが新鮮な目でJ・C・テイラーの業務を観察すると、彼女は推薦者に関して彼と同じことをしていた。探偵養成コースを推薦した警察署長や地方検事たちは全員、死んだか引退したか、連絡が取れない。〈スーパースター音楽会社〉を応援する音楽出版社やディスク・ジョッキー、ソングライターたちも同じだ。それに、相互療法士のポルノ本購入を促す精神科医や〝医療系のプロ〟、結婚カウンセラーたちもそうだ(そういう本の写真に映っているのはJ・C本人だろうか? それはないはずだ)。

だが、結局〈アヴァロン・ステイト銀行タワー〉七一二号室での機械的な作業を実際の仕事よりもずっと素敵にさせている理由は、彼が来るまでこの仕事は存在しなかったことだ。J・Cはここの事務所を三つとも閉鎖しようと計画していたが、彼の見事な履歴書を見たときに——ニューヨーカーらしく一瞬でその見事な履歴書の嘘《うそ》を見抜いたときに——考えを変えて、三つの事務所の業務を引き継ぐのに最適な人材だと気づいたのだ。

ジャドスンはJ・Cを失望させない。詐欺師や悪党としてのぼくを信頼してくれている。彼はそう思った。彼女をがっかりさせないぞ。

違法業務に勤めて二日目の午前十時直後、ジャドスンが自分のデスクに着いて、ラベルやピトニーボウズ郵便料金計器を慌《あわ》ただしく扱っているとき、廊下側のドアがあいた。そういう事態が起こるのは初めてだが、そういう状況で言うべきことをすでに教わっていた。J・C・テイラーは不在です。面会予約はありますか。名前を告げて、お引き取りください。それで、ドアが大きくあく前に、ジャドスンはすでに口をあけている途中だった。ドアが大きくあくと、なぜかタイニーと呼ばれている大男がはいってきた。たぶんJ・Cのボーイフレンドだろうが、それはもっとも不似合いな呼び方に思えた。

「あっ、ハロー」口がとにかくあいている状態なので、ジャドスンは言った。

「きのうよりはましな服装だな、坊主《ぼうず》」タイニーはドアをしめながら、ジャドスンの服装を手で示した。ジャドスンのポロシャツとスラックスは、じつのところ彼が仕事探しのときに着ていた服装よりもずっとましだった。

「ありがとうございます」ジャドスンは嬉しくなった。「あなたが来たことをJ・Cに伝えましょうか？」

「いや、おれが自分で伝える」タイニーは何か考えているようだったが、一分ほどしてから言った。「クレジットカードを持ってるか？」

驚いたジャドスンが言った。「もちろんです。二種類ほど」

「一枚で充分だ。きょうの午後、車を借りろ。大型車だぞ」

「つまり、あなた用ですね？」

「そのとおりだ。二時に、レクシントンと七十二丁目の北西角で落ち合おう。おまえがクレジットカードの請求書を受け取ったら、現金で返すからな」

「ええ、いいですよ。問題なしです」

「おい、あまり他人を信用しすぎるなよ、坊主」タイニーが忠告した。「おまえの不在についてはおれからジョージーに詫《わ》びておく。二時だぞ」

「七十二丁目とレクシントンの角ですね。そこへ行ってます」

「おれもだ」タイニーはそう言って、奥の部屋へ向かって、ドアをしめた。

何が起こっているにしろ、ぼくはますます深みにはまっていく。ジャドスンはそう思った。そう思うと、笑みが顔に浮かんだ。

13

墓場のように静かだ。その日の午後二時少し前に、ドートマンダーとケルプが〈OJ〉に足を踏み入れると、床は軋《きし》みもしなかった。普段より数が少ない常連客がカウンターの左端に固まっている。川を渡る橋に近づいていく袋の中の子猫のように静かで、惨《みじ》めだった。右側のブースできびしく見張っている二人の男は、昨夜の二人ではなかったが、それほど違ってはいなかった。ロロは、動かない常連客たちからずいぶん離れたカウンターの右端で新聞を広げたまま、赤いフェルト・ペンを手に持って、新聞の上に上体を乗り出していた。

カウンターに近づきながら、ドートマンダーはブースの男たちの視線を体に感じたが、無視した。そして、ロロが一般人のようにタブロイド版の《デイリー・ニューズ》を読んでいなくて、もっと大判の《ニューヨーク・タイムズ》を読んでいることに気づいた。そのあと、ロロが読んでいるのは、《ニューヨーク・タイムズ》の求人欄であることに気づいた。

ロロが有資格者を待つ仕事が並ぶ求人欄から目をあげないでいると、ドートマンダーとケルプがロロの前のカウンターに歩み寄ったが、ロロは二人の存在に気づいていないわけではなかった。「悪いな、お二人さん」ロロは目をあげず、ペンを空《くう》にとどめたまま言って、「まだ無理だ」

「ロロ」ドートマンダーが言った。「おれたちがほしいのはビールだけだよ」

「実際、ビール二つだ」ケルプが言った。

すると、ロロは目をあげた。用心深そうに見えた。「ほかに用はないんだな？」

「ほかに何の用がある？」ケルプが尋ねた。「きょうは八月の暑い日だから、うまいビールを飲むにはぴったりの日だと思ったんだ」

ロロは肩をすくめた。「すぐ持ってくるよ」と言って、ビール二杯分を注ぎに行った。

待っているあいだ、ケルプが言った。「おれの番だと思うよ、ジョン」

ドートマンダーはケルプを見た。「何を言ってるんだ？」

「何をって？　おれはおまえにビールをおごりたい気分なんだ。お代わりを飲みたければ、そのときはおまえがおごる番だ。そういうことだよ、ジョン」

ドートマンダーが言った。「一杯しか飲まないときはどうするんだ？」

「おれの気持ちとしてはな」ケルプはそう言うと、財布を取り出し、ロロが前のカウンターに並べたビール・グラスの横に現金を置いた。「またいつか、おれたちはバーに来るだろう」

ドートマンダーはそれには賛同した。「おまえが順番を覚えているということだな」と言うと、ロロがケルプの現金をつかみあげて、あけたままの現金レジスターへ向かい、しばらくレジスターの中をかきまわしていた。

「問題ないよ」ケルプは請け合って、グラスを少し上に持ち上げた。「犯罪に乾杯」

「罰を受けないことを祈って」ドートマンダーが訂正して、一緒にビールを飲んだ。

ロロが戻ってきて、ケルプの前のカウンターにくしゃくしゃの紙幣を数枚置いた。ケルプは一枚を残して、紙幣をつかみあげると、言った。「ありがとう、ロロ」

ロロはカウンター越しに上体を近づけた。そして、低い声で言った。「今ここは最適な場所じゃないってことを言っておきたい」

「気がついてるよ、ロロ」ケルプはそう言って、うなずき、友好的な笑みを浮かべて、内緒話を聞く準備を整えた。

「問題は」ロロがいつもより小声で言った。「今ここにはある連中がいて、その連中は犯罪者なんだ」

ドートマンダーはカウンター越しにロロに上体をかなり近づけて、「ロロ」とつぶやいた。「犯罪者はおれたちだ」

「ああ、ジョン、わかってる」ロロが言った。「だが、この連中は組織化されてるんだ。気をつけろよ」

「すべてオーケイか、ロロ？」耳障《みみざわ》りなほかの声が問い質《ただ》した。

きょうの組織犯罪者の一人だった。ブースからカウンターにやって来て、ロロの《タイムズ》の前に立っていた。その奇妙なシャツは暗い赤紫だった。

「すべて大丈夫です」ロロが請け合った。カウンターから一ドル紙幣をすくいあげると、新聞に目を戻した。そのあいだ、赤紫色の男はドートマンダーとケルプにさっと冷淡な一瞥《いちべつ》をくれて、自分のブースのほうへ向かった。

ドートマンダーが言った。「人生で万事オーケイだと思ってると、何か別のことが起こるもんだ」

ケルプはドートマンダーをちらっと見た。「ジョン？　ビールを一杯飲んだだけで、おまえは哲学的になるのかい？」

「この環境のせいだ」ドートマンダーが言った。

一方、ロロは求人欄に目を戻し、入口のほうに呼びかけた。「それを奥に置いといてくれ」ドートマンダーが入口のほうを見ると、青いユニフォーム姿の配達員が酒類用段ボール箱を五つ積んだ台車を押していた。

「わかった」配達員はそう言って、台車を押し続けた。常連客たちはわざわざそっちに顔を向けることもなかった。

ドートマンダーとケルプはビールをすすり飲みながら、無言で目を合わせた。まもなく、配達員が空っぽの台車を押しながら戻った。ドートマンダーはカウンターから離れて、通常の大きい声で言った。「用足しに行きたい」

「おまえのビールを見張ってるよ」ケルプが申し出た。

「ありがとう」

ドートマンダーは固まっている常連客たちの横をまわり、カウンターの端を曲がって、〈ポインターズ〉と〈セッターズ〉のドアの前を通った。〈セッターズ〉のサインの下に『故障中』と手書きされた告知が押しピンでとめてあることに気がついた。宇宙への入口である電話ブースの前を通り、廊下の突き当たりにあるあいたままの緑色のドアの前で立ちどまった。

そこに奥の部屋があった。しばしば過去にみんなが集まったところで、今では変貌《へんぼう》している。ものであふれていて、もはや部屋の真ん中にある丸テーブルさえも見えない。そのまわりの椅子《いす》は言うまでもない。天井の真ん中からぶら下がっている裸電球は、そこに新しく運び込まれた資材の陰に部分的に隠れている。酒類用段ボール箱があちこちに積みあげられ、まだポリエチレンに包まれたままの新しいバー・スツールや、数台の現金レジスター、完全なミニチュア版ビリヤード台、それにプレッツェルやミート・スナックの箱、箱、箱が積まれていた。

「助けがいるか、あんた？」

ドートマンダーのあとから廊下を歩いてきた赤紫色の男だった。まるでそろそろ誰かと軽く殴り合うべきときだと考えているかのように、両肩を好戦的にいからせている。

「殿方室だ」ドートマンダーは冷静に言った。

「ポインターズだ」赤紫色の男はそこを指さした。

「どうも」ドートマンダーはそう言って、〈ポインターズ〉にはいった。そこのにおいを嗅《か》いで、普段はポインターズにはいらない理由をすぐに思い出した。最低限の時間をそこで過ごして、水を流し、うす汚い貼り紙が指示するように手を洗って、廊下に出た。そこはすでに人けがなかった。

〈セッターズ〉のドアが施錠《せじょう》されていても、驚くことではなかった。ドートマンダーはカウンターのほうへ向かった。その途中で、例の配達員とすれ違った。配達員は五つの酒類用段ボール箱を運んでいた。今回は五つともラム酒の段ボール箱だった。

赤紫色の男は自分のブースに戻り、深紫色のシャツを着た相棒に何かしらつぶやいていた。ケルプはさっきと同じようにカウンターにいる。ドートマンダーはケルプの横に戻った。そして、自分のグラスを顔の前に持ちあげると、ケルプが眉をあげた。

ドートマンダーは首を横に振り、ビールを飲んだ。配達員が台車を空っぽにして戻ってきた。今回はロロのほうに近づき、クリップボードを差し出して言った。「ここにサインしてくれ、いいかい？」

「もちろん」

ロロは誓約書にサインする調子で、クリップボードの用紙にサインした。すると、配達員は台車を持って消えた。

ドートマンダーは自分のビールを飲み終えた。「たぶん」と言った。「次はおれがおごるよ」

14

「フィフスで左に曲がれ」タイニーが後部席から言った。

「オーケイ」ジャドスンはそう言って、レンタカーの巨大な黒のレクサス・ヴィラを信号の前でとめて、左折の指示器を出した。

二人がこのブロックをまわるのは、これで三回目だ。六十九丁目からフィフス・アヴェニューを南下し、六十八丁目に曲がり、マディスン・アヴェニューを北上し、六十九丁目に曲がり、同じ通りをまわり続けた。タイニーは「このブロックをまわれ」と一度も言わなかった。いつも次にまわる角を指示する。まるで、ジャドスンが道筋に気づかないことを、もしくは覚えていないことを望んでいるようだ。

まあ、ジャドスンは道筋に気づいたし、覚えていた。しかも、何を見ているのか突きとめることさえやってのけた。「ここはゆっくりとな」車がフィフス・アヴェニューを走って、六十八丁目で左に曲がるたびに、タイニーはそう言った。タイニーが何に神経を集中させているのか、ルーム・ミラーで見つめていたので、角の大きなアパートメント・ハウスの右隣の家であることがわかったのだ。その家の何かがタイニーに特別の興味を持たせている。

「六十八丁目で左に曲がれ」

「オーケイ」

信号が青になるのを待ちながら、ジャドスンは斜め前のその家を見た。古いタウンハウスで、ほかよりも新しいガレージが家の右側に食い込んでいる。ルーム・ミラーに映ったタイニーの顔をちらっと見ると、タイニーはその家のほうへ顔をしかめた。まるで、その家の何かがタイニーを悩ませているか、戸惑わせているようだ。

信号が青になった。ジャドスンが曲がると、タイニーが言った。「車道の右端にとまれ。私道の入口で」

言いかえれば、例の家の真ん前だ。すると、これは今までとは違うぞ。

ジャドスンは駐車するときに自分の行動に注意する必要があった。このSUVはすごくでかいからだ。しかし、いったん停車すれば、その家を見つめながら、ぼくも顔を好きなだけしかめられる。タイニーは何を突きとめようとしてるんだろう？

「おれはここでおりる」タイニーはそう言って、右側のドアをあけた。「このブロックをひとまわりして、おれを拾ってくれ」

「オーケイ」

運転を再開したジャドスンは、タイニーがうしろでただ立っている姿を見た。首を片方に傾けながら、例の家を見あげている。上のほうを。何を見てるんだろう？

もう一度そのブロックをひとまわりするまでに、ジャドスンはその答えを考えついた。今のタイニーは通りの反対側にいて、例の家ではなく、自分の腕時計を見ている。

幸いなことに、その片側には消火栓があるので、ジャドスンはその前に車をとめた。

タイニーが車に乗り込むと、ジャドスンが言った。「ぼくを押しあげたらいいんですよ」

タイニーは車に体全体をなんとか入れ終えると、ドアをしめて、後部座席に落ち着いた。それから、やっとジャドスンの右耳を見て言った。「どこへ？」

「警報器ですよ。あなたはそれを考えてたんでしょう？　警報器にはどうやったら手が届くのか？」

「車を出して、角で左に曲がれ」

「オーケイ」

マディスン・アヴェニューに曲がるまで、タイニーはしゃべらなかった。「七十二丁目へ行って、左に曲がれ。どうしておれがどっかの警報器に手を届かせたいんだ？」

「わかりません」ジャドスンはそう言って、六十九丁目の信号でとまった。もしかしたら自分は少し利口ぶっていたんじゃないかと思い始めた。「ぼくの勘違いかもしれません」

「そう思うのか？」

「わかりません」

信号が青に変わり、ジャドスンが車を出すと、タイニーが言った。「あるとき、ムショの中で、こんな男がいたんだ。脱獄する方法を知っていると言った。主要ボイラーの通気孔を使えるぞ、ってな。おれは大きすぎて、その考えが気に入らなかった。だが、もう一人の男がよさそうだ、最初に試してみるぜ、と言った。それで、そいつは最初に通気孔を通ったが、方向を間違えてしまった」

「戻ってきたんですか？」

「灰が少し戻ってきた」

ジャドスンが考え深く七十二丁目で左に曲がると、タイニーが言った。「公園にはいるぞ」

「オーケイ」

「一度、おれたちは美術館に侵入しようとした」タイニーが言った。ジャドスンは交通量が多い対面通行の七十二丁目をゆっくりと運転した。「仲間の一人がこう言った。午後にそこにはいり、ミイラの棺の中に隠れ、朝の四時に仲間を中に入れるってね。おれたちはそこへ朝の四時に行った。そいつは現われなかった。ミイラの棺には空気がはいらず、そいつはまず眠りに落ちてから、死んじまった」

「わあ、それはまずいですね」ジャドスンはそう言って、フィフス・アヴェニューの赤信号で停止した。

「一晩無駄にした」タイニーが言った。「一度なんか、数人の仲間と一緒にいた。おれたちはペントハウスにいた。所有者たちは留守だった。街じゅうが停電だった。仲間の一人がこう言った。非常出口を見つけられるぞ、窓の数を数えたんだからってな」

不吉な予感を覚えて、ジャドスンが言った。「その人は窓の数を数え間違えたんでしょう？」

「違う。フロアを間違えたんだ」

ジャドスンがうなずいた。「ミスター・タイニー」と言った。「あなたの話にはハッピー・エンドはあるんですか？」

「今のところはない。信号が青だぞ」

それで、車はフィフス・アヴェニューを渡ると、車の流れに乗って、セントラル・パークにはいった。「このまま道路を走れ」ボートハウスへ向かう北行きの道路が右側に現われたときに、タイニーが言った。車は西方向へ走り続けた。ラムゼイ・プレイフィールド、そしてノームバーグ野外音楽堂が左手に見え、噴水のあるベセズダ・テラスが右手に見える。「右側にとめろ」

「とめられないと思いますよ」ジャドスンはそう言って、背後の車の流れをルーム・ミラーで見た。

「できると、おれは思うな」

ということで、ジャドスンは道路から半分はみ出して、車をとめた。怒ったドライヴァーたちはその車をよけて走り去った。八月の太陽の下で、大勢の人たちが公園の中を歩きまわっている。多くの人たちが噴水とそのむこうの湖に続く幅広の石階段をのぼったりおりたりしていた。

タイニーはウィンドウをおろしながら、ジャドスンに言った。「警笛を鳴らせ」

それで、ジャドスンは警笛を鳴らした。そこの石階段の片側でぶらぶらしている二人の男が突然車のほうを見てから、手を振り、近づいてきた。

「一人は前、もう一人はうしろ」その二人がそばまで来ると、タイニーが言った。じっと動かない短い沈黙のあと、鼻の尖《とが》った陽気な男が前部座席のジャドスンの横にすわり、陰気な男がタイニーの横の狭い座席にすわった。

「車を出せ」タイニーが言った。すると、ジャドスンは車を出した。タイニーがまた言った。「ドートマンダーと」後部座席の男のことだ。「ケルプだ」前部座席の男のことだ。「こいつはジャドスン・ブリントだ。今はジョージーの事務所長だ」

「やあ」

「よろしく」

タイニーが言った。「こいつが言うには、おれがこいつを警報器の高さまで持ちあげてもいいらしい。おれが尋ねたわけじゃない、こいつがただそう言い出したんだ」

ジャドスンは多くの視線を感じたが、あえて誰かを見るつもりはなかった。ぼくはただ連れ出されただけだ。そう思った。いや、ぼくが自分で自分を連れ出したのだ。

前部座席のケルプがジャドスンにはまったく信じられない好意的な態度で言った。

「ジャドスン？　志願したいのかい？」

「いいえ、違いますよ」ジャドスンが言った。「いいえ、ぼくが思ったのはただ……わかりません、ぼくが勘違いしてたんでしょう」

「志願したがった男を知ってるぞ」タイニーが言った。ジャドスンはため息をついた。

タイニーがあとを続けた。「おれたちはある仕事で仲間だったが、サツがその仕事に興味を持ち始めた。それで、そいつは先にサツのほうに転がるほうがいいだろうと考えた」

興味を抱いて、ケルプは前部座席にすわったまま半分うしろを向いて言った。「何があったんだ？」

「その男は屋根から転がり落ちたんだ」タイニーが言った。「七十二丁目横断道路を走り続けろ」とジャドスンに言った。

セントラル・パーク・ウェストの赤信号がその先に見えた。「信号が変わったら、すぐにでも」

「もしかしたら、この坊主はちょっとした泥棒なのかもしれないな」後部座席の男、ドートマンダーが言った。

「そう思うか？」タイニーが尋ねた。「ジャドスン、そうなのか？　泥棒なのか？」

「ぼくは違いますよ」ジャドスンはそう言って、青信号の下を車で走り抜けた。

背後でタイニーがぬうっと忍び寄ってきている気配を感じた。今までよりもずっと大きな体に感じるが、ルーム・ミラーをのぞき込むことはしなかった。交通量も多く、注意しなければいけない。対面通行なので。ここではすごく危険なことだ。

「もしかして」タイニーが言った。「おれが、ある種の泥棒だろうというのはおまえの考えかもしれないな」

「いえ、違いますよ」

ドートマンダーと呼ばれた男が言った。「タイニー？　J・Cはこの坊主のことをどう思ってるんだ？」

「えっ、このドライヴァーのことか？」タイニーが含み笑いをした。「こいつは有能なペテン師だとジョージーは思っている」

まだ友好的で愛想がよいケルプが言った。「それでもこの坊主が有能な泥棒だとは限らない」

ドートマンダーが言った。「だが、おまえが言いたいのは、J・Cはこの坊主を信用しているということだな」

「ジョージーの事業ではな」タイニーはジャドスンに言った。「ボート・ハーバーへ向かえ」

「はい、承知しました」ジャドスンが言った。そのあと、数分のあいだ、ほかの三人が会話を続けて、ジャドスンは西七十二丁目からブロードウェイと西七十九丁目を経て、西七十九丁目ボート・ハーバーへ向かった。そこでは、あんたは自分のボートを進水させられるし、ある人たちは自分たちのヨットとかハウスボートを保管しているし、おそらくあんたは不要な志願者をハドスン河に投げ込んで、海のほうへ流れていかせることもできるだろう。ジャドスンはうまく車を運転しながら、浅い呼吸をして、一言も言わなかった。

「それで、おれはそこを見たんだ」タイニーが言った。「うまくいくかもしれない」

「よし」ドートマンダーが言った。

「だが、まず知りたいのは」タイニーが言った。「〈OJ〉のことだ」

「そうだな」ドートマンダーが言った。「店は破産してるぜ」

「くそっ」タイニーがつぶやいた。

「あの店へ行って、店内を見るべきだぜ、タイニー」ケルプが言った。

「もしかしたら、行くべきかもな」

「いや、行くべきではないぞ」ドートマンダーが言った。「そんなことをしても手遅れだ。タイニー、やつらはすでに客たちを力ずくで追い出している。奥の部屋は商品でいっぱいだ。女子トイレには錠がおりているから、商品でいっぱいなんだろうよ」

「もし連中が店をつぶすつもりなら」タイニーが言った。「どうしてすぐにつぶさないんだ？」

ドートマンダーが言った。「ああいう連中のことはわかってるだろ、タイニー? あいつらは強欲なんだ。どうにかしてやつらは〈OJ〉を管理下に置き……」

「だいたいは」ケルプが言った。「オーナーがちょっとした馬鹿《ばか》たれなギャンブラーだったり」

「そういったところだ」ドートマンダーが言った。「だが、やつらはこの合法的な事業や確実な信望を手に入れた。やつらはただ飛び込んで飛び出るだけではなくだな、タイニー、その信望がなくなるまで使い切ろうとするつもりなんだ。買って買って買いまくれ、そしてブースに積みあげろ、男子トイレに鍵をかけて……」

「今そうしても早すぎない」ケルプが口をはさんだ。

「そのとおりだ」ドートマンダーが同意した。「だが、問題はな、タイニー、やつらは請求書が来るまで、店内のものを運び出すつもりはないってことだ」

ケルプが言った。「まだ全部の取引先が順番に並んでないのかもな」

タイニーが言った。「だが、いずれ並ぶだろう」

「もちろんだ」ケルプが言った。「事業の運営費がゼロだから、大幅に割引できる」

タイニーが言った。「それで、〈OJ〉はお仕舞いか」

「ええい、畜生」ドートマンダーが言った。「お仕舞いにしたくはない」

ケルプが言った。「ジョン、誰もお仕舞いにしたくはないが、やつらがあれほど深く関わっていて、そして、すでにあれだけの信用格付けと顧客基盤を失っていたなら、これから店を戻すのは無理だぜ。それはわかってるはずだ。やつらは今あそこにいて、これから店のものを剝《は》がし取り、注文したものをすべて売り飛ばし、姿を消すだろう。すると、オーナーは破産し、一巻の終わりだ」

「何か方法があるはずだ」ドートマンダーが言い張った。「話し合いさえできればな。しかし、話し合いを開くには〈OJ〉が必要なんだ！」

思いやりのあるケルプが言った。「ジョン、おまえはいろんな最善策を考えつくことにかなり長《た》けている。この問題について考えてくれ。やつらがプラグを抜くまで、おれたちにはまだ二日ほど時間が残っている。〈OJ〉を救うために、おまえが何か考えついたら、おれたちは協力する。そうだな、タイニー？」

「この坊主もだ」タイニーが言った。「もしこの坊主を仲間に入れると決めたらな」

非常に小さな唸《うな》り声がジャドスンの結んだ唇のあいだから流れた。彼はゆっくりと慎重に運転した。七十九丁目のボート・ハーバーに着かなければいいのにと祈った。

ドートマンダーが言った。「わかった。考えてみよう。だが、わからない」

「考えつくやつがいるとすればな、ジョン」ケルプが言った。「それはおまえさんだよ」

「さあ、ボート・ハーバーに着いたぞ」タイニーが言った。「坊主、どこかに駐車しろ」

「オーケイ」

ウェスト・サイド・ハイウェイの下に駐車場があり、ハドスン河のむこうにニュージャージー州が見渡せ、手前にはいろいろな種類のボートが停泊していて、その多くに人が居住している。ぼくのまわりにこういう人たちがいると、安全だろう。ジャドスンはそう思ったが、一秒たりとも信じていなかった。

タイニーが言った。「エンジンをかけたままにしておけよ、坊主、エアコンのために」

「オーケイ」

ケルプが言った。「次の議題はこの若者だな」

タイニーが言った。「この坊主をよく見てほしい。大丈夫だとジョージーは思っているが、それはジョージーの管轄《かんかつ》内でのことだ。おれたちの管轄内ではわからない」

「二、三のことを確かめておこう」ケルプがそう言って、信頼できない笑みをジャドスンに見せた。「ちょっとこう考えてみよう」と言った。「いろいろな考えを検討するんだ。タイニーがきみをあの警報器の高さまで持ちあげたと考えてみよう。それから、どうなる？」

「わかりませんし」ジャドスンが言った。「ミスター・タイニーが自分の望んでいることを教えてくれるだろうと思ったんです」

ケルプが首を傾《かし》げ、笑みが不審げになった。「何の考えもないのか？　持ちあげられたおまえはスクリュードライヴァーを持って、警報器をあけることになるだろうと思ってたのか？」

「そのう、とにかく」ジャドスンが言った。「これがどういうものなのか、ぼくにはわからないので」

ドートマンダーが言った。「おまえにとって何の得になるんだ？」

ジャドスンは目をしばたたきながらドートマンダーの顔を見た。ドートマンダーは少なくとも笑みを浮かべていない。じつのところ、彼は少しも楽観的に見えなかった。

「そのう、ええっと」ジャドスンが言った。「あなた方がぼくと情報を分ち合いたいか何かかと思ったんです」

ドートマンダーがうなずいた。「それで、おまえは細かいところなんかをおれたちに任せようと考えた」

「ぼくはこんなことをしたことがありません」ジャドスンが説明した。「だから、どういう具合に進行するのかわかりません」そして、やけくそになって、自分の心の奥深くにある真実に手を伸ばした。「じつのところ、ぼくは何もわかりません。この世界で自分が何をすべきなのかわかるまで、なんとかやっていきたいだけなんです。ミスター・タイニーがあの警報器に関心を抱いていることに気づいたときに、ぼくは手助けを申し出ました。そのう、その時のはずみのような調子で」

ドートマンダーが言った。「おまえはこの世界で何をすべきなんだ？〝この世界〟とは何なんだ？」

「そのう、高校を出た世界のことです」

ぼくはそんなことを言うべきじゃなかった。ほかのみんながお互いの顔を見合わせたときに、ジャドスンはそう思った。すると、タイニーが言った。「おまえたち二人に任すぜ」

「アンディーに任すよ」ドートマンダーが言った。「この坊主を教えるべき人間はアンディーだ」

ケルプは笑った。「考えてたんだがな」と言った。「おれはタイニーにどこへも持ちあげてもらいたくないと思う」そして、笑みをジャドスンに向けながら言った。「ジヤドスン？　家の近くには親しい友人がいるのかい？　高校時代の友人とか？」

「いいえ、全然」ジャドスンが請け合った。「ぼくは故郷に別れを告げたんです」

「両親と一緒に住んでるのかい？」

「街でアパートメントを見つけるまでです。ええ、でも、両親には話しません。一度も話したことはありません」

「サツとトラブルを起こしたことは？」

「本当のトラブルはありません」

またケルプが笑った。「つまり、逃《のが》れたということかい？」

ジャドスンは返事代わりのおどおどした笑みを浮かべた。「ええ、数回」

ケルプは後部座席の二人にうなずきかけた。「こいつにチャンスをやろう」

ジャドスンが言った。「ありがとうございます」

まだ変わりのない笑みを浮かべながら、ケルプがジャドスンに言った。「もしおれが間違っていたら、タイニーがいつでもおまえを高いところから落とせるからな」

「承知しました」

「そのときは教えてくれ」タイニーはそう言うと、自分の横にあるドアをあけた。

「おれはここからリヴァーサイドまで歩くつもりだ。坊主、この二人を家まで送っていってやれ」

「承知しました」

タイニーがリヴァーサイド・ドライヴのほうへ立ち去ると、ケルプが言った。「おれは西三十丁目だ」

「東十九丁目だ」ドートマンダーが言った。

「承知しました」

安心し、驚嘆し、目がくらくらしたジャドスンは、車をUターンさせると、ボート・ハーバーを出て、南行きのウェスト・サイド・ハイウェイにはいった。そして、旅客船ターミナルや航空母艦〈USSイントレピッド号〉のほうへ車を走らせながら言った。「例のつぶれた店のことで手助けが必要になったら、ぼくはいつでも準備ができてますからね」

まあ、そのことであとの二人はそれほど笑う必要はなかったようだ。

15

八月十三日金曜日の午前二時半に、ドートマンダーが〈OJバー&グリル〉に足を踏み入れたとき、店は三時間前からしまっていて、店内にある唯一《ゆいいつ》の照明は長い年月で汚れた窓から差し込んでくる遠くの街灯の明かりを除くと、最新型の現金レジスターの上にある琥珀色《こはくいろ》の蛍光灯の光だけだった。彼があけたときと同じように、静かにドアをしめながら、錠前や警報器を安全にすり抜けるのを助けてくれたスパチュラとか解錠道具をしまって、人けのない酒場を横切り、カウンターのうしろにあるロロの領域にはいった。

そこで最初に気づいたことは——気づいたことは運がよかった——ロロが踏みつけそうな簀の子《すのこ》の一部が引き剝がされていて、その下の長い跳ねあげ戸が開いて、カウンターの下の棚に立てかけてあった。注意しないと、厄介な転落になるところだった。とくに、地下室に続く階段が長方形の穴のむこう側から始まっているからだ。

これが無精な性格のせいなのか、不注意な空巣《あきす》よけの落とし穴なのか、ドートマンダーにはわからなかったが、こっちに戻ってくる必要があることはわかっていたので、跳ねあげ戸をあけたままにしているフックを見つけて外し、跳ねあげ戸を元に戻した。しかし、簀の子は動かさなかった。その必要がないからだ。

しまった跳ねあげ戸の上に立ったまま、レジスターを置いた後部カウンターの下に並ぶ三つの引き出しの一つ目をあけた。役所提出用書類でいっぱいだった。消防検査証、空調コイル洗浄明細書、衛生基準条例違反報告書、水道使用料請求書。〈ＯＪ〉を襲ったこのひどい不運の理由を説明するものは何もない。

その謎《なぞ》を解く視点からは、あとの二つの引き出しの中身も同じように役に立たなかったが、そのうちの一つの引き出しに拳銃《けんじゅう》がはいっていることは興味深い。スター・モデルＦオートマティックで、かなり埃《ほこり》だらけだが、充分に装弾されている。しかし、安全装置はかかっている。その拳銃はカクテル用の東洋風パラソルの横に置いてあった。

引き出しをしめると、あたりを見まわしたが、役に立ちそうなものは何も見当たらない。手紙とか、ギャンブル用金券とか、脅迫状は？　どうしてここには役に立つものが何もないんだ？

とにかく、ないのだ。あきらめかけたとき、突然金属を引っかくような物音が入口ドアのほうから聞こえてきた。まるで、ねずみのロボットが銅のニンジンをかじっているような音だ。

鍵《かぎ》の音だ！　鍵を持った誰かがはいってくる。

どこに隠れよう？　隠れるところはない。バーはこのうえなくあけっぴろげだし、男性用洗面所も奥の部屋もまったく出口のない袋小路だ。

どこに？　どこに？　入口ドアでは数個の錠前を外さないといけない。そのことはドートマンダーがさっき学んだことだが、時間が問題なのではない。場所が問題なのだ。姿を隠すための場所が必要だ。

地下室だ！　しめたばかりの跳ねあげ戸。すぐさま彼は簀の子の上に乗ると、屈《かが》んで、跳ねあげ戸をあけた。そのとき、入口ではほかのドアがもうすぐあく。地下室への階段をおりたあと、跳ねあげ戸をしめるべきだろうか？　いや、それはぎこちない。それに簀の子に関しては、どうにもならない。

跳ねあげ戸を引っかけろ。階段をぴょんぴょんと駆けおりろ。しわを寄せた額をカウンターの高さより下におろすと、通りに面したドアがあいて、数人の男が次々にはいってきた。少なくとも、数人だ。

「カウンターの後ろに照明スイッチがある。ちょっと待っててくれ」

地下室は真っ暗だった。ドートマンダーは広げた両手を体の前に出し、目を無意味に見開きながら、見たこともない床の上を少しずつ歩き、見えない真っ暗闇《まくらやみ》へ向かった。

「ここは暗えな」

「こん畜生め！　これを見ろよ！」

ドートマンダーは凍《い》てついた。前に伸ばした腕の先にある指先はぴくぴく震えている。

「何だよ、マニー？　何が問題なんだ？」

「このくそったれ跳ねあげ戸が開《ひら》えてやがる！　おれはもう少しで地下室まで落っこちるところだったぜ」

「ええい、くそっ、それをしめろよ！」

「どうやって？　ここじゃ何も見えない」

「待て、動くな。照明のスイッチがどこにあるのか知ってる。あのロロはべらぼうにぞんぜえになってきてるぞ」

「やつはこれまで仕事から得られてた満足感を失っちまったんだ」

「失いたければ何でも失えばいいんだ。ここでのおれたちの仕事が終わるまで、おれたちはやつをここに置いておかなきゃならない。やつが卸売り業者に状況を話さねえようにするためにな。ほらっ、スイッチがあったぞ!」

突然、明かりが地下室への階段をおりてきて、ドートマンダーの体を包み、彼のまわりに黄色味がかった灰色の薄暗い光を放った。ざらざらした石の壁が彼のすぐ前に立っていた。前に出した指先から一フィートもないところだ。彼はすぐに両手を両脇におろした。細長い長方形の部屋が彼の右方向に延びていて、バーのメインルームの真下に当たる。彼の左方には、木製の壁にあいたドア口がそのむこうに廊下があることを物語っていた。自分の脚が一階のある角度から見えるのではないかと危惧《きぐ》して、ドートマンダーは体を左に向け、廊下のほうへ抜き足差し足で向かった。

暗闇。さっきとほとんど同じほど真っ暗だが、うしろを向くと、黄色の細い線が暗闇の中で長方形を描いていて、しめられた跳ねあげ戸の輪郭をとらえていた。

人の声が上から聞こえてきた。何か役に立つことを言ってるかな? 映画やＴＶでは誰かがたまたまどこかに隠れているときに、ほかの人間たちが一部始終を説明するような会話を交わすものだ。今ここでそういうことがたまたま起こっているのだろうか?

ドートマンダーは抜き足差し足で後戻りをして、黄色い長方形の真下に立った。どんな話をしているのだろう？

最初のうちは、何の話もしていなかった。彼がそこへ行ったときに、彼らは話をやめたようだ。そのあと、突然痛々しく苛立《いらだ》たしい軋《きし》る音がキーキー、ギーギーと聞こえた。もちろん、簀の子が元の位置に引き戻されている音にちがいない。これは少しあとで考えるべき問題だ。しかし、ついに、簀の子が元の位置に戻され、長方形の黄色い線が消えた。上にいる連中がまた話し始めた。くぐもった声だが、聞き取れる。

「覚えておけよ、ロシア産だけだぞ」

「わかった」

「それに、モノホンのフランス産と」

「ここにポーランド産がいくらかある」

「忘れろ。ポーランド産を持ち帰ったら、首をちょん切られるぞ」

「じゃあ、おれは自分用に一本持って帰ろうかな」

「このレジスターは空っぽだ」

「もちろんだ。毎晩閉店するときに空っぽになる」

「ここの金庫はどうなんだ？」

「忘れろ。その面倒はあとで見る」

「これはフランス産か？」

「駄目だ！　どうしたんだ、おめえは？　おめえのお目当てはドンペリグノンだぞ」

〝ペリニョン〟とは呼ばなかった。

「うん、ドンペリグノンだ」

「奥にもっとあるはずだ」

「忘れるな。ボスの娘が結婚するときは、最高のロシア産ウォッカと最高のフランス産シャンペンだけだ。さもねえと、おれたちの体はニュージャージーのメドウランズ湿原で見つかるぞ」

「ストリチナヤだな？」

「わかってきたじゃねえか」

　連中の声はバーのほかの場所へ移り、だんだん小さくなっていったが、連中が床を歩く鈍い足音のおかげで、ドートマンダーは彼等の動きを追うことができた。ここからも、そこからも、どこからも。足音は入口ドアのほうへ動き、またそこから離れていった。上の構成員たちはロシア産やフランス産の酒類がはいった段ボール箱を店の外に運び出していたのだ。やつらのうじ虫組織のお偉方の一人が、自分の子孫を増やす挙式の準備をするために。

まあ、連中の行動がある意味で役に立った。ドートマンダーがここに隠れていることを連中は知らないし、あることを彼に教えてくれた。そのあることは彼が知りたいことではなかったが、それでも見つからないでいるという最初の目的は果たせた。

一階の明かりがついてから、跳ねあげ戸がしまるまでの短いあいだのかすかな視覚的記憶が甦《よみがえ》ってきた。その記憶によると、階段のおり口に立ったときに目の前にあった壁に照明スイッチがあった。階段のおり口は、照明スイッチに最適の場所だ。もう一度見つけられるだろうか？　ここの明かりがつくと、その光が一階で気づかれるだろうか？

ドートマンダーはじっくりと考えた。これまでの人生におけるいろいろな地下室を思い出した。ここのバーの奥の部屋の照明器具の配置を思い出した。今立っている長方形の部屋の天井についた一つの電球を一瞬見たイメージさえも思いだした。大体において、暗闇で悪態をつくよりも、ひとつだけの小さな電球をつけよう。そのために見つかるリスクを負う値打ちはあるように思えた。

思ったとおりだった。スイッチを見つけて、パチンと入れると、天井の真ん中にある四十ワットの電球は、まるで真夜中のカスバにおける影の多い非現実的な市街地のような効果をもたらした。もしくは、両親が外泊しているときのティーンエイジャーのパーティーのような。その苛立たしい暗がりの中で、何列にも並んだ樽《たる》が見えた。ビア樽、ワイン樽、そして、白チョークで『アムステルダム酒店特製バーボン』と手書きされた樽、う〜む。

そこは、壊れたバー・スツールやテーブル、扉があいた丈の高い金属製ロッカー（その中には、ドートマンダーが生まれる前の〈ＯＪ〉のウェイターの古いユニフォームの残骸《ざんがい》が吊《つ》ってあった）や、空びんがはいった多くの段ボール箱（いくつかはずっと昔に廃業した酒造メイカーのロゴが印刷されていた）で散らかっていた。

ありがたい頭上の光源に近い側面の壁の半ばには、使い古された古い灰色の金属製デスクがあり、その前に同じように使い古された灰色の金属製回転椅子があった。膝《ひざ》を入れる天板の下はデスクの左側にあり、右側に丈の高いファイル用引き出しが二つある。

よし、そうこなくっちゃ。ドートマンダーは左肘をデスクの天板に置いて、軋る椅子に腰かけると、上の軋る引き出しをあけて、そこのフォルダー・タグを指先でめくった。そして、『ＳＬＡ』と書いたタグのところで指先をとめた。

ＳＬＡ。ステイト・リカー・オーソリティー、州酒類販売許可局。酒場主にとっては神様。その規則は彼らの世界では聖書に近いものだ。というのも、その許可局は生死に関わる絶対権力を持っていて、酒場を閉鎖することができるからだ。

そのＳＬＡフォルダーには一インチ以上の厚さがあった。デスクの上で広げて、薄明るい光の下で読もうと上体を前に傾けたとき、フォルダー内の書類がだいたい年代順に揃《そろ》えてあることに気がついた。古いのが手前で、新しいのがむこうにある。一番古い書類は四十七年前のものだった。そのとき、ジェローム・ハルヴとオットー・メドリック（屋号はジェリック・アソシエイツ）は、この住所の〈ＯＪバー＆グリル〉での酒類販売許可証を申請し、取得した（どうしてイニシャルを逆にしたんだ？　たぶん〈ＪＯバー＆グリル〉は二人にとって語呂《ごろ》が悪かったのだろう）。

三十一年前に、オットー・メドリック（今の屋号はＯ・Ｊ・パートナーズ）はジェローム・ハルヴの遺産相続人の所有になったバーの権利の半分を買いあげて、まるで新参者のように一から膨大な書類を作成する必要があった。そして、六カ月前に、オットー・メドリック（現住所はフロリダ州コーラル・エーカーズ市エルフィン・ドライヴ一三一～一五八番地）は〈Ｏ・Ｊ・パートナーズ〉をニューヨーク市クイーンズ区六十三ポイント一六一～一六三番地在のレイフィエル・メドリックに、即金ではなく、今後二十年間の利益の歩合を受け取る契約で売った。

レイフィエル・メドリックは店の権利を得たときに、三十一年前のオットー以上に膨大な書類をSLAに提出する必要があった。余分の書類のいくつかは興味深いものだった。レイフィエル・メドリックの更生を立証する手紙は、レイフィエルの弁護士とクイーンズ郡裁判所の判事、レイフィエルの前任保護観察官が提供した。その全員の手紙には、レイフィエルが犯罪に関わっていた以前の短い生活は暴力的ではなく、悪い仲間との付き合いが原因であり、今ではレイフィエルはその仲間と絶縁しているし、レイフィエル本人が全面的に反省していると書かれている。オットー・メドリックは甥《おい》のレイフィエルを完全に信頼しているし、信頼していなければオットーの全財産をレイフィエルに絶対に委《ゆだ》ねるはずがないと、手紙でSLAに請け合っている。

ドートマンダーがこの家族の歴史からやっと頭をあげたときには、はじめて地下室の明かりをつけてから一時間近くもたっていたし、上の構成員たちの物音を最後に聞いてからかなりたっていたことに気がついた。この薄明るい光の中で、書類の近くまで上体を前に倒す必要があったため、腰がだるくなってきたので、背中をまっすぐに伸ばし、精神を集中させて、耳をすませた。

何も聞こえない。階段のほうへ目を向けると、跳ねあげ戸を縁取る黄色い光の線が見えなかった。

立ちあがって、深く膝を二度ほど曲げたが、後悔した。そして、跳ねあげ戸の下へ近寄り、階段の上のほうをじっとよく見た。光がない。壁に近づいて、地下室の照明を消したが、上からの光はまだ見えなかった。そして、地下室の明かりをつけて、ここから出ることができるかどうか確かめるために、階段をのぼった。

上を歩けるように分厚い材木でできているので、跳ねあげ戸自体がかなり重かった。その上に簀の子を敷くと、どうなると思う?

まずいことになる。上体を前に倒しながら、背中が跳ねあげ戸の裏面に当たり、膝が曲がるまで階段をのぼった。蝶番《ちょうつがい》の反対側にいた。足を踏ん張って、脚と背中を上方向に伸ばした。体じゅうのあちこちに痛みが走った以外、何も起こらなかった。

まずい。まったく、まずい。これから先も人生を続けていきたいのだが、そのためにはこの地下室から出ないといけない。おい、これはそんなに重くないぞ!

階段をおりて、壊れた家具のあいだを捜しまわり、ついにひび割れた木製のバー・スツールの脚を見つけた。単純化されたボウリング・ピンのように先が細くなっている。それをつかんだまま階段をのぼり、できるだけ遠くの隅のほうに上体を傾けて、その隅に持ちあがれと命じ、持ちあがれ、持ちあがれとしつこく命じると、ついにそれは持ちあがった。すぐに、狭い隙間《すきま》にスツールの脚をすべり込ませた。それが始まりだった。

次に、バー・スツールそのものを持ってきて、真横の状態で抱えたまま階段をのぼり、カーヴした座面の背を狭い隙間に押し込んだ。スツールを梃《てこ》にして、下のほうに押し下げ、跳ねあげ戸を少し持ちあげ、ついに壊れた脚が隙間から抜け落ちた。すぐにその脚を縦にして、跳ねあげ戸と階段の上から二段目のステップのあいだに挟んだ。バー・スツールを隙間から引き抜いて、跳ねあげ戸と四段目のステップのあいだに立てたまま押し込んだ。すると、スツールの脚が抜け落ちた。

時間がかかるし、骨の折れる作業だったが、ほかの家具を使って、その動作を続けるたびに、すこしずつ持ちあがっていった。ついに、階段の最上段に楔形《くさびがた》の空間ができ、人間がなんとかくねくねと通り抜けられるほどの大きさになった。そして、小道具をうしろに蹴《け》り飛ばさないように確かめながら通り抜けた。

非常に疲れた。もうすぐ夜明けだ。それでも、動かしたものすべてを元に戻さなかったら、連中は訪問者がいたことを知ることになり、けっして喜ばないだろう。

くたくただったが、ドートマンダーは簀の子を押しのけて、跳ねあげ戸をあげ、フックにひっかけてから、地下室に戻り、オットー・メドリックと甥のレイフィエルの最近の住所を記した書類をＳＬＡフォルダーから取り出して、地下室で動かしたものをすべて元に戻し、そこの照明スイッチを切って、レジスターの上にある琥珀色の明かりを頼りに一階に戻った。

くたくただ。店を出るときに、ドートマンダーは結婚式の客たちが残していったストリチナヤのびんを一本つかんだ。いや、これは冗談じゃないぞ。もらっていくのは当然のことなのだ。

16

その店は〈トワイライト・ラウンジ〉という名前で、東四十三丁目の卸売り専門のプラスティック造花ショウルームと、自称『病室とパーティー用品』という店のあいだにあった。悲惨な陳列ウィンドウとその店の看板を見て、ケルプが言った。「これは〝病的用品とパーティー室〟に改名するべきじゃないのかな?」

「何するべきだって?」ドートマンダーが尋ねた。彼は懐疑的で、注意散漫だった。

「いや、何でもない」ケルプはそう言って、スイング・ドアを押し、〈トワイライト・ラウンジ〉にはいった。すると、すぐさま二人はディーン・マーティンの甘ったるい歌声に襲われた。その声はモルヒネが混ざったシロップのようだった。

〈OJ〉がだんだん会合場所に使えなくなっていくので、みんなの会合場所としてこの店を薦めたのはJ・C・テイラーだった。「ジョージー自身はこの店を知らないんだ」ドートマンダーは朝早くベッドからなんとか起き出すと、昨夜〈OJ〉で探り出したことについて検討するために、会合場所が必要だと自分でみんなに電話をかけた。そのあと、タイニーは金曜日の昼前に電話でみんなにそう説明した。「ジョージーの事務所があるビルディング内の郵便局の支局にいる野郎がその店へ行くと言ったんだ。店は静かで、客たちは他人のことには口を出さない。奥にはおれたちが使えそうな部屋がある。エディーに薦められて来たと言えばいい」

　まあ、試す価値はある。どこでもいいから、ドートマンダーのリヴィングルームでまた集まるよりもいいので、みんなは同意した。それで、金曜日の午後四時、みんなはここ、〈トワイライト・ラウンジ〉にいるのだ。そこはだだっ広くて照明の暗い店だった。週末を過ごすために郊外の自宅へ向かう回り道で寄った賃金労働者たちで半ば混んでいて、ディーン・マーティンのぼこぼこと湧《わ》き出る甘い声が店内を満たしている。

　二人のバーテンダーが働いていた。一人は一所懸命に働く無表情な男で、シャツの両袖をまくりあげている。もう一人は愛想のよい若い女性で、生きる時間はあり余るほどあった。その女性がすでに三人の客と交えている会話に割り込むことはせずに、ケルプはカウンターに上体を乗り出すついでに男のバーテンダーに言った。「エディーに言われて来た」

「了解」その男はけっして目を合わせなかったが、後部カウンターにあるいろいろなものをいじくりまわしている自分の動きづめの両手をずっと見つめ続けていた。「エディーの友だちがすでに奥に来てるよ」

ドートマンダーは誰のことだろうと思ったが、多忙なバーテンダーはまだ話していた。「あんたのドリンクを注文してくれ。そのあと、ドリンクを奥へ持っていってもいい。帰るときに勘定を払ってくれ」

「ありがとう」ケルプが言った。「おれの注文はバーボンと氷とグラスを二つだ」

「同じものを」ドートマンダーが言った。バーテンダーは効率よくうなずくと、ピニャ・コラーダをトレイにいっぱい載せて、むこうへ立ち去った。確かに表は八月だが、通勤者たちはどこへ行くんだろう？

注文したドリンクを待っているあいだ、ケルプが言った。「まあ、〈OJ〉より効率がいいね」

ドートマンダーは考えた。おれたちは効率のよさを要求してるのだろうか？　しかし、彼は自分が不機嫌だということを自覚していた。変化だという理由だけで変化に苛立っていた。そのため、こう言っただけだった。「エディーの友だちって誰だろう？」

ケルプは肩をすくめた。「調べてみよう」

それは賢明な提案だったので、ドートマンダーはうなずいた。そのまま受け入れろ。どうにでもなれ。〈OJ〉より効率がいい。それでいいのかもしれない。

効率よく、男のバーテンダーが四つのグラスを二人の前でぴかぴかに輝く木製カウンターの上にかちんとたたきつけた。「カウンターの端を左に曲がってから……」彼はそう言いながら、二人のほうを見ずに、動き続ける自分の両手が取り組んでいる次の仕事に注意を集中した。「……洗面所の前を通ったら、右手にあるよ」

二人はむこうへ遠のく男の背中に礼を言って、自分たちのグラスをつかみあげると、教えてもらったルートに従った。カウンターの端を通ると、おとなしい明かりがついて、床にカーペットを敷いた小ぎれいな廊下に出た。壁には突出し燭台《しょくだい》と陽気な一八九〇年代の場面を描いた額入り風俗画がかかっている。右手の壁にある一つ目のドアには〝淑女用〟と記されていた。右手の二つ目のドアには〝紳士用〟と記してある。三つ目のドアはあいていて、室内でいらいらしそうなタイニーがすわっていた。〈OJ〉のそれよりも大きい奥の部屋で、もっと手が込んでいた。壁の突出し燭台や陽気な一八九〇年代のテーマはここまでも続いていて、えび茶色のカーペットの上には四脚の小さな丸テーブルが幾何学的に並べてあった。テーブルそれぞれがテーブルクロスにおおわれていて、真ん中に三角柱のメニューが立っている。メニューの片面には特別ドリンクが、別の一面には特別スナックが書かれている。タイニーはすでに自分のテーブルからその三角柱メニューをうしろの床に投げ捨てていた。

「やあ、タイニー」部屋にはいりながら、ケルプが言った。「あそことは違うだろ？」

タイニーは赤い液体のはいったトール・グラスを持ちあげた。その液体はチェリー・ポップ・カクテルに見えるが、実際は違う。「連中は……」と彼が言った。「……ウォッカと赤ワインを別々のグラスに入れたがった。それで、〝好きなだけたくさんのグラスを持ってきてくれてもいいぞ〟とおれが言ってやると、連中は二つのグラスのうち一つを持ち帰ったぜ」

ケルプが二つのグラスをタイニーの右側に置いて、言った。「おれはそれとは違う注文をした」

「ああ、お客はいつも……」タイニーが教えた。「正しいからな」

タイニーの左側に自分の二つのグラスを置いて、ドートマンダーが言った。「マーチのママは来るのか？　それなら、おれたちは全部で五人になる。だが、これは四人がけのテーブルだ」

「おれは息子のほうと話をしただけだ」タイニーがそう言うと、スタン・マーチ本人が部屋にはいってきた。片手にビールのグラスを持ち、もう一方の手には青い波のデザインがはいった小さくて浅いボウルを持っていた。「ママが来なくてよかったよ」スタンが言った。「ママがマンハッタンの交通状況を見たら大変だからね。これは何だい？　おれは背中をドアのほうに向けてすわらなきゃいけないのかい？」

「おまえはドアをしめなきゃいけない」タイニーが提案した。

というわけで、スタンはグラスとボウルを小さいテーブルの空いた狭いスペースに置いて、うしろを向き、ドアをしめた。前に向き直ったときに、ケルプが言った。

「ボウルの中は何だ？」

「塩だと思う」スタンはすわると、ビールを一口飲んで、ボウルの方に顔をしかめながら言った。「塩入れを頼んだんだが、ここでは塩入れがないので、この小さなボウルを持ってきたんだ」

上体を近づけて、ボウルをほとんど完全に満たしている白い塩を見ながら、ケルプが言った。「これじゃ塩が無駄になる。おまえはこの塩をそんなに使わないだろう」

「ここではこの塩を捨てないんだ」スタンが言った。「バーの中のテーブルを見たが、ここではボウルを置いたままにしてるぜ」

ケルプが言った。「つまり、みんなが同じ塩のボウルに指を突っ込んだということか？」

　スタンが肩をすくめた。「どうしろと言うんだ？　ビールに含まれるアルコールがばい菌を殺してくれる。マンハッタンの問題は、今が八月で、誰も街にいないし、旅行客でいっぱいだということだ」

　ドートマンダーが言った。「じゃあ、どういうことなんだ？　この街には誰もいないのか？」

「ここに住んでる人間は誰もいないってことだ」スタンが説明した。「夏のあいだ本物のニューヨーカーたちはどっかへ行く。たった今、街の中を運転する方法を知ってる人間は誰も街の中を運転していない。今ここにいる人間はほかの大陸から来て、夏のあいだここにいる。ホテルにレンタカーがついて、特別の待遇なんだ。それで、連中はすごくご満悦だ。車を運転するためにニューヨークに来たって？　自宅のある田舎村で運転してくれ、ここではやめろ。ここで何をしているのか自分でも理解できないだろう。一週間のあいだぐるぐるまわってるだけで、迷子になっちまう。自宅に帰ると、〝ニューヨークはどうだった？〟と友だちに訊《き》かれるが、〝何もわからなかった〟と答えるだけだ」

「おれたちはここにいる」タイニーが言った。「ドートマンダーが〈ＯＪ〉で見つけたことを話してくれる」

「いつでも始めてくれ」スタンが言った。親指と人差し指で少々の塩を自分のビールに巧みに振りかけると、ビールが泡立った。

ドートマンダーはスタンと塩を見つめ終わると、話し始めた。「よし、おれは昨夜あの店に忍び込んだんだ」そして、結婚披露宴や地下室、SLAやメドリック家の歴史について語った。

ケルプが言った。「甥のやつめ」

「善良な甥ではない」ドートマンダーが言った。

タイニーが声を響かせた。「善良な甥ってものは存在するのか?」

ケルプが言った。「おれの甥のヴィクターはそんなに悪いやつじゃない」

「ヴィクターか」タイニーが繰り返した。「FBIだな」

「元FBIだ」ケルプが言った。

ドートマンダーが言った。「放り出されたんだ。あいつはFBIに秘密の握手を作ってもらいたかったんだ」

スタンが言った。「FBIにはすでに秘密の握手があったとおれは思ってたぜ」

タイニーが言った。「ケルプの甥のヴィクターが問題なんかじゃない。〈OJ〉の甥のメドリックが問題なんだ」

「レイフィエル・メドリックだ」ドートマンダーが言って、〈OJ〉の金庫から拝借してきた二枚の折りたたまれた書類をシャツのポケットから取り出した。「クイーンズにいる」

「こいつが何の罪で保護観察になったのか、おれたちにはわからないな」ケルプが指摘した。

「非暴力的な犯罪だ」ドートマンダーが言った。「たぶん、こいつはもともと組織と関係はないだろう。ただの間抜け野郎で、トラブルに巻き込まれて、家族が救いの手を伸ばした。おじ貴は引退したがった。もうわかっただろう。全員にとっていいことずくめだ。おじ貴はフロリダで引退生活を送れる。若い甥は責任のある仕事に就くと、まっとうな人間になれる。家族は甥から目を離さないでいる……」

「もちろんだ」ケルプが言った。

「家族はいつもそうだ」スタンが言った。

タイニーが言った。「なあ、これはすべてが終わったあとのことだ。もう終わっている」

ドートマンダーが言った。「〈OJ〉はまだ開業している」

「もしあれを開業と呼ぶならな」タイニーが言った。「だが、商品は購入されたんだぞ、ドートマンダー。掛け売り限度額に達したんだ。あの店は抜け殻だ。もうお仕舞いだ。おれたちが考えなきゃならないのは、フィフス・アヴェニューのあのペントハウスとオルブライトが緑色の紙切れで買ってくれる素晴らしいもののことだ」

「おれたちは考えてるよ」ケルプが請け合った。「考えてる。そうだな、ジョン？」

「ある意味ではな」ジョン・ドートマンダーが言った。

「じゃあ、もっと考えてみようぜ」タイニーが提案した。

「そのとおりだ」ドートマンダーが言った。

スタンが言った。「でも、面白半分にでもこのレイフィエルの顔をひと目見に行かないか？」

「うん、いいな」タイニーが言った。「よし、おれたちはレイフィエルの顔を見に行くぞ。〈ＯＪ〉について何とかできるとは考えるなよ」

ケルプが言った。「もしそうなら、どうしてわざわざあいつの顔を見に行くんだよ？」

タイニーがにこっと笑うと、ほかのみんなは縮みあがった。「それはだな」タイニーが言った。「おれがあいつの注意を引きつけたいからだ」

17

プレストン・フェアウェザーがベリル・レオミンスターを美しいと見なす理由はたくさんある。彼女の体は美しく、引きしまり、すらりとしていて、賞の小像のようにブロンズ色だ。これまでの人生で行なった美容整形手術を記録している小さくてかすかな傷があちこちにあるだけだ。彼女の顔も美しい。小さくて無表情だが、滝のように流れる蜂蜜色《はちみついろ》の髪に縁取られ、彼女によると、髪は〝邪魔にならない〟ように夜にはヘアネットの中でまとまっている。それが別の意味で彼女を美しいと見なす理由だ——すなわち、思慮深さだ。ベッドの中では積極的で、知識豊かで、貪欲《どんよく》すぎない。たぶん、自己申告の年齢二十九歳よりも七歳か八歳以上にはなっていないだろう。元亭主の金を楽しく使っていること自体は美しくないが、プレストンが結果的に少しの間接的な復讐《ふくしゅう》を果たす可能性を生み出してくれる。そのことは間違いなく美しい。しかし、ベリルに関して一番美しいことは、プレストンの見たところ、きょうが金曜日で、あしたの朝にベリルが去っていくことだ。

　ここのシステムでは、ほとんどの休暇滞在者は土曜日の午後に北アメリカ本土からチャーター便でこのリゾート施設にやって来る。独身者もいるし、二人連れもいるし、家族連れもいる。独身者のあいだでは、二人きりになる目的は普段日曜日に達成され、ときおり滞在客と従業員のあいだで親密になる。その行動を経営側は賛同もしないし、難色も示さない。しかし、しばしば滞在客たちはお互いのことを完全に満足できる相手だと感じることがある。そして、もっとも満足できる相手というのがプレストンのような長期滞在客である。プレストン自身の言葉を借りれば、彼は愛らしい新来者に〝コツを教える〟ことができるのだ。

　次の週には、新しくできあがったばかりのカップルはこの島の驚くべき場所やお互いのことを探究してみるだろう。そして、土曜日の朝に休暇滞在者たちが去ると、午後にやって来る翌週の滞在客の部屋を準備するために、従業員たちが日中の数時間を使えるのだ。すなわち、金曜日の夜がこのリゾート施設のカップルの多くにとっては正念場になるわけだ。お別れになるのか?　電話番号と電子メール・アドレスは交換したのか?　嘘《うそ》はついたのか?

　いや、プレストン・フェアウェザーはつかなかった。彼は金曜日の夜を生き甲斐《がい》にしている。そして、彼の卑《いや》しむべき元女房たちの代役に真実を語ることも生き甲斐だった。今週は愛らしいベリルがその代役だ。

「わたし、最高に素晴らしい時を過ごしたわ、プレス」その最後の金曜日の夜に、彼女がベッドに横たわったまま彼の耳元でつぶやいた。その前には、彼女の部屋のヴェランダで白ワインを飲みながら、素晴らしい月を見つめていた。上弦に近いが、パントマイムの笑顔のように白く輝いている。

「わかってるよ、ダーリン」プレストンがつぶやき返した。左腕を彼女の体にまわし、片目をベッドサイドの時計に向けていた。肉体的に疲れきっていたが、精神的にはまだいくつかの行動を取らないといけない。「それに」さらにつぶやいた。「きみがわたしのちょっとした悪戯《いたずら》も気にしなかったこともわかってる」

「もちろんよ」彼女がつぶやいて、その小さくて丸い鼻を、彼の喉元《のどもと》で強く脈動している動脈の近くに寄せた。

「きみの下着用引き出しにいた蛇とか」

彼が喉元で感じた含み笑いは自然だったが、完璧《かんぺき》な本物とは思えなかった。「あれはちょっとした驚きだったわ」彼女がつぶやいた。「あなたがこの島のどこで蛇を見つけたのかもわからない」

「簡単ではなかったが、その価値はあったよ」彼がささやいた。「それに、わたしが日光浴をしているきみの体の上に〝偶然に〟グラスから氷水をこぼしたこともある」

「あなたって悪戯好きなのね」彼女がつぶやいた。その声には機嫌の良さと寛大な感情がこもっていた。

「でも、きみは構わなかったんだろ?」

「それほどね」彼女がつぶやいた。「相手があなたのときは構わない」

「わたしがプールの中できみの水着のトップを外したときでも構わなかったのかい?」

彼女は少し上体を起こして、真剣だが容認するような視線を彼に送った。「あれは少しやりすぎね」と言った。「とくに、あなたがそのトップをここまで持ち込んで、返そうとしなかったときなんかはね。もしわたしがあのタオルを借りられなかったら、どうしてたのかわからないわ」

「きみがあのタオルを貸してくれた人に礼を言っていればいいのだが」

「もちろん言ったわ」そして、ベリルは彼に鋭い視線を送ると、こう言った。「わたしにタオルを貸してくれたのは女性よ、プレス。わたしは男性から絶対にタオルを借りないわ」

無知を装《よそお》って、彼が言った。「でも、どうして?」

「あなたと一緒のときには借りないのよ」

「でも、きみはわたしと一緒じゃなかった。わたしはここにいた、きみの水着のトップと一緒にね」

「わたしの言ってる意味がわかってるはずよ」

「わかってるかどうか、はっきりとはわからない」

「もう、お願いよ、プレストン」彼女は気持ちが動揺しているので、二人だけのちょっとしたニックネームを忘れてしまったのだ。上体をまっすぐに起こしたので、またトップレスのままで言った。「わたしたちは一週間のあいだずっと一緒だったわね。あなたは完全にわたしを独占していた」

「独占だって?」

「意味はわかってるはずよ。先週の土曜日にあなたの友人であるアランがわたしたちを引き合わせてから、わたしは何かがあると感じてた……何かがあるかもしれないと感じてた……一種の特別な……ほらっ、わたしの言ってる意味はわかってるでしょ!」

彼はベッドの片側でもの憂《う》げに体をのばした。まるで、太りすぎたが極めて満足そうな猫だ。「わたしたちはこの一週間楽しい時を過ごしたという意味だね」彼は言ってみた。「ファックして戯《たわむ》れた。毎日の生活の気苦労を忘れて、ちょっと休息したんだ」

彼女は彼の顔を見つめた。「何ですって？」

「戯れだ」彼はそう言って、にこっと彼女に笑いかけた。まるで、口の隅にカナリアの羽根をつけたままの猫だ。

「そう、戯れね」彼女は取り乱したが、基本方針として一時的な困惑にこだわることをしなかった。「ずっと素晴らしかったわ、プレス。もちろんよ。この一週間は……」

「ああ、わかってるよ」彼がつぶやいた。

彼女はまた彼のそばに横たわった。「この一週間はわたしが望んでいたよりも……」

「ああ、そうだ」

彼の反応が少し的外れなので、彼女の売り込み方法にある種の活気をもたらした。

「ええ、そう」彼女は同意してから、自分の売り込みシナリオに戻った。「あなたはあと一週間ここに滞在するんでしょ？」

「あと一週間か、う～む、そうだ」彼はつぶやいた。明日に起こりそうなことをすでに考えていた。

「ここにいつからいるの、プレス？」

「えっと、パラダイスにいるときは」彼はつぶやいた。「絶対に日数を数えないんだ。

ずっと前からだと思うな」自分が三年近くもここにいて、いつまでいるのか予想がつかないことを誰にも絶対に言えないからだ。それを言うと、相手が少し用心深くなりかねない。

「あした、わたしたちが別れることになるなんて」彼女がつぶやいた。「とっても悲しいので、ここの事務所へ行って、わたしをあと一週間滞在させてくれないかしらと尋ねてみたの。わたしがあと一週間滞在できたら、あなたは喜んでくれるかしら？」

「いや、全然喜べないね」彼がつぶやいた。「こんなわたしのために、きみは自分を財政的苦境に陥らせてはいけない」

その返答があまりにも常識外れなので、彼女はまたベッドの上にすわる姿勢を取った。「財政的苦境ですって？」彼女は彼の顔を見つめた。この反応にどう対処すべきなのか、はっきりと確信が持てなかった。もし彼が彼女の滞在延長に賛成してくれたなら、彼女自身が自分の財政的悩みを打ち明けたあとに、彼は彼女との親交をすごく要望しているので、むこう何日か彼女の重荷を和らげてくれるかもしれない。しかし、彼自身が彼女の金銭問題を彼女の滞在延長に反対した理由として持ち出したので、どうすればいいのかしら？

「わたしたちは財政のことなんか気にかけてないわ、プレス」彼女はやっと言う言葉を見つけた。「お互いのことを気にかけてるのよ」

「うん、ベリル、ダーリン」彼が言った。「この前の月曜日の朝までに、きみは友人たちにメールを出して、わたしの財政についてできるだけ詳しいことを調べてほしいと頼んだ」

「どうしてそういうことが言えるの?」

「きみたち脳なし女どもはいつもそういうことをするからだよ。だが、きみは……」

「脳なし女ですって?」

「だが、きみは気づいていないね」彼はそのまま先を続けたが、彼女が暴力に訴える場合に備えて、こっそりと両腕で急所を防御した。「もちろんわたしも同じことをしているときに。わたしはきみがミスター・マーカス・レオミンスターに正確にいくらの借金を抱えているのかを知ってるんだよ、ベリル、ダーリン。それに、きみが値打ちのある資産を一つも持っていないことも知っている。もちろん、きみのアソコは別だがね。一週間ここにいて、亭主探しはきみにとってすでに重圧に……」

「亭主探しですって?」

「気の毒だがね、ベリル」彼は得意気に言った。「わたしはきみの減少していく丸一週間分の財産やきみの短くなっていく残り時間を消費させてしまった。言わせてもらえば、きみの衰えていく美貌《びぼう》も」

「よくもそんな……よくもそんな……」

「ベリル」彼は彼女の顔ににこっと笑いかけながら言った。そのとき、彼女の顔は大火災に遭っている蠟《ろう》人形館の人形のように見えた。「わたしのパンツの中をまさぐりたいと望んでいなければ、いったいどうしてきみはわたしみたいなデブの野暮天に我慢してるんだね？　もちろん、わたしの財布を狙《ねら》ってるからだ」

「このクソ……」

電話が鳴った。ベリルは電話機を見つめた。ついに、プレストンはベッドから起きあがり、言った。「タイミングがすべてだ」

「タイミングですって？」電話がまた鳴ったが、今回、ベリルはプレストンのほうを見つめた。「誰からか知ってるの？　電話をかけてきたのが誰か？」

「もちろんだ」プレストンはそう言って、炎のように真っ赤な自分の水泳パンツに手を伸ばした。「アラン・ピンクルトンだ。スクラブルをしようと誘うために電話をかけてきたんだ」

「スクラブルですって！」

「彼に伝えておいてくれ」プレストンはドアへ向かいながら言った。「向かってる途中だと」

電話が鳴り続けた。彼がブーゲンヴィリアの香りを嗅《か》ぎながら、バンガローのあいだを曲がりくねっているコンクリート敷きの小道を歩いていくと、電話のベルが遠くで小さくなっていった。小道の明かりは薄暗く控えめだった。空気は柔らかく、暖かい。至福の夜だ。小さくなっていく電話の音を聞くと、なぜか《アイ・ラヴ・ア・パレード》の歌を思い出したので、自分の小さいバンガローに歩いて戻るあいだ、その曲を口笛で吹いた。そこではアランが返答のない電話をずっと前に切っていて、ヴェランダのテーブルの上にはスクラブルのセットがすでに用意されていた。

プレストンはあまりにも上機嫌だったので、勝ってはいけないはずのアランが楽々とスクラブルに勝っても、不服を申し立てなかった。

18

レイフィエル・メドリックは《アメリカ国歌》を聴いた。この前のスーパーボウル――MCXIVだっけ？――のときに録音したものだが、過剰なトレモロと不安定な音程と狭い高音域の神経質な女性ポップ・シンガーが歌っている。クールだ。彼の指先がコントロール・パネルの上を動き、出力を調整した。中音域が小さくなると、まわりの群集の騒音も小さくなり、高音域や低音域の強烈なブラス・サウンドを主に残した。大聖堂に並んだ頑丈な円柱のあいだを、その怯《おび》えた小さな声がさまよっているようだった。まるで、罠《わな》にかかった小鳥だ。ナイスだ。

ストップ。コーディネートをセット。保存。取っておけ。ビートルズの《ヘイ・ジュード》に移れ。高音と低音を剝《は》ぎ取って、陰気な中音域を残せ。なんとか聞き取れるぼろぼろの声と、取りつかれたようなバリトンのリズム・セクションが前面で脈動している。それは、肉食魚が目を左右にぎょろぎょろ動かして尾鰭《おびれ》をうしろでぱたぱたとうねらせるみたいなものだ。《ジュード》をリセット。《国歌》とシンクロ。両方をプレイ。《ジュード》のスピードをほんの少し速めて、《国歌》のテンポとブレンドさせる。すると、《ジュード》のノートがほんのちょっとあがって、世界のどこでもプレイされるどんなメロディーとも不協和になる。取りあげたこの二つのテーマはお互いに調子外れに混ぜ合わされる。これで、崩壊した大聖堂の円柱は水中に沈み、見放された《国歌》のシンガーは明らかに捕食者の《ジュード》が狙っているディナーとなる。

「さあ、うまくいったぞ！」レイフィエルは大声で言った。自分の声は耳から脳に達したのではなく、まず自分の脳天からイアフォンに達した。今ではその効果に慣れてきた。その不気味なサウンドをミックスして、スープを作れないのが残念だ。だけど、次のフェーズに移る前に、もう一つちょっとしたテンポの調整をしないといけない。

そのとき、影がコントロール・パネルの上を横切った。

レイフィエルは最初のうちほとんど気づかなかった。ここでの仕事は最初の二つのエレメントをマッチさせて、ほかのＣＤからすでにアッセンブルしたぷつぷつという断続的なグレゴリオ聖歌を加えることだ。でも、スペースシャトルが宇宙ステーションでドッキングするみたいに、《ジュード》と《国歌》が極限の同時性に近づくにつれ、レイフィエル自身の脳の内部で記憶と視界が合体した。そして、考えた。影だ。コントロール・パネルの上を横切った。ぼくのリヴィングルームで。

彼が頭をあげると、そう、この部屋に人がいた。いや、その人たちの顔をどこかで見たことはない。多くの人たち——じつのところ、四人——四人とも男で、彼のほうを見ている。四人とも不服そうだ。どうして？

ぼくはもう保護観察中じゃないぞ。彼はそう思った。

この人たちはマイキーの使いだろうか？　彼はそう訝《いぶか》った。

いや。彼は決心した。このために時間を割《さ》けない。この瞬間だけでも。ぼくは今重要な岐路に立っていて、その人たちにぼくの集中力を邪魔させることはできない。

だから、彼は指を一本立てて、その人たちに見せた。待ってて。無礼でもないし、ノーと言ってるわけでもなく、ぼくは話せない。誰なのかは知らないけど、どうしてぼくのリヴィングルームに集まらないといけないのかわからないと言ってるわけじゃなくって、ただこう言ってるだけなんだ。待ってて。

そして、コントロール・パネルの上にもう一度上体を近づけた。二十四歳のがりがりに痩《や》せたコンピューター・オタクで、情けないほどの山羊《やぎ》ひげを生やし、裸足《はだし》で、カットオフ・ジーンズに〈モーストリー・モーツァルト〉Tシャツという格好だ。コンタクト・レンズは明かりの中で輝き、失明したみたいに見える。そのあとの七分間――彼にとってはただの二十秒にしか感じなかった――ジャメイカ湾を望むクイーンズ区の最も辺鄙《へんぴ》な狭苦しい脇道《わきみち》の突き当たりに建つ、家具が少なくてごく小さな家のリヴィングルームのここで背中を丸めながら、グレゴリオ聖歌に浸っていた。断固としてヘッドフォンでしか自分の作った音楽を聴かないので、たぶん彼の側頭部から漏れ出しているかすかなカシャカシャという雑音を除くと、四人の見知らぬ他人はその音楽をまったく聞いていない。彼は気にしているわけではない。音のコラージュに深く浸っているので、作業が終わるまで他人がいることをほとんど覚えていなかった。

ほらっ、終わったぞ。ついに、基本的なアイディアを実現した最初のアサンブラージュが終わった。このあとは、もちろん、簡単だ。

ヘッドフォンを外して、両手の平で両耳をきびきびとマッサージした。このような長いセッションのあとでは、両耳はかゆくなり、もみくしゃになったような感じがするからだ。そして、やっと両手を膝の上におろすと、水からあがった犬みたいに、頭を振って、予期せぬ訪問客たちを見て、言った。「おはようございます」

「こんにちは」客の一人が言った。ニンジン色の髪をして、いらいらしているような男で、まるで〝こんにち〟に何かまずいことがあるかのように、そして、レイフィエルにその責任があるかのように、「こんにちは」と言ったのだ。

〝こんにちは〟の何がまずいのか、レイフィエルが尋ねる前に、別の男——撫《な》で肩で陰気そうに見える男——が言った。「おまえはレイフィエル・メドリックだろ？」

「やっとね」三人目が言った。尖《とが》った鼻の短気そうな男だ。

「うん、そうだよ」レイフィエルが言った。

陰気な男が言った。「おまえは〈ＯＪ〉を所有してるのか？〈ＯＪバー＆グリル〉を？」

レイフィエルは顔を輝かせた。「そうだよ」と言って、安堵《あんど》の笑みを浮かべた。少なくとも用件がわかったからだ。毎日四人の見知らぬ他人が突然リヴィングルームに現われるわけではない。なので、客たちがここに来た理由を少しでも知ることは素敵なことだ。「マイキーが寄越したのかい？」

客たちはお互いの顔を見合わせた。まだ何も言っていない男は、レイフィエルがスーパーボウル——ＪＸＱＶＩＩＩだったっけ？——で見た台形のダース・ヴェイダー・ランチボックスみたいな頭をした選手たちに似た巨人で、レイフィエルではなく、ほかのみんなに言った。「マイキーが寄越したのかどうか、こいつは知りたがってるぜ」

「聞こえたよ」尖った鼻をした男が言って、うなずき、すごく感じのよい口調でレイフィエルに言った。「マイキーがどうしておれたちを寄越すんだ？　マイキーは何のためにおれたちをここに寄越すんだ？」

「わからない」レイフィエルが言った。「ただそう思っただけだよ」

ダース・ヴェイダーの頭をした男が右手を伸ばしてきた。その中指を曲げて、その指の爪《つめ》を親指の先に押しつけたのだが、その男が何をするつもりなのか、レイフィエルにはまったくわからなかった。すると、突然、ピクニックのテーブルから蟻《あり》を弾《はじ》き飛ばすみたいに、その男がレイフィエルの左側頭部の左耳の上で指を弾き、デコピンをかました。じつのところ、ヘッドフォンにおおわれていた場所のすぐ上だ。

「いてて！」

興味深い残響だ。これをどうやってディスクに残せるだろうか？　自分で自分の頭を何度も弾く方法では駄目だ。レイフィエルが側頭部の焼けるように痛い箇所をこすっていると、強力な指を持った大男は、まだレイフィエルの横で、のしかかるように聳《そび》え立っていた。「おれたちに注意を向けてろ」

「注意を向けてるよ」

「おまえは〈OJ〉を所有しているな」

「さっきそう言ったよ」

「おまえが〈OJ〉の所有者だから」聳え立つ男が続けた。「おれたちは〈OJ〉について話し合うためにやって来たんだ」

「おい、やめてくれよ」レイフィエルがにやにやしながら言った。側頭部の痛みを忘れて、驚きの目でその大男の顔を見た。「それはただの冗談だ」と言った。「それがただの冗談だって、みんな知ってるよ」

客たちはまた謎《なぞ》めいた視線を交わした。大男は一歩うしろに下がったが、態度が大男よりずっと愛想のよい尖った鼻の男はその場にとどまった。「ただの冗談だというのか、レイフィエル？」と尋ねた。「おまえのおじ貴があの店をおまえに譲るという同意書にサインをしたんじゃないのか？」そして、顔を陰気な男のほうへ向けて言った。「いつのことだったっけ？」

「六カ月前のことだ」

「でも、それは何の意味もないんだ」レイフィエルが言った。「つまり、オットーおじさんがお金を全部手に入れるんだよ。約束の内容を知らないの？」

「じゃあ、約束の内容を教えろよ、レイフィエル」尖った鼻の男が命じた。

「オットーおじさんは年取ってるんだ」レイフィエルが説明した。「つまり、とっても、とっても年取ってるんだよ。手後れにならないうちに、フロリダへ移らないといけないんだけど、あそこの界隈《かいわい》が変わったんで、誰もあのバーを買いたくなかったんだ」

「待て」大男が指を弾いたほうの手の平を前に出して言った。「おまえが一週間もしゃべり続けるつもりなら、おれたちにはどっかすわるところが必要だ。リヴィングルームはあるのか？」

「これがぼくのリヴィングルームだよ」レイフィエルが教えた。

客たちみんなは首をまわして、彼のリヴィングルームを見つめた。ここはほとんどの家のリヴィングルームとは違って見えるんだろうな。彼はそう思った。ほとんどのリヴィングルームには椅子《いす》やソファなんかがあるが、彼のリヴィングルームには自分がすわっている椅子しかない。もしTVを観《み》たいと思ったら、むこうにあるTVのほうへ椅子を向ければいいだけだ。そうでないときには、テーブルの上にかなり多くの電子機器があり、壁際《かべぎわ》には収納用オープン・キャビネットがあるので、たいていレコーディング・スタジオのように見える。そこは彼のリヴィングルームであると同時に、レコーディング・スタジオでもあるのだ。

次に陰気な男が言った。「おれたちは別にすわる必要なんかない。誰もあのバーを買いたくなかったと、おまえは言ったな」

「あまりにもダウンなんとかなんだ」レイフィエルが言った。「弁護士が教えてくれた。そう、ダウン・マーケット、低所得者向けだって」

「それで」陰気な男が促した。「おじ貴はおまえに売ったのか？」

「そのう、ぼくはサインをしただけだよ。家族がサインをさせたんだ。でも、ぼくはローンを支払ってるよ。あの店が稼ぐのとほとんど同じ額なんで、ぼくは基本的に無視してるんだ」

尖った鼻の男が言った。「あそこで経営してるやつらは誰なんだ？　ロロじゃなくて、新しいやつらだ。おまえの友だちか？」

「マイキーの友だちかもね」レイフィエルが言った。「ぼくは知らない。ぼくはその一度だけしかあの店を見てないから」

「そうかもな」陰気な男が言った。「このマイキーが誰なのかわかれば助かるんだがな」

「ぼくが保護観察中だったときに会った男だよ」レイフィエルが説明した。「あいつも保護観察中だったんだ」

デコピン大男がまったく信じられないみたいに言った。「おまえは何の罪で保護観察中だったんだ？」

「そのう、不正ダウンロードだよ」レイフィエルがそう言って、彼の機器を手ぶりで示した。

客たちは彼にしかめ面《つら》を向けた。みんな、ぽかんとした表情だった。レイフィエルは男の指がぴくぴく動くのを見て、急いで付け加えた。「ウェブから音楽を取り出したんだ。それで、ファイルを共有した。ドイツのでかいレコード会社がぼくとか、ほかにもたくさんの人間とか、いく人かの子供たちとかも目の仇《かたき》にして、重犯罪を犯してると言ったんだ」

尖った鼻の男が言った。「おまえは音楽を聴いていたから保護観察下に置かれたのか？　それが犯罪なのか？」

「レコード会社がそう言ったんだ」レイフィエルが言った。「だから、犯罪なんだと思う」

陰気な男が言った。「マイキーも音楽をダウンロードしてたのか？」

「いや、あいつが何をしたのかは知らない」レイフィエルが認めた。「ぼくが思うに、あいつは本物の犯罪者を知ってるのかもしれない」

「つまり」いらいらしたニンジン色の髪の男が言った。「音楽泥棒よりもずっとやばい連中だ」

「うん、うん。あいつの親父《おやじ》がニュージャージーやロング・アイランドにたくさんのレストランとかバーを所有してることは知ってるよ」レイフィエルが説明した。「それで、オットーおじさんがフロリダへ行って、寒いこの街じゃなくて、温かいフロリダで死ねるように、ぼくの家族がぼくにあのバーを経営させたとき、そのことをマイキーに話したんだ。すると、〝おれが店の面倒をすべて見る〟とあいつが言ったんだ。いつか親父の事業を継ぐときの練習に使えると言ってた。それで、あいつがあの店を経営すると書いた同意書に、ぼくはサインをしたんだ。そういうことで、ぼくは何も心配することがなくなったよ」

客たちは四人とも、ため息をついた。大男はほかのみんなのほうを向いて言った。

「おれがこの甥《おい》っ子に何て言いたいかわかるか？」

「〝あばよ〟といいたいんだろ」陰気な男が言ってみた。

「そうだ」大男はレイフィエルにうなずきかけた。「あばよ」そう言うと、客たちはみんな帰っていった。

やれやれ。レイフィエルは思った。いったいどういうことなんだろう？　マイキーが街でトラブルを起こしてなければいいんだけどな。

まあ、それがどうした？　重要なのは、ぼくがここで組み立てている作品、《フェーず》のほうだ。ぼくが金を稼いでいるのは、どこかのバーではなくて、このここなのだ。今ではネットで音楽の視聴料を請求できることがわかったからだ。アヴァンギャルド・フュージョンをネットにアップロードして、みんなに試聴させるが、みんなはダウンロードする前に、料金を支払う必要がある。すべての有名クレジットカードが利用可能。アメリカ合衆国よりも日本やノルウェイのほうに多くの客がいるが、ネットではすべての通貨が利用できる。

〈OJバー＆グリル〉か。誰が気にするんだよ？　あの店はあまりにも昔っぽすぎる。みんながかつて外出していた時代みたいに。

19

「何も知らないって、ありうるのか?」タイニーが問い詰めた。彼はクイーンズ区の中つ国地区へのドライヴのために、ケルプが拝借してきたキャデラック・コンキスタドールの後部座席の大半を占領していた。「あの男は何も知らなかった。あれほどまったく何も知らないやつに会ったことがない」

後部座席のタイニーの横で残っているスペースにすわっているケルプが話すときに、喉を少し絞められたような声を出した。「あいつは変わってる。それは認めてやる」

この巨大な車のハンドルを握っているスタンは、この風景のあいだを抜けながら、低い建物や修繕すべき歩道や発育不全の樹々をしかめ面で見た。樹々は発育期に充分な栄養を与えられていないように見える。そして、言った。「あいつのことで気になるのは、あいつが何の反応もしないことだ。四人の男があいつの家へ踏み込んだ。タイニーがあいつにデコピンしたとき、あいつは何をした? 叫んだか? サツを呼んだか？ 逃げたか？ 我慢したか？ 哀れみを乞《こ》うたか？ 〝いや、あんたらは隣のイカれたメドリックに用があるんだ〟と言ったか？ いや、あいつは何もしなかった」

「ああ、あいつは何もしなかった」タイニーが同意した。「それに、何も知らなかった」

四人は無言でレイフィエル・メドリックのことを考えた。港のそばの倒れそうな小さなあばら家にいるレイフィエルの存在は、四人の頭からむなしくだんだん薄れていった。たぶん、こんな立派な車があの行き止まりの道を通るのは、初めてのことだろう。いろいろな面で行き止まりの道で、まったく時間の無駄だった。

しかし、それは素敵な車だった。ケルプがマンハッタンのイースト・サイドにある病院の関係者用駐車場で拝借した車で、タイニーの体に合わせるために、非常にでかくて、ケルプの理想どおりに医師プレートをつけている。喜びと痛みの狭間《はざま》に生きている医師は、移動手段の選択に関して信頼できる。それに、緑色はその家庭的な外観に反して、ゲンナマの色なのだ。

「おれが思うに」沈黙が流れる二ブロックを走ったあと、体を縮ませたケルプが言った。「あいつはああいう芸術家の一人なんだろう」

ほかの三人はその考えについて熟考した。ルーム・ミラーを一瞬見たあとに、スタンが言った。「どういう芸術家なんだ？」

「ほらっ」ケルプが言った。「芸術的な類《たぐ》いの芸術家だよ。俗離れしていて、自分の芸術のことしか知らない」

スタンが言った。「芸術家たちはベレー帽をかぶってるものだと思ってたよ」

「夏はかぶらないのかもな」ケルプが答えた。

タイニーが言った。「絵を一つも見なかったぞ」

「たぶん」ケルプが言った。「あいつはあそこで音楽芸術をやってるんだろう。ヘッドフォンとかをつけて」

「うへっ、ああいうやつか」スタンが言った。「ときたま車に乗ると、そういうラジオ局に合わせてある。おれは道路脇に車をとめて、ラジオ局を変えるんだ。ああいう音楽を聞きながら、車の運転はできないよ、マジで」

そのときまで、前部の助手席にすわっていたドートマンダーはずっと無言のまま、朽ちていくその地区を憂《うれ》えていたが、やっと口を開いた。「おれは〈OJ〉のことを考えてるんだ。あいつは〈OJ〉に関しては何の助けにもならないだろう」

「まったくだ」ケルプが同意した。

タイニーが言った。「今まで以上に明らかだぞ、ドートマンダー。〈OJ〉は過去のものだ」

「そんなこと言うなよ」ドートマンダーが言った。

「レイフィエル・メドリックは何の役にも立たないぞ」タイニーが言った。「それに、マイキーとそのダチ公たちは、ノスタルジアのことで気を変えるつもりはないだろうよ」

「このマイキーだが」ケルプが言った。「こいつは犯罪組織の構成員の息子だ。それは構成員よりもやばい。こいつはヤワそうに登場するが、自分では冷徹だと考えている」

「すると、もうお仕舞いだ」タイニーが言った。

フロントガラスを見ながら、顔をひどくしかめたドートマンダーが言った。「おれはお仕舞いにしたくない」

ケルプは後部座席でタイニーの横にすわりながら、楽な姿勢を取るために、無駄な努力をしていた。その彼が言った。「ということは、どうすべきかわかってるんだな、ジョン」

沈黙。

「ジョン？〈OJ〉をあきらめたいのかい？」

「いいや」

「じゃあ、何をすべきなのかわかってるよな」

沈黙がさらに広がった。ついにドートマンダーがため息をつき、車外の世界にうなずきかけて言った。「だいたい、そういうところだ」

「素敵な役がいくつかあるんだろう」スタンが言った。

ドートマンダーは首を横に振った。「オットー・メドリックは素敵な役につかないだろうな」そして、咳払《せきばら》いをして、まるでさりげなさそうな口調で言った。「一緒に来ないかい？」

「遠慮するよ、ジョン」ケルプが言った。

「おれが空港まで送るよ」スタンが申し出た。

「何てこった」ドートマンダーが言った。「フロリダはそんなにひどいところじゃないぞ」

「どうしてだ？」タイニーが言った。

「八月なのに？」スタンが言った。

「それは、そのう、わかるだろ」ドートマンダーが言った。「おれ独りで行かないほうがいい。余計に怖《お》じ気《け》づくだろう」

「いやいや、ジョン」ケルプが言った。「おまえが独りでやるべきこともあるんだ」

「たとえおまえがそんなことをしないといけないとしてもだな」タイニーが指摘した。

「おれたちがたった今考えるべきことはわかってるはずだ。おれたちが襲撃するあのアパートメントのことを考えるべきなんだ」

「それは待てる」ドートマンダーが言った。「〈ＯＪ〉は今の問題だが、あのアパートメントは空っぽだ。おれたちの訪問を待っていてくれるだろう」

20

　フィラデルフィアからのチャーター便をおりたあと、施設スタッフの軽快な歌や、ロゼルが飲まないミモザ・カクテルで、中央レクリエーション・ホールにおける歓迎を受けたあと、ゲストたちがここで現金の代わりに使うビーズ玉を受け取ったあと、ベルガールが部屋に案内してくれたあと、そして、キャリーケースから荷物を出して、旅行後のシャワーを浴びたあと、ロゼルは没個性的だが広々とした部屋にいて（彼女の姿が外から見えないように、外の様子が彼女に見えないように）視界を遮っているドレープ・カーテンの前に立って、一着一着ジップロック袋にはいった多くのビキニの中から自分の肌の色より二段階だけ淡いライト・ベージュ色のものを選んだ。彼女もよく承知しているように、これは強力な戦略ツールだ。

　その部屋を出る前に、彼女はキャリーケースをベッドの上に寝かせると、マジック・テープつきの秘密の隠し場所をあけて、マニラ封筒を取り出し、その封筒からプレストン・フェアウェザーの写真を振り落とした。目当ての男に近づくために確認したかったからだ。ある年代の栄養充分で、放縦《ほうじゅう》で、裕福な男たちはあるタイプに向かいがちである。丸くて二重あごの頭部、丸くてぶよぶよの体(銀行家はとくにそうで、映画プロデューサーはそれより少しましだ)。それで、この取るに足らないパラダイスの砂浜を歩きまわっている同じような外観の男たちの中で、彼女は目当ての男とだけ絶対に知り合えるように確信したかった。新米客たちが空港ヴァンからレクリエーション・ホール、受付所、曲がりくねった小道を経て、それぞれの部屋へ移動する姿をじろじろ見つめる先週からの滞在客たちが数多くいた。しかし、彼女は誰かと目を合わす危険を冒さず、誰とも連絡を取ろうともせず、最初の一撃が最後のものになることを好んだ。まるで、食肉処理場にはいったときに、レーザー銃で瞬時に雌牛を撃つようなものだ。

そう、これが目当ての男、プレストン・フェアウェザーよ。普通に髪が少なく、贅《ぜい》肉《にく》が多い。カメラにしかほくそ笑んでいないが、まだ唇に——実際に体の中で唯一《ゆいいつ》薄くて細い部位よ——「わたしは裕福だが、きみは違う」とでも言いたげで、小馬鹿《こばか》にしたような笑みを浮かべている。

同じマニラ封筒の中に、フェアウェザーの簡潔な経歴書があったが、彼女はその内容を完璧に記憶していた。裕福な家系の投機資本家で、立派な学校に通い、誤った教育を受け、ニューヨーク・シティーの不動産屋からカリフォーニア州のウェブ関係の第二波新興会社まで経済的に関わっている。そして、今は白昼堂々とここに隠れている。

でも、わたしからは隠れていない——ロゼルは自分で自分の軽口にほほえみかけた。写真を封筒に戻し、その封筒をキャリーケースの隠し場所に戻すと、ビキニにバレエ・スリッパ、鍔広《つばびろ》の白い麦わら帽、そして、巨大なジャクリーン・ケネディ風サングラスという格好で部屋を出た。目当ての獲物を捜しに。

一時間近くも小道や砂浜や施設の中央広場を歩きまわったあと、ついに獲物を見つけた。しかし、見つけた獲物は、彼が宿泊しているにちがいない部屋の外の小さな一階ポーチで、手足を広げて寝椅子に寝そべっていた。確かにそれはプレストン・フェアウェザーで、露出の多い派手な赤の水泳パンツしか身に着けていなかったが、ファッション哲学の主張というより挑発だった。

ロゼルは前をさっそうと歩きながら、サングラスの陰に隠れた横目でフェアウェザーの様子をうかがった。彼に見つめられているのはわかっている。彼が見つめないわけがない。

でも、残念なことに、フェアウェザーはそのポーチで独りではなかったので、まだ接触はできなかった。目当ての男のそばにすわっていたのは、フェアウェザーより若くて、やせた男で、頭部が細くて、ロゼルがその用途を絶対に見つけられそうにない禁欲的なタイプだった。その男とフェアウェザーは取りとめのないおしゃべりをしていた。フェアウェザーがその一瞬に彼女のことを相手の男に話していることはわかっている。その二人は一緒にいることですっかりくつろいだ気分に浸っているように見える。

あの男は何のためにいるのかしら? フェアウェザーがゲイではありえないでしょ? そう、あんなに多くの元妻がいるんだもの。自分の欠陥を埋め合わせるつもりなら別の話だけど。

忘れられないような衝撃をフェアウェザーに与えたことを感じ取って、ロゼルは歩き続けた。あとは彼が必然的に接近してくるのをただ待つだけだ。

いったい彼はどう接近してくるのかしら? 歩きながら、太陽の光を楽しみ、狭い範囲で彼女が前を通りすぎたほかの男たちに思いどおりの反応をもたらしたことを楽しんだ。この奇妙な場所で彼女の注意を引くために、フェアウェザーはどんな方法を選ぶのかしら？　普段なら、雄ライオンが雌ライオンを誘い出すために、自分たちの尿をあたりに撒《ま》き散らすのと同じように、ああいうタイプの男たちは注意を引くために、まわりにお金をばら撒く。でも、〈地中海クラブ〉は滞在客たちの生活から現金を取りあげ、ギフト・ショップやバーなどで使えるように、ビーズ玉と取り換える。まるで現実のお金をまったく使っていないかのような錯覚を与える面白い仕掛けだ。

プレストン・フェアウェザーはお金のない状況で女性をどう誘い出すのかしら？

ダイニングルームのテーブルでは、同じようなタイプの人たちが一緒に集まっていたり、異なるタイプの人たちが一緒に集まっていたり、ばらばらだった。全員が偶然にも複数の大きな丸テーブルで、ほかの滞在客や職員と一緒に食事を摂ることを求められている。もちろん、地元のメイドや庭師と一緒というわけではなく——平等主義をそこまで徹底する必要はない——ライフガードやスポーツ指導員、ミュージシャン、事務職員のほか、社会的に許容できるタイプが楽しそうに滞在客たちと一緒にすわり、滞在客たちのほうも楽しそうに職員たちと一緒にすわる。

ダイニングはビュッフェ・スタイルだった。自分のトレイに料理の皿を並べ、どこでも好きなテーブルに持っていく。ロゼルは老若男女が入り混じった半分満席のテーブルを選び、左右に空席のある席にすわった。ミスター・フェアウェザーがたまたま自己紹介をしたいという衝動に駆られる場合に備えたのだ。

しかし、彼女がすわって一分もたたないうちに、彼女の右手の椅子にすわったのは、プレストン・フェアウェザー本人ではなく、少し前にフェアウェザーと一緒にすわっていた細い顔の男だった。「やあ」その男が言った。「きみはここに来たばかりだよね？」

「きょうの午後よ」

「ぼくはアラン」彼は笑みを浮かべて言いながら、自分のトレイから皿やカトラリーをテーブルに置いて、トレイをほかの人たちが囲むテーブルの真ん中に押しやった。

「パムよ」ロゼルが言った。

「やあ、パム。いつまで滞在するんだい？」

「二週間だと思う」

「思うって？」

彼女は肩をすくめた。「それよりも長く滞在するかもしれないわ。その気になったら」

会話を続けているあいだ、彼女の頭の中はいろいろな考え事で渦巻いていた。どうしてアランは友人のプレストンとディナーを食べないのかしら？　わたしをナンパしたいのはアランのほうかしら？　一方、アランの存在を彼の友人に会う手段として使うことは可能かしら？　ずっと愛想よくしてもいいけど、すぐに求めに応じるような態度は取らないこと。彼女はそう自分に言い聞かせた。成り行きを見ることにしましょう。

「ぼくはここに長くいるんだ」アランが言った。「それでも、けっして飽きることはないと認めざるを得ないね」

「ここは初めてよ」

「きっと大好きになるよ」彼が請け合った。

彼女の左側の席にほかの人物がやって来たので、アランとの会話は少なくとも一時的に途切れた。新来者が言った。「ボンソワール、マダム」ロゼルは首を新来者のほうに向けて、ほほえまざるを得なかった。ウィペット犬のように細い二十代半ばのフランス男で、そのトレイはフルーツやサラダやスパークリング・ウォーターだけで山盛りだった。

「ボンソワール」彼女はあいさつを返した。

「きみは新入りだね」彼の歯はとっても白いし、とっても小さい。キツネみたいな笑みを浮かべてるわ。彼女はそう思った。

「ここでは新入りよ」彼女が言った。

彼はほくそ笑んだ。彼女は愉快な人だ。「ぼくはフランソワ」

「パムよ」

「ダンスのインストラクターなんだ」

「はあ」

「きみはたぶん」彼はキツネの笑みを浮かべて言った。「すでにダンスを知ってるだろうね」

「たぶん」彼女は肉食動物の笑みを浮かべて言うと、顔を背《そむ》けて、自分のサラダをおいしそうに一口食べた。そのあいだ、まるで二人の会話に中断がなかったかのように、彼女の右側のアランが言った。「この場所で一番素晴らしいことは何か知ってるかい? 完璧《かんぺき》な公平感だよ。例えば、滞在客と職員は一緒に食べるし、全員がこの美しい場所を分かち合っている。本当に一つになった幸せな大家族なんだ」

「だから、わたしはここに来たのよ」彼女が言った。

「しかも、とくに最高なのは」彼が言った。「お金がないことなんだ。ビーズ玉だけだ。それがどれほど民主的かわかるかい?」

「民主的って？」彼女は友好的な戸惑いを装《よそお》った。「ちょっと気が利《き》いてると思っただけだけど」

「まあ、実際に気が利いてるんだよ。ほかにもある。世界のどこへ行っても、すぐに金のある人たちとぼくたちを見分けられる。でも、ここでは全員がうまく溶け合ってるんだ」

「それはほんとね」彼女が言った。「あなたの指摘どおりだわ」

彼はダイニングルームに満員の人たちを手ぶりで示した。「ぼくたちが全員同じように見えるだろう。でも、信じられるかい、この部屋に百万長者がいることを？」

彼女はやさしく疑り深い笑みを見せた。「へええ、ほんと？」

「ぼくはここでその人と知り合うことになったんだ」アランが言った。「その人はほかのみんなと変わらない。もちろん、家に戻ると、世界の中心人物なんだ。彼の世界だ」笑みを浮かべながら、すべてのテーブルと、すべての食事客と、すべての偉大な平等主義的世界を含む手ぶりでまた示した。「誰なのか見当がつくかい？」

「もちろん、つかないわ」彼女が言った。「ここではみんなが同じだから」

「ぼくが言ったとおりにね」ウィンクして、彼が言った。「ヒントをあげよう」

「いいわ」

彼女に笑みを見せながら、彼はプレストン・フェアウェザーのいる右の方向にうなずきかけて言った。「あっちのあのテーブルにいる人たちの一人だよ」

「赤と白のストライプ・シャツを着た人？」

アランはそっちを見た。「うん、そのテーブルだ」

「でも、あなたの言う百万長者じゃないのね」

アランの笑みが広がった。「そう、そう」と言った。「彼はガラス底のボートの操縦士だ。フランス人だ」

「フランス人の百万長者もいるわよ」

「でも、〈地中海クラブ〉で働いてはいない」

「ええ、そう思うわ」彼女はそのテーブルに視線を向け、同席者との会話に熱中しているプレストン・フェアウェザーの顔をわざと素通りさせて言った。「見当もつかないわ」

「ダーク・ブルーのシャツだよ」アランが言った。「今、ワインを飲んでいる。ほらっ」

「ああ、あの人ね」ロゼルはほほえんだ。まるでそこの男の姿を見て嬉《うれ》しくなったかのようだ。「とっても素敵な人みたいね」

「実際に素敵なんだ」アランはそう請け合ってから、まるでその瞬間にこの言葉が頭をよぎったかのように言った。「彼に会いたいかい？」

ふうん、こういうふうにやるのか。ロゼルはそう思った。そして、「すごく会いたいわ」と言った。

21

結局のところ、オットー・メドリックの天国行き出発便の待合室であるフロリダ州コーラル・エーカーズはみんながフロリダ州内で北へ行ける限りずっと遠くに離れていた。その一方で、そこはまだフロリダ州内にあった。そこまで行くには、ニュージャージー州ニューアークからフロリダ州ジャクソンヴィルまで〈コンティネンタル航空〉で飛んでいくことだ。すると、コーラル・エーカーズは、その街の南を流れるセント・ジョンズ河の畔《ほとり》で、その河と海のあいだにある。

厄介なのは、そこへ行くまでだ。まず、機内食から所持品検査や人込みのほか、上空三万フィートの飛行までの飛行機旅行に関するすべてが胸くそ悪い。だから、ドートマンダーはもしかしたらマンハッタンのペンシルヴェニア駅から列車に乗ったほうがくつろげると思ったが、残念なことに、それでは少しくつろぎすぎる。空では二時間半、列車では十七時間だ。

それでも、一晩泊まる必要がある。午後遅くには北行きの航空便がないし、その街を見つけて、相手の男を見つけ、事情を話す時間の余裕を持たないといけない。そのため、日曜日の午前九時にニューアーク空港から飛行機で南のほうへ飛んでから、翌日の九時にジャクソンヴィル空港から戻ってくる必要がある。

もし〝幸いにも〟という言葉がこの経験のどこかに使われるとしたら、幸いにも、ドートマンダーが本気でフロリダで〈ＯＪ〉の元所有者を見つけるつもりだということが、みんなに理解された途端、いろいろな種類の協力を得た。たとえば、Ｊ・Ｃ・テイラーはウェブサイトで格安の航空券と空港近くのモーテルとレンタカーを予約してくれた。マーチのママは料金メーターを倒さずにドートマンダーを空港まで送り迎えしてあげようと申し出たが、その息子のスタンがニューヨーク・シティーのタクシーよりもずっとすわり心地のよい車を見つけてから、自分が運転してやると言った。

ほかにも、協力者がいた。コンピューターの達人でもあるケルプは、ジャクソンヴィル空港からコーラル・エーカーズ市エルフィン・ドライヴ一三一〜一五八番地まで行く道を示した地図をプリントアウトしてくれた。メイは日曜日の朝早くドートマンダーを起こし、彼のお気に入りの朝食を――シリアルのウィーティーズとミルクと砂糖を一対一対一の割合で――準備してくれた。そのあとは、いまいましい旅行に出かける以外にすることがなかった。

「オットー・メドリックかい？」

「そうかもな」

「〈ＯＪ〉が廃業するぞ」

黒い布の下にいる男から何の声も聞こえない。ドートマンダーが見つめていると、その黒い冠布《かんぷ》が少し震えたように見えたが、それだけだった。その男には聞こえたはずだ。ドートマンダーは待つことにした。

とにかく、この男は黒い冠布の下で何をしているんだろう？　あの木製三脚と一緒に？　ドートマンダーはフラット屋根でガラス窓だらけの低い家々が――住人はお互いの姿以外にどんな風景を見るのだろう？――建ち並ぶ郊外の道路を何マイルも何マイルも運転したあと、ケルプが魔法のようにウェブから出してきた地図のおかげで、思ったよりも簡単に、やっとエルフィン・ドライヴ一三一～一五八番地を見つけたのだ。小型の黄色いニッサン・ピクシーをアヴォカド色とピンク色の小さな家――コーラル・エーカーズのほかの家とは配色以外まったく同じ――の前の艶《つや》やかな黒い私有車道に駐車した。そして、粉砕された貝殻敷きの小道を玄関ドアまでざくざく歩き、ドアベルを鳴らそうとしたとき、家の中全体やリヴィング＝ダイニングルーム、奥にある板ガラスのドアを通して、灼熱《しゃくねつ》の裏庭が見えることに気づいた。そこでは、膝《ひざ》を地面につけた男がグレイのワークパンツ姿のまま、丈の長い三脚の横で屈《かが》み、黒い冠布が男の頭と上半身をおおっていた。それで、ドートマンダーは家の横手をまわって、男に用件を伝え、今は返事を待っているところだ。

その返事がついに聞こえた。「ちょっと待ってくれ」黒い冠布の下から男が唸《うな》った。

「わかった」

ドートマンダーはさらに待ち、黒い冠布の下で何かがカシャッという音を立てた。そして、ついに黒い冠布があがり、その下から男が出てきた。

その男は背が低かった。そのことが真っ先に見て取れた。背が低くて、筋が盛りあがっている。血色のない筋張った腕が袖《そで》を短く切った古いグレイのスウェットシャツ――『YWHA、アストリア』――から突き出ている。前頭が突き出し、髪はスティールウールたわしのようにもじゃもじゃで、先の尖った白髪混じりの山羊《やぎ》ひげは損傷を与えるほど鋭く見えた。つまり、小型レーニンによく似ているというわけだ。もしくは、皆さんの何やかや飾る棚に置く収集用レーニン人形に似ているかもしれない。しかし、メドリックのほうは太い黒縁の眼鏡を額のところまで押しあげている。

彼がドートマンダーをにらんで、両眉毛《まゆげ》をぴくぴく上下に動かしたので、かけている黒縁眼鏡が鼻までずり落ちてきた。彼は眼鏡のレンズを通してドートマンダーを見ながら、こう言った。「それで、きみはいったい誰なんだね？」

「ときどき〈ＯＪ〉へ行く男だ」ドートマンダーが言った。「あそこで何が起こっているのか、あんたが知っておくべきだと思ってね」

「わしがここにいるのは」オットー・メドリックが言った。「あそこで何が起こっているのか知る必要がないからだ。家族があそこの面倒を見ている」

「いや、見ていないんだ」ドートマンダーが言った。「あんたの甥レイフィエルだが――あんたには本当のことを言う必要がある。おれはその甥っ子に会った。あいつはペット・ロックの面倒も見られないと思うね」

「ああ、きみは確かにあの甥に会っただろう」メドリックが同意した。「だが、家族はほかにもいる。あいつの母親も、十人ほどの従兄弟《いとこ》たちも」

「いやいや」ドートマンダーが言った。「その家族たちだが、何かをすべきだとしても、ほかのことで忙しいんだ」

「なんてこった、あの役立たずの畜生野郎どもみたいだな」メドリックはそう言うと、突然、ドートマンダーの顔をもっと近くからのぞき込んだ。「きっとあんたは」と言った。「奥の部屋に集まる悪党どもの一人にちがいない」

ドートマンダーは目をぱちくりさせた。「何の一人だって？」

「わしのバーテンダー、ロロに聞いたよ」

「当然ね」

「長いあいだ」メドリックが言った。「彼はあの店でわしの目となり耳となってくれていた」

「じゃあ」ドートマンダーが言った。「彼は目も耳も不自由になったんだな」

「いや、ロロのせいではない」メドリックが言った。「わしは彼にこう言った。わしはここにいる。ほかの誰かに問題を集めさせろ、とね。ロロはわしの電話番号さえも知らない。それで、何が起こってるんだね？」

「レイフィエルは」ドートマンダーが言った。「店の管理をマイキーという男に任せた。こいつの親父は組織の人間で、店をつぶしている」

メドリックは懸命に考えてから言った。「詳しく教えてくれ」

「店の信用購入で買って買って買いまくっている」ドートマンダーが説明した。「酒から現金レジスターまですべてだ。信用購入の上限額まで使い切ってから、ある夜にすべてをどこかに移し、すべてをどこかで売り、店を破産させる」

「わしの店をか？」

「〈ＯＪバー&グリル〉をだ」ドートマンダーが同意した。「アムステルダム・アヴェニューにあるやつ」

「どこにあるかぐらい知ってるわい！」メドリックは考えながら、目を細めて、ドートマンダーのうしろの家を見てから言った。「きみの名前は何だね？」

「ジョン」

今度、メドリックは細目でドートマンダーを見て、ゆっくりとうなずいた。「本当かもしれん」そう判断した。「家にはいりたまえ。ここは、くさい」

実際、そうだった。メドリックのあとから、ガラスのスライド・ドアを抜けて、家の中にはいると、ドートマンダーが言った。「あの三脚は何だい？　もし訊《き》いても構わなければね。それにあの黒い布は？」

メドリックはスライド・ドアをしめるときに、驚きの表情を見せてから、ドアのガラス越しに黒い布にうなずきかけた。「わしのカメラだよ」と言った。

「あれが？」

「わしは接写撮影をしていたんだ」メドリックは狭い裏庭を指さした。「あそこに日時計がある」

「冗談だろ」

「わしは晴れた時間しか数えられないのだ」メドリックは日時計のモットーを引用して、肩をすくめた。「ふん。うまくやれれば素敵なんだがね。こっちへ来て、すわりたまえ。アイス・ウォーターがほしいかね?」

バー所有者に期待する申し出ではないが、じつのところ、ドートマンダーは喉《のど》が渇いていたので、こう言った。「ああ、いいね」

「そこにすわりたまえ」メドリックはそう言って、手で示し、キッチンのほうへ向かった。

ドートマンダーはリヴィングルームにすわった。その部屋は狭く、小ぎれいで、没個性的だった。まるでメドリックが自分の所有物を一つもフロリダまで持ってこないで、また一から新たに安売り店で家具を買い揃《そろ》えたような感じだ。一分後に、メドリックが氷なしの水を入れたグラスを二個持って戻ると、ドートマンダーのむかいにすわって言った。「コースターを使ってくれ」そして、付け加えた。「こんなことが起こってはならない」

「家族があんたを助けてくれるだろうと思ったんだな」

「その昔」メドリックが言った。「この問題が持ちあがったとき、わしはジェリーに訊いたんだ、バーをどうしようかと」

「ジェローム・ハルヴのことだな」ドートマンダーが言った。「あんたのパートナーだった」

「ほお、きみは予習をしてきたんだな」メドリックが言った。「わしは四十二年ものあいだ、ブロードウェイにカメラ店を持ってたんだ。ジェリーは隣のドライ・クリーニング店の主人だった。この酒場が売りに出てると見つけてきたのは、ジェリーだ。すべての許可証やカウンターや備えつけの設備も揃ってるし、値段も妥当だから、あとは店を開くだけでいいとね」

「あそこであんたを見たことがない」

「きみはあそこでわしもジェリーも見ていない」メドリックは首を横に振った。「わしは買うことにためらっていたが、今まではジェリーの言うとおりだったと認めざるを得ない。あの店はけっして大きな問題ではなかった。だが、けっして大儲《おおもう》けする店でもなかった」

「よく繁盛《はんじょう》している」ドートマンダーは言ってみた。

「あれを繁盛と呼ぶならね」メドリックが肩をすくめた。「最初は、ディナーの店をやろうと思った。住宅地区なので、まわりにはアパートメントが多い。わしらはウェイターとかシェフとかカトラリーとかすべてを準備したが、うまくいかなかった。わしらの商売はバー経営だった」

「うん、そのとおりだ」

「わしらがあの店を所有しているあいだ」メドリックが言った。「あの店の客がディナーを食べてるところを見た人間は誰もいない」

「ああ、おれも見たことがない」

「だが、少なくとも、トラブルはなかった」メドリックは不快な表情を浮かべた。「だが、もしあの店がつぶれてしまうなら、責任はレイフィエルだけに振りかかるわけではない。わしとレイフィエルが交わした同意書では、レイフィエルはまだわしに歩合を払ってくれているし、わしにはまだ責任がある。この組織の連中が店をつぶすことになるなら、責任はわしの足元に来る。十人ほどのニューヨーク・シティーの卸売り業者に追いまわされてみたいかね？」

「いや、みたくない」

「ああいう連中は」メドリックは考えを述べた。「みんなにデポジットびんを返してもらいたくない。デポジットの五セントの使い道があるからだ。フロリダは充分に遠くない。火星も充分に遠くない。ああいう連中を騙《だま》したら、食い殺されるんだ。毎日少しずつな」

「じゃあ」ドートマンダーが言った。「あんたは何とかしたほうがいいと思うね」

「わしはフロリダにいる」メドリックが指摘した。「レイフィエルは電脳空間にいる。わしに何をしろと言うんだね？」

「おれはそういうことには疎《うと》いんだ」ドートマンダーが言った。

「かつて猫を飼っていたことがある」メドリックが言った。「その猫は死骸《しがい》をよく家に持ち込んできたものだ。わしらがロング・アイランドに引っ越したあとのことだ。その猫はわしがどこにいようと、持ち込んできて、わしの足元に落としたものだ。わしはこう言った。〝おい、これは何だ？　わしはいまいまし死骸なんかほしくはないぞ〟と。すると、その猫はわしをにらむ。〝そんなこと、あたしの問題じゃないわ〟とね。そして、外へ立ち去っていく」メドリックはドートマンダーのほうに向かって、不満そうに眉毛を下げた。「今頃になって」と言った。「わしはどうしてバターカップのことを思い出したのだろうかね」

ドートマンダーが言った。「その死骸はどうしたんだい？」

メドリックはため息をつくと、不快の表情を見せ、自分の腕時計を見て言った。

「日曜日、ロロは四時に店に来る。わしはかつてロロの自宅の電話番号を持っていたが、フロリダへは持ってこなかった。では、ロロに電話をかけて、ロロが何て言うか調べてみるか。きみは昼めしをもう食べたかね？」

　ここまでの飛行便のことを思い出しながら、ドートマンダーが言った。「まだだ」

「わしは十二時少し前に食べたが」メドリックが言った。「一緒にスープを飲んでもいいよ」

「十二時少し前に？」

「非常に若いときとか、非常に年取ったときには、食べたいときに食べるもんだ。だが、非常に年取ったときには、毎日少しずつ早い時間に食べるようになる。六時とか、五時四十五分とかね……。四時に夕めしの席につく日は、神がハローと言ってる日だと思うね。きみのあの車は二人乗りかい？」

「う〜ん」ドートマンダーが言った。「あんたは背が低いからね」

　メドリックはドートマンダーをだだっ広い一階建ての半ば混んでいるショッピング・モールにある名もない食堂へ連れていった。そのモールでは、駐車場の大半の車は十二年前に製造されたもっとも大きなキャデラックだった。ドートマンダーにはマッシュ・ポテトだけしか確認できないポテト・スープを前にして、メドリックがこの六年のあいだずっとやもめだったことを説明した。「エスターは亡《な》くなる日まで素晴らしい女だった。亡くなったあとは何もいいことがない」そして、この二年半のあいだ、アルマという未亡人と付き合っていることも説明した。「一緒に住んではいない」と言った。「結婚をするつもりはないが、一緒に出歩くし、チョメチョメもする」

「どうして結婚するつもりがないんだ?」

「政府のせいだ」メドリックが言った。「年金生活をしていて、結婚することになると、給付金がもらえなくなる。それで、ここに来ると、フロリダ州の老人たちはそれまで真正直な市民だったのに、老後は罪深き生活を送ることになる。政府がそんな法律を作ったからだ。政府のせいなんだ。結婚の尊厳を唱えてるまさにその政府のねメドリックは親指と人さし指をこすり合わせて、〝カネ〟を表現した。「政府の連中がどんな尊厳を大事にしてるか知ってるかね?」

デザートを食べながら――キーライム・パイはこの店の〝キーライム・パイ〟を名誉毀損《きそん》で訴えるべきだ――メドリックは裏庭でのカメラについて説明した。長年のあいだカメラやカメラ機材を売ったあと、彼自身がついに撮影熱に取り憑《つ》かれて、周囲の自然を撮影し始め、長い引退生活のあいだに自分自身を満足させられる趣味を見つけたと思った。

「そして、デジタル時代がやって来たんだ」彼はそう言うと、愛想をつかしたように、首を横に振った。「デジタル写真では、最高も最低もない。すべてが完璧で、すべてが人工的だ。南北戦争の写真を撮ったマシュー・ブレイディーの写真を見たかね?南北戦争だぞ!ずいぶん昔の話をしてるんだ。そういう写真をデジタルで撮影しようとやってみたら、どういうふうに見えるかわかるかね?」

「わからない」ドートマンダーは認めた。

「南北戦争映画の特殊効果だよ」メドリックが言った。「みんなはそれを見て、〝わあ、すげえ、まったく生きてるみたいだ!〟と言う。〝生きている〟と〝生きてるみたい〟の違いがわかるかね?」

「わかると思う」ドートマンダーが言った。

「う〜ん、わしらのような人間はどんどん数少なくなっていく。デジタルがついにわしを廃業させた。つまり、わしはとにかく引退するつもりだったが、デジタルがわしの引退を数カ月早めたんだ」

そのため、メドリックは写真の進歩からあとずさりして、どんどん時間を溯《さかのぼ》り、ついに現在の選択肢に落ち着いた。一九〇四年製の8×10ロチェスター・オプティカル・ピアレス屋外用カメラは、マホガニー材の本体とニッケルの部品と黒革の蛇腹《じゃばら》を備えている。

「ネガは標準サイズで」メドリックが説明した。「引き伸ばしはないし、詳細の損失もない」

「すごそうだなあ」ドートマンダーはそう言ったが、どうでも構わなかった。

昼食のあと、ドートマンダーがどうしてそういうことになったのか、ほとんど確信できないながら、勘定を支払い、メドリックの家へ戻った。そこで、二時間半のあいだ、ドートマンダーはジン・ラミーとクリベッジ・ゲームとボードゲームのスクラブルで負け続けた。そして、四時五分すぎに――「ロロにエプロンをつける時間をやろう」とメドリックが言いながら、スクラブルで〝ダブル・ダブル〟の単語を大胆にも並べた――メドリックがついに〈ＯＪ〉に電話をかけた。

「ロロか？　メドリックだ。かんかん照りで、暑い。どう思ってたんだね？　よく聞け、そこの奥の部屋に通う男の一人がわしのところに来てるんだ。その男によると、どこかの組織の男たちがその店を無茶苦茶にしてるそうだな。うん……ああ、はあ……うん……ああ、はあ……うん……ああ、はあ……うん……ああ、はあ……うん……」

ドートマンダーが裏庭でメドリックのカメラを数時間見ようと、立ちあがろうとしたときに、メドリックが突然言った。「じゃあな、ロロ」そして、電話を切った。

ドートマンダーはすわった。メドリックを見ると、彼は寒々とした目つきをドートマンダーに向けて言った。「ロロが言うには、やつらは今夜あらゆるものを運び出すつもりらしい」

22

その大型セミトレーラー・トラックがまず州間高速道路北行き七十九号線に乗ってから、東行き八十号線に乗り換えて、ペンシルヴェニア州を横断しようと、ピッツバーグを出たとき、すでに夕方だったが、八月のことなので、まだ明るかった。

その洞穴のようなセミトレーラーは空っぽだったが、州間高速道路はちゃんとした道路で、アパラチア山脈を抜けるときでさえも、セミトレーラーはあまり跳びはねなかった。運転台に独りきりでいる運転手は肩幅の広い男で、白のTシャツを着て、黒の野球帽の鍔を前向きにかぶっていた。自動速度制御装置で制限速度を時速八マイル超の速度に一定に保ち、そこで快適にすわっていた。ペンシルヴェニア州を横切りながら、専門ラジオ局を郡ごとに切り換えて、ずっとカントリー・ミュージックを聴いていた。ときおり、西に沈む太陽がセミトレーラーのルーム・ミラーに太陽自体の風景写真を映し出してくれるし、車の交通量は多くもなく少なくもない。

そのセミトレーラーがニュージャージーとの州境に着くまでに、夕闇《ゆうやみ》がすでに訪れていて、ニューヨーク・シティーから百マイル以下なので、交通量はかなり多いが、たいていの場合、運転手は自動速度制御装置に運転を任せることができる。ニュージャージー州バーゲンのカントリー＆ウェスタン専門ラジオ局が真夜中の時報を伝えると、まもなく、運転手はジョージ・ワシントン橋を通って、ハドスン河を渡り、マンハッタン北部にはいった。そこで、楽な部分は終わった。

この街では、大型トラックが横道の通行を禁止されているので、運転手はハンドルを切ったり、ギアを変えたり、角を曲がったり、ブレーキをかけたり、方向転換したり、巧みにハンドル操作をしたり、あらゆる方法を使ったりして、なんとか州間高速道路九十五号線をおり、一六八丁目でブロードウェイにはいった。

そこからの道のりはまっすぐで単純だったが、簡単ではなかった。この運転手は大型トラックの運転で飯を食っているが、主要都市ではほとんどトラックを運転したことがないので、ほかの大型トラック運転手と同じように、マンハッタンが嫌いだった。十五インチごとに信号機が現われるので、ブレーキをまた踏むまでに、ギアのシフトが完了しない。

そのうえ、昼でも夜でも何時《いつ》であれ、ニューヨーク・シティーのどこでも、いつも車が走っている。突進するタクシー、渋滞させる配達ヴァン、それに、好戦的な郊外居住者が乗ったシェヴィー・サバーバナイトまでも。ほかのドライヴァーが大型トラックの存在に恐怖に近い当たり前の尊敬の念を示す世界じゅうの正常な地域とは違って、ニューヨーク・シティーのドライヴァーどもは事実上、何とかやってみろよと彼を挑発したのも同然だ。あいつらは彼の行く手を遮《さえぎ》ったり、急《せ》かしたり、警笛を鳴らしたりしやがる。小さな車を運転する連中は、まるで後部座席に弁護士を乗せているかのように、運転しやがる。彼はそう思った。

ゆっくりと、苦々しく、少しずつ、この運転手は自分のセミトレーラーを動かした。そのセミトレーラーは穴ぼこだらけの街の車道をルーレット・ボールのように跳ねまわっている。長い食道のようなマンハッタンを南下し、九十六丁目までずっとブロードウェイを走った。九十六丁目に着いたときには、午前二時近くになっていたが、街の通りはまだ交通量が多かった。そこで七十九丁目を左に曲がって、アムステルダム・アヴェニューまでの短い一ブロックを走った。そこで左に曲がるのはそれほどむずかしくなく、一方通行なので、そのアヴェニューは少しましだった。

アムステルダム・アヴェニューを北上すると、時差式信号機があるために、ギアのシフトを最小限にとどめられる。彼にとって、それはありがたいことだし、東西に走る通りの名前が読めるほど、街灯が明るいこともありがたい。そして、目的地には明かりがついているが、ぎらぎらとまぶしくはない。ちょうど、もう少し先の右手にある。

街中では運転中にブレーキを踏むと、セミトレーラーはカバの屁《へ》のような音を出す傾向にある。今回もそんな音を出し、そこの歩道でぶらぶらしている連中が待ちわびている男がやって来たことを知らせた。

彼はセミトレーラーを右車線に移して、連中がスペースをあけてくれるように、連中よりも少し南側にとめた。昼間なら、そこは駐車禁止だが、今晩は駐車禁止が解除されるとすぐに、連中は三台の車をそこに駐車して、彼が縁石際《ぎわ》にセミトレーラーをとめるための場所を確保しておいてくれたのだ。ぶらぶらしていた男たちの三人が彼に手を振ると、三台の車に乗って、走り去った。彼はあいたスペースにセミトレーラーを鮮やかにすべり込ませた。三台の車はそこのブロックをまわって、朝まで駐車するためのスペースをどこかに見つけに行った。運転手はエンジンを切って、ドアをあけ、ピッツバーグで乗ってから初めて、空調の効いていない外気を肌に感じた。うへっ。

まあ、これはそんなに長くはかからないはずだ。彼は車道におりて、ベルトをずりあげ、首の筋肉を少しほぐして、セミトレーラーの前をまわり、歩道にたむろしている男たちのほうへ歩み寄った。十二、三人の男たちの大半が荷物をバーからセミトレーラーに運ぶための運搬係だったが、その中に責任者がいるはずだ。

「マイキーという男に会いたい」運転手が言った。

「おれだ」生意気なバンタム級選手タイプの男が言った。オイルをつけたウェーヴィーな黒髪がふさふさしていて、それを両耳の上に掻《か》きあげ、後頭部のほうへうねらせている。まるで商売の神メルクリウスの翼つきヘルメットのように見える。今夜はかなり蒸し暑いのだが、じつのところ黒いサテン地のウォームアップ・ジャケットを着ていて、前のジッパーをあけ、左胸には金文字で『マイキー』と書いてある。そして、彼のまわりを歩いて文字を読める人間のために、ジャケットの背中にはもろもろの派手な色で『イート・ミー・ワールド・ツアー』と記してあった。ジャケットのほかには、白のTシャツとアイロンをかけた白のデザイナー・ジーンズと巨大な白のスニーカーという格好で、アンサンブルを完成させている。

運転手は別に驚きもせず、このマイキーにうなずきかけ、自分のセミトレーラーを手ぶりで示して言った。「あとはあんたに任せるよ。おれはうしろの荷台をあけて、どっかで真夜中すぎのスナックを食べて……」

「おい、あんた」地元民の一人が言った。「あんたのトラックが動いてるぜ」

「何だって？」ギアは入れたし、ブレーキはかけたし、エンジンは切ったし、おれのせいではないことを頭の中で確かめてから、運転手が体の向きを変えると、なんてこった、セミトレーラーが動いている。じつのところ、それはスピードをあげ、縁石際から離れ、アムステルダム・アヴェニューを北へ走っている。

「おおい！」運転手はどなったが、セミトレーラーはそのどなり声を無視して、どんどん遠くへ走り続けるだけだった。

マイキーの仲間の二、三人がそのセミトレーラーのあとを追いかけ、ドアノブとか、サイド・ミラーとか、何かをつかもうとしたが、つかめなかった。一人が実際にセミトレーラーの後部ドアの掛け金ロックをなんとかつかんだものの、セミトレーラーはすでにその男が走るよりも速く動き続けているので、その男は車道にばったりと倒れ、引きずられたので、すぐに手を放した。

一方、マイキーは運転手にどなった。「あれは誰だ？」すると、運転手がどなり返した。「何が誰だって？　セミトレーラーでは独りきりだったんだ！」次の交差点の赤信号を見て、セミトレーラーがまだ交差点のほうへスピードをあげ続けているのも見て、運転手が金切り声をあげた。「赤信号だぞお！」しかし、セミトレーラーはその言葉を無視した。

日曜日の夜のこの時間になると、交通量はやっと減少する。みんなが当てにすべきでない奇蹟《きせき》の一つとして、その瞬間に横道から飛び出し、セミトレーラーの側部にぶつかってくる車は一台もなかった。ただ、明朝の《ニューヨーク・ポスト》を運搬しているパネル・トラックだけは例外だった。もちろん、そういう新聞運搬トラックは時速七マイル以上では走らない（組合の規則だ）。それで、その運搬トラック運転手はとまったり、警笛を鳴らしたり、交差点に進入してくる異常者の家系について短い感想を大声で述べたりする時間が充分にあった。

自分たちの車をそのスペースから遠ざけた三人の男が、ちょうど戻ってきたところだったが、マイキーが叫び声をあげたので、その三人はまわれ右をして、自分たちの車を取りに駆け戻った。ほかの二人の男は運転手がセミトレーラーをとめたスペースのうしろに駐車してあった赤の小型アウディ９００のほうに駆け寄った。マイキーが悲鳴をあげた。「あれを追え！　つかまえろ！　あの男をつかまえろ！　あのトラックをつかまえろ！」不必要な命令だった。五人の男はすでに命令どおり追いかけていたからだ。

「いやはや」運転手が言った。「ニューヨークじゃあ、あいつらは何でも盗みやがる」

どこにも走らないで、まだ立ちつくしている数人の男の一人が運転手にニューヨーク独特の冷淡な一瞥《いちべつ》をくれた。「何かコメントはあるかい？」

「おれはない」運転手が言った。すると、一台の大型の黒のＳＵＶ（クライスラー・タウン＆カントリーＬＸ）が横のアムステルダム・アヴェニューを疾走した。そのクライスラーが医師用ナンバー・プレートをつけていることとか、その車が大半の医師の運転する車よりもずっと速く走っていること、そして、むこうの交差点の信号灯がまだ赤であることに、その運転手は気がついた。ところが、クライスラーがその交差点に近づき、《ニューヨーク・ポスト》の運搬トラックがついにそこを走り抜けると、その信号灯が青になり、クライスラーがその交差点を全速力で走り抜けてから、やっとブレーキを踏んだ。

次の角のすぐ手前に来た例のセミトレーラーもやっとブレーキを踏んだ。二台の赤いブレーキ・ライトがつくと、赤のアウディがそれを追いかけるために、縁石脇《わき》から飛び出した。

しかし、セミトレーラーは停止し、クライスラーはそのすぐ横に停止した。セミトレーラーを運転していた男が、セミトレーラーから飛びおりて、クライスラーの前部助手席に飛び乗った。すると、クライスラーの後部右側のドアが横にあいて、まさに怪物のような巨大な男が斧《おの》を持ったまま、おりてきた。

「何たるこった!」運転手がわめいた。その大男が斧をセミトレーラーの左側後輪に二度振りおろすと、二度の鋭い破裂音が銃声そっくりに聞こえたからだ。その大男は全速力で近づいてくるアウディのほうを向いて、斧を投げつけた。

フロントガラスに斧が当たるのを回避するために、アウディはセミトレーラーの後部にぶつかった。大男はクライスラーに乗り込み、クライスラーはすぐに角を曲がって、姿を消した。さっきどこかに消えた三台の車が轟音《ごうおん》を立てながら戻ってきたが、見えるものは、動けなくなったセミトレーラーと、その後部と道路のあいだにはさまったアウディだけだった。アウディはまだ燃えていないが、煙を吐き始め、アウディに乗っていた二人の男は、車から遠くに逃げようとしながらも、何度も道路に倒れた。運転手とマイキーとほかの男たちは一ブロック半歩いて、セミトレーラーとアウディに近づいたが、その衝突現場に近寄ったときに、アウディが燃え始めた。足をとめた運転手が言った。「なあ、車が火を吐くと、その次に起こることは、ガソリン・タンクの爆発だぞ」

「そのとおりだぜ、マイキー」ほかの男たちの一人が言った。

それで、みんなはまわれ右をして、ほかの方向へ歩いた。しまっているが空っぽではない〈OJバー&グリル〉のほうへ向かって。歩いているときに、運転手が言った。

「なあ、これが何を意味するのか、わかってるよな」

今度はマイキーが運転手にニューヨーク独特の冷淡な一瞥をくれる番だった。「教えてくれ」と言った。

「つまり」運転手が教えた。「くそったれ長い超過勤務の手当てだ」

23

「きみの座席を変えておいたぞ」メドリックが言った。

朝の七時十五分に、ドートマンダーはそういう不意を衝《つ》く冗談に反応する準備ができていなかった。「何に?」と言った。

「ほかの座席にだ」メドリックは昨日の午後にドートマンダーをボードゲームでぼろくそに敗北させたときと同じように、こんな早すぎる時間にぱっちりと目覚め、生き生きしているように見えた。「わしは一晩じゅう眠らないで考えていたんだ」と説明した。「どうすべきなのか、今はわかっている。それで、電話のある座席が必要なんだ。きみにはわしの席の隣にいてもらいたい。それで、きみは通路側の座席に……」

「おれは通路側の座席が好きだ」ドートマンダーが言った。こんな時間でさえも、そのことは覚えていた。

「では、きみは通路側の座席にすわり、わしは真ん中の座席にすわる。そこに電話があるからね」

「誰が窓側の座席にすわるんだ？」

「知るもんか。誰でも構うもんか。二時間十分のあいだなら、誰がすわっても我慢できる」

「あんたがそう言うならね」

そのとき、二人は空港の保安検査場の列に並んでいて、多くの眠そうで、不機嫌で、太りすぎで、身なりのひどい搭乗客たちと一緒に立っていた。その人たちはその格好から察するに、旅行先の誰からも歓迎されないのにもかかわらず、旅行をしている。

「飛行機は満員になるだろうな」ドートマンダーが言った。

「どの飛行機も満員だ」メドリックが請け合った。「誰もがどこかほかのところへ行きたがる。そして、そこへ行くと、すぐに家に戻りたがるんだ」

「おれは家にいるときも」ドートマンダーが言った。「家に帰りたいと思う」

「検査が終わったら」メドリックが提案した。「コーヒーを飲もう」

「たぶん」ドートマンダーが言った。「それまでに、自分の口がどこにあるのか見つけられるだろうな」

保安検査場にいる制服姿の太った女性は、ドートマンダーに靴を脱ぐように要求したことをすぐに悔やんだ。その検査官が悔やんだことをドートマンダーは察したが、彼女はプロだったので、顔には出さなかった。もしくは、あまりにも唖然《あぜん》としたのかもしれない。航空警備組織にちょっとした勝利を感じたあと、彼は混み合ったコーヒーショップのチェーン店で小さすぎるテーブルにいるメドリックのむかいにすわって、まずいコーヒーを頼んだ。メドリックが言った。「わしは狼煙《のろし》の合図を責めてるんだ」

「ああ、そう」ドートマンダーが言った。

「今のわしらの状況についてね」

「ああ、そう」ドートマンダーが言った。この時間、彼はこの状況をただ放っておくことにした。

しかし、メドリックには持論があり、それを唱えるつもりだった。「わしらを破滅に向かわせているのは伝達テクノロジーだ」と言った。「今のわしらにはインターネットがあり、その前にはTV、ラジオ、新聞、電話、信号旗、電報、郵便受けの手紙があったが、最初は狼煙の合図があった。すべての問題はそこから始まったんだ」

「もちろんね」ドートマンダーが言った。

メドリックは首を横に振った。「だがな」と言った。「社会にはそこまで遡《さかのぼ》る準備ができてないと思うね」

「たぶんね」ドートマンダーはそう言って、欠伸《あくび》をした。もしかしたら、コーヒーを飲んだほうがいいのかもしれない。

「だが、この世界に誠実さのかけらを取り戻させるには」メドリックが主張した。

「それが必要なんだろうな」

ドートマンダーはコーヒーマグを置いた。「おれたちはそれを実行しようとしてるのか？」と尋ねた。

「この瞬間、そういうことだ」メドリックが言った。「なあ、人類の歴史において、人間が顔を相手に見られていないのに、その相手に何かを伝えられるのは、狼煙を使ったときが最初だ。何を言ってるのかわかるか？」

「わからない」ドートマンダーが言った。

「狼煙の前は」メドリックが言った。「わしがきみに何か伝えたかったら、きみのいるところへ行き、きみの前に立って、伝える必要があった。今わしがしているみたいにな。それで、きみはわしの顔を見て、わしがどんな話し方をするのか聞き取り、わしのボディー・ランゲージを読み、自分で判断する。この男はおれを騙そうとしてるのか、とかね。わかったかね？」

「アイコンタクトだ」

「そのとおり」メドリックが言った。「もちろん、そのときも人間はお互いに嘘《うそ》をつき合っていて、騙しおおせていたが、それほど簡単ではなかった。狼煙がいったん使われ始めると、話をしている男の顔が見えないし、その男は陰で笑っているかもしれない。きみにはわからない」

「そうだと思う」ドートマンダーが同意した。

「それから、ずっと伝達方法が発達していき」メドリックが言った。「いろいろな方法で伝達するようになったが、いつも相手の目が届かないところで伝えていた。何千年ものあいだ、わしらは嘘つきの楽園を造ってきたんだ。だから、ヴィデオ電話は期待したほどの大ヒット商品にはならなかったんだ。誰も目玉と目玉を突き合わせる時代に戻りたくないからだ」

「そう思う」

「つまり、みんなはけっしてほかの伝達方法を処分できないだろうよ」メドリックが結論を言った。「狼煙の合図までもね」

「みんなはもう狼煙をそれほど使っていないと思うけどな」ドートマンダーが言った。

「もし使っているとすれば」メドリックが暗い口調で言った。「嘘をつくだろう」

「さて、次に搭乗していただくのは、六列四十三番から六列五十二番の方々です」アナウンスがそう言うと、ドートマンダーとメドリックはそのいまいましい飛行機に搭乗した。

メドリックのむこうの窓側にすわった三人目の同席者は悪くなかった。非常に身ぎれいで小柄な老婦人で、自分の薄緑がかった青のサムソナイト社製のキャリーバッグを頭上の荷物入れに収納し、使い古した黒革のショルダーバッグを前の座席の下にたくし入れ、靴を蹴《け》って脱いで、文芸作家バーバラ・ピムのペイパーバック版小説を開いた。そして、その小説の続きをあまりにも熱心に読み始めたので、飛行機がニューアーク空港に着いたときにはその小説に関するテストがあるんじゃないかと思えたほどだ。

ドートマンダーは、ただ離陸の時間が早く過ぎ去ってほしいとだけ願った。彼はまるで自分の座席が電気椅子《いす》であり、州知事がたった今ゴルフ・コースにいて、死刑執行の中止を発令するのが不可能であるかのように、シートベルトを着用し、意識不明を装《よそお》うために、目をつぶった。そして、飛行機の離陸の際に浮遊感を体験し、自分は浮遊装置とは絶対に喜んで関わらないぞと心の中で決めたのに、機内アナウンスには耳を傾けた。すると、離着陸の際に電子機器をいじくりまわさないように事前に警告したキャビン・アテンダントがついに言った。「これから、電子機器を使用してくださっても構いません」すると、メドリックが言った。「いいぞ」

ドートマンダーは目をあけた。電話機は小ぎれいな灰色でプラスティック製のホットドッグ形をしていて、前列の真ん中の座席の裏側にはめ込まれている。メドリックはそれをぐいとつかみ取ると、クレジットカードで支払う旨《むね》を伝えてから、ダイアル・ボタンを押して言った。「フランクか？　オットーだ。今は朝の九時十七分だ……何だって、ロング・アイランドには時計が一つもないのか？　おまえの息子のことで電話をしてるんだ。なあ、フランク、わしは飛行機に乗ってるところで、ニューアーク空港に向かってる。これはわしのきょうの予定ではなかったが、おまえがこの六カ月のあいだ時計を捜しているときに、おまえの息子レイフィエルがわしの財産を盗んでいるんだ。もちろん、甥《おい》っ子はそんなことをするようなやつじゃないが、じつのところ……フランク、あいつがいいやつだとは知っているが、あいつがいいやつだと知っている理由は、あいつがいいやつだとお前が知っている理由と同じだ。あいつはあまりにも間抜けすぎて、いいやつ以外の者にはなれないからだ。さて、よく聞くんだ、フランク、わしはおまえを責めてはいない。それに、モーリーンをも責めてはいない。わしとおまえは同じ遺伝子を持っている。だから、もし間抜けの遺伝子がレイフィエルの体じゅうを駆けめぐっているなら……それが事実だということをおまえはいまいましいほどよく知ってるはずだ……その遺伝子はモーリーンの家系と同じ確率でわしらの家系から来ている可能性がある」

メドリックはしばらく耳を傾けながら、いらいらとうなずいた。そのあいだ、バーバラ・ピム愛読者のむこうにある窓の外では、まったく何も起こらず、キャビン・アテンダントたちが飛行機内の反対側からドリンクを出し始めた。すると、メドリックが言った。「わしはおまえに面倒をかけるつもりはないんだがな、フランク、問題はだ、わしが何かしなければ、約十五分後に〈ＯＪ〉が破産するんだ。わしは今たまたまこの飛行機に乗っていて、おまえはたまたま地上にいる。それで、おまえにやってほしいことは……よし、何が起こってるのか教えてやろう。レイフィエルが組織か何かに関わりのあるニュージャージーのチンピラと付き合い出し、あの店の経営をそのチンピラに任せたんだ。そして、そのチンピラが……」

さらに間があいた。さらに、いらいらとうなずいた。そのあと、メドリックが言った。「疑ってはいないよ、フランク。人懐《ひとなつ》っこいゴーストのキャスパーのほうがたぶんレイフィエルより優秀なビジネスマンだろうが、ビジネスマンもいろいろある。このチンピラ・ビジネスマンは、あの店から金を搾《しぼ》り取ってやがるんだ。おまえが聞くつもりがあるのなら、そのチンピラがどうやって搾り取ってるのか教えてやるよ。こいつは会社の信用取引で掛け買いをしまくってるんだ。金を払わずに、いろんなものを買っている。すべてのものを取り外して、ほかの誰かに売り、姿を消すつもりだ。ちょっと待て」

メドリックは首を横に振った。そして、ドートマンダーのほうを向いて言った。「こいつは何を買ってるんだね？」

「えっと、四台の現金レジスターがたまたま目にはいったな」

メドリックが目をしばたたいた。「四台の現金レジスターだって？」

「四台とも奥の部屋にある」

メドリックは送話口に言った。「四台の現金レジスターだ、フランク、四台とも奥の部屋にある」

「三十脚ほどのバー・スツールも」

「三十脚ほどのバー・スツールもだ」

「すでに」ドートマンダーが言った。「やつらは結婚式のためにたくさんのフランス製シャンペンとロシア製ウォッカを運び出した」

メドリックは受話器を側頭部に押しつけたまま、顔をドートマンダーのほうへ向けて、激怒の表情を見せた。「結婚式だって？　わしは結婚式の料金も払ってるのか？」

「そのようだな」

送話口にメドリックは言った。「ありがとう、フランク。訊いてくれて嬉《うれ》しいよ。それで、おまえにしてほしいことを言うぞ。レイフィエルの保護観察中にあいつを通わせた藪《やぶ》医者を覚えてるか？　レッドアス、鉛のケツ、そいつだ、藪の精神科医。えっ、レッドアスじゃなくて、レッドヴァスか、失礼した。高名なドタマ医者のレッドヴァスだ。そいつに電話するんだ、フランク。今すぐ電話しろ。応答サーヴィスが出れば、緊急事態だと言え。レッドアスが電話をかけ直してきたら、おまえは……わかってるよ、フランク……症状を伝えろ。症状は誇大妄想症だ。そのために、レイフィエルが使いもしないものをいろいろと買っている。レイフィエル自身の安全のために、レッドアスはきょうレイフィエルを施設に収容すべきだと言え。それで、わしはこの飛行機をおりたら……」

「いいぞ」ドートマンダーが言った。

「……こういうものを〈ＯＪ〉に運んでくるすべての業者に会う。連中は気にもしない。わしは連中にこう言う。みんな持って帰ってくれ。あんたらは精神的に問題のある男に売ってるんだ。ここに施設収容証明書がある、とね。おまえはあの家にはいる鍵《かぎ》を持ってるな、フランク。レッドアスと話をしたら、あの家へ行け……フランク、わしにおまえの扶養家族になってほしいのか？　もし〈OJ〉が破産したらな、フランク、わしは政府からもらう年金以外に何も持っていない。ほかに選択肢はない。わしはおまえとモーリーンの家に転がり込むからな」

近くの座席にすわっている数人がおおっぴらに見つめていることに、ドートマンダーは気づいた。少なくとも、そのうちの一人が録音機器を取り出したように思えたが、通常の機内騒音のせいで、法廷に提出できるような物証にはなりそうにない。とにかく、バーバラ・ピム愛読者はまだ本に没頭していた。もし全世界に彼の問題を知られても、メドリックが気にしなければ、ドートマンダーには関わりのないことだ。

そして、メドリックが言った。「それで、おまえは〈OJ〉へ行き、そこに積んであるものを見て、書類や領収書、証明書、明細書などを見つける。それを持って、おまえとレッドアスはレイフィエルを施設に収容させられる。きょう、やるんだぞ。わしらがこのごたごたを片づけるまでは、レイフィエルにその施設にいてもらう。フランク、大丈夫だ、謝るな。わかってるから。おまえが言うように、わしらはみんな忙しい。まあ、わしは別だ。フロリダでは、おまえが言う意味で〝忙しい〟わけではない。だが、おまえが忙しいことはわかってる。モーリーンもだ。ロング・アイランドの全員もだ。おまえがこのことを深刻に受けとめてくれて嬉しいよ、フランク。深刻な問題だからね。それに……いや、いや、忘れてくれ、心配するな。とにかく、〈OJ〉を守ってくれ。わしはこの飛行機をおりたら、すぐにそこへ行くつもりだし……」

「いいぞ」

「……この奥の部屋の悪党も連れていく」

「おいおい」

「こいつはわしに教えてくれたんだ。〈OJ〉を救ってくれた。もし店を取り返すのに間に合ったら、わしらはこの男に感謝すべきだ。じゃあ、一時前に〈OJ〉で会おう」

ある種の野性的な満足感に浸ったメドリックは、電話機をがちゃんと元に戻した。

そして、前列の座席からの苦痛の叫びを無視して言った。「オッケイ」

「お飲み物は？」キャビン・アテンダントが尋ねた。

「ほしい」ドートマンダーが言った。

「わしはきんきんに冷やしたビールをもらおう」メドリックが言った。

「おれも」ドートマンダーが言った。

「わたしはブラディー・メリーを」バーバラ・ピム愛読者が言った。そして、ドートマンダーとメドリックにやさしい笑みを見せて、付け加えた。「計画倒産ってやつね。そいつら下司野郎《げす》どもをぎゅうっという目に遭わせてやってちょうだい」

24

ビッグ・ホゼとリトル・ホゼは、フィフス・アヴェニューと六十八丁目の角にある〈インペリエイタム・アパートメント・ハウス〉に雇われた一番新しい警備員として、すべての骨折り仕事を任された。例えば、ミセズ・ウィンドボムがスーパーマーケットの配達係にレイプされるかもしれないと恐れているので、二人は彼女の食料品をロビーから彼女のアパートメントまで運ばなくてはならない。二人は定期的に屋根の鳩《はと》よけ用弱電テープを点検しなくてはならない。二人は六十八丁目側に専用出入口を持つ医師二人の診療所から危険物質を別々の医療廃棄物貯蔵庫まで運ばなくてはならない。そして、二人はタングステンの切れた電球やほかの不具合を捜すために、週に一度、二箇所の階段を徒歩でのぼらなくてはならない。そして、月に二度、ペントハウスAの保安状況を点検しなければならない。

八月十六日、月曜日、午前十時、ビッグ・ホゼは警備業務日誌に『P・A点検』と書き込むと、リトル・ホゼと一緒に最上階までエレヴェーターでのぼった。そのときのユニフォーム姿のエレヴェーター係はマルコという無愛想なセルビア人で、笑みや世間話を居住者のために取っておいているので、のぼっていくあいだ、二人のホゼは週末の女遊びの成果について嘘をスペイン語でしゃべり続けて、マルコを無視した。マルコのほうも、同じように徹底的に、より寡黙《かもく》に二人を無視し返した。

ペントハウスAは空っぽだったが、物でいっぱいだった。がらんとしているが、生活感があった。所有者はフェアウェザーという金持ちの男で、今はどこかの外国にいて、あまりにも長く留守にしているので、フェアウェザーが最後に住んでいたときには、どちらのホゼもまだこの仕事に就いていなかった。マンハッタンのフィフス・アヴェニューにある大きな高級ビルディングの最上階に広いペントハウスを持っているほどの金持ちなのに、そこに住むことさえもしていない男を想像してみてくれ。又貸しさえもしていない。留守番として従兄弟《いとこ》を住まわせることさえしていない。

これは最上階のペントハウスAにしか行かないほうのエレヴェーターだ。エレヴェーターのドアがあくと、居住者共有のホールではなく、小さな応接室に続いている。その部屋では、エンパイア・チェアや、曲がりくねった脚の小さな補助テーブルが白い大理石の床に置いてあり、そこの壁にはピカソの絵画が四点かかっていた。壁の中に収まるポケット・ドアはいつも二人のホゼがあけたままにしておき、広いスペースのむこうの中央リヴィングルームに続いていた。そのスペースの真正面と右方向には大きくて明るい窓があり、まるで低空飛行をしている飛行機に乗っているかのように、マンハッタンとセントラル・パークの風景が見渡せる。

豪華な骨董《こっとう》家具や台座に載った大理石の彫刻、暗い色の重厚な額縁にはまった巨匠たちの古い名画のあいだに敷いたペルシャ絨毯《じゅうたん》から、天井の入念な石膏《せっこう》製繰り形まで、このリヴィングルームは富と贅沢《ぜいたく》と快適さを大々的に物語っている。ビッグ・ホゼは忙しくないときに、ここまであがってきては、長さ八フィートの金色のソファで居眠りをすることが知られていた。そして、問題が起こったときは、リトル・ホゼがビッグ・ホゼに知らせていた。

とにかく、保安状況の点検は、ソファで居眠りする時間ではない。それからの二時間、毎月二回するように、標準どおりの点検に取りかかった。冷蔵庫は空っぽだが、ちゃんと稼動していて、冷凍室に製氷皿が並んでいることを確かめた。四つの洗面所で、トイレの水を流し、洗面台で水を流した。すべての窓がまだしっかりとしまっていて、施錠《せじょう》されていることを確認した。二つの警報装置が適切に作動することを確かめた。エレヴェーターからの出入口に単純なマジックアイの警報装置と、アパートメントの北側を走る長い廊下にあるもっと複雑な動作センサーの警報装置の二つだ。その廊下に面したドアは、南向きのベッドルームに続いている。リヴィングルームやマスター・ベッドルームにある二つの暖炉に埃《ほこり》やネズミがはいっていないか、煙突の煙道がまだちゃんと閉じているか確認した。そして、留守番電話機がまだ作動しているか、電話をかけてきた相手に応対しているか、どんな伝言でも受け付けないことをちゃんと知らせているか調べた。

アパートメントには二つのホームバーがあり、一つはリヴィングルームの横にあった。もう一つはずっとむこう端にあり、ちょうど、ホテルのものと同じほど大きくて、用品もホテルに負けないほど揃《そろ》ったキッチンの隣にしつらえてあった。両方のホームバーには、アルコール度数の高い蒸留酒があるが、ワインや酒を割るためのソーダ類はない。二人のホゼはその酒に手をつけるほどの馬鹿《ばか》ではない。じつのところ、そういう誘惑に駆られることもない。この仕事はあまりにも素晴らしく、簡単で、ストレスも少ないので、そんな危険を冒す価値はないのだ。

二人は着実にアパートメントの中を見まわった。実際の所有者よりもアパートメント内部をよく知り抜いているにちがいないと考えていた。マスター・ベッドルームは行方不明の所有者の衣服でいっぱいだった。ダーク・ブルーからライト・グレイまで揃った十着前後の高価なスーツ、引き出しにいっぱいのシャツやスウェター、ラックにいっぱいのネクタイ。素敵な衣服をいくつか試着してみた結果、フェアウェザーはビッグ・ホゼより背が低く、リトル・ホゼより背が高く、その二人よりも太っていると結論を引き出した。それに、カジュアルな服があまりない。もしこの所有者がゴルフをやるのなら、スーツ姿でやるのか、留守をするときにゴルフ・バッグを持って出かけるかのどちらかだ。

ほかのベッドルームはすべて客用だ。住み込みの雇用者のためではない。客がいたとしたら、所有者は客たちをすごく丁重に扱っている。洗面所に袋入りの歯ブラシ、白いテリークロスのローブ、クロゼットにスリッパ。すべてのベッドが整っていて、特大のシーツが埃をよけるために、おおいかぶせてある。一カ月に二回来る清掃班がときおりそのシーツを取り換えているにちがいない。

その広いアパートメントのずっと奥、キッチンの横を通り、小さくても設備が完全に揃ったバーのそばに、もう一つの入口があるが、これは一度も使われたことがない。少なくとも、フェアウェザーが不在のときには一度も使われたことがない。クロゼットのドアのように見える普通のドアだが、例外として、小さな長方形の窓が目の高さにある。つまり、ビッグ・ホゼの目の高さだ。ビッグ・ホゼが一度そこにフラッシュライトを照らすと、汚い金属製の壁のようなものと、小さくて、暗く、四角っぽいスペースが見えた。その中に太くて黒いケーブルが何本かぶら下がっている。エレヴェーター・シャフトを見ていることに気づくのに、しばらくかかった。そのシャフトの最上部に、フラッシュライトの光を照らすと、大きな金属製の滑車とそれに巻きついているケーブルが見えた。

すると、これはフェアウェザーの私用入口で、ほかの人間には使われていない。エレヴェーターの呼び出しボタンはドアノブのそばの壁に控えめについていたが、ビッグ・ホゼが試しにそのボタンを押してみても、何も起こらなかった。つまり、所有者がいないときは、作動しないようになっているはずだ。しかし、所有者は確かに使っている。だから、正面のエレヴェーターの横についたキーパッドと揃えになったキーパッドが二台、そのボタンの横についているのだ。

エレヴェーターがどこへ行ったのか、二人のホゼはまったく知らなかったが、とにかくそれに関する淫《みだ》らな話をときおり作りあげた。二人が仕事中にはいったほかのアパートメントでは（全体の半分に近い）、そのエレヴェーターで4C号室にこっそりと忍び込んでいたという話を語り合うのが好きだった。4C号室には、セクシーな女TVニュースキャスターが誰でも一目で異性愛者でないことが見て取れる裕福なファッション・デザイナーと一緒に住んでいるのだ。

それで構わなければ、地下室にはバットマンの秘密の要塞《ようさい》バットケーヴがあって、その昔、所有者は犯罪を取り締まるために夜更《よふ》けに出かけたのかもしれない。もしそうなら、バットマンのケープはどこにあるのだ？ 休暇を過ごすのに、ケープを持っていく必要はないだろう。

とにかく、ここでは新米の二人のホゼが任されたつまらない職務のうちでは、一カ月に二度ペントハウスAを点検する仕事は、明らかに簡単なものだった。きょうもその仕事が終わり、二人は普通のエレヴェーターを呼び出すと、短気なマルコが休息を取って、テレサと交替しているようにと願った。テレサは太った黒人女で、少なくともユーモアのセンスがある。テレサには冗談が通じるのだ。

テレサがエレヴェーターを操作していたら、何と言おうかと考えた。最近聞いたかもしれない面白い猥談《わいだん》を思い出そうとしながら、ポケット・ドアのむこうにあるニューヨーク・シティーじゅうで最高のリヴィングルームの一つのほうを振り向いた。この所有者は何年ものあいだ、ここに戻ってないなと思った。よし。ここの所有者は永久に家に戻らなくてもいいぞ。ビッグ・ホゼとリトル・ホゼがほかの居住者と同じように、今はここに住んでるんだ。それを変える理由はない。

エレヴェーターのドアがあき、その二人は自分たちのリヴィングルームから目をそらした。「やあ、テレサ！　なあ、ロシアの貴婦人と犬の話を聞いたことがあるかい？」

25

ハウイー・カルビーネはニュージャージー州モリス郡南東部の顔役《カポ》で、いくつかのレストラン・チェーンの共同所有者だ。そのレストラン・チェーンとはニュージャージー州に六つの支店を持つ〈グランドママのフィッシュ&フィレ〉、スタテン・アイランドに四つの支店を持つ〈ソルティー・ピートのシーフード・スペクタキュラー〉、クイーンズ区とブルックリン区に七つの支店を持つ〈パスタ&ピッツァの斜塔〉など数多い。彼は少々けばけばしいものの非常に素敵な〝マクマンション〟と呼ばれる大量生産の豪邸のアイランド式キッチンにすわっていた。バスローブとスリッパとジョッキー社製のピーチ色をしたアンダーパンツ姿で、ハーフ&ハーフ牛乳のかかったシリアルのキャプテン・クランチをむさぼり食っていた。顔をあげて、ベッドルームが並ぶ二階から階段をおりてくるマイキーを見つめた。マイキーは五人兄弟の四人目で、本当のことを言うと、それほど頭がよいほうではなかった。「それで」父親が言った。「きのうの夜はうまくいったのか?」

「うまくいかなかった」マイキーがつぶやいた。生まれつきむっつりとしていて、死ぬときもむっつりしているだろう。生きているあいだも、ずっとむっつりしているはずだ。

ハウイーはスプーン一杯にすくったキャプテン・クランチを口へ持っていく途中で手をとめた。「うまくいかなかったって? くそったれトラックが現われなかったのか?」

「くそったれトラックは現われた」マイキーはそう言いながら、シリアルのフルーツ・ループをボウルの中に注ぎ入れて、キッチン・テーブルにいる父親と同席した。股《また》ぐらから赤い炎が飛び出している光沢のある黒い水泳トランクスをはき、青文字で『ニューヨーク市警』と胸に書かれたグレイのスウェットシャツを着ていた。

父親は待っていたが、息子はただフルーツ・ループを口に頬張って、カウンターの表面をにらみつけているだけだった。ついに父親が言った。「それで? 何があったんだ?」

「くそったれトラックは現われた」マイキーが言った。口の中にいっぱいのパステル色のシリアルの隙間《すきま》からしゃべっていた。「だが、ある男がくそいまいましいことにぶち壊しやがった」

「くそいまいましいことにぶち壊しやがったって？　何をだ、くそったれ運転手が酔っ払ってたのか？」

「くそったれ運転手のことじゃねえ」パステル色のシリアルをさらに食べながら、マイキーが苦情をこぼした。「運転手がくそったれトラックからおりると、ほかのくそったれ野郎がトラックに乗って、走らせやがった。おれたちはそのくそったれ野郎の顔も見ていねえんだ」

「くそったれトラックを走らせやがったって？」

「くそったれ二ブロックを走らせやがったんだ」マイキーが説明した。「おれたちはそのあとをくそったれ車で追いかけた。すると、また別のくそったれ野郎が別のくそったれ車で現われやがって、くそったれ斧を持っておりてきやがった。そのくそったれ斧をくそったれタイアにたたきつけやがって、タイアをくそ目茶にしやがった」

「それで、おめえたち、くそったれ野郎どもは何をしてたんだ？」父親が問い詰めた。「おめえたちのくそったれ親指を自分たちのくそったれケツの穴に突っ込んだまま、黙って見てたのか？」

「ニッキーとピーティーがアウディでその二人を追いかけたんだが」マイキーが言っ

た。「斧を持ったこのくそでけえ野郎がアウディに乗ったニッキーとピーティーにその斧を投げつけやがった。すると、アウディはくそったれトラックの後部に激突して、何もかもくそったれ炎に包まれたんだ」

「誰か死んだのか？」

「いや、全員助かった」

「くそまずいな。それで、そのほかのくそったれ野郎どもはそこから消えたのか？　そいつらが誰なのか見当もつかねえのか？」

「まったく何のくそったれ手がかりもつかめねえ」マイキーが言った。「ポーリーとリッキーとヴィニーとカーリーがおれにくそったれ心理戦を仕掛けてきやがったのなら別の話だがな」

ハウイーは牛乳が垂れたスプーンの先を自分の四男坊に向けた。「おめえの兄弟はおれから直接に命令を受けてるんだ。あいつらには近づくな。これはおめえにとって大切だってことはな、マイキー、あいつらもわかってる」

「ええい、くそったれ。もちろんだ」

「これはおめえ自身の計画だ」ハウイーが言った。「おめえが思いついて、おめえが実施してるので、誰もくそったれ邪魔をしちゃいけねえ。いいか？　聞こえたか？

誰もくそったれ邪魔をしちゃいけねえと、おれが言ってるんだ」

「まあ、そうなんだが、何てこった」マイキーが文句を垂れた。「誰かがおれのヤマをぶち壊しやがった。きのうの夜おれのヤマをぶち壊しやがって、ペンシルヴェニアのくそったれ野郎どもが腹を立ててやがる。そいつらはあのくそったれトラックが壊れたことでおれを責め立てやがった。水曜日まで別のくそったれトラックを用意できねえって吐《ぬ》かしやがる。保険会社とかサツに提出するために、やつらは書類をでっちあげなきゃならねえ。いってえこのトラックは何をするつもりだったんだ？　なんで夜中のくそったれ二時にニューヨークのアムステルダム・アヴェニューなんかにいたんだ？　そのうえ、オハイオにいるくそったれ客も腹を立ててやがる。ここがこのくそったれ計画で一番おいしいところだったんだ。おれはくそったれピッツバーグに仲介人を置いといた。オハイオのアクロンに末端の買《け》え主がいた。誰もこのブツを見つけたり、たどり着いたりできねえ。おれはくそったれ利益の上でぬくぬくとしてられたんだ」

「それに、おれにも少しの分け前がへえる」父親が言った。

「うん、もちろんだ」マイキーが言った。「当然のこと、少しの分け前がそっちへ行く。世界がどうまわってるのか、おれはわかってるよ。あんたはだてにおれの親父《おやじ》をしてるわけじゃねえからな」

「それを聞いて嬉しいよ」

「ただ」マイキーが言った。「おれたちはあとくそったれ三日も待たねえといけねえ。あのくそったれバーは今頃鍵をかけておくことになってるが、おれには何もできねえ。くそったれブツはまだそこにあるからよ。おれたちはくそったれ客を追い出したが、まだブツを持ってる。そのくそったれバーの中いっぺえに積んであるんだ」

「所有者はどうなんだ？」

「えっ、レイフィエルか？」マイキーは軽蔑《けいべつ》的な笑い声をあげた。「あいつはクソとグリーン・スープの違えもわからねえようなやつだ」と伝えた。「あいつはクイーンズ区のくそったれボロ家に住んでやがって、頭の中はくそったれ音楽のことでいっぺえで、このくそったれヤマが終わっても、いってえ何が起こったのかも、まったくわからねえだろうよ」マイキーは首を横に振った。「きのうの夜に何が起こったのか、おれにはわからねえ」と言った。「いってえ誰の仕業なのか、まったくわからねえ。何が起こったのか知りてえが、一つだけ確かなことがある。レイフィエル・メドリックについちゃあ、まったく心配する必要はねえってことだ」

26

レイフィエルはほんの少しだけ第二テープのスピードを遅くした。すると、チベット寺院の鐘が濃霧に閉ざされたような雰囲気を醸《かも》し出し、哀《かな》しみを帯びた鐘の音が虚無の薄暗い渦の中に巻き込まれていった。そのとき、人影がテーブルの上をよぎった。

おいおい、またかよ。あの四人が戻ってきたのかよ? 絶対にぼくの邪魔をさせないぞ。レイフィエルはそう自分に誓った。今は重大なときなのだ、重大な……。

ぼくはまたデコピンされるんだろうか? あの大男の記憶が戻ってきた。あの指が撃鉄を起こしてから、引き金を引き、弾丸がレイフィエルの頭蓋骨《ずがいこつ》を跳ねた。寺院の鐘のくぐもった音が響くあいだ、頭の中で痛々しい跳弾の音が聞こえてきそうだ。今はこの作業をあきらめて、あの四人が立ち去ってから、『ヴォいっジ』に戻れるようにと望むべきだろうか? サウンド・ゾーンの中であの時点にまだとどまっていられるようにと望むべきだろうか? 残念なことだ。

風船顔が現われた。すごく近くに、右のほうから飛行船のようにやって来た。横向きになっている。ほほえんでいる。しゃべっている。眼鏡が頭から落ち始めている。

女の……。

レイフィエルの母親だ。

「やっ!」ひるんだレイフィエルが叫んだ。しかし、彼が跳びのいたようには見えなかった。その飛行船が急に遠のいていったようだ。まだほほえみながら、まだしゃべりながら、なんとなく小さくなっていくと同時に、胴体を取り戻している。彼のテーブルの上でプレッツェルのように、横向きに体を曲げている。ハイネックの白いブラウスに、ゆったりした黄金色のスラックスという格好で、その風船顔をレイフィエルの視界の中にねじ込もうとしている。

驚いたレイフィエルがキャスター!つきの椅子にすわったまま、跳びあがったために、ヘッドフォンを編集装置につないでいるコードがすぐに限界まで引っ張られ、彼はすぐに二つの選択肢を目の前に突きつけられた。元に戻るか、耳を失うかの二択だ。一方、母親のほうは眼鏡を失いかけていた。眼鏡が息子のコントロール・パネルに当たる前に、つまもうとして、バランスも失いかけていたのだ。

母親と息子は別々に生き残りのダンスを踊ったが、すぐにやめた。母親は眼鏡をかけていて、息子はヘッドフォンを外していた。「ママ！」息子は叫んで、あらゆるもののスイッチを弱々しい両手で切った。「ここで何してるの、ママ？　何してるの、ここで？」

母親がこれまでこの家に足を踏み入れたことがないので、息子は尋ねたのだ。家族の誰もここに足を踏み入れたことも、この近くに来たこともない。ここは彼の避難所であり、隠れ家であり、安全ネットだった。しかし、たった今、母親がいるのだ。ここに？

半狂乱であたりを見渡し、まだいろいろなマシーンのスイッチを切り続け、自分の初めの二つの質問に対する返答を待たずに、彼は口ごもった。「ぼくは掃くところだったし、そのう、今晩洗濯するつもりだったし、そのう……」

「レイフィエル」

「いつもこんなんじゃないんだよ、ママ。ぼくはずっと働いていて……」

「レイフィエル」

「たいてい、ここはこんなんじゃ……」

「レイフィエル、あなたを連れ戻しに来たのよ」

彼は目をしばたたいた。「ぼくを連れ戻しに？」

「あなたはきちんとした服を着ないといけないわ」

彼はぽかんと口をあけたまま、母親の顔を見て、彼女が何を言っているのか理解しようと努め、彼女の心を読もうと努めたが、笑顔のせいで、それは失敗した。

レイフィエルの母親はいつもほほえんでいる。夜も昼も、病めるときも健《すこ》やかなるときも、暑い太陽の下でも寒い暴風の中でも、交通渋滞に巻き込まれてもただすいすいと進んでも。どうやら、彼女はレイフィエルを身ごもっているとき、ストレスを和らげるために薬の服用を始めたらしい。そして、なぜか薬の服用をやめなかったし、今日もまだ服用しているらしい。

レイフィエルの少年時代は、ほかの子供たちの母親が正気を失って、狂気に走り、異常な行動を取り、悔しそうに泣き崩れ、トイレの蓋《ふた》をあけたままにしたことから、母親殺しを企てたことまで、あらゆることで叫び声をあげながら、自分の子供を責め立て、ものを放り投げ、ドアをばたんとしめ、昼食の前から酒を飲んでいたことで、その子供たちを羨《うらや》んだことが何度かあった。レイフィエルの母親の家で、そんなことはまったくなかった。彼の母親の家では、すべてが穏やかだったのだ。

そして、その母親は今彼の家にいて、彼を〝連れ戻す〟とか、〝きちんとした服を着る〟とか話をしている。実際に彼が今着ている服は、着ていることを感じさせないし、着ていることで気を散らさせない。彼はゆったりしたTシャツとだぶだぶのショートパンツが気に入っている。それ以上にきちんとした服があるだろうか？

しかし、彼はほんの少し違う質問を投げかけた。「どうしてきちんとした服を着なきゃいけないの？」

「あなたは法廷へ行かないといけないからなのよ。一緒にいらっしゃい」母親が言った。「お父さんが車の中で待ってるわ。車を盗まれるんじゃないかと、お父さんは心配してるのよ。ここはそれほど素敵な地区じゃないから。一緒にいらっしゃいよ、レイフィエル」

「法廷だって？」母親が冷静にしゃべっているあいだ、彼はその言葉を三、四回言ったのだが、母親がやっとしゃべり終えたときに、彼はまた言ったのだ。「法廷だって？　どうして？　何の法廷なの？」

「そうね、オットーおじさんのバーと関係があることよ」母親が言った。「そのバーのことは知ってるでしょ？　オットーおじさんが今フロリダにいるので、あなたが面倒を見ているバーよ」

「あの店はすべて大丈夫だよ」彼はそう言ったが、あの四人の男たちのことをまた考えながら、じつは一瞬の不安を感じたのだ。あのバーに関する何かのことであの四人もここへ来たのだ。ええい、〈OJ〉はどうして廃業して、このレイフィエル・メドリックをそっとしておいてくれないんだよ？

一方、彼の母親はほほえんで言った。「でもね、ちょっとした問題があるみたいなのよ。それで、オットーおじさんがどうにかするために、フロリダから飛行機で飛んできたの。わたしの理解では、バーに関するこの問題が片づかなければ、オットーおじさんはここにとどまり、フロリダには戻らずに、あなたのお父さんとわたしの家に転がり込んできそうなのよ」

「どうしてそんなことをするんだい？」ぼくは怖がってなんかいないぞ。レイフィエルは自分に言い聞かせた。本当にまずいことは何もないんだからな。

「おじさんがそんなことをしないように願いましょう」母親が言った。「そのために、あなたのすべきことは、この法廷へ行き、判事に何もかも説明することなの」

「何の判事なの？」

その質問を無視して、母親が言った。「それに、あの素敵なレッドヴァス先生のことを覚えてる？　あなたが保護観察中だったときの精神科医の？　その先生も法廷にいて、質問に答えるときに助けてくださるわ」

「レッドヴァス先生だって？」のらくらして、欠伸《あくび》を催させるような、あの退屈な男だ。ほかの法廷に振り当てられた精神科医で、レイフィエルのことなんか気にしていなくて、金のためだけに働いていて、そのことを認めている。その精神科医とレイフィエルはお互いのことにまったく無関心であると、すぐに相互理解できた。どうしてその医者が助けてくれるんだよ？

何かおかしいぞ。「ぼくは行きたくないよ」レイフィエルが言った。

「ねえ、お願いよ」母親はそう言いながらも、ほほえみが消えることはまったくなかった。「あなたが行かないと、州警察のお巡《まわ》りさんたちがやって来て、あなたを法廷へ連れていくわ。すると、あなたは何かを隠しているんじゃないかとか、あなたは協力しないんじゃないかとか、判事は思うかもしれない。そんな判事が何を考えてるのか、わたしにはわからないわ。でも、あなたはお父さんとわたしと一緒に来たほうがいいのよ」

レイフィエルは自分の音響編集機器を悲しみに沈んだ目で見た。「ぼくはここで作業の真っ最中だったんだよ」

「あらっ、それはあとでできるわよ。心配することはないわ。すべてうまくいくから。さあ、お父さんを待たせちゃいけないわ。ほらっ、服を着換えて来なさいな。できるだけきちんとした服に。持ってれば靴下も」

「うん、靴下は持ってるよ」

「あらっ、よかった。靴下をはいてちょうだい。さあ、早く」

ためらっていたが、断わることもできず、彼は立ちあがって、ベッドルームのほうへ裸足《はだし》のままぺたぺたと向かった。すると、母親が背後から呼びかけた。「あなたの歯ブラシを持ってきなさいね」

彼は母親のほうに振り向いた。「ぼくの歯ブラシを持ってこいだって？　法廷に？」

「あらっ、念のためよ」母親が言った。そして、息子を安心させるために、最高のほほえみを浮かべてみせた。

27

しなやかなパムとの昼休みのセックスのあと、プレストンは彼女と一緒にシャワーを浴び、奇妙な箇所に石鹸《せっけん》の泡を塗ってから、昼食に出かける準備のために、彼の涼しくて薄暗い部屋で最小限の衣服を着た。

ほかの昼食に出かける準備のために、プレストンはダイニング・ホールのパムの椅《い》子《す》に置くつもりのおならブザーをショーツのポケットに入れた。それはこの一週間のあいだこの新しい女を試すためのいろいろな悪戯《いたずら》の一つ目になるはずだ。ここにいる大部分の女のように、パムは彼のちょっとした冗談を大目に見て受け入れてくれるだろう。パムの関心は彼の銀行口座に強く執着しているので、彼は彼女からより通常の方法で快楽を得ると同時に、好き勝手に彼女を困らせることができるだろう。彼はじつのところ、パムのことを——とくに彼女の体を——かなり気に入っていて、彼女がたいていの女と同じように反応してくれることを願った。

しかし、二人でダイニング・ホールへ向かおうとしているとき、パムはすでに大きな鍔広《つばびろ》の麦わら帽をかぶり、濃い色のサングラスをかけていた。パムが言った。「正直言ってね、プレス、わたし、ちっともお腹《なか》が空《す》いてないの。あなた独りで行ってちょうだい。わたしはセールボートに乗りに行くわ」

プレストンは信じられず、彼女を見つめた。「腹が空いてないって？　どうして空いてないんだ？　わたしはすごい食欲を増進させたところだぞ」

「よかったわ」彼女は満足げな猫の笑みを浮かべて、甘い声で言った。「わたし、体を伸ばしたい気分なのよ。小さなセールボートに乗って太陽の下でのｰんびりと体を伸ばしたいの。あとで一緒にお酒を飲みましょうか？」

「うん、もちろんだ」彼は失望の色をなんとか隠した声で言った。おならブザーはバーではそれほど効果がないし、なぜかそれほど不快ではない。まあ、ほかにも悪戯のやり方はある。

二人は表に出て、陰になった小道と心地よい空気と昨日に続く美しい日に迎えられた。「あとでね、ダーリン」彼女はそう言って、ほほえみ、背中を向けた。見事なほどしなやかになったあらゆる関節が、見事なほど複雑に動いていく。まったく素晴らしいマシーンだ、女というものは。脳みそがそれほどでもないのが残念だ。

しかし、そのとき彼女が振り返った。「一緒に行かない？」

彼は彼女の言葉の意味が実際に理解できなかった。「どこへ行くんだ？」

「ボート遊びによ。素晴らしいわよ、プレス。きっと気に入るわ」

「いや、そうは思わないね」彼が言った。この島の滞在客の中にはときおり沖に出て、セールボートを操縦したり、シュノーケルをつけて海中遊泳したり、ガラス底のボートで遠出をしたり、スキューバ・ダイヴィングまでしたりする者がいることは知っていたが、彼はそういう滞在客ではない。この島に到着して以来、彼はほとんど島から外に足を踏み出していない。もし彼の体が水泳したいと主張すれば、無塩で温水のプールで泳ぐ。セールボートやほかのボートに乗ることは、彼にとって何の魅力も持たない。

「わたしはただあちこち歩きまわりながら」彼はこのボート好きの滞在客に言った。「今晩のランデヴーのことを考えるよ」

「わたしもそうよ、セールボートに乗ってね」彼女が言った。「わたしのセールボートの上でゆっくりと上下に揺れるの。そのセールボートが揺らす動きにびっくりするわよ、プレス。ウォーターベッドとはまったく違って、もっともっとエロティックなの」

「ボートマンの前でか?」

彼女のほほえみがかなり挑発的になった。「ボートマンたちはひと泳ぎする時間を心得てるわ、プレス」彼女が言った。「もし気が変わったら、そのときは教えてね」

「ああ、絶対に教える」

「じゃあ」彼女はそう言って、手を少し振って、立ち去った。彼女の体のあらゆる部分が穏やかに持続的に脈動した。彼は彼女が立ち去る姿を凝視しながら、惚《ほ》れ惚《ぼ》れとその体に見とれていた。しかし、それと同時に、彼のポケットに取り残された可哀想《かわいそう》なおならブザーを気の毒に思った。

アラン・ピンクルトンが代わりにプレストンと一緒に昼食を食べた。雇われ同伴者におならブザーを仕掛けても意味がないので、プレストンがフード・テーブルから食べ物を取り分けてきて、半ば混んでいるテーブルでアランと同席したとき、その単純な遊び道具はプレストンのポケットの中にとどまったままだった。昼食はいつも食事客のもっとも少ない食事だった。そのとき、あまりにも多くの滞在客が、島のあちこちで体を動かすことをしているからだ。

プレストンはテーブルに着くと、トレイをテーブルに、ナプキンを膝《ひざ》の上に置いて言った。「こんにちは、アラン。素晴らしい朝を過ごしたかね？」

「いいえ」アランが言った。いつもの元気な彼らしくなかった。「彼女が見つからないんですよ」と言った。

礼儀正しく、プレストンは眉毛《まゆげ》を吊《つ》りあげた。「誰が見つからないんだね？」

「あなたの新しい相手ですよ」アランが言った。「このパメラ・ブラサードです。何の痕跡《こんせき》もないんですよ」

プレストンの雇われ同伴者として、アランの仕事の一つは、プレストンがこの島で付き合う相手として選んだ女の素姓を調べることだった。しかし、この女の素姓を見つけられなかったって？「まあ、いいよ、アラン」プレストンが言った。「ここの女たちはたくさんの名前を持ってるんだよ。頭皮をベルトにぶら下げてるインディアンみたいにな」

「ええ、でも、女性たちには素姓があるはずです」アランは言い張った。「自分の頭皮を持ってるはずです。パメラ・ブラサードにはありません。経歴も何も」

「アラン、それは不可能だ」プレストンが指摘した。「ここの部屋代を現金で払ってるはずはない」

「ええ、そのとおりです」アランが言った。「それは確かめましたよ。パム・ブラサードの滞在費はイリノイ州エヴァンストンの〈ＩＴＬホールディングズ〉が支払ってます。シカゴに近いところです」

「それで」プレストンが尋ねた。「〈ＩＴＬホールディングズ〉というのは何なんだ?」

「〈ローパー＝ヘイスティー洗剤〉の財務投資部門です」アランが言った。「そこは家庭用洗剤の製造を基盤事業としているシカゴのコングロマリットですよ」

プレストンはこの情報について考えた。そして、自分の昼食についても考えて、オムレツを食べた。うまい。「なあ」と言った。「パムはわたしにとって裕福すぎるんだろうか?」

アランは理解できなかった。「裕福すぎるって? プレストンに?」

「〈ローパー＝ヘイスティー洗剤〉はよく知っている」プレストンが言った。「もはや全面的な家族経営ではなくなったが、ローパー家がまだ議決権を保持している。もしパム・ブラサードがローパーの親戚《しんせき》なら、会社が彼女に経費を支払っても、経費を免税の対象になる何かに変えることで、問題なく筋が通る。しかし、パムはわたしが一緒に遊ぶにはあまりにも裕福すぎるということになる。ここの女たちがわたしを我慢してくれる唯一《ゆいいつ》の理由はわたしの金がほしいからだ。もしパム・ブラサードがローパー家の一人だったら、彼女は少なくともわたしと同じように裕福で、わたしのちょっとした皮肉は効果がない。じつのところ、わたし自身がかなりひどく恥をかくかもしれない。これから何かする前にだな、アラン、パム・ブラサードが自宅にいるときには何者なのか確かなことを突きとめてくれないかね？」

「わたしは雇われ同伴者として、この行き先がわからない死の船に乗り込んだんです」アランが指摘した。「でも、あなたはわたしを私立探偵に仕立てようとしているみたいですね」

「それなら」プレストンが言った。「きみが有能な探偵になれるように祈ろう」

28

ドートマンダーとオットー・メドリックとスタン・マーチは、近くの葬儀社の前の立入禁止区域で、スタンの最近の移動手段である八年前のフォード・トーラスをおりたあと、その日の午後三時十分前に〈ＯＪバー＆グリル〉の店内に足を踏み入れた。メドリックが弟のフランクと会う約束をした（もしくは、会うように強要した）ときから二時間後のことだった。その理由は、ドートマンダーとメドリックの空飛ぶ金属製葉巻が安全に着陸して、二人がそれをおりてから、本日の移動手段のほうへスタンと一緒に歩いていくと、母なる地球と実際に触れ合っている人たちは、食べるように義務づけされているだけではなく、まともな食事を摂《と》るように義務づけられていると、ドートマンダーが言い張ったからだ。

「〈ＯＪ〉はどこにも行かない」ドートマンダーが指摘した。「おれについてもそう言いたいところだ」

スタンはその指摘の前半について強い賛同を表明して、ニューアーク空港とマンハッタンのあいだにあるそれほど悪くないダイナーをたまたま知っていることを付け加えた。ニューヨーク・シティーからニューオーリンズやシカゴのあいだのアメリカではろくな食い物屋がないことをよく知っている長距離トラック運転手がその店を贔屓《ひいき》にしているからだ。

メドリックは本当に嚙《か》みつきたいのは親戚のほうだと明言しながらも、この新しい友人たちの善意が寄り道をする値打ちのあることをついに納得した。そういうわけで、三人はニューオーリンズのケイジャン料理とか、シカゴのレイク・ショア料理で腹を満たしてから、〈OJ〉の店にはいったのだ。そして、ドートマンダーは何でも対処できる心の準備はできているという気になった。

ただ、じつのところ、彼には心の準備ができていなかった。恐ろしいことだ。自然災害のようだ。いや、自然ではない。だから、恐ろしいのだ。これは災害ではない。残虐《ざんぎゃく》行為だ。午後三時頃、〈OJ〉は空っぽだった。空っぽのスツール、空っぽのブース、空っぽの床、空っぽのカウンターうしろの棚。客はいないし、常連客もいないし、ロロさえもいない。ビールやウィスキーのいい香りが消え始めていた。音が聞こえない墓場のように暗いこのスペースを見ると、死にゆくことの概念がすぐに頭に浮かんだ。こういうことが〈OJ〉にも起こりうるのだ。

明るい外から店内の薄暗さに目が慣れて、もう一度見ると、店の中は完全にすっかり空っぽというわけではなかった。常連客がかつてたむろしていた左のほうのカウンター席に、一人の男がすわっていた。その男は緑色のポロシャツに茶色のショーツ、白のスニーカー、鍔を前に向けたレッドソックスの野球帽という格好だった。男の前には酒のグラスはなく、目の前にかけたアイグラスがあるだけだった。それに、男は雑誌を読んでいた。

三人が店にはいってくると、男は雑誌をカウンターの上に放った。そして、立ちあがると、三人のほうへ近づきながら言った。「フロリダにも時計はないんだな？」男はオットー・メドリックより四、五歳若いが、顔がメドリックにそっくりだし、多少は苛立《いらだ》ち程度が低いが、声もそっくりだから、この男が弟のフランクにちがいない。

そのとおりだった。「おれを責めるなよ、フランク」メドリックはそう言うと、ドートマンダーとスタンのほうにそっけなく手を振った。「この二人にとっては、腹具合が何よりも大事なんだ」

「まあ、そうだな、オットー」フランク・メドリックが言った。「たいていの人間にとっては、真実だ」そして、ドートマンダーとスタンを見て言った。「どっちが奥の部屋の悪党なんだ？」

「おい！」

「二人ともだ」オットーはそう言うと、指さした。「この男がフロリダまで来て、教えてくれたんだ」

「まあ、あんたには礼を言わないといけないんだろうな」フランクはそう言って、手を差し出した。「あんたは多くの人から大きな不安を取り除いてくれた」

「いや、まだだ」オットーが言った。「だから、わしがここにいるんだ」

「あんたの名前を聞いてなかったな」フランクが言った。

「ジョンだ」名前を聞かせてはいなかったドートマンダーが言った。

「おれの名前を聞かせよう」スタンはそう言って、手を突き出した。「スタンだ。おれがこの二人をニューアークからここまで車に乗せてきた」

「きょうの特別ランチをあいだにはさんでな」オットーが言った。「それで、レイフィエルのことはどうなった？」

じつは腕時計を持っているフランクがそれを見て言った。「この瞬間、レイフィエルはバーニス・スタインウッドヴォーゲル判事の前にいて、レナード・レッドヴァス精神科医の協力によって、精神病院に続く道を歩んでいるところだ」

「非常に短い道をな」オットーが一言付け加えた。「ほかに、どんな問題があるんだ?」

「いいものを見せよう」フランクはそう言って、カウンターのうしろにまわった。

「あんたがそこにいるついでに」スタンが言った。「ビールをサーヴァーから注いでくれないか? 塩を横に添えて」

フランクはまるでウルドゥー語で話しかけられたかのように、ぽかんとした顔を見せた。すると、ドートマンダーが言った。「少し待とうじゃないか、スタン。ほかの用件を先に片づけよう」

「ああ、いいよ、問題はない」スタンが言った。「運転は喉《のど》が渇く作業だと言いたいだけだ」

いらいらして、オットーが言った。「あとで飲めるから」すると、弟のフランクがカウンターの下から整理されていない書類の束をいくつか取り出して、ほかの三人の前に広げた。オットーはその書類の上に体を近づけて、書類を軽蔑するようにあちこちに動かしながら、つぶやいた。「ここに古くからの友人たちがいるぞ。おっと、この友人たちは目をつぶってくれるかな。このくそったれ書類を見ろよ」

「あんたはたぶん」フランクが忠告した。「奥の部屋をのぞきたくないはずだ。婦人用洗面所も」

「婦人用のほうはのぞこうとも思わない」オットーが言った。「そのほかはのぞく必要がない。自分の目で見るだけでいい。フランク、電話がそこにあるぞ」

フランクが長いコードのついた黒い電話機を持ってくると、オットーは目の前のインヴォイスの一枚を選んでから、一本の指でゴキブリを押しつぶすかのように、電話機のダイアルをつついた。そして、その指先でカウンターをたたきながら、返答を待った。そのあいだ、フランクとスタンとドートマンダーの三人が興味深くその動作を見つめていると、オットーが言った。「ハロー、お嬢さん、わしはオットー・メドリックだ。ハリーを出してくれ。ああ、あんたは聞いたことがないが、たった今聞いたはずだ。ありがとう」

そのあとに流れた沈黙は、重要性を〝孕《はら》んでいる〟と描写されるようなものだった。そして、オットーは若い子羊を見たばかりの森林狼《おおかみ》のようににやにや笑って言った。「ハリーか？　ああ、わしだ。ああ、わしは留守にしてたんだ。そのとおり、フロリダだ。フロリダだとは知ってるはずだ。だが、わしの店でちょっとした問題が起こったんで、戻ってくる必要があったんだ。いや、ハリー、わしの店だ。わしの甥《おい》っ子のレイフィエルがいわゆる管理人だったが、この甥っ子が……誰だって？　マイキーという名前のやつは知らないし、神様がよいお方なら、わしはマイキーという名前の人間を一人も知ることがないだろう。ほらっ、まいったな、またほかの症状だ。この症状があることさえ知らなかったな。何の症状だって？　精神病の症状だよ、ハリー。ひどいもんだ、家族全員がショック状態だ。いや、言えないんだ。何が起こったのかすべてを言うことはできない。起こったことすべてを知らないからだが、これだけは知っている。レイフィエル・メドリックはこの瞬間、法廷にいて、州北部の精神病院に収容されるところだ。限定責任能力のせいでな。たまたま判事に見せるこの限定責任能力の証拠はな、ハリー、あんたからレイフィエルが三十脚のバー・スツールを購入したというインヴォイスなんだ。あいつが三十脚のバー・スツールをどこに置くつもりだと思ったんだよ、ハリー？　いや、そうは思わんね。いや、それは正しくないぞ、ハリー。この特別な事例では購入者が誤っていたんだ。ニューヨーク州の司法制度において、この購入者がどんな立派な事業主でも見逃すことのできない精神疾患者だったということを書面にしてもらっている。ハリー、あんたみたいな事業主のことだ。あとはあんた次第だ。つまり、あんたには選択肢がある。あんたは州北部の精神病院にいる精神病者を訴えることを試みるか、もしくは、あんたのスツールを取りにここへ来るかのどっちかだ」

「まだポリエチレンで包装されたままだ」ドートマンダーが言った。

「ありがとう」オットーがそう答えてから、送話口に言った。「まだポリエチレンで包装されたままだ。ハリー、あんたとこの社員に楽をさせてやれよ。きょう誰かを寄越せるか？　ああ、わしはここにいるよ、ハリー。いや、わかってるよ、あんたの言うとおりだ。商売は商売だ。あんたの声をまた聞けて嬉《うれ》しいよ、ハリー」オットーは残忍な笑みを浮かべながら言うと、受話器を架台にがちゃんとたたきつけた。「こういう馬鹿《ばか》野郎があと十一人もいる」と言った。そのとき、入口のドアがあいた。

ほかのみんながそっちのほうを向くと、もう二人の馬鹿野郎がはいってきた。前回そこで会った連中の仲間の二人だろう。とにかく、蛍光着色剤で染めたシャツに、アイロンをかけたデザイナー・ジーンズ、手作りのブーツ、チョコレート・ムースのような髪という格好で、マイキーの仲間がふんぞり返って歩いてきたのだ。はいってくると、店内を見渡して言った。「この店は開店してねえぞ」

「そのとおりだ」オットーが言った。「六時すぎに来てくれ。そのときは開店している」

その一人がオットーの目の前に立ちはだかった。「おめえはおれの言ったことがわかってねえようだな、じいさん」と言った。「この店は閉店してんだよ」

オットーが両手を広げた。「ここが閉店してるのなら、おまえさんはここで何してるんだ？」

「おめえが誰なのか知らねえがな、じいさん……」

「わしはオットー・メドリックだ。この店を所有している。わしがおまえさんのじいさんなら、自殺してるところだ。おまえさんのじいさんでなくて、運がよかったよ。さあ、ここから出ていくんだ」

「おい、おめえ」もう一人が言うと、その二人は腰のうしろのシャツの下に手を伸ばした。

穏やかな声でドートマンダーがフランクに言った。「そこの引き出しにピストルがはいってるぞ。パラソルの横だ」先日の夜にドートマンダーはそこでピストルを見かけたのだ。

「わしは手に電話機を持ってるぞ」オットーが言った。「緊急電話番号は何番だったかな？　911だっけ？」

フランクが引き出しをあけると、二人のチンピラはシャツの下から手を外に出し、うしろに下がったが、二人の額は険悪な表情を浮かべていた。「おめえは自分のやってることがわかってるんだろうな」そのうちの一人が言った。「おれたちはマイキーに連絡して、また戻ってくるからな」

「そうしろ」オットーはそう言うと、うしろを向いて、番号をダイアルした。チンピラが出ていくと、オットーが言った。「ロロか？　わしだ。ああ、わしは今ここ、〈OJ〉にいる。うん、おまえも知ってるとおり、ここは散らかってるが、わしたちが何とかする。六時にこの店をあけられるか？　よし、いいぞ。おまえが話してた知り合いたちのことだがな、そう、元船員クラブのメンバーのことだ。おまえはまだその連中と付き合ってるのか？　いいぞ。わしは戻ってきたし、おまえが店にとどまっていることを祝って、これから一週間は店のおごりだという噂《うわさ》をその連中に広めてくれ。それに、昔のように、二、三の頭をぶん殴るチャンスがあるかもしれないぞと伝えてくれ。よしよし、いいぞ、ロロ。わしはここにいる」

オットー・メドリックは受話器を架台にたたきつけて、いくつかのインヴォイスの山を見た。「さて、次はどの馬鹿野郎にするかな？」

遠い遠いニュージャージー州の暗い片隅で、マイキーが電話を切って、悲しげな顔を父親のほうへ向けた。「くそっ、何てこった！」と罵《ののし》った。

29

男に関して一番いらいらさせられることは、男というものは行動が予想できると同時に、扱いにくいことだ。男のボタンは馬鹿馬鹿しいほど簡単に押せるが、残念なことに、それぞれのボタンにそれ自体の自然消滅的なプログラムが付随している。

ロゼルがずっとずっと前に学んだように、ある男と初めて一緒にベッドにはいると、その男は実際に欲情で燃えあがる。焦《あせ》りすぎて、うまくいかず、あきれるほど貪欲《どんよく》だ。焦燥感が強く、テクニックが乏しい。でも、何度も繰り返すと、元来求めていたファンタジーを実現させる欲望は、この現実の女に対する関心に取って代われて、渇望《かつぼう》とテクニックのバランスが入れ替わっていく。元来の激しい性欲は戻ってこない。少なくとも、彼女が相手の場合は戻ってこない。結局、ほかの要素がはいってこない限り——共通の好み、共通の関心、共通の恐怖、セックス以外の共通の何か——関心も薄れてゆく。そして、ついにすべての情熱が昨日のかがり火のように弱まる。

ロゼルは自分の体以外、自分自身の大半をほかの誰かと分かち合うことには関心がまったくなかった。それで、彼女が狙《ねら》うあらゆる男を支配する立場になる時間は限られている。プレストン・フェアウェザーのような男はいつも自己中心主義の塊なので、そのチャンスはほんとにすっごく少ない。そろそろ鞭《むち》を鳴らして、あいつを服従させてやる頃合だわ。

そのために、火曜日の朝、彼女は露出度の高い水玉模様のビキニを身に着けた。それも、白地に赤の水玉模様だ。さらに、肉感的だ。そして、プレストンを少し苦しめてやるつもりで、朝食を食べに出かけた。とにかく、精神的にすかっとするはずだ。

プレストンはすでにダイニング・ホールにいて、実務請負人のピンクルトンと一緒だった。ロゼルはヨーグルトとフルーツ・ボウルとコーヒーをトレイにのせて、その二人と同席した。「おはよう」

プレストンの目が彼女の姿を見て輝いた。「食べてしまいたいぐらい、おいしそうに見えるぞ!」

「当たり前よ。おはよう、アラン」

「おはよう、パム」いつもどおり不機嫌だ。

プレストンが主に彼女の胸元に向かって言った。「きょうの朝はしばらく部屋の中で横になってから、バレーボールの試合を観《み》に行こうと思ってたんだ。バレーボールの試合はけっこう楽しいぞ」

「ねえ、プレストン」彼女が言った。「面白そうだけど、わたし、きのうはセーリングでとっても楽しかったんで、きょうもセーリングをしたいのよ」

「何だって? 沖に出るのか?」彼の鼻に不快そうなしわが寄った。「わたしたちは陸上の生物なんだぞ、パム」

「実際のところ」ロゼルが言った。「わたしたちはみんな母なる海からやって来たのよ。まあ、あなたがしたくなければ、しなくてもいいのよ。わたしたちはみんなここで休暇を楽しんでいて、したいことをすればいいんだから」

「それなら」プレストンはにやっと意味ありげな笑みを少し浮かべながら言った。「わたしはきょうの朝、一緒にふざけ合いたいね。二人だけで」

「たぶん、あとでね」彼女が言った。「わたしがセーリングで疲れすぎていなければよ。わたしと一緒に行ってくれるほかの誰かが見つかるかしら」

「見つかるはずだよ」ピンクルトンがかすかに悪意を込めた声で言った。

生まれたばかりの鷹《たか》の雛《ひな》のように無邪気なロゼルは、ピンクルトンにほほえみかけて言った。「あなたはどうなの、アラン? セーリングはほんとに楽しいわよ」

そのとき、プレストンがピンクルトンに向けた視線はアルミニウム箔《はく》がしわになるほど強烈だった。その視線に気づかないふりをして、意地の悪いおべっか野郎が言った。「いや、ぼくも陸上生活者だと思う。訊《き》いてくれて、ありがとう」

彼女と一緒に喜んでセーリングに行く独身男――妻帯者はご免よ――を見つけるのは、むずかしくなかった。その男の名前はロバートといい、自分はシカゴの株式仲買人だと言い張ったが、彼女にはその男のふさふさした口ひげが消防士だと物語っているように思えた。それはどうでもよかった。ロバートはただの見せかけにすぎない。プレストンが主要な観客なので、完璧《かんぺき》な見せかけだ。四十歳前後で、肌が日焼けしていて、体格はがっしりしていた。歯を輝かせながら、にこにこ笑っている。

この休養施設は、滞在客たちが近くの入り江内で自分で操縦できる小さなセールボートを貸し出すし、もし思い切って沖のほうまで出たければ、熟練した船乗りが操縦してくれるので、ただセールボートに乗っているだけでいい。プロの船乗りは全員地元民で、ロゼルが選んだボートの操縦士の名前がトニオということを彼女はたまたま知っていた。彼女とロバートがそのボートに乗ると、トニオはロバートを見てからロゼルを見たが、彼女は首を横に少しだけ振った。本命はこれじゃないの。

ボートが穏やかに上下に揺れながら、ドックを離れるとき、空は広く青かった。太陽は高く強烈で黄金色だった。海はまるで眠っている地球の胸であるかのように、灰色がかった緑色の水面《みなも》をやさしく脈動させている。ロゼルがトニオに言った。「ねえ、しばらく浜辺近くを通りましょうよ。あの施設をここから見るのも面白いかもね、ロバート?」

「そうだね」彼が言った。

ということで、そのボートは曲線に並んだ小さなバンガローの横を進んだ。プレストンとピンクルトンがプレストンの小さなポーチにいたので、ロゼルは大きく手を振って、楽しそうな声で言った。「ヤッホー! わたしたち、これからとっても素敵な時間を楽しんでくるわよ!」

プレストンがこのうえなく無愛想に手を振り返した。

30

新生〈OJ〉の開店初日の夜に現われた数人の常連客が、帰郷について話し合っていた。「誰が言ったのかな?」そのうちの一人が知りたがった。「〝独りきりのわが家に勝るところはない〟って?」

「グレタ・ガルボだ」

「違う。〝わたしは家で独りになりたい〟とガルボは言ったんだ」

「スイスのことだ」

「スイスだって? グレタ・ガルボはスイス出身なのか?」

「この店は二日ほどしまってたね」

ちょっと待て。これは常連客ではない。常連客たちの少し右のほうで、ビールを前に置いて、独りきりですわっている鼻先の垂れ下がった小男だった。人数で負けているので、体が細く縮こまってしまい、彼の占めるカウンターのスペースがほとんどない。

答えたのは一人目の常連客だった。「おっかない二、三日だったよ。将来何が起こるのか、誰にもわからない。まるで、アメリア・イアハートが行方不明になったあのときみたいだ」

「イアハートはまだ行方不明だ」二人目の常連客が指摘した。

「まだそうなのか？　それじゃあ、D・B・クーパーが行方不明になったときみたいだ」

「大金を持って飛行機から飛び降りた男のことか？　あいつもまだ行方不明だが、あいつにはそのほうが好都合みたいだな」

「ええい、くそっ、それじゃあ、クレイター判事だ」

「その判事もまだ行方不明だ」

腹を立てた一人目が言った。「見つかったやつは誰もいないのか？」

鼻先の垂れ下がった男が言った。「〈ＯＪ〉が一度も行方不明になっていないことは知ってるよな。まだここにある。開店してなかっただけだ」

「ビビらせやがったぜ」三人目の常連客が打ち明けた。「自宅をあとにして、通りに出て、はいるべきいつもの店にはいると、その店にああいう男たちがいる。すごく居心地悪かったぜ」

「そのとおりだが」一人目が言った。「だからって、どうすればいいんだよ？」

「翌日に戻ってくればいい」三人目が言った。「自分のいつもの道のりみたいなものだ。そうすればいい。だが、通りを歩いてきて、居心地悪い男たちがいることを覚悟して、ドアからはいろうとする。ガチャガチャ。ドアは施錠《せじょう》されている。中にはいれない。まわりを一周まわって、もう一度試してみる。同じことだ。この隣近所全体が地獄に落ちそうだと思ったよ」

「うんうん、それはわかった」鼻先の垂れ下がった男が言った。「だが、何が起こったんだ？」

「そうだな」二人目が言った。「あの男たちはリアリティー番組の出演者だったと考える人間もいる。全員が気むずかしくて不快にしてないといけない番組だったが、結局は打ち切られてしまった」

「おれの聞いた話とは違うな」一人目が言った。「誰にも知られずに酒を手に入れられるように、誰にも知られずにこの店を買いたがっているどっかのアラブの首長たちがいてね、あの男たちはその首長たちと関わっていたと聞いたぞ。だから、たくさんの強いアルコール類の段ボール箱がどんどん運ばれてきたんだが、その首長たちの女房たち数人がそれに気づいて、やめさせたとな」

二人目が古いオリーヴの人面幹のように、顔をしかめた。「アラブ人だって？　その男たちはアラブの首長たちなのか？」

「いや、代理人たちだ。首長たちはアルコール類に近づいてはいけないことになってるんで、自分たちではできないんだ」

「おれが聞いた話とは違うな」一人目が伝えた。「おれが聞いたところでは、そいつらはどっかの不動産屋のために働いていて、この区画全体を買い占めて、住民たちを追い出し、よくある中指をおっ立てたような四角錐《しかくすい》形の高層ビルディングを建てたがっていたそうだ」

三人目が少しほくそ笑んだ。「あのアルコール類をどっさり運び込んで、住民たちを追い出すだって？」と訊いた。

一人目がその疑問に答える説明をまだ頭の中でまとめているときだった。店のドアがあいて、五、六人の男がどかどかとはいってきた。年配の男たちだったが、大柄で肉づきがよかった。白髪まじりの髪を短く刈りあげ、白いTシャツの下の袖《そで》から出た腕には刺青《いれずみ》がたくさん彫ってある。うねるような歩き方で、常連客たちとは反対側のむこう端へ向かいながら、大声でどなった。「おい、ロロ！　調子はどうだい、ロロ? お〜い、陸地だぞ、ロロ! 入店許可を希望するぞ、ロロ!」

「入店を許可するぞ、みんな」ロロは答えて、すぐさまグラスをカウンターの上に並べてから、氷を入れた大きなボウルを置き、国内でよく知られている銘柄のウィスキーのびんを二本置いた。

常連客がもう一度呆然《ぼうぜん》と黙りこくって、信じられないような目でこの大盤振る舞いを見つめていると、鼻先の垂れ下がった男が言った。「でも、何があったんだ? 聞いたところでは、年取った店の所有者が突然どっかから戻ってきて……」

「メキシコだ」

「プエルトリコだと聞いたぞ」

「何を言ってるんだ? テキサス州のパドレ島だよ」

「だが」鼻先の垂れ下がった男が食い下がった。「どうして突然戻ってきたんだ?」

「それは、店で起こってることを、どっかの悪党が所有者に教えたからだ」一人目が言った。

鼻先の垂れ下がった男が困惑の表情を見せた。「どっかの悪党だって?」

二人目が説明した。「連中はときどきこの店に来て、企《たくら》みや計画を検討するために、奥の部屋を使うんだ」

「つまり、強盗とか、空巣とか、そんなことか？」

「まあ、そういうようなもんだ」一人目が同意した。「おれの知ったことじゃない」

「そう、おれたちは〝関わらん族〟なんだ」二人目が説明した。

「見ざる聞かざる言わざるってわけだ」三人目が言い換えた。

「でも、どっか南のほうの年取った所有者に話をしたのは、そういう悪党の一人なんだろ？」鼻先の垂れ下がった男が言った。

「ああ」一人目が言ってから、自問した。「だけど、その男の名前は何だったかな？」

「何かのビールと同じ名前だ」二人目が教えた。「それしか知らない」

「バランタインか？」三人目が言ってみた。

「違う」二人目が言った。カウンターのむこう端に新しくやって来た連中が、船員の囃子《はやし》歌を歌い始めた。

一人目は声をあげる必要があったが、何とか大声をあげられた。「バドワイザーかい？」

「違う、外国ビールの名前だ」

「モルソンだ」一人目が言ってみた。

「モルソンだって？」二人目は信じられなかった。「外国ビールじゃないぞ！」

「カナダ産だ」

「カナダは外国じゃないぞ!」二人目は北の方向を指さした。「あそこだぞ! カナダはアメリカの一部で、アメリカと一緒にいる。〝アウト〟を〝ウート〟、〝アバウト〟を〝アブート〟と発音するが、同じ言葉をしゃべる」

「カナダは別の国だぞ」一人目が言い張った。「ハワイみたいにな」

「モルソンじゃない」二人目がその話題に終止符を打つために言った。

鼻先の垂れ下がった男が言った。「ハイネケンかい?」

「違う」

みんなが当て推量で言った。「ベックスか?」

「違う」

「チンタオか?」

「何だって? あいつは中国人じゃないぞ。おれたちの同国人だ。カナダ人でもない。あいつの名前は……」

「アムステルか?」

「違うって!」

「ドスエキスか?」

「ドスエキスって名前のやつはいないぞ！　ちょっと待てよ、ちょっと待て」

二人目が深く考え込んだ。その額が溝を形作った。まるで、どこかに自分の頭をねじ込むソケットがあるかのようだった。そして、突然叫んだ。「ドルトムントだ！」

みんなが二人目を見た。「えっ？」

「それだ！　それがそいつの名前なんだ！　ドイツ語でドルトムント、英語でドートマンド」

「かなり面白いな」鼻先の垂れ下がった男はそう言って、その名前をニュージャージーまで持ち帰った。そして、マイキーにその名前を教えたが、マイキーはちっとも面白いとは思わなかった。

31

「おれは使わせてもらってるこの部屋にケチをつけたくはないが」この一週間以内に、〈トワイライト・ラウンジ〉で会合を持つのは二度目になる。そこの奥の部屋を好意的とはいえない目で見まわしながら、タイニーが言った。「おれはこの店に馴染《なじ》めないな」

「とにかく、ジョンのリヴィングルームよりもましだ」スタンが言った。

「おいおい」

〈OJ〉が犯罪組織とのひと悶着《もんちゃく》から完全に解放されるまで——そして、その組織の連中からこれ以上の接触がなくなるまで——店に関わらないでおくべきだという意見で全体的にまとまった。唯一の代わりの会合場所は〈トワイライト・ラウンジ〉しかないように思われた。というわけで、夜十時を少しすぎた頃に、ドートマンダーとケルプとスタンとタイニーの四人がそこに集まり、テーブルのまわりを取り囲み、埃《ほこり》だらけの椅子《いす》にすわっていた。タイニーが偏見を込めてメニューを投げ捨てた例のテーブルだ。

タイニーが会合を始めるように指示した。「ここで会合を続けられるか？」

「もちろんだ」ほかのみんなが言った。

「気を散らすことがたくさんある」タイニーが言った。「だから、とにかく始めようぜ」

「大賛成だ」ほかのみんなが言った。

タイニーが部屋の中を見まわした。「それで、まず最初に何をする？」

「ガレージをあける」ケルプが言った。「ＢＭＷを外に出し、トラックを入れる」

スタンが言った。「何のトラックだ？」

驚いたケルプが言った。「あそこからブツを運び出すために使う予定のトラックだ」

「ああ、それはいいが」スタンが言った。「そのトラックはどこにあるんだ？　どのトラックの話をしてるんだ？」

「わからない」ケルプが言った。「たぶん通りから一台盗むんだと思う」

スタンとドートマンダーの二人が首を横に振った。「駄目だ」とスタンが言った。

「いい考えじゃない」とドートマンダーが言った。

ケルプはその二人にうなずきかけた。「どうしてだ？」

礼儀正しい身ぶりを加えて、スタンがドートマンダーに言った。「お先にどうぞ」

「オーケイ。おれたちにはわからない」ドートマンダーがケルプに言った。「このトラックが空っぽかどうか。トラックの後部にまわって、錠前をなんとか外し、後部ドアをあけるのに、時間がかかりすぎる。通行人たちに見られる。では、どうするか？運転席に乗り込んで、その場から走り去るのか？　現場に着いて、後部ドアをあけると、荷台には芝生用の屋外家具があふれている」

「それはもう一つの理由だ」スタンが賛同した。「おれの理由はこうだ」と言った。「おれたちには買う余裕がないので、買えないトラックだ。しかし、警察が捜すようなトラックはほしくない。警察が真っ先に見つけるだろう。見つかったときに、おれはそのトラックを運転していたくはないから、提案がある」

「話してみろ」タイニーが言った。

「話してやろう」スタンが手を広げた。「おれの自動車関係の知り合いだが」と言った。「このＢＭＷを持っていくところだ。このＢＭＷがＧＰＳを搭載しないほどに少し古い車であるように祈ろう。クイーンズ区にある〈マクシミリアン中古車サーヴィス〉の社長マックスがその知り合いだ」

ケルプが言った。「おまえが長いあいだその男と満足のゆく関係を築いていることは知っている」

「うん、いい関係だ」スタンが同意した。「そこで、おれの提案だ。おれは車に乗って、マックスに会いに行き、交換を申し出る。おれはＢＭＷを渡す。その場で掛け値なしでな。すると、警官だらけの聖パトリックの日パレードまで乗っていけるほど足のつかないトラックを、マックスは渡してくれる。どういうことかと言うと、まず、おれがマックスの店へ行き、話し合い、同意してから、おれは戻ってくる。おまえたちはガレージのドアを魔法のようにあける。おれはＢＭＷをマックスの店へ持っていき、トラックをもらい、それに乗って、ここへ戻ってくる」

ケルプが言った。「おれとジョンはこういうことを考えてたんだ。おれたちのうちの一人が……」

「おれたちのうちの一人だぞ」ドートマンダーが言った。

「……あそこの警報器に細工するために、トラックのルーフの上にのぼる。だが、おまえの話だと、おれたちが警報器に細工したあとでないと、トラックが手にはいらないわけだな」

「そのとおりだ」スタンが言った。

タイニーが言った。「おれはスタンの考えが気に入った。その考えは注意を促しているし、身近な道具をうまく利用している。ＢＭＷをトラックと交換するとか」

「鮮やかだろ」スタンが言ってみた。

「そんなところだ」タイニーが言った。「ただ、問題はおまえたちが今夜これを実行しないことだ」

「まあ、今夜は実行しないだろうと思うね」スタンが言った。「ほかに何も見たり聞いたりすることのない人間がいるときに、一晩じゅうペントハウスを明るく照らし続けたくはないし、一晩じゅうあのエレヴェーターをあげたり、さげたりしたくないからね」

ドートマンダーが言った。「では、いつがいいんだ」

「あしただ」スタンが言った。「おれはマックスに会いに行き、取引が成立することを確認する。取引が成立したら、おれはトラックを運転してくる。それから、この最初の作業は本当に夜にしないといけないので、街じゅうに通行人があまりいそうにないあすの夜遅くに、おれたちは警報器に細工を……」

「そうすれば、トラックのルーフの上で細工ができる」ケルプが言った。

「ああ、できる」スタンが同意した。「それで、おれたちはガレージにはいり、ＢＭ

Wを出して、ブルックリン区のカナーシーにあるおれの家の誰にも見えないところに隠す。それから、次の日に……」

「すでに木曜日になってるぞ」タイニーが指摘した。

「ローマは一日にして成らずだぞ、タイニー」スタンが言った。

「だが、この盗みは一日にして成りうる」タイニーが言った。「だが、問題はわかったので、おまえの言うとおりにしよう。よし、木曜日にどうする？」

「おれはそのBMWでマックスの店まで行き、戻ってきて、現場でみんなと合流する。おれたちは中にはいり、一日じゅう金目の物を運び出してから、夜になるのを待ち、現場から走り去って、アーニーに引き渡す」

ドートマンダーが言った。「必要なことがあと二つあると思う」

タイニーがドートマンダーのほうに眉《まゆ》をしかめた。「延期したい類《たぐ》いのことか？」

「そうじゃない」ドートマンダーが言った。「しかし、一つは、あとからそのトラックを長期に隠しておける場所だ。おれたちが現われたときに、アーニーは配達したものを何もかも引き取ることはできない」

「つまり、ガレージだな」スタンが言ってみた。「別のガレージだ」

「トラックをとめておける場所だ」ドートマンダーが言った。「どこかわからないが、考えておく必要がある。それに、もう一つ必要なのは、アーニーの立ち会いだ」

誰もその考えを好まなかった。ケルプが言った。「ジョン？ おまえはアーニーとつるみたいのか？」

「いや、つるみたくはない」ドートマンダーが言った。「だが、アーニーの言ったことから察するに、このペントハウスは価値のあるものであふれてるらしい。一日かけて一つのエレヴェーターでおろせる量は、一台のトラックの積載量以上だ。だから、アーニーが来れば、引き取るべきものを指さしてくれて、おれたちはアーニーのほしいものを運び出す。そのほうが全員にとって得になる」

「アーニーはやらないだろうよ」タイニーが言った。「故買屋は盗みが行なわれている現場に足を踏み入れないもんだ。故買屋のルールみたいなものだ」

「そのとおりだ」ケルプが言った。「おれはほかの故買屋たちも知ってるが、いつも同じだ。おれたちは現場へ行き、連中は家にとどまり、おれたちからの連絡を待っている」

「そうか」ドートマンダーが言った。「アーニーを連れてくるほうがいいと思ったんだがな。じゃあ、少なくともアーニーに提案してもいいかな？」

「おれはアーニーに会ったことがあるよ」スタンはそう言って、いつもより多くのビールを飲んだ。

ケルプが言った。「スタン、面白いことに、〈地中海クラブ〉の休養プログラムは本当に効くのかもしれないんだ。おれとジョンがこのあいだアーニーと会ったとき、アーニーは前ほど不快な男じゃなかった。ルームメイトにしたくなるというわけじゃないが、アーニーをあいた窓のほうへ連れていきたい衝動が弱くなったよ」

タイニーが言った。「ドートマンダー、もしおまえがこの提案をそいつに伝えて、そいつが一緒に行きたいと言えば、おれは構わないぜ。それが役に立つことはわかったが、そいつが承知するとは、まだ思わないな」

「おれはただ尋ねてみるだけだ」ドートマンダーが言った。

タイニーは陽気な一八九〇年代風の部屋の中を見まわして、ウォッカと赤ワインのはいったグラスを持ちあげた。「来年は」と言った。「〈OJ〉で会おう」

32

探偵調査はプレストンの使用人か、執事か、いや、その二つの中間として、アランの役目の一部であり、主にインターネットでなされている。アランのアイブックは彼の部屋の片隅に備えつけてあった。窓からのぎらつく光が画面に当たる問題はなく、毎週、プレストンがその週の襲撃者か、獲物か、いや、その二つの中間を決めると、アランはその相手をグーグルで検索する。そして、その相手の結婚歴や財政的状況や、プレストンが喜んで知りたがったり、利用したがったりする疑似事実を求めて、相手の人生を掘り返すのだ。情緒的、あるいは精神的アンバランスの証拠はいつでも大歓迎だ。

この素姓調査は、普段、日曜日の朝の一、二時間以上もかからない。そのあとの一週間の残りは、プレストンが外で独りで楽しんでいないときに彼を楽しませる以外、何もすることがない。アランは自分の雇い主のことを嫌悪《けんお》すべき人間だと見なしていたが、同じ理由でプレストンのことをかなり気に入ってもいた。プレストンはあまりにも気取っていて、あまりにも自信満々なので、誰かに、例えば、ただの雇われ人ごときにたしなめられる可能性があるという考えなど、まったく頭に浮かぶことはないのだ。

アランにとってのプレストンは、気のすむまでぶち壊せるクリスマスのプレゼントがいっぱい詰まった巨大なピニャータ壺《つぼ》のようなものだった。天井からぶら下がったピニャータ壺は自分がぶち壊されたことに気づかないからだ。アランは何年ものあいだ、もっとひどい利己主義者たちの私設秘書をしていたことがあるので――しかし、当然のことながら、誰もそれほど卑劣ではない――プレストンとの休暇を本当の休暇だと見なしていた。週に一度のインターネット調査を除いて、あまり任務がない。それに、ネット調査はいつも簡単で、面白くもあるのだ。ただ、今週は例外だ。

水曜日なのに、まだパメラ・ブラサードの痕跡《こんせき》がこの電脳空間のどこにも見つからない。彼女は明らかに存在しているのに、どうして電脳空間では存在しないことがありうるのだ?

水曜日午前の朝食のあと、アランはまたもアイブックの前に陣取ったが、今回は別の方向から質問を投げかけることにした。ミズ・ブラサードについて知っている一つの否定できない事実は、彼女の滞在費を〈ローパー＝ヘイスティー洗剤〉の子会社である〈ITLホールディングズ〉が支払っていることだ。反対方向からこの問題に取り組んだら、どうだろう？〈ローパー＝ヘイスティー〉を調査して、その会社とこのパムとは関係があるのかどうか突きとめてみたら？

というわけで、水曜日の朝、アランは二時間近くそこで過ごした。外の太陽やセールボートや香りのよいそよ風のことも忘れて、ネット上を探り、〈ローパー＝ヘイスティー洗剤〉の組織図をたどった。

ある特定の名前に三度出くわしたときに、ついに遥《はる》か遠くでベルの音がかすかに聞こえたかのように、ピンときた。警告のベルだろうか？

その名前はヒューバート・ストーンワージーといい、〈ローパー＝ヘイスティー〉の皮革製品部門における肩書きは、販売担当副社長だ。ヒューバート・ストーンワージー。どうしてその名前がアイブックの画面からアランのほうに飛び出してくるように思えるのだろう？もしかしたら……。

アランはその名前をメモ帳に書いてから、サーチエンジンを閉じ、別のファイルを開いた。プレストン・フェアウェザーのすべての元妻に関する確実なすべての情報——と不確実ないくつかの情報——がはいったファイルだ。すると、いきなり現われた。二人目の元妻だ。ヘリーン・フェアウェザーは現在ヘリーン・ストットで、旧姓は……ストーンワージーだ。

ヘリーンの兄弟だ! そのはずだ。ヘリーン・ストットは彼女の兄弟を使って、パム・ブラサードの本名をプレストンから隠している。だが、何の目的で?

パムは何かを企んでいる。それは確かだが、何を企んでいるのだろう? 彼女はプレストンに令状を送達できない。ここでは、できない。彼女が望むなら、確実にプレストンに不利な写真とかを入手できるが、プレストンはそういうやり方を一笑に付するだけで、長財布にはいる大きさの写真セットをくれと頼むことだろう。そういうことを、アランはよく承知している。では、あの女は何を企んでいるんだ?

ほかに何もなければ、この情報を今すぐプレストンに知らせないといけない。ヒューバート・ストーンワージーの名前を書いたメモ用紙を持つと、アランはガラス張りのスライド・ドアを抜けて、ポーチをおりてから、隣のプレストンのポーチへ行った。そのポーチにあがり、プレストンのガラス・ドアをノックした。そのガラス・ドアのむこう側では、分厚いドレープ・カーテンがしっかりとしまっていた。

返事がない。プレストンは彼女と一緒なのだろうか? たぶん――。

それでも、まあ、構わない。どうせ、昼食の前ではないとしても、昼食時にプレストンに会える。アランは自分のポーチに戻り、そこでゆったりとくつろいで、ドストエフスキーの続きを読み始めた。

33

きらきら光る金色がかった緑色のそのビュイック・ブロードソードは新車でもないし、ヴィンテージと見なされそうな車でもないが、とにかく、スタン・マーチはその車を運転していた。八月の晴れた暑い水曜日の朝早く、市バスがまだ薪《まき》で走っているはずのブルックリン区の遠い片隅か、クイーンズ区にある〈マクシミリアン中古車サーヴィス〉を訪ねるつもりだった。

そして、ぼろぼろの栄光に包まれたその店にやっとたどり着いた。小さなピンクの漆喰《しっくい》塗りのオフィス・ビルディングがアスファルト敷きの広い空地のうしろに遠慮がちに建っていた。その空地には、陰気だったり、使い古されたり、酷使されたり、愛されなくなったりしたオンボロ車が並んでいて、まるで今にもデモリッション・ダービーが始まりそうに見える。もしくは、終わったところのように。色とりどりのビニール製三角旗が、そういったポンコツ車の上に張りめぐらした紐《ひも》からぶら下がっていた。そして、数台のフロントガラスには、感傷的な宣伝文句――『!!新品同様!!』とか、『!!ウルトラスペシャル!!』とか――が白文字で書いてあったが、それらの車に残されたかすかな望みをほとんど高めていなかった。

スタンは狭い小道に車を入れ、空地に並んだこの不運な自動車の横を通り、ピンクの漆喰塗りのオフィス・ビルディングへ向かった。そこには、すでに非常に異なった種類の車がとまっていた。まず、その車は今世紀に製造されたものだった。次に、凹《へこ》みも傷もなく、汚れもなくて、黒く輝いている。オールズモビル・フィナーリだった。第三に、ナンバー・プレートがついていた。それも、ニュージャージー州の。ああ、それでも……。

スタンはこの堂々とした車のうしろにビュイックを駐車した。このオールズの車内には個人的な品物が一つも見当たらなくて、イグニションにはキーが差してないことに気づいた。そして、オフィスにはいった。

オフィスの中は、特徴がないほど質素だった。壁は灰色のパネル板で、二脚のデスクは実用的な灰色の金属製だった。二脚のデスクのうちの大きいほうに、この中古車店のオフィス・スタッフ全員が着いていた。全員といっても一人のスタッフで、やせていて、厳格で、手斧のように尖《とが》った顔の女性だ。名前はハリエットといった。そのときはものすごい速さでタイプライターを打ちながら、ニューヨーク州自動車輛登録局申請用紙に必要事項を記入していた。使っている古いアンダーウッド社製オフィス・タイプライターは、あまりにも大きくて黒い旧式なので、海外特派員が一緒についてくれれば、ぴったり似合っただろう。

ハリエットはタイプを打つ手をとめなかった。スタンがはいってくると、彼の姿を上から下まで見て、うなずき、スタッカートでキーを叩いて記入を終えてから、タイプライターにはさんだその申請用紙を引き抜き、到着書類用の金属かごの同じような用紙の上に重ねて言った。「おはよう、スタン」

「マックスはオフィスにいるかい?」

「ほかにどこにいるのよ?」彼女は左手近くにあるタイプを打っていない用紙の上をちらっと見たが、それに手を伸ばさなかった。「オフィスにいるわ」と言った。「弁護士と一緒にね」

「ニュージャージーから来たやつかい? いいことなのかい?」

「誰もオフィスでどなってないわ」彼女が言った。「そのことはプラスだと見なしてるの。でも、マックスに知らせるわ」

彼女は知らせた。「スタンが来てます。わたしたちが気に入ってるほうのスタンよ」

「それは嬉しいね」スタンが言った。

内線電話を切って、ハリエットが言った。「いろんなスタンがいるからね。マックスがすぐに出てくるわ」そして、次の用紙に手を伸ばした。

「弁護士と一緒に？」

そのとおりだった。内側のオフィスのドアがあき、まず初めにマックスが出てきた。太った年配男で、あごが二重に垂れ、頭に薄い白髪が生えている。白いシャツはあまりにも多くの中古車にもたれたせいで、前身頃が汚れていた。マックスのうしろから、もう一人の男が出てきた。同じような二重あごと太った体と薄い白髪の持ち主だが、類似点はそこでとまっている。この男はパール・グレイの夏向きスーツに（〝夏向きスーツ〟なんか存在しないのに）、パール・グレイのローファー、白いカラーのついたペール・ブルーのドレス・シャツ、バラ色と象牙色《ぞうげいろ》の縞《しま》模様のネクタイ、ドル記号のような形をした黄色っぽいネックピンという格好で、めかしこんでいた。こういう晴れ着をまとったうえに、宝石をちりばめた指輪をはめたこの男の年齢は、百歳から百九歳のあいだだろう。

「スタンリー」マックスがスタンに呼びかけた。「この話を聞いてくれ」

「いいよ」スタンが言った。

マックスは弁護士の顔を見て、手ぶりでスタンを示した。「彼に話してください」と言った。「おれはその話をそばで聞いて、どんな印象を受けるのか知りたい」

「ええ、話しましょう」

その弁護士はこれまで一千組の陪審をも魅了した笑みをスタンに見せた。「あなたもよくご存じのように、友人であるマクシミリアンは本当に価値のある社会奉仕を行なっている」

スタンはそういうことを知らなかった。この社会奉仕とは何なんだろうと思ったが、口をはさまなかった。

「ささやかな所得の人たちにも賄《まかな》える交通手段を供給することでね」弁護士が説明しながら、自分が一千組もの陪審を魅了するために物証や被告人やときおりは陪審自体を指し示した手を優雅に使って、表に並ぶポンコツ車を示した。「マクシミリアンはそういう不運な人たちが仕事を捜したり――ときには手に入れたり、ひょっとしたら保持したり――することを可能にしたのだ」

スタンは表に並んだオンボロ車を見つめた。「考えてもみなかったな」

「ところが」その弁護士は一千組もの陪審に警告した容赦のない指を立てて、続けた。「わたしたちはここで現実的にならないといけない」

「もちろん」

「マクシミリアンが供給する社会奉仕を主に利用しそうな経済ピラミッドの底辺にいる人たちは、最低限の教育とわずかな技能しか身につけていない傾向にある。それに、表に並ぶ自動車はすでに何年ものあいだ、誠実な奉仕を提供してきた。そういう車輛とそれを運転する人たちの技能を考慮すれば、いつか事故が起きるだろう」

「これが」マックスが言った。「もはやおれのついていけないところなんだ」

「いや」スタンが言った。「おれはついていけるぞ。あとを続けてくれ」

「ありがとう。さてと、そういう事故が一つでも起こったと仮定しても、それは確実に自動車の責任ではないし、運転者の責任でもない」

「当然だ」

「しかし、どこかの実体が責任を負うことになる」弁護士が続けた。「そして、法律はその責任が果たされることと、身体的及び精神的損害が補償されることを義務づけている」

「訴えればいい」スタンが提案した。

「われわれの司法制度はそういうふうに機能する」弁護士が同意した。「しかし、誰を訴えればいいのだろうか？」そして、一千組もの陪審を落ち着かせた両手を横に広げる身ぶりを交えて言った。「不誠実な弁護士によって誤った指導や忠告を受けた依頼人のいくらかは、自分たちの恩人を訴えることを検討するかもしれない」

「つまり、ここにいるマックスのことだな」

「うん、客たちはそれを検討する」マックスが唸《うな》った。「信じてくれ、客たちはきっとそれを検討する」

「そこで、マクシミリアンに申し出たい提案はこういうものだ」弁護士が説明した。「自分の慈善活動を進めるためにも、恩を無にする人たちの猛攻撃から自分を守るためにも、彼は購入客に車を販売したあとに、銀行との契約書と車のイグニション・キーに加えて、わたしの名刺を購入客の手に握らせることを提案する。ちなみに、わたしの名刺はこういうものだ」

と言って、弁護士は一千組もの陪審を驚かせた突然の素早い手の動きで宣伝用名刺を取り出した。スタンはその名刺を受け取り、それを見た。そのとき、マックスが言った。「だいたい、その購入客たちは野球のバットを持ってくる。だから、おれは近くの警察分署の慈善事業の高額寄付者なんだ」

スタンは名刺に書いてある弁護士の名前と電話番号から弁護士の顔に視線を移した。

「客たちは車を購入するときに、あんたの名刺を受け取る。そうすれば、客たちは事故に遭うと、たぶんあんたに電話をかける。そして、あんたは客たちがマックスの代わりに訴える別の誰かを見つけてくれる」

「まったくそのとおり」弁護士が喜びに満ちた笑みを浮かべながら言って、両手を腰のあたりで組み、一千組もの陪審を眠りに導いた心地よい姿勢を取った。

目を覚ましたままのスタンがマックスを見た。「マイナス面は何なんだ？」

「今回はさっきよりましに聞こえたが」マックスが認めた。「わからない。おれは誰かに表のオンボロ車の一台を買いたがるように促すが、〝事故〟という言葉を使いたくない」

「じゃあ、使うなよ」スタンが言った。「よく聞けよ。おまえは客たちに名刺を渡す」とその名刺をマックスに渡した。「そのときに、こう言う。〝この車のことで法律に関する問題が起こったら、車についての法律をよく知っているこの男に連絡しろ。グラヴ・コンパートメントにこれをしまっておけ〟とな」

マックスは満面に笑みをたたえた。あまりにも珍しい光景なので、ハリエットが実際に三秒ほどタイプライターを打つ手をとめたほどだ。「素晴らしい！」とマックスが言った。「スタンリー、尋ねてみるべき男はおまえだとはわかってたんだ」そして、「了解した」と弁護士に言った。「あんたの売り込み役になろう。あんたは自動車事故現場に向かう救急車を追いかける必要もなくなるし」

「お互いに満足できるはずだ」弁護士はそう請け合うと、スーツのポケットからゴムバンドでまとめた名刺の束を取り出した。「入門セットだ」と言って、マックスに渡した。「あとで、もっと郵送するよ」そして、心からの明るい満面の笑みを浮かべて、スタンの手を握った。「あんたに会えて光栄だ。あんたは鋭敏な知性を持っておられる。もし何か問題が起こったら、喜んでできるだけの協力をする」

「うまくいきそうだ」スタンはそう言うと、弁護士がくどくどとしゃべりまくりながら、そこを立ち去るまで待った。

「ありがとう、スタンリー」マックスが言った。「おれはただあの申し出が理解できなかっただけなんだ」

「もしも客の一人がおまえを訴えたらな」スタンが言った。「あいつに無料で弁護を引き受けてもらうか、法曹協会への悪気のない問い合わせ状をハリエットに書いてもらうことになるぞ」

「それだけはわかってるよ」マックスが請け合った。「おまえが表にとめたあの車は何なんだ？」弁護士のぴかぴか輝くオールズが走り去ると、彼は窓際《まどぎわ》に立ち、スタンが駐車したビュイックを見て、顔をしかめた。「おまえは普段もう少し上等の車を選んでるんだがな、スタンリー」とコメントを加えた。

「あれにはすごい利点が一つある」スタンが言った。「ＧＰＳがついていない。だが、あそこにあるやつはちょっとした試食みたいなもんだ。おれのタクシー代にするための車だ。おれが本当にやりたいことは、あした見事なＢＭＷをここに持ってくることだ。おまえにそのまま渡す代わりに、中型トラックと交換してほしい。唯一《ゆいいつ》の必須《ひっす》条件は、やばいトラックじゃないことだ」

「また別の複雑な状況が持ちあがったのか？」マックスが目を細めた。まるで、彼とスタンのあいだに霧が立ち込めたようだった。「おまえはおれにＢＭＷをプレゼントしたいのか、無償で？」

「無償のプレゼントだ」

「その代わり、おれはトラックをプレゼントするのか？」

「わかってるじゃないか」

「いや、わかってない」マックスは中古車店の駐車場を手で示した。「おれが何を売ってるのか見えるだろう。自動車だ。トラックはない」

「おまえは中古車業界の人間だ、マックス」スタンが指摘した。「トラックぐらい見つけられるはずだ」

「おまえはちょっとした労働を要求してるんだぞ」

「代償として、見事なＢＭＷが手にはいる」スタンが言った。「その所有者は数年のあいだ国外にいて、長い長いあいだ盗難の報告さえもしないだろう。それに、おまえへのプレゼントだ」

「う～ん、ＢＭＷであろうが、なかろうが」マックスが言った。「何もかも放り出してやると言ってるわけじゃないが、本当のことを言うぞ、スタンリー。おれがトラックをおまえに見つけてやるために、わざわざ出かける主な理由は、おまえが法律的問題を少しだけよくおれにわからせてくれたからだぞ。なあ、弁護士が話しかけてきたら、当然すべきことは、耳を傾けないことなんだ」

「わかってる」

「当然のことながら、信じないことだ。だが、おまえは耳を傾けたんだ、スタンリー。そして、その話の核心をとらえた。そのこととＢＭＷをもらえるというので、おれはトラックを見つけるために、できるだけのことはする。あさって電話してくれ」

スタンが言った。「きょうじゃないのか？」

「きょうは、おまえが打診をした日だ。少しの時間をくれよ、スタンリー。あさって電話してくれ」

頭の中で、スタンはタイニーが「また延期か」と言う低く響く声が聞こえた。だが、どうすればいいんだ？「よし、決まりだ、マックス」と言った。「じゃあ、あさって電話する。きょうは、おまえさえよければ、タクシー代をくれ。そうしたら、おれはタクシーを呼ぶから」

マックスが言った。「なあ、小型車を買わないかい？」中古車販売人の常套句《じょうとうく》だ。

スタンとハリエットは礼儀として笑った。それから、スタンはタクシーを呼んだ。

34

プレストンが言った。「あいつは誰に電話をしてるんだ?」

「誰が? ああ、トニオね」パムが言った。この小さなセールボートの操縦士である日焼けしたトニオが、携帯電話に向かってつぶやいているからだ。彼はボートの後部にすわって、舵棒《かじぼう》の上に上体を屈《かが》めながら、ボートを入り江から広大な海のほうへ進めている。「ええ、トニオはいつもそうしてるの」と彼女が言った。「セールボートを出すたびに、マリーナに電話をかけないといけないから。安全のためよ」

「そうか」プレストンはそう言った。広い海がますます広々としてくると、また前方を向いた。小さなセールボートは実際に何度も上下にひどく揺れた。速く進めば進むほど、入り江から遠くへ離れれば離れるほど、ひどく揺れた。プレストンはその動きを官能的だと考えようと試してみたが、あまりにもむずかしすぎた。

彼がほぼ三年前にニューヨークからここへ飛行機でやって来て以来、島を離れるのは初めてだった。海に出て、はしゃぎまわる必要性をまったく感じなかったし、実際に今も感じていないが、パムは押さえつけるのが非常にむずかしい女だ。うん、文字どおりの意味だ。彼女はいつもどこかの無骨者と一緒にセーリングに出ているか、外洋への遠出で疲れすぎているので、一緒に楽しむこともむずかしい。

まあ、長いものには巻かれろ、だ。昨夜、パムがまたあまりにも疲れていたために、彼のバンガローでいちゃつけなかったので、彼のほうからセールボート遊びの考えを持ち出したのだ。「あしただ。どう思う？　もしきみがセーリングに行きたかったら、わたしも一緒に行くよ」

彼女は喜んだ。「わあ、ほんとなの、プレス？　気に入るわよ、きっと」

そういうわけで、二人はセーリングに出てきたのだ。今のところ、彼は気に入っていない。船酔いをしそうなわけではないが——それはまったく問題ではない——セールボートの舳先《へさき》にあるパッドの詰まった座席にすわって、体のバランスを保つことは確実に問題だ。それに、この雑音だ。帆力《はんりょく》が静かなものだと思っていたが、海面を小さなボートが速く進むときは、二種類の邪魔な雑音を立てるので、会話がままならない。風と波の音だ。進行するときの風は耳のそばを吹き抜け、ボートが海面を切って進むときに、しゅうっという音を出す。

それで、プレストンは膝《ひざ》を抱きかかえ、空虚な海水をひどいしかめ面《つら》で見つめたまま、ただ静かにすわって、楽しめる時間が来るのを待った。これから楽しくなるのだろうか?

一度うしろを向くと、トニオはすでに電話をしまっていて、島は本当に驚くほど遠くにあった。セールボートは思ったよりも速く進んだ。プレストンはトニオを見た。トニオは片手を舵棒の上に置いたまま、ただそこにすわっていた。顔には何の表情もない。プレストンはまた前方を向いた。

一分待ってから、パムの愛らしい左耳のすぐそばまで体を近づけて、つぶやいた。

「トニオはいつひと泳ぎするんだね?」

「まあ、プレストン、島から見えなくなってからよ」

「見えなくなってから?」体を捻《ねじ》って、うしろを向き、ぼうっとしているトニオのずっとむこうを見ながら、プレストンが言った。「なんてこった。ほとんど見えないぞ」パムの顔のほうを向いて、風と波の轟音《ごうおん》の中で叫んだ。「こんなに遠くへ来てもいいのかね?」

「ええ、こういうボートは絶対に安全よ」パムが請け合った。「安全でなければ、セーリングに行かせてくれないわ」

「たぶんな」プレストンは果てしない海原を見つめた。すると、海面を小さな斑点《はんてん》が動いた。「あれは何だ？」

「何が？」

「あれだ」プレストンは繰り返して、白線のような極小の航跡を伴った黒い斑点を指さした。

「あらっ、あれはほかのボートよ」パムが嬉《うれ》しそうな声で言った。

「どうしてあのボートはほかのほうへ行かないんだ？」

パムは彼の膝頭を撫《な》でた。「一分もしたら、いなくなるわよ、ダーリン」

プレストンはそのボートのほうへ顔をしかめた。そのボートは遠ざからずに、間違いなく近づいてきている。「帆がないようだな」

「ないわね。モーターボートだわ」彼女は手を目の上にかざして、その侵入ボートを見つめた。「シガレット・ボートと呼ばれるやつよ」

「やかましいし、速い」煙草《たばこ》や麻薬の密輸人がよく使うボートだということにむかついて、プレストンが言った。「ドラッグの密輸人とかそういう輩《やから》だ」

「あらっ、とっても立派な人たちも乗るわよ」パムが請け合った。

「あのボートはこのボートにぶつかってくるのかい？」

「もちろん、こないわよ、ダーリン」

「こっちへ向かってくるぞ」

「あいさつしたいのかもよ」

プレストンはうしろを向いて、トニオの背後を見た。もう島はまったく見えない。ほかの陸地もまわりに見当たらない。自分たちと近づいてくるボート以外、何も誰も見えない。「気に入らないな」と言った。

嘲笑《あざわら》いながら、パムが言った。「ねえ、このあたりには悪い人たちなんかいないわよ」

プレストンは手を目の上にかざした。別のボートは海面を走る機関車のように、轟音を立てながら、力強くどんどん近づいてくる。大部分が白いボートで、青の縁取りがついて、船体に名前と番号が青文字で書いてあるのが見えた。陽の光がそのフロントガラスに反射しているので、ボートを操縦している人間の姿は見えない。

プレストンは突然に決断を下した。またうしろを向いて、大声で叫んだ。「トニオ、戻るんだ！　今すぐ！」

トニオはプレストンの顔を見ることさえしなかった。さっきと同じように、セールボートの操縦を続けた。目を大きく見開いて、プレストンはパムの顔を見たが、彼女は近づいてくるボートにほほえみかけた。何かの理由ですごく楽しんでいるようだった。

するとトニオが帆に何らかの操作をしたので、セールボートの速度が明らかに緩《ゆる》まった。速く進む代わりに、すぐにゆらゆらと揺れながら動いた。そして、シガレット・ボートも間近に来て、速度を落とし、近づきながら、肉食動物のように、大きい輪を描いた。

パムは美しい頭部をプレストンのほうに向けて、彼と目を合わせた。彼女は勝利を喜ぶ残忍な笑みを浮かべていた。「楽しかったわ、ダーリン」と言った。

「おまえはわたしを島から連れ去ろうとしているのか!」プレストンは声を荒らげた。

「あなたをすでに島から連れ去ったわ、ダーリン」

シガレット・ボートが近くにゆっくりと寄ってくると、プレストンは遅まきながら、苦々しい事実に気づいた。「おまえはわたしの妻たちによく似てるな」

彼女は笑った。軽く。嘲《あざけ》るように。「もちろんよ」と言った。シガレット・ボートのロープをつかむために、トニオが手を伸ばした。

35

その水曜日に交わされたいくつかの謎《なぞ》めいた電話の会話のうち、ケルプはそのすべてではないにしても、ほとんどの会話に関わっていた。一本日の電話は午前半ばにかかってきた。ケルプが携帯電話の振動を腿《もも》に感じたときだ。電話をかけてきたのはスタン・マーチだった。背後にバラライカの音楽が聞こえるので、タクシーの中からかけてきたのだろう。「知り合いに会ってきたぞ」

「うん、うん」

「交換の件で」

「わかった」

「できると言ってる」

「いいぞ」

「あさってに」

「きょうじゃないのかよ？」

「違う。おれたちは小さいほうをまず動かして、あそこへ持っていくことになりそうだ」

「だけど」ケルプが反対して、電話機を庇《かば》うように背中を丸めた。「おれたちは小さいほうを手に入れるために、大きいほうを使うことになってたんだぞ」

「それがうまくいかなくなったんだ」

「残念だな」ケルプはそう言うと、どうやって荷台ルーフの高いトラックの助けを借りずに、あの警報器に手を届かせようかと考えた。

「それで、今の状況は」スタンが言った。「タイニーが呼ぶところの〝また延期〟というやつだ」

「ああ、そう呼ぶだろうな。いや、呼ぶはずだ」

「考えてたんだが、お前があいつに電話してくれるか？」

ケルプは不満げな顔をした。もちろん、スタンにはその顔は見えなかった。「う〜ん、できないと思うな」と言った。「おまえが伝えるべきニュースだと思うぞ」

「でも、みんなのニュースだからな」

「最初はおまえのニュースだった」

「それに、ほかの件もある」

「ほかの件だって？」

「おまえが見つける予定だった場所だ。やり取りをするために」

「取りかかってるところだ」

じつのところ、そのとき、ケルプは近所のコーヒーショップでアン・マリーと一緒にマフィンと玉子を食べていたところだった。だが、例のトラックがアーニー・オルブライトに引き渡すいっぱいのブツを積んでいるときに、どこに隠そうかという問題を実際に一度か二度考えたことがあった。「だが、今のおれには」と言った。「四十八時間の余裕があるわけだ」

「うまく使ってくれ」スタンが言った。

「ありがとう」

ケルプは電話を切り、携帯をポケットにしまうと、アン・マリーの頬や鼻や唇にキスをして、人目につかないトラックの隠し場所を捜しに出かけた。その日は素晴らしく晴れた八月の日で、高くなりがちな湿度も低いので、医療従事者用の車を忘れて、徒歩で捜すことに決めた。もし自分がトラックなら、どこに隠してもらいたいだろうかと自問した。

問題はマンハッタンが島であるだけではなく、人口が多いということだ。人々やその市街地が葛《くず》のように四方に広がっているところなら、芝生の前庭や裏庭、勝手口の私有車道、横丁、馬屋通り、袋小路、空地があるのに。マンハッタンでは、三つのものがある。車道と歩道とビルディングだ。無理、無理、無理。どこも無理だ（公園はあきらめろ。きっと見張られているから）。

マンハッタンには、かつて狭苦しい場所があった。ダウンタウンのずっと南端で、フォルクスワーゲン製の初期ビートルの大きさぐらいだった。ある日、パキスタンからの移民がそこを見つけて、居すわり、そこでCDやサングラスを何年ものあいだ売り続け、ついにはフロリダ州のボカ・ラトンに引退した。息子をニューヨーク大学に通わせ、娘をバード・カレッジに通わせた。ここは素晴らしい国だろ、なっ？

トラックを隠そうとしているのなら、そのとおりだ。人口の多い島の長所は、いつも、どこかで、街のあちこちで、もはや求められていない何かが、少なくともしばらくは、もっと役に立つ新しい何かになる。この街は限りなく建設現場があばたのように点在している。そのいくつかはかなり広くて、長方形の一区画全体を占める（街の一区画は正方形ではない。正方形だと思っていたのかい？）。

ケルプの初めの考えは、快い陽の光を浴びながら、街のあちこちを歩きまわり、隅に駐車した一台余分のトラックに建設労働者が気づかないほど広い建設現場に出くわさないかと捜すことだった。とくに、まだ使っていない資材の置き場とか、連中が間に合わせに完成させた箇所とか。とにかく、アーニーが買い取り品を保管するほかの場所を見つけるまで、どのくらいかかるのだろう？　たぶん数日だろう。とくに、おれたちが言い張れば。とくに、タイニーが言い張るために送り込まれれば。

余分の二日間がちょっとした苛立《いらだ》ち材料であることは事実だが、ケルプがトラックの隠し場所を捜すプレッシャーを弱めてくれた。というわけで、ケルプはぶらぶら歩いていた。携帯が腿で振動したので、ケルプは二、三歩前に出て、非常に素敵なプラタナスの木陰にはいってから、携帯を取り出した。「ほい」

「また延期だ」

タイニーからだ。すると、情報は広がったのだ。「おれはずっとそのことを考えてたんだ」ケルプが言った。「歩きながら、不動産についてもっとも重要な三つのものを思い出して……」

「あの場所を見つけたのか？」

「あさってまで必要はない。そうだろ？」

「どこで捜してるんだ？」

「あちこちだ」

「こういう延期は気に入らない」

「おれたちは衝撃に柔軟な対応を取るしかない」

「おれのパンチの衝撃は弱まらないぞ」タイニーはそう言って、電話を切った。

近頃多くの建設が行なわれている街の西側にあるハドスン河のほうへ向かった。長いあいだ、ニューヨーク・シティーは河岸《かし》地区を無視していた。ほかの小さな都市は河岸地区に遊歩道や板張り歩道や柱廊や埠頭《ふとう》市場や水辺レストランなどがあるだけで、自分たちを慰めようとしていたが、ニューヨークはそんなものがなくてもなんとかやっていけた。しかし、今は高層ビルディングの高いところに住む不動産業の魔界王子こと、〝デヴィルプリンス〟たちが目の下にある水の輝きに気づき、完璧《かんぺき》な商売の仕方を考案した。別々の巨大ビルディングをくっつけて小規模な〝万里の長城〟を造りあげ、見晴らし窓をつけたまま、ウェスト・サイドに何マイルも並べる。そうすれば、そのビルディングにいるオフィス労働者や住民たちが見事な河の風景をながめてから、外に出て、ほかのみんなにその風景について話す。

この一連の建設現場の横を通りすぎながら、ケルプは西五十丁目台後半の地区にはいると、役に立ちそうな何かを見たと思った。それで、そっちのほうへ向かったが、そのとき携帯が振動したので、逆方向に歩き、携帯を取り出した。ドートマンダーからだった。

「おまえは例の場所を捜してるそうだな」

「ああ、捜してる」

「延期になったのに」

「そのう、天気がよいから、利用しようと思ってね」

「連れがほしいか？」

「散策の連れか？」

「そのう、うん、見てまわって、状況を知るためだ」

あいつは何を考えてるんだ？　ケルプは自問した。「わからんな」わざとドートマンダーの名前を使わずに答えた。今のように公共の場所では使わない。「今は独りでかなりうまくいってるみたいなんだ。おまえはたぶんすることがなくて、暇を持て余してるんだろう」

「うん、まあ、そうだ。ただ、当然のことだが、おれたちの友人と話をしないといけない」

ケルプはすぐに誰のことかわかった。おれたちの〝友人〟とはアーニー・オルブライトのことだ。ドートマンダーはアーニーと話をすることを申し出た。ドートマンダー独りだけで。それで、「なるほど!」とケルプが言った。

「〝なるほど〟とはどういう意味なんだ?」

「おまえがおれと一緒に歩きたいのは、そのあとでおれにおまえと一緒にどこかへ行ってほしいからだろう」

「まあ、そういうことだ。ほらっ、このあいだは一緒に行って、うまくいったじゃないか」

「おれはそう思わないね」

「友人はたぶん一緒に来るものと思ってるだろう」

「それは思い違いだ」

「友人がだいぶよくなったと、おまえは言ったじゃないか」

「それほどよくはない」

「まあ、とにかく」

「早くすませてしまえよ」ケルプが忠告した。「その前に考えるよりも、そのあとから考えるほうが楽しい用件になるぞ」

「そうだな」ドートマンダーはそう言って、不満そうに電話を切った。

そのとき、歩きながらも話し終えていたケルプは、すでに彼の注意を引きつけた建設現場の区画のまわりをほとんど一周していた。高いチェーンリンク・フェンスの前で立ちどまったのだ。そこには、街の基本的な要素三つがすべてあった。すなわち、車道と歩道とビルディングが。彼の右手の低い金属フェンスのむこうにはかなりの急斜面があり、下ではウェスト・サイド・ハイウェイが南北に走っていて、ハドスン河がここからニュージャージー州のずんぐりしたタワー・ビルディング群まできらきら輝いている。

ハドスン河は上流百マイルの地点まで潮に左右される感潮《かんちょう》河川である。今の潮は海から上流に流れ、ほんの少し混乱させる。上流は向かって右方向なのに、強い水の流れが上流に向かうというのは少し不思議だ。潮の流れが上流のアディロンダック山地の山頂までたどり着いたとき、左右の岸にはあふれ出さないことをケルプは知っているが、それでも不思議に思える。

とにかく、このチェーンリンク・フェンスだ。ケルプは向きを変えて、そのフェンスに沿ってぶらぶらと歩いた。すると、幅広いゲートが建設時間のあいだあいていた。セメント・ミキサー車やほかの大型建設車輛がかなり頻繁に出はいりしている。現場内では、一時的な未舗装道路が工事の行なわれている広い地階に続いていた。その広い穴のずっと左のほうでは、五、六台のトレーラーが現場事務所として設置されていた。労働者たちの車輛がかき乱された蜂《はち》の巣のように、絶え間なく行き当たりばったりに動いている。

ケルプは積荷のない一台の平台トラックが地階部分から地上に出てきて、がたがたと走り去るまで待った。そして、地階部分に続く傾斜面をおりた。数台の使われていない車輛が事務所トレーラーのうしろに駐車してあるように思えたからだ。そのトレーラーは遊び相手がほしいだろうか？

「おまえの安全ヘルメットはどこだ？」

ケルプが傾斜面の下にちょうど着いたときに、一人の男が右のほうから呼びかけた。大きな笑顔と手ぶりで、ケルプは左のほうのトレーラーを示した。「取りに行くところです！」そして、かなりの早足でそっちのほうへ歩いた。

よし。トレーラーに近づくと、そこに駐車しているほかの車輛がよく見えてきた。そこには数台の牽引《けんいん》トラックや二、三台の小型トラック、オウムの嘴《くちばし》のようにボンネットの先を下にして開けている一台のダンプカーなどの車輛があった。

「おまえの安全ヘルメットはどこだ？」

この安全専門家はトレーラーの一台からちょうど出てきたところだ。「取りに行くところです！」ケルプはその男に大きな笑顔で請け合って、行く方向を指さした。絶対にここが例の場所だ。駐車中の車輛は駐車場のようにぎゅうぎゅうに詰め込まれていないが、ドライヴァーがすぐに使う予定がないので、トレーラーのうしろの空地のあちこちに駐車してある。スタンがペントハウスを訪れたあとここへ持ってくるトラックは、ここにぴったりと収まるだろう。オウムの嘴のようなダンプカーと、リア・ウィンドウ全体に透明の南軍旗ステッカーを貼《は》りつけた赤の小型トラックのあいだに。

充分に見たので、ケルプは向きを変えて、傾斜面のほうへ向かった。

「おまえの安全ヘルメットはどこだ！」

「取りに行くところです！」

ケルプは歩き続け、笑みを浮かべ続け、見えるものすべてを見渡し続けた。夜には自分たちのトラックを出し入れできないだろう。あの大きなゲートは施錠《せじょう》され、ここには夜警がいるからだ。でも、大丈夫だ。ペントハウスからの盗みは日中の仕事だし、労働時間が終わるずっと前に、その盗みは完了しているので、トラックをここにとめられる。そして、アーニーの準備ができたときに、そのトラックを日中のあいだにここから出せる。問題はない。

唯一の問題は、ケルプがここに戻ってくる前に、本当に安全ヘルメットを手に入れる必要があることだ。

36

プレストンは昼食に現われなかった。そんなことは一度もなかった。プレストンは食事を食べそこなうような男ではない。アランは半ば混んでいるダイニング・ホールを見まわした。今週の遊び相手であるパムもいない。もし二人だけで昼食をとるつもりなら、彼のバンガローにいるのだろうか？ 彼女のバンガローにいるのだろうか？ プレストンらしくないが、ありえないことではない。それでも、アランはプレストンの不在が気に入らなかった。それで、昼食のあと、捜しに出かけた。

プレストンのバンガローには誰もいなかった。ドアは施錠され、窓のシェードはおりていて、誰もいない。アランは確認のために、ガラス・ドア越しに叫んだ。プレストンの名前と自分の名前を呼んだが、返事はなかった。

しかし、パム・ブラサードのバンガローでは、状況がかなり違っていた。アランがドアをノックすると、ほぼ瞬時に、彼女がドアをあけた。彼はまず彼女の着衣に反応した。彼女は全身に衣服をまとっていて、靴まではいていたのだ。そして、次に彼女の言葉に反応した。「荷物は……あらっ」と彼女は言ったのだ。驚いていたが、ぎこちないわけでもなく、うしろめたいわけでもない。「ベルボーイだと思ったもんで」彼女が説明した。

薄暗い部屋の中で、ベッドの上にかなり大きなスーツケースが二個見えた。蓋《ふた》がしめてあって、運び出されるのを待っていた。女の着ている服が少なければ少ないほど、服を入れておくスーツケースが多くなる。突然に理解をして、アランは言った。「帰るんだね」

「ここの事務所がわたし宛《あ》ての電子メールを受け取ったの」と彼女が言った。「母が亡《な》くなったって。とっても予想外だったわ」それには、「わたしは魚をいただくわ」と注文するときと同じほどの感情しかこもっていなかった。

ぼくがその言葉を信じているかいないかなど、彼女にはどうでもいいのだ。アランはそう思った。「それはお気の毒だね」彼女と同じように、彼も感情をこめずに言った。「プレストンがどこにいるのか、きみは知らないかなと思ったんだ」彼女は知っているはずだ。彼はそう思った。彼女は知っているはずだ。何かものすごくまずいことが起こったのだ。

しかし、彼女はこう言った。「知らないわ。朝食のあとプレスの姿を見てないから。わたし、セーリングに出たの。でも、あの人がセーリングに絶対行きたがらないことは、あなたも知ってるわね。あとでセーリングから戻ると、わたしの可哀想《かわいそう》な母の訃《ふ》報《ほう》を知らせる伝言があったのよ」

「なるほど」実際にそういう電子メールの伝言があるのだろう。アランは疑っていなかった。しかし、この氷の彫刻のような女に母親がいるとしても、その母親はきょう予想外に亡くなってはいない。この女は何をしたんだろう？　アランはそう思った。プレストンはどこにいるんだ？　ぼくはいったいどうすればいいんだ？

「ああ、よかった。ベルボーイが来たわ。あなたと会えて、とっても楽しかったわ、アラン」彼女はそう言って、しっかりした手を差し出した。

ほかにどうすればいいんだ？　彼は彼女と握手した。鷹匠《たかじょう》の手袋のように冷たくて堅い手だった。「淋《さび》しくなるよ」彼はそう言って、彼女の手を放した。

ベルボーイはやせた若いフランス人だった。横目でパムを裸にしてから、荷物を運び出すために中にはいった。そのあいだ、アランの脳ミソは猛烈に回転し、把握すべき何かを、意味をなす何かを探し求めた。連中は彼を殺さないだろう。誰も彼を殺さないだろう。みんな、プレストン・フェアウェザーに生きていてほしいんだから。彼は黄金の卵を生む鵞鳥《がちょう》だ。カリブ海のこの遠く離れた島で安全だ。では、どこにいるんだ?

「プレスにお別れを言えなくて、残念だわ」パムが言った。すでにうしろを向き始めている。「わたしの代わりに、さよならを言っておいてね」

彼女は何をしたんだ?「今度彼に会ったらね」

彼女はほほえんだ。その言葉は彼女を面白がらせたようだ。「ええ、そういう意味で言ったのよ」と言った。「さよなら、アラン」そして、ベルボーイのあとから、曲がりくねった小道を歩いていった。

37

「誰だ?」

「アーニー、おれが誰なのかわかるよな。おれの名前を呼ぶ必要はないぞ」

「ああ、当たり前だ、誰なのかわかってるよ! それで、世界一素晴らしいニュースだろうな?」

「いや、違う」

「そんなに早くかね? すべてが完了したのに……」

「いや、アーニー、完了してないんだ」

「完了してないのか。悪いニュースを伝えるために電話してきたのかね?」

「いや、アーニー、悪いニュースじゃない。じつのところ、ニュースはないんだ、何も」

「それで、電話してきたのかね? ないニュースを伝えるために?」

「電話した理由は、そっちへ行って、話し合いたいからだ。同じ事柄についてね。この意味はわかるよな」

「ここへ来たいのかね？　本当にここへ来たいのかね？」

「あんたさえよければ、今すぐそっちへ行きたいと思ってるんだ」

「わしが不快だった頃に、こんなことは一度もなかったぞ。わしの目の前で新しい世界が広がっているぞ」

「今すぐ行くからな」

「いいぞ」

ドートマンダーがベルを鳴らすと、心地よく聞こえるように精一杯やってみたアーニーのしゃがれ声がスピーカーから聞こえてきた。「あんたかねえ？」

「ああ、アーニー、おれだ」

電子錠の外れるブザーの音、バタンとドアのしまる音、湿った新聞紙のにおい、階段をのぼりきったところにアーニーの姿。ドートマンダーはどたどたと階段をあがった。アーニーが言った。「見たら驚くからな。信じられないほど変わったぞ」

ドートマンダーはこの前と同じアーニーの姿を見た。「アパートメントの中が変わったということだな」

「新しいわしだよ、ジョン・ドートマンダー」アーニーはそう言って、ドートマンダーを敷居の内側に案内した。「わからんが、わしは自分で自分を褒めてやるべきだな。わしはなんて素晴らしい男になったんだろう!」

「ふ〜ん」

アーニーがドアをしめ、ドートマンダーは部屋を横切り始めた。突然、いくつかの感覚を味わった。例えば、音だ。まるで隣人がジェット機のエンジンを温めているような、比較的大きくて継続的なビューという音。二つ目の例は、においだ。無臭なのだ。少しのにおいもない。真夜中の美術館でにおうほどもない。触覚はまた別の話だ。体じゅうが冷たく感じる。そして、最後に、視覚だ。大きくて黒くて馬鹿《ばか》でかい箱が通気シャフトに面した窓をおおっていて、アパートメントじゅうを振動させ、音響と冷気の両方を放出している。

ドートマンダーが言った。「アーニー、あれはエアコンかい?」

「外は八月だぞ、ジョン・ドートマンダー」アーニーが言った。「うん、そうだ、あんたの質問に答えると、あれはエアコンだ。わしはずっとエアコンを持っていなかった。何も持っていなかったからだ。何も持つ資格はないと思っていたからだ。わしはどうしようもないクズ野郎だった。〈グリスティード・スーパーマーケット〉の店員がわしに〈スローン・スーパーマーケット〉で買い物をしてくれと金を払うぐらいだ」

「それは前に聞いたよ」

「だが、これは新しいわしだ、ジョン・ドートマンダー。わしは……わしは……わしは……最高級品を持つ資格があるんだ！　あらゆるものの最高級品をな！　それで、たまたま、このエアコンがほかのがらくたと一緒にわしの生活にはいり込んできた。わしはそれを見て、自分にこう言ったんだ。一度、商品の流れを断ち切って、このいまいましい品物をずっと持っていたらどうだってな。それに、おまけのご褒美《ほうび》は、においが消えたことだ、ベッドルームからもな！」

「それはすごいな、アーニー」

「わしは生まれ変わったんだ」アーニーが説明した。「あんたには教えてやるぞ、ジョン・ドートマンダー、次にここへやって来るトースターはわしのものだ」

「それでいいと思うよ」ドートマンダーが言った。「だが、おれがここへ来た理由だが、このエアコンのことを知る前に……」

「新品だぞ。つまり、わしにとってはな」

「それで、すわって話せないか？」

「もちろんだ」アーニーはそう言ったが、それから顔をしかめて、自信なさそうな表情を隠せずに、部屋を見渡した。「一つちょっとした問題があることを認めなくてはならない」と言った。「今はテーブルをはさんですわるのは、少々むずかしい。つまり、エアコンはすごくいいが、その近くに寄りすぎると、エヴェレスト山頂の感覚になるんだ。気がつく前に、わしは朝めし時にもう少しで霜焼けになるところだった」

ドートマンダーは部屋を見渡した。「あんたがあの椅子《いす》を動かせば、あの壁際《かべぎわ》に空間ができる」と言った。「おれとあんたでテーブルと椅子をそこへ引きずっていける。あんたは景色を見られないが、どっちにせよ、見られないんだから」

「もともとたいした景色じゃなかった。一緒に引きずっていこう」

ということで、二人は家具の位置を変えた。ドートマンダーは間近で極寒の突風を斜めから受けて、人生には極暑やにおいよりもひどいものがあることを知らされた。

そして、二人は新しい場所にすわり、アーニーが部屋を見渡して言った。「以前にこの角度から部屋を見たことがないな」

「ああ、そう思うよ」

「もしかしたら、誰かがペイントを持ち込んでくるかもな」

「プレストン・フェアウェザーは持ち込んでこないだろう」本題に導こうと願いなが

ら、ドートマンダーが言った。

アーニーが笑った。「いや、あいつのペイントはすべてカンヴァスに塗ってあるやつだ。ピカソとか、モネとかのサインがついている。あんたはそのいくつかを手に入れるべきだな」

「そのことで、おれはあんたと話がしたかったんだ」ドートマンダーが言った。

アーニーは用心深い表情を浮かべた。「そうなのかね?」

「おれたちは金曜日に実行しようと思ってる」

「金曜日で結構だ」

「その日の朝にトラックが手にはいる。どれだけ時間がかかろうとも、一日じゅう作業をして、暗くなる前に消えようと思ってる」

「いい計画のようだな」

「だが、あんたがあの場所について話したことから察するに、金目の物であふれ返ってるはずだ」

「そのとおりだ、ジョン・ドートマンダー。あんたらは楽しい時間を過ごせるぞ」

「一台のトラックに積むには多すぎるし、運ぶのは一回限りだ」

「じゃあ、最高級品を選ぶんだな」アーニーはそう言うと、顔じゅうでにやにやと笑った。「待ちきれないね」

「だが、それを心配してるんだ」ドートマンダーが言った。「おれたちが本当にいいブツをいくつか残して、もしかして悪くないかもしれないが、持ち出さなかったやつほどよくなかったら、どうする? おれたち全員が残念に感じるだろう。あんたも残念に感じるだろう」

「やめろよ」アーニーはそう言って、その考えを笑い飛ばした。「自分を過小評価するな。あんたには価値がわかるし、ほかの連中も同じはずだ」

「おれたちは確信が持てない」ドートマンダーが言った。「それで、あんたの助けを借りようと決定したんだ」

アーニーは傷ついた表情を浮かべた。「どう助ければいいのかわからん」と言った。

「リストを作れない。あの場所を見たことがないんだから」

「そのとおり」ドートマンダーが言った。「それが問題なんだ」

アーニーはドートマンダーの顔を見て、そのあとを続けるのを待ったが、ドートマンダーは続けなかった。そこにすわったまま、何かを待っていた。それで、ついにアーニーが言うはめになった。「何が問題なんだね?」

「あんたはあの場所を見たことがない」

「そのとおりだ」アーニーは肩をすくめた。「あいつがニューヨークにいたときに、わしがあいつを知っていたとしても、あいつがわしを家に招き入れてくれるとは思わないね」

「だから、あんたはあの場所を見る必要がある」ドートマンダーが言った。

アーニーは首を横に振った。「どうしたらあの場所を見られるのかわからんね」

何でもないかのように、ドートマンダーは肩をすくめた。「おれたちと一緒に来ればいい」

アーニーは顔をしかめた。「どこへ行くんだね?」

「あのペントハウスだ。あんたは指さして、こう言う。〝これを持っていく、これも……〟とな」

「ペントハウスだって? あんたらが盗んでる最中にかね?」

「あんたは何も運ぶ必要はないんだ。ただ、指さして……」

「ジョン・ドートマンダー! わしはこのアパートメントからも出ていかないんだぞ! とくに、今は無理だ。今はわしが……わしを見たまえ」アーニーは右手の指で左前腕を突ついた。「わしはまだ黒ずんだオリーヴ色をしている」

そのとおりだった。「気づいてたよ」ドートマンダーが言った。「とても似合ってるよ……」

「何にも似合ってなんかないぞ！　まったく！　わしが街に出る人間だとしても、今は駄目だ。そのうえ、参加するだと？　わしは参加しないんだ！」

「これは特別の事態なんだ、アーニー。プレストン・フェアウェザーを思い出すんだ。あいつがあんたに言いそうなことを思い出すんだ」

「わしは思い出さないように努めているのにか」

「でも、とにかく思い出せよ。これはいつもと同じようなお務めじゃないんだぞ、アーニー。あんたにとってもな。プライドのことがある。自尊心のこともあるし」

「そうだな……」

「あんたにはそういうものがあるんだよ、アーニー。新しいあんたは守って当然の価値がある」

アーニーは思案しているように見えた。「わしはエアコンをずっとつけていても恥だと感じることさえしなくなった」と言った。「自分によいことをしてもいいんだと感じた」

「そのとおりだ。新しいあんたは快適さや威厳やあらゆるものの最高級品を望んでいる。あんたが自分でそう言ったんだ」

「うん、わしは確かに言った」アーニーはそう言って、新しい自分について熟考しているあいだ、厳粛そうに見えた。

「それで」ドートマンダーが言った。「新しいあんたは復讐《ふくしゅう》をしたいとなれば、最高の復讐をしたいはずだ」

アーニーは頭をあげた。「そうなのか？」

「新聞でこんなことを読みたくないはずだ」ドートマンダーが言った。「『ありがたいことに、賊たちはベートーヴェンを盗んでいかなかったとプレストン・フェアウェザー氏は語った』とかね」

「それはソングライターだ」

「まあ、何であれ。言いたいことはわかるよな。新しいアーニーは復讐をしたい、盗みに加わりたい、盗みが完了するところを見届けたい、新聞ではこんな記事を読みたい。『賊たちはすごく見事な連中で、ル・コルビュジエさえも盗んでいったとプレストン・フェアウェザー氏は語った』とね」

アーニーが目を細めた。「誰だって？」

「まあ、誰であれ」ドートマンダーはその質問を聞き流した。「重大なのは、これが特別のお務めということなんだ。あんたはあの男にあんたのプライドがどういうものか思い知らせてやるんだ。あんたには以前と同じように話しかけられないぞと」

「うん、そうだな」アーニーが同意した。バラ色の赤味が彼の頬に現われた。灰褐色の皮膚の下に。

「あんたはあの下司野郎《げす》に立ち向かうんだ」ドートマンダーが言った。「そして、あいつの所蔵品を好きなだけぶんどってやるんだ」

アーニーの顔に広がった突然の笑みは地球上で以前に目撃されたことがないほどのものだった。「ジョン・ドートマンダー」と言った。「何時にわしを迎えに来るんだね？」

38

プレストンはボートの乗り心地に慣れなかった。シガレット・ボートが海上をすさまじい音を立てて進んでいるとき、下層階前方キャビンにいることを体で感じる。

前方キャビンは、プレストンが閉じ込められたところだ。このボートを動かしている二人の手強《てごわ》い男は、そのアクセントから察すると、オーストラリア人か、ニュージーランド人か、そのあたりの人間で、力強い非情な手を伸ばして、セーリング・ボートからプレストンを引っ張りあげた。そのとき、パムの嘲笑《ちょうしょう》が彼の耳に大きく聞こえた。その二人は彼に舵輪《だりん》のそばのステップを乱暴におりさせて――「おめえのあたまぁ気ぃつけろぉ」――この前方キャビンに押し込んだのだ。このキャビンの動きは、ペイントを掻《か》き混ぜる金物屋の機械を主に思い起こさせた。そこはプレストンがずっといるべき場所だと、その二人は言い聞かせた。「おめえ、ここにぃいろぉ」その一人が言った。「騒ぎぃ起こすなぁ。そしたらぁ、おめえをぉ殴らねえ」

「どこへ連れていくんだ？」

その質問でその男は笑った。「どこだぁと思うんだぁ、おめえ」

フロリダだ。プレストンの頭の中では、それで間違いなかった。それが企《たくら》みだったんだ、畜生め。やつらは彼を島からおびき出した――パムは仲間を処刑場に誘い出す正真正銘のユダの雌山羊《めやぎ》だよな？　そして、やつらは彼を引っつかみ、フロリダ州南部の海岸のどこかへ運ぶ。そして、令状送達吏の腕の中に直接渡すのだ。何年ものあいだ鼻の頭に親指を当てて令状送達吏を嘲笑《あざわら》っていたのに、今度はやつらが嘲笑う番だ。

いや、そんなことはさせられない。そんなことが起こらないように阻止して、なんとかやつらのほうを笑い返してやるのだ。でも、どうやって？

彼を誘拐した二人組は……買収できるだろうか？　彼には金の持ち合わせがないし、長財布もないし、衣服さえもない。ゴムぞうりに、水泳パンツ、ロレックス時計、あご紐《ひも》がついたへなへな鍔《つば》の白い帽子以外は何も持ち合わせていない。しかし、連中は彼が何者なのか、少なくとも彼について何かを知っているはずだ。彼が裕福であることぐらいは知っているだろうから、やつらが彼を令状送達吏のところではなく、銀行へ連れていけば……。

身分証明書はない。ATMカードもないし、運転免許証もないし、まったく何もない。

うーん、考えてみよう。何とか現金を手に入れられると考えてみよう。この二人は現金を受け取るだろうか？　もしくは、申し出たら、彼の頭を殴るだろうか？

シガレット・ボートが海上を走るときに波が際限なく船体をたたく音を聞こえなくしようという無駄な努力だが、彼はそのキャビンの壁に体を押しつけながら、寝台にすわっていた。斜め上に目をあげると、舵輪の前にすわっている男の一人の下半身が見えた。ときおり、もう一人が揺れるデッキをしっかりとした足取りで歩いて、視界から出たりはいったりする。

冷酷で几帳面《きちょうめん》な四十代のその二人組は、肌が牛革のようで真っ黒に日焼けしていた。二人とも、ぼろぼろの古いデッキシューズに、カットオフ・ジーンズ、何も書いてないが袖《そで》を切り離した色の薄いTシャツ、ロゴのない野球帽という格好だった。極端なほどに特徴がない。野球帽の縁のまわりに見える金髪は、ぼさぼさで、洗っていない。青い目は大海原と同じほどの温かみを帯びていた。

男たちは彼を殴るだろう。たとえ彼がこのボートの上で金を持ち合わせていても、彼の金がこのボートの上では何の役にも立たないことを認めざるを得ない。この二人は頑強で几帳面なプロで、これまでの経験が豊かで、これからも豊かになり続けるだろう。彼はこの日の配達物にすぎない。

この男たちはほかの日に何をするのだろう? 人間を密輸したり、麻薬を摂取せずに密輸したり、金になる物なら何でも密輸したりする。きょうは彼を密輸している。ヘロイン入りのポリエチレン袋と同じほどの密輸品として彼を扱うだろう。

どうやってこの二人を出し抜いて、逃げ出し、配達をぶち壊すことができるのだろうか? 彼は泳ぎを知ってるし、確かに水泳にふさわしい格好をしているが、たとえこの二人の目を盗んで先に海に飛び込んだとしても(そんなことは無理だとは充分に承知しているが)、陸地はどこにあるんだ? 彼のふらふら揺れている顔のすぐ横にある丸窓の外に、陸地は見えない。

陸地に着いてからの話だな。彼はそう思った。フロリダのどこかだ。そこに着いたときに、何ができるか考えてみよう。

このシガレット・ボートのものすごいスピードで海上を走る音が変わったとき、彼のロレックス時計によると、ここの時間帯における現在の時刻は午後六時五十七分だった。神の血豆である八月の太陽が中空で浮いていて、まったく突然に、シガレット・ボートが突き進むのをやめた。乗馬で言うところの駆け足から早足になり、まるで草を食《は》むように鼻面《はなづら》を地面に近づけている。到着したのだ。

どこに？　プレストンは丸窓の外をのぞいたが、海以外、何も見えなかった。たとえさっきよりも波頭ののこぎり歯形がほんの少し和らいだとしても、さっきと同じ海だ。それで、彼は波がボートの船体にぶつかるときの衝撃に対して気を引き締める必要がなくなったので、上体を丸窓に近づけた。あったぞ。陸地だ。非常に低い陸地だ。薄い黄褐色で、あちこちでマングローヴのようなものが生えている。

ここはどこだ？　絶対にマイアミではない。どこか非常に低くて、未開発だ。ボートの下の海は浅いが、海辺からはまだかなり遠い。たぶん、それですぐにスピードを落としたのだろう。

フロリダはほとんど海岸線でしかないが、麻薬密輸人やテロリストらしき者やキューバやハイチからの密入国者たちのせいで、その大半は非常に厳重に巡視されている。このボートを操縦しているその二人は上陸する安全な場所を心得ているだろう。ここは都合の悪い質問をするような人間が一人もいない場所の一つだ。

フロリダ・キーズと呼ばれる列島にいるはずだ。たくさんの小島がフロリダ半島の南端から東洋人の悪魔博士フー・マンチューの口ひげのように百マイルも連なっている。その大半は開発されているか、開発されすぎているが、いくつかはこの小島のように無人だ。

いや、完全に無人ではない。ボートが近くに寄ると、左のほうに低い土地が海の沖のほうに湾曲しているのが見える。そういうふうに形成されたL字形の突起の内側では、五、六艘《そう》の小さなボートがのらりくらりと舫《もや》っていて、一人か二人の人間が小舟の中で立ったまま釣りをしていた。

ボーンフィッシュだ。そこでは、みんながその魚を釣ろうとしている。彼らはボーンフィッシュ釣り師で、明るくて暑い八月のフロリダの太陽の下に立っていると、その熱波と陽差しと発癌性《はつがんせい》物質がまわりの海面に反射して倍増するし、空気は海とほとんど同じように湿っている。彼らは自分たちがその肉が少なくて食用に向かない魚よりも頭がいいことを証明するために、ここで釣っているのだ。

キャビンの屋根の上にどしんどしんという音がした。誘拐犯の一人が海辺で待っていた誰かにロープを投げるために、デッキにあがったのだ。もう一人はこの大きな船を陸地にできるだけ近づけるように、うまく操縦することに精神を集中させている。

プレストンは釣り人に合図を送れるだろうか? 試してみることだけはできるが、それがきっと最後のチャンスだ。今しかない。

胸がドキドキした。彼の動きに気づいたら、やつらは何をするだろう？　たとえ自分たちの感情を落ち着かせるためだけだとして、きっと彼を殴る以上のことをするはずだ。

そこにすわったまま、やろうか、やるまいか迷っていると、彼の元妻たちのイメージが望みもしないのに、頭の中に浮かんできた。四人の元妻たちがいまいましいパムと一緒になって、笑っている。何てことだ。全員そっくりだ！　その手を握らなくても、彼を簡単に引っ張りまわせるので、笑っているのだ。

バツの悪い突然の激怒が恐れを圧倒して、プレストンは立ちあがり、頭をぶつけないように注意しながら、ステップをあがり——トン、トン、トン——カバが沼にはいるように、船側《せんそく》を越えて海にはいった。ボートから離れ、深く潜《もぐ》り、腕で水をかき、脚で水を蹴《け》り、遠くへ泳ぎ、海面に顔を出した。海上は明るく、ボートのモーターの轟音《ごうおん》は近すぎ、ボーンフィッシュ釣り師たちは遠くにいる。

大学でクロール泳法を習った。今はクロールで泳いでいる。両腕で水をかき、脚で水を蹴り、いまいましいボートの音を聞かないように努めた。前へ前へと突き進んだ。すると、モーターの轟音が大きくは聞こえず、小さく聞こえ、遠のいていった。ボートよりも速く泳いでるのだろうか？　それは不可能だ。クロールのリズムを休

止させて、あえてうしろをちらっと見た。シガレット・ボートはむこうで停泊してい
て、革紐をつけた猛犬のように、怒りを込めた反射光が彼の目にはいった。そして、
あの二人の男は彼のほうを指さしながら、陸地のほうに叫んでいる。
　陸地か。彼はここで浮かんだままではいられない。泳ぎ続けながら、なんとか同時
に陸地を見ていようと努めた。あえぎながら、懸命に泳いだ。すると、あっちに陸地
が見えた。白のリムジンが海に沿って左のほうへ走っていて、後部座席の誰かがボー
トの男たちに叫んでいる。
　う〜ん、少なくとも、彼を乗せるためのリムジンを雇ったのだ。
　ここはシガレット・ボートには浅すぎた。そういうことだったのだ。それで、彼は
もうそのボートの心配はしなくてもよくなった。今、心配することはあの白のリムジ
ンに乗った何者かのことだ。
　釣り人たちは何事かが起こっていることに気づいた。その一人が釣り竿《ざお》を下に置い
て、すわると、船外モーターつきの小さなボートを動かした。そのボートはパタパタ
と彼のほうへ近づいてきた。リムジンは海沿いの深い砂地と濡《ぬ》れたマングローヴの沼
地を走り続けられないので、停止した。三人の男がリムジンから這《は》い出してきた。三
人ともショーツに薄いシャツ、サングラスという格好で、草木のあいだを掻き分けな

がら、蚊たちの温かい歓迎を受けているかのように、両腕を振りまわしていた。

小さなボートがプレストンの横で上下に揺れながら停止し、乗っている男が声をあげた。「こっちへ来いよ!」

「うん! ありがとう! いいところに来たぞ!」

プレストンは両腕を舷縁《げんえん》にひっかけたが、それ以上はあがらなかった。両脚はボートの下にだらりと垂れている。自分の体を水から引き揚げることはできなかった。

ついに、その救援者がプレストンの背中から腋《わき》の下に手を入れ、彼の体を引き揚げた。彼の胸がボートの船側をこすり、裂けやすい木の縁を越えると、救援者は彼の水泳パンツをつかみ、ぐいと引き揚げた。その時点で、プレストンは協力できることに気づき、水中で脚をばたつかせ、水を蹴り、ついにはボートの汚くて濡れた船底に体を横たえた。

救援者はにやりと笑って、彼を見おろした。「その腕時計が気に入った」と言った。

あえぎながら、プレストンが大声をあげた。「ここから連れ出してくれえ!」

「おっと、もしかしたら、あんたは友だちに会いたいのかもしれないな、おい」その男が鼻持ちならないかすかな笑みを浮かべながら言った。ヒスパニック系で、ふさふさした口ひげを生やしているが、ほかのひげも剃《そ》っていない。望みのない麦わら帽をかぶり、バドワイザーのTシャツを着て、緑色をしたぼろぼろの作業ズボンをはいている。裸足《はだし》で、足の爪《つめ》は考えるだけでもおぞましい。まだにやにや笑いながら言った。「あの男たちを待ったほうがいいかもね。かなり素敵なリムジンだ」

プレストンは上体を起こした。ナンセンスを聞いている余裕はない。「あいつらがまたわたしをつかまえたら」と言った。「あんたを殺すだろう。目撃者だからな」

突然、その釣り人の笑みが消え、走ってくる男たちに対して心配そうな表情を浮かべた。世界のこの地方でときどき何が起こるのか知っているのだ。そして、言った。「おれはこういうくそったれ騒ぎに巻き込まれたくはないぞ、おい」

「すでに巻き込まれてるよ」プレストンが教えた。「わたしをここから連れ出してくれ。そうしたら、この腕時計はあんたのものだ」

「ああ、おれのもんだぜ、おい。わかってたんだ」その釣り人が言った。「よし、伏せてろよ」そして、やっと船外モーターのほうへ体を向けた。

伏せろ、だって？　プレストンはすでにボートの船底にすわっていた。「何をしてるんだ？」彼は知りたくなったので、前方に体ごと振り向いた。

釣り人はボートをまっすぐ陸地のほうへ向けている。リムジンから出てきた三人組は、どこかの小道を見つけて、腕を振りながら、さっきよりも力強く走っている。ボートと三人組は陸地の同じ地点で落ち合うように、プレストンには見えた。「何をしてるんだよ？」

「伏せろよ、おい！」

そのとき、プレストンにはそれが見えた。すごく小さな入り江がマングローヴの林に曲がり込んでいる。そこからはなんとか見えるところに、歩道橋が水面すれすれに渡してある。

「あの下は通れないぞ！」

「あんたがそんな格好で上体を起こしてたら無理だよ、間抜け！」

プレストンが上体を伏せて、顔を船底に押しつけていると、三人組はその歩道橋のすぐ近くを走りすぎた。プレストンが歩道橋の下をくぐるとき、その橋が彼の尻《しり》をぴしゃっとたたいた。

39

その水曜日はジャドスン・ブリントの人生において、やるべきことがぎっしり詰まったもっとも忙しい日だった。まずオフィスに行って、J・Cに一週目の給料を支払ってもらった朝に始まってから、借りたフォード・エコノラインのヴァンに自分の身のまわりの所持品をいっぱい詰め込んで、ミッドタウン・トンネルをくぐり、マンハッタンに運び込んだ、真夜中直前に終わるまでの一日だった。それまでのあいだ、ドートマンダー一味に加わって、技能を身につけた。

まず朝の九時に、七一二号室の続きオフィスにはいった。自分のデスクに向かうと、J・Cが奥のオフィスから顔を出して、こう言った。「中にはいってちょうだい。給料を支払うから」

ジャドスンはそのことをずっと考えていた。J・Cがもう必要としていない事業三社〈相互療法調査サーヴィス〉、〈スーパースター音楽会社〉、〈アライド・コミッシヨナーズ・コース〉）を管理しながら、ここで働き始めて、もう一週間になるのに、少額の前払い金を除外すると、まだ少しの給料も目にしていない。確かに、ここでは実質的にある犯罪行為か、あるいは複数の犯罪行為が実行されているが、それでも、彼は給料らしきものをもらう必要がある。

しかし、その用件を切り出す方法がわからなかったので、J・C自身がその話題を持ち出してくれて安心した。「いいぞ！」と彼は言って、彼女のあとから奥のオフィスにはいった。まだ自分のオフィスよりも小ぎれいだ。

もう一つの椅子にすわるように、彼女は彼を促した。彼女自身はデスクのうしろにすわり、引き出しをあけると、横に銀行ロゴのはいった灰色のジッパーつきズック袋と帳簿を出した。袋を横に置くと、帳簿をあけて言った。「あなたは先週の水曜日にここで働き始めたから、あなたの場合は水曜日から火曜日を一週間と見なしたほうが簡単だと思うの」

「オーケイ」

「あなたには二度ほど前払い金を渡したわね。百五十ドルを。それは給料から差し引くわ」

「ええ、ええ」

彼女は袋から札束を取り出して、デスクの上で数え始めながら言った。「あなたの今週の受け取り額は七百二十二ドルだけど、ひと桁《けた》の端数《はすう》は切り捨てるので、七百二十ドルにして、それから百五十ドルを引くと、五百七十ドルね。はい、これ」

五百七十ドルは厚い札束だったが、彼女は彼のほうに差し出した。彼はそれを受け取って、口をぽかんとあけたまま、その札束を見てから、彼女の顔を見た。「J・C、えっと」と言った。「訊《き》いてもいいですか?」

「何なの? 充分じゃないと思ってるの?」

「いえ、充分ですよ! 思った以上で……でも、ぼくの今週の受け取り額ですが、わからないんです。どうやって、その数字に行き着いたんですか?」

彼女は一瞬驚いたように見えたが、そのあと笑って言った。「なるほど。わたしはあなたの受け取り額を自分で考えたんだけど、その内容をあなたに伝えてなかったわね。あなたは自分が担当するペテンの二十パーを受け取る。残りはオフィスの維持費とか最初の発案料として、わたしの懐《ふところ》にはいる」

「二十パー……すべての小切手の全額の二十パーですか?」

「ジャドスン、あなたにとってこれ以上にいい条件はないと思うんだけどね。わたしを信じてちょうだい……」

「いいえ、違うんです」彼が言った。「ぼくは苦情を申し立ててるわけじゃないんです。二十パーで充分です。本当に。ぼくはこれがそういうふうな計算になるとは思ってなかったもんで」

「わたしがどうすると思ってたの？　時間単位で支払うとでも？　賃金がほしいの？それとも、分け前がほしいの？」

「分け前がほしいです」彼が言った。いくつかの質問にはすぐに答えられる。

そのあと、彼はその日のメーローダ宛ての郵便物を彼女のオフィスに運んできて言った。「きょうは昼休みから戻るのが遅くなります。雑用がかなりたくさんあるもので」

「昼休みの情事とか？」

赤面したことで自分に腹を立てたが、頬にいまいましい血流を感じながら、彼は言った。「いいえ、ちょっと考えたんですが……自分の住処《すみか》が街の中に必要なので、アパートメントを捜しに行こうかと考えたんです」

彼女はうなずいた。「家具つき？　それとも、家具なし？」

「今のところ家具つきで。つまり、ぼくは……」

「ワンルーム?」彼のぽかんとした顔を見て、彼女が言った。「L字形の部屋で、ソファはこっち側、ベッドはあっち側。キッチン別で、トイレも別」

「ええ。そう、それはいいですね」彼女はアパートメントを貸してるのだろうか?電話機に手を伸ばして、彼女は言った。「電話をかけさせてね。このビルディングの四階にある女性がいてね、かなりいい不動産仲介業をやってるのよ。ミュリエルを出してちょうだい。ミュリエル、J・Cよ。なんとか稼いでるわ。よく聞いてちょうだい。ここに未成年の男子がいてね、家具つきのワンルームを捜してるの。まあ、二千は払えるけど、出さないでしょうね」彼女はジャドスンの顔を見て尋ねた。「イースト・サイド? それとも、ウエスト・サイド?」

「わかりません」

「ウエスト・サイドよ」彼女は電話相手に言った。「もしかしたら、ダウンタウン。チェルシー地区のヒスパニック系住宅地域とか。経営学修士用の家賃は払いたくないわ。保証が必要なら、彼はわたしのオフィスで働いてるの。名前はジャドスン・ブリントよ」電話を切ると、ジャドスンに言った。「四〇六号室へおりていってちょうだい。そこで、住所をくれるわ。今すぐ行って、昼食のあとに戻ってきてね」

「感謝します」

「大都会へようこそ」彼女が言った。

彼はミュリエルに会わなかった。四〇六号室のドアには、『トップ・ボロ地所』と書いてあった。内側は非常に高級な受付スペースがあり、非常に高級な受付嬢がいた。彼が自分の名前を告げると、受付嬢が言った。「へえ、そうなの。これよ」そして、名刺を渡した。

それは〈トップ・ボロ地所〉の名刺で、右下に『ミュリエル・スペルヴィン』と記してあった。裏面には西二十七丁目の住所と『エドゥアルド』という名前が書いてある。

「それは管理人よ」彼女が言った。「彼に会ったら、部屋を見せてくれるわ。そこが気に入ったら、ここへ戻ってきて」

「感謝します」

ほかに方法を知らないので、彼は二マイル歩いたあと、レンガ造りで、高い前階段のついた安アパートメント型の古いビルディングが半分と、石造りのやや高くて古いアパートメントがあと半分建ち並ぶ区画を見つけた。彼が捜している住所はもともと安アパートメント型のアパートメントで、前階段をのぼりきったところに、ドアベルが縦に並び、その半分に名札がついていた。一番下のドアベルに『管理人』と書いてあった。それで、彼はそのドアベルを押して、待った。背が低くて、体が頑丈で、アンダーシャツと作業ズボンと黒いブーツという格好の男が前階段の下から出てくると、顔をあげて、叫んだ。「何か？」

「エドゥアルド？」

「そう《シ》」

「ジャドスン・ブリントです。アパートメントを見に来ました」

「オッケイ」

エドゥアルドは前階段を早足で駆けあがってきた。今週はひげを剃っていたが、その日は剃っていなかった。友好的だが、まるで私生活の部分で入念な昼食を料理するのに忙しかったかのように、注意が散漫だった。そして、言った。「一緒、来て」

ジャドスンは彼と一緒にビルディングにはいり、狭くて薄暗い階段を三階まであがって、廊下の奥に二つあるドアの左側の前に着いた。エドゥアルドは入念に三つの錠前を外してから、ドアをあけ、先に中にはいって言った。「三週間空っぽだった。おれ、ずっときれいしてた」

確かにきれいだった——みすぼらしいが、きれいだった。まるで前の住人が神経質な野生の小動物をここで飼っていたかのように、すべての家具に、なんとなくかじったような跡があった。間取りは、J・Cが説明したとおりだったが、彼女はキッチンやバスルームがどれだけ小さいのか――浴槽はなく、シャワーだけ――電気製品がどれだけ古いのか伝えなかった。冷蔵庫のドアはあいたままだった。

「電気はとまってるんですか？」

「〈コンエド電力〉、連絡したら、電気、通してくれる」エドゥアルドが言った。「あんたのお客番号、前の住所から移すいい」

「前の住所はありません」

エドゥアルドが肩をすくめた。「〈コンエド〉、連絡しな」

L字形の部屋のバスルーム側とベッドルーム側には、それぞれ窓が一つずつあった。古くて、大きく、上下開閉型で、伸縮式金属ゲートがはまっている。ジャドスンは金属ゲートの隙間《すきま》から、五、六本の樹々の枝と、このビルディングに似たようなビルディングの裏側を見た。

「オッケイかい？」

「気に入った」ジャドスンが言った。

「また会おう」

彼は〈トップ・ボロ地所〉に戻り、賃借契約書にサインをした。その契約書には抜け穴がたくさんあるので、もっとましな部屋を見つけたら、いつでも破棄できることを、受付嬢が教えてくれた。家賃はひと月に一千七百四十二ドル五十三セントなので、すぐに三千四百八十五ドル六セントを支払うべきなのだが、彼にはすぐに支払えなかった。彼の雇い主が面倒を見てくれたことを、受付嬢が教えてくれた。頭が混乱した彼は、抜け穴だらけの契約書の写しと、一つのアパートメントにはいるための数多くの鍵《かぎ》を持って、そこを出た。

J・Cのオフィスに戻ると、彼は言った。「あそこの家賃はあなたが支払ったんですね」

「あなたには家賃のお金がないからよ」彼女が言った。「あなたの分け前から差し引いとくわ。ひと月に十パー、ヴィグは一パー」

彼には〝ヴィグ〟の意味が推測できた。「感謝します」と言った。

彼女はうなずいた。「ほかにもすることがあるの？」

「〈コンエド〉です」

「そうね。そして、小切手口座を開きなさい。現金で支払うと、信用してもらえないから」

「そうします」

「そして、どんなに遅くなってもいいから、ここへ戻ってきて、きょうの仕事をすませなさい。仕事がどんどんたまっていくのは好まないはずよ」

「ええ、好みません」

ジャドスンがオフィスに戻ったのは五時十五分前だったが、今ではアパートメントがあるし、電気も通っているし、小切手口座もある。一人前の人間になりつつあるような気がした。

J・Cのドアがあいて、彼女が出てきた。白のドレスに白のハイヒール姿がものすごく魅力的に見えた。家へ帰るところなのだ。「アンディー・ケルプに電話をしてちょうだい」と言った。「彼の番号をあなたのデスクの上に置いといたわ」

「オーケイ。感謝します」彼が得意げに言った。「ぼくにはアパートメントと小切手口座があります」

「きょうであなたは一人前の男よ」彼女はそう言ったが、オフィスを出ていくときの彼女は、自分独りでにやにや笑っているように見えた。

そのことを頭から振り払って、ジャドスンはアンディー・ケルプに電話をかけた。ケルプはすぐに応《こた》えて言った。「ハロー、ジャドスン。おまえは街に引っ越すらしいな」

「ええ、二、三日のうちに」ジャドスンが言った。というのも、あしたアパートメントの中を片づけて、週末に引っ越す予定だったからだ。

しかし、ケルプが言った。「いや、ジャドスン、今のおまえは住むところがあるのに、どうしてすぐに移ってこないんだよ？　電気は来てるのかい？」

「ちょうど〈コンエド〉から戻ってきたところです」

「いいぞ。これから、おまえのためにあることをしてやろう。おれの歓迎の印だ。おまえは仕事をすませたら、おれに電話しろ。それから、おまえの住処へ行くんだ。おれはそこでおまえと落ち合う。おまえにちょっとした訓練をしてやろう。それから、おまえとおれでヴァンを借りて、おれが運転しているあいだ、おまえはもっと練習する。おまえの荷物を持って、街に戻ってきたら、おまえはおれのためにちょっとしたことをする。それから、ヴァンを返して、おまえの新しい家へ帰り、赤ん坊みたいに眠るというわけだ」

ジャドスンがアンディー・ケルプに電話をかけて、準備完了だと知らせたのは、七時すぎだった。「これから歩いていきます。あと三十分で着くでしょう」

「タクシーで来い」ケルプが言った。

「ああ、オーケイ」

それで、彼はタクシーを拾った。これも一人前の大人の行動らしい。ケルプは歩道で彼を待っていた。大きな段ボール箱がケルプの横に立っていた。「手を貸してくれ」ケルプが言った。

その段ボール箱はキャスターつきのスーツケースの大きさがあり、かなり重かった。二人はその箱を持って、前階段をあがった。ジャドスンが正面入口のドアをあける鍵を見つけるのに、その前で待つ必要があった。そこから三階まであがるのは、肘《ひじ》が何度もぶつかって厄介だった。しかし、二人はなんとかジャドスンのアパートメントのドアの前に行き着き、彼がドアの鍵を見つけて、二人でやっと箱を中に運び込み、床に置いた。

けさ見たアパートメントと違っているところは、電気が通っていることだ。冷蔵庫のドアはまだあいていたので、室内灯の明かりや冷気をキッチンの中に放っていた。それで、ジャドスンはまずそのドアをしめた。ケルプは窓をあけるために、窓をおっている伸縮式ゲートをあける方法を考えていた。そして、そこから顔をうしろに向けながら言った。「おれの提案を言おう。エアコンを手に入れろ。もしくは、むかいのアパートメントも借りろ。交差換気というやつが必要だ」

「ぼくにはこの場所がまだわかってないんですよ」ジャドスンが言った。

「ああ、それはわかってる」ケルプが同意して、箱のほうを向いた。「さて、ちょっとした訓練を始めよう。それから、何か食べて、そして、トラックを借りよう」

ジャドスンが見ていると、ケルプは箱をあけて、暗灰色の金属箱を取り出し、暗い色の薄い敷物の上に置いた。警報器だった。タイニーが観察していたあのビルディングにあった警報器とまったく同じように見えた。「あの警報器ですね」ジャドスンが言った。

「そう、おまえがその近くまで持ちあげてもらって、いじくりたい代物《しろもの》だ」ケルプが同意した。そして、箱から柔らかい黒革の小袋を出した。それを広げると、中から工具キットが出てきた。「おれたちはもっといいことを思いついたんだ」と言った。「それに、製造会社は最後に見てから、いくつかの改良を加えたんだ」

「どうしてわかるんですか?」

ケルプは肩をすくめた。「おれは会社のウェブサイトを見た。製品を買ってくれると思ったら、会社は何でも教えてくれるもんだ。それで、研究できるように、連中の倉庫からこれを拝借してきた。使うために」そして、箱の中を手探りして、小冊子を出してきた。「オーケイ、これが取扱説明書だ。壁に取りつけたほうがいいんだが、おまえの部屋を台無しにしたくないから、床の上に置こう。おれが説明書を読むから、おまえは指示どおりにする。さてと、工具を手に取る」

ジャドスンは革の柔らかい感触を味わいながら、工具キットを手に取り、警報器の前であぐらをかいた。ケルプはソファにすわり、試しに体を上下に揺らしてみて言った。「おれの忠告だが、ベニア板を手に入れて、クッションの下に置くんだ。ここにあるおまえのバネは過去のものだ」

「オーケイ」

「オーケイ。さて、まずすることは、カヴァーの外し方の練習だ」ケルプは説明書の上に上体を屈《かが》めた。「カヴァーの四隅に四本のプラス・ネジがある」

「ええ、あります」

「次の順番でネジを外す。ほかの順番では、警報装置が鳴る」

「かなり陰険ですね」ジャドスンが感想を述べた。

「恋と盗みは手段を選ばず、だよ。順番は右上、左下、左上、右下だ。おれは何て言った？」

ジャドスンが復唱すると、ケルプが言った。「いいぞ。そのとおりにやれ」

ジャドスンは工具キットからネジまわしを選んでから、警報器の上でためらった。

「もしぼくが順番を間違ったら、ものすごい音が鳴るんですか？」

「何だって、これが？　いや、鳴らないよ。何にも接続してないんだからな。さあ、始めろ」

それで、ジャドスンは四つのネジを外してから、説明書に従って、カヴァーを外した。多くの極小コンピューター・チップに制御されているらしい非常に複雑な内部が見えた。

この時点で、ケルプは両端に鰐口《わにぐち》クリップがついた長さ六インチのかなり太いワイアをジャドスンに渡した。「電気はあの黒いボックスの左上から来ている。緑色のワイアをたどれ」

「ええ」

「ほかの末端にクリップをとめろ」

「オーケイ」

「電話線は下から来てる黒い被覆ワイアで、ボルトにはめたナットで内部機構につないである。ナットを外せ」

ジャドスンは工具キットの中にプライヤーを見つけ、ナットを外した。

「電話線を手前に曲げて、別の鰐口クリップをボルトにはさめ」

「了解」

「さて、中に赤いボタンがあるはずだ。それは手動の制御停止装置だ」

「これですね」

「それを押したら、ガレージのドアを解錠したことになる。さあ、押すんだ」

この警報器がガレージのドアにもほかのものにもつながっていないので、少し馬鹿《ばか》馬鹿《ばか》しく感じながらも、ジャドスンは赤いボタンを押した。「押しました」

「よし。さて、それを押して、カヴァーをつけると、順番を気にしなくてもいい。この時点で、警報器はつながっていないんだからな。だが、今はカヴァーをまだつけるな。その代わりに、すべてを元に戻すんだ。まったく元のままに」

ジャドスンが言われたとおりにすると、ケルプが言った。「さてと、出かける前にもう一度おさらいをしてみたいか?」

「まあ、こいつはかなり簡単ですね」ジャドスンが言った。「問題はなさそうです」

「このことをよく覚えておくんだ」ケルプが言った。「もし本物の警報器を前にして一つでも間違うと、おまえは突然大晦日《おおみそか》のタイムズ・スクエアを再現することになるぞ」

「注意すべきことは心得てますよ」ジャドスンが請け合った。

「よかった」ケルプが言った。「というのも、本番では暗闇《くらやみ》でやるんだからな」

四十丁目台のイレヴンス・アヴェニューのレンタカー屋でフォード・エコノライン・ヴァンを借り、そのヴァンの後部の床にさっきの警報器を戻し、二人はロング・アイランドへ向かった。ミッドタウン・トンネルをくぐると、ケルプは通行料金徴収所の脇《わき》に停車して言った。「うしろに乗って、もっと練習しろ」

それで、夕方が夜になるまで、ジャドスンはロング・アイランド・エクスプレスウエイで警報器を無力化させたり、作動させたりを繰り返した。そのおかげで、だんだん暗闇の中でもできるようになった。二人はそのまま、サフォーク郡にあるジャドスンの以前の自宅へ車で向かった。そこで、ジャドスンは当惑する両親にケルプを紹介した。両親は以前にジャドスンから知らされていたが、それでも理解できなかった。そのため、両親はただそこに突っ立って、七人兄弟の第三子と――だから、たいした事件ではない――そのいい加減そうな知り合いが――ケルプはロング・アイランドでいつも行儀が悪いのだ――ジャドスンの新生活で必要になりそうなものをすべて家から運び出すのをながめていた。ケルプの提案で、それにはジャドスンのシーツや枕《まくら》カヴァーも含まれていた。「家具つきでも、いろいろあるからな」ケルプが指摘した。ヴァンの後部にかなり詰め込んで、街に戻る途中で、ジャドスンは前部座席にすわった。「時間が遅ければ遅いほどいいんだ」とケルプは有名な成句を言い換えた。ミッドタウン・トンネルをくぐったのは真夜中直前だった。まず、ジャドスンの新住居へ行って、すべてのものを三階まで運びあげた。そして、多くの手が――とにかく、四本の手が――軽い仕事をすませた。

それから、午前一時すぎに、二人は車でアップタウンへ向かい、セントラル・パークを抜けてから、七十丁目台のフィフス・アヴェニューの公園側の縁石脇に車をとめた。そこで、ジャドスンをヴァンのルーフにのぼらせた。ルーフは見た目よりも湾曲していて、すべりやすかった。それでも、ジャドスンはぎゅっと強くしがみついていて、ケルプは慎重に運転した。まもなく、ヴァンはゆっくりと六十八丁目に曲がった。ケルプはいったん車をとめてから、バックで例の私有車道にはいり、ヴァンのドアがガレージのドアぎりぎりに近づいたところで停止した。

予想よりも早く走り去らなければならない場合に備えて、ケルプはヴァンの中にとどまった。ジャドスンのほうは警報器の前にひざまずき、工具キットに手を伸ばした。まわりを見まわすと、多くの窓に取り囲まれているように思えたが、どの窓も暗かった。じつのところ、ジャドスンにとってはヴァンの中の暗闇よりも、ここの街灯の照明のほうが明るかった。

準備よければ、終わりよし。やっと仕事に取りかかったときは、朝めし前の仕事だった。

40

キー・ラーゴの〈ホリデイ・イン〉では、映画《アフリカの女王》で使われた蒸気船が駐車場で保存・陳列されている。それはアメリカ大衆文化の中枢《ちゅうすう》なので、その船全体が実際にちらちらと光っているが、シェヴィーの古いおんぼろの小型トラックが国道一号線からその駐車場にはいってきた真夜中直後には、その効果は皮肉にも、それほど目立たなくなっていた。その小型トラックの助手席にはプレストン・フェアウエザーが、運転席には彼の救助者がすわっている。そこへ来るまでに、プレストンはあご紐のついた白い帽子とゴムぞうりを失《な》くしたが、まだ派手な赤のビキニ風の水泳パンツとロレックス時計は保持していた。そして、特権意識も。

「あれは売り物なんだろうか？」ボーンフィッシュ釣り師が〈アフリカの女王号〉を見ながら言った。

「そうは思わないね」

「どうして？　じゃあ、どうしてわざわざあそこに置いてあるんだ？」

「中で訊いてみろよ」プレストンが言った。「一緒に来い」

「もちろん」ボーンフィッシュ釣り師が言った。ところで、彼の名前はポルフィリオという。

二人が今まで一緒にいた時間は、ずっと楽しい時間だったわけではない。初めのうち、二人は人間とか、ボートとか、リムジンとか、諸々《もろもろ》のものに追いかけられていた。あの歩道橋がプレストンの尻をひっぱたいたあと、彼が最後にうしろを振り向いたとき、三人の追跡者はその橋の上に立っていた。そのうちの二人は彼を指さし、もう一人は携帯電話で話をしていた。そのあと、その三人は視界から消えた。

プレストンとポルフィリオの乗るボートが進む水路は、亜熱帯地方の植物と海の香りのする湿っぽい砂地が交互に現われるところを、蛇のようにあちこち曲がりくねっていた。ボートを操縦しながら、ポルフィリオが言った。「あんた、おれにその腕時計をくれたらな、おい、あんたの望む場所でおろしてやるよ」

「いや、結構だ」プレストンが言った。自分は年取っているし、太っているし、体調がひどいのに、ポルフィリオのほうはその逆だということがよくわかっている。それに、自分は指図する階級の出身で、ポルフィリオのほうは明らかにそうではないこともわかっている。この状況でプレストンに必要な武器は、傲慢《ごうまん》すぎる態度しかないように思えた。「もし、わたしがこの時点でわたしの時計をきみに渡したら」と説明した。「きみはきみの望む場所でわたしをおろすだろうよ」

「もしかしたら、おれはどっちにせよ、そうするかもしれないぞ」ときおり見せる危険なにやにや笑いを浮かべながら、ポルフィリオが威《おど》した。

「そうは思わないね、なあ、相棒」プレストンが言った。

「なあ、何だって？」

「わたしたちはいずれ妥協するだろうが」プレストンが約束した。「まだ先の話だ。わたしの考えるに、きみはここかこのへんに陸上ヴィーイクルを持っているはずだ」

「陸上何だって？」

「ヴィーイクル、自動車だ。乗用車。車輪とエンジンのついた乗り物のことだ」

「乗用車が何かぐらい知ってるぞ」ポルフィリオの顔からはすでににやけ笑いが消えていた。

「持ってるはずだ」

「小型トラックをな」不機嫌になったポルフィリオが言った。

「そこへ行こうか？」

ポルフィリオが自信を取り戻すと、にやけ笑いが戻った。「ああ、もちろんだ」と言った。「リムジンとあの男たちがいるところにな。まわれ右をして、あそこへ戻りたいのか？　そうすることもできる。ここに川幅の少し広いところがあるから、ここでＵターンできる。そうしたいのか？」

「きみはそれほどの馬鹿じゃないはずだ」激怒したプレストンはポルフィリオに向かって指を鳴らして言った。「きみの名前は何だ？」

疑り深くなったポルフィリオが言った。「何のためにおれの名前を知りたいんだ？」

「きみを〝相棒〟以外の名前で呼ぶためだ。ちなみに、わたしはプレストン・フェアウェザーだ」

「マジかよ」

「本当だ。それで、きみは……」

その釣り人は肩をすくめた。「ポルフィリオだ」

「ポルフィリオ」プレストンが呼びかけた。「あそこにいた男たちはわたしの元妻たちに雇われているんだ。あいつらはわたしにひどいことをするつもりだ」

「元妻たちだって？」にやけ笑いが満面に広がった。「たくさんいるのか？」

「この沼にいる蚊と同じくらいだ」プレストンがそう言って、前腕にいる一匹の蚊をたたき殺した。「あの女どもの略奪行為の結果……」

「あの女どもの何だって？」

「あの女どもがわたしを攻撃したんだよ、ポルフィリオ。その結果、今のわたしには水泳パンツと腕時計と目の前の救出者しかいない」

「へええ、そうかい？」

「きみは人殺しじゃないよ、ポルフィリオ」プレストンが言った。「狂暴な人間でもない」

「へええ、そう思うのかい？」

「思う」プレストンが言った。「きみはこの腕時計を奪うために、わたしに襲いかかることを考えるかもしれないと思うが、襲いかかると、自分が人殺しではないことか、そのあとにわたしがまだ生きていて、きみを犯人だと確認するかもしれないことも考慮するだろう」

「その前におれを見つけないといけないぞ」

「それはどれだけむずかしいかな、ポルフィリオ？　もし、わたしが懸賞金を提供したら、きみの釣り仲間のうち何人がきみを知っていて、喜んできみの居所を警察に知らせるだろうね」

「あんたはかなりの大口をたたいてるぞ！」ポルフィリオがどなりつけた。「露出の多いビキニ水泳パンツをはいてるだけの裸の男にしてはな」

「わたしは大物なんだぞ、ポルフィリオ」プレストンは相手の名前を頻繁に使った。相手を軽視するためと、自分が相手の名前を知っていることを思い知らせるためだ。

「わたしは本物の大物だから」と続けた。「浜辺できみに助けてもらったことを感謝するし、きみには謝礼を渡すつもりだ」

「その腕時計だ」

「そうじゃない。だが、同じように非常に素敵な物だ。それ相当の物を」

ボートはポルフィリオが示す川幅の広い場所に着いた。内陸の塩水池のようなものだ。少しの悪臭を放っていて、塩は蚊の群れの発生を阻止できないようだが、ポルフィリオはとにかくボートをとめて言った。「取引を申し出るのか？」

「ああ」

「じゃあ、早く申し出ろよ」

「きみはわたしを助けてくれる」プレストンが言った。「わたしは蚊どもに食われまくる前に、この沼から抜け出す必要がある。暗くなるまで隠れる必要がある。そのあと、態勢を取り戻すために、安全な場所に移動する必要もある」

「露出の多いビキニの水泳パンツをはいた裸のデブ男にしては、要望が多いな」

「わたしに何か着せてくれとは頼まないがね、ポルフィリオ」プレストンが言った。

「もし可能なら、そのうちに何か食べさせてくれと頼むかもしれない。だが、今のところ、わたしの要望はこの沼からわたしを連れ出してほしいということだけだ」

「ここは悪くないぞ」ポルフィリオが言った。「もっとひどいところを見たことがある」

「それを聞いて残念だよ。ポルフィリオ、どうしてわたしはこの汽水《きすい》沼にじっとすわっているのかね？」

「おれはあんたをどうしたものかと考えてるとこなんだ」

「わたしに今すぐいなくなってほしいのなら」プレストンが言った。「きみの決心を早めてやれるぞ。道路か、集落か、そんなものが見つかるまで、わたしはあっちの方向に泳いでいけばいいんだ」

　鼻を鳴らして、ポルフィリオが言った。「あんたはどこにも泳いでいかないぞ」

「どうしてだ？　覚えてないのか、わたしがきみのボートまで泳いでいったことを？」

　ポルフィリオが言った。「ええい、ちょっと待ちやがれよ、プレスキル、プレスリー……あんたのいまいましい名前は何ていったっけ？」

「プレストンだ」

「どこからそんな名前がついたんだ？」

「わたしの母親からだ。母親の旧姓だ。プレストン家は〈メイフラワー号〉にまで遡《さかのぼ》る」最後の詳細は嘘《うそ》だが、二人のあいだに階級の深い溝を掘るために必要だと感じたのだ。ポルフィリオを支配下に置いておくほうがいい。

それが効を奏したようだ。ポルフィリオは感銘を受けた表情を見せないように、かなり懸命に努めた。「〈メイフラワー号〉だって？　何だい、それは？」

「ただの船だ。これよりも少し大きい船だ。ポルフィリオ、わたしを助けてくれるのかね、それとも、わたしは泳いでいったほうがいいのかね？」

「少し考えさせてくれ」ポルフィリオが言った。「おれの小型トラックは、おれたちが初めにいたところにある。それで、おれが考えるに、その途中まで戻ると、そこに小道がある。おれはそこにボートをつなぎ、初めの場所まで歩いて戻って、あの男たちがまだそこにいるのかどうか確かめて、あんたを小型トラックに乗せる方法を考える。それでいいか？」

「いい考えのようだ」プレストンが言った。

そういうわけで、ポルフィリオはボートで半円を描いて、初めの入り江の近くまで戻った。それから、ボートを左方向へ向けると、砂地に乗りあげて言った。「できるだけ早く戻ってくるぞ」

ポルフィリオが船外モーターのイグニション・キーを持ち去ったので、プレストンは残念に思った。ポルフィリオが船首のほうへ移動できるように、プレストンは船縁《ふなべり》に寄った。陸地にあがると、ポルフィリオはボートのロープを木の根につないで言った。「体を低くしてろよ」そして、立ち去った。

もちろん、ポルフィリオが何を考えているのか、プレストンにはわかっていた。ポルフィリオはリムジンの三人組を捜して、プレストンの身柄を渡したら、もっとまな取引ができるかどうか確かめてみるつもりなのだ。ポルフィリオが鍵さえ残していてくれたなら、プレストンはこのボートを盗んで、自分一人でここから逃げ出せるのに。

裏切られた気分と空気中に飛び交っている多くの蚊という二つの原因が重なった。プレストンはボートの船縁をまたいで、上流のほうへ泳ぎ、歩道橋と入り江から遠ざかった。水はやっと胸に届くほどの深さだが、歩くより泳ぐほうが進みやすかった。

湾曲部に着いて、ボートが見えなくなると、川岸の上で緑の枝葉が低く垂れ下がっている地点を見つけた。そこの川底がゆるやかに深くなっているので、頭部だけを水面の上に出し、体のほとんどを水の中に沈めたまま横たわると、腐葉土と思いたいもの上で休むことができる。彼の頭には寄り道をする値打ちがあると、あまりにも多すぎる蚊が見なしたので、彼は頭を泥でおおった。ましになった。すると、まったく予期せぬことに、眠りに落ちた。

「プレスコット！　畜生め、プレスコット！　いったいどこにいるんだ？」

プレストンは驚いて目を覚まし、あわてふためいて、塩水を呑《の》み込んでしまった。乾いた泥で頭がかゆくなった。起きあがると、多くの枝が彼の体を引っ掻《か》いたので、大声をあげた。「いてっ！　いて！　いててて！」

「プレスコットか？　あんたか？」

真っ暗だった。彼は泥の上にすわったまま、生温《なまぬる》い水に腋《わき》の下まで浸《つ》かっていた。記憶が戻ってきて、人の声が確認できるようになった。

「ポルフィリオ！　ここだ！」

「いったいどこなんだ？」

「ライトはないのか？　わたしの声をたどれないのか？」

すると、船外モーターのパタパタという音のあとに、暗闇の中からさらに色が暗くて黒い物体が現われ、ポルフィリオの声がさらに大きくなり、尋ねた。「プレスコット、そこにいるのはあんたか？」

「名前はプレストンだ。ああ。待て、立たせてくれ。いや、ボートにつかまる必要がある。そうだ、いいぞ、どこだ？　このボートをじっと押さえておいてくれ」

「いまいましいボートに早く乗れよ、プレスコット」

プレストンはなんとかボートに乗れた。優雅に乗ったわけではない。ポルフィリオはすぐにそこからボートを走らせた。プレストンは見ようとしたが、何も見えなかった。体じゅうがかゆい。彼が言った。「どこへ行くんだ？」

「おれのヴィーヒックルをとめたところだ。そこへ着いたら話そう。今は黙ってろ。それに、頭を低くしろ」

もう一度、歩道橋がプレストンに歓迎の平手打ちを食らわせた。そのあと、入り江に出ると、もう誰もいなかった。釣り人はいないし、リムジンもないし、シガレット・ボートもない。ポルフィリオはボートで入り江を横切り、陸地の先をまわった。反対側に出ると、いくつかの薄暗いライトが見えた。赤と緑と白のライトだ。そこでは、ぐらぐらする古い木製の埠頭《ふとう》の先端まで、ポルフィリオのボートと同じような、ほかのボートがたくさんチェーンでつながれていた。

ポルフィリオは自分自身の停泊スペースを持っているようだった。そこへまっすぐ向かい、スペースにとめた。船首が埠頭に当たると、ポルフィリオが言った。「そこをつかめ。そこをよじのぼれるか？　ロープが見えるか、足元にあるやつが？　ロープの端を持って、あがれ」

プレストンはそのとおりに従った。一瞬、逃げようかと思った。埠頭はまわりの薄暗いライトで充分に照らされていた。だから、死ぬことはないだろう。だが、どうしてだ？　もし忠実なサンチョ・パンサがそばにいるなら、しっかりとつかんでおけ。

それで、プレストンはロープをしっかりとつかんだ。ポルフィリオはモーターを切ると、埠頭にあがり、ほかのボートのように自分のボートもチェーンでつないで言った。「おれのヴィーヒックルはこっちのほうだ」やれやれ、これからはこの〝ヴィーヒックル〟が冗談のネタになるのだろう。

一緒に歩いていると、プレストンは手渡すつもりのないロレックス時計を見た。この時間帯では、十時十三分だ。なんてことだ、二時間も眠っていたにちがいない。しかも、塩水の中で、蚊の大群に囲まれながら。体じゅうがヘチマたわしになったような手触りだ。

そして、空腹を覚えた。あれやこれやで、いろんな出来事のせいで、少しの時間のあいだ自分の体を維持する必要性について考えている余裕がなかったが、今になって突然、朝食のあとから何も食べていないことを思い出した。飢え死にしそうだ。

「ポルフィリオ」埠頭の端へ向かって歩いているときに、プレストンが言った。「まず、わたしに必要なのは食べ物だ。わたしはレストランにはいれない。こんな格好では無理だが、どっかにハンバーガー屋が見つかるはずだ」

「どうやってあんたは立て替えるんだ？」

「もちろん、きみが支払って、わたしがあとで返済するから」

「おれたちはその返済について話し合う必要があるな」ポルフィリオが冷酷な声を出そうと努めながら言った。「こっちだ」

地面は石ころだらけで、裸足《はだし》にはやさしくなかった。片足で跳ねながら、プレストンが言った。「どうしてそんなに長くかかったんだ？　二時間もかかってたぞ、ポルフィリオ」

「あいつら、おれをあのボートに引っ張り込みやがったんだ」その記憶が普段の不快さよりもひどかったかのように、彼は苦々しそうだった。「あいつら、あんたのことをすべて知りたがった」

「シガレット・ボートか？」

「ああ、あの麻薬密輸用ボートだ。ほらっ、これだ。乗れ。このいまいましい車には鍵をかけないんだ」

プレストンでも鍵をかけないだろう。助手席側のドアはあけるときに軋《きし》る音を大きく立て、しめるときもまた大きな音を立てる。

「食べ物だ、ポルフィリオ」プレストンが思い出させた。

「わかってるよ」喘息《ぜんそく》を患《わずら》っているようなエンジンをスタートさせると、ポルフィリオが言った。「何も持ち合わせてない男にしては、クソみたいに威張りくさってるな」

「わたしはただ非常に空腹なだけだ。あいつらはどうしてきみをあのボートに引っ張り込んだんだね?」

そこはある種の駐車場だった。そこから出るときに、ヘッドライトがフロリダ州南部の醜い低木林をなめまわした。ポルフィリオが言った。「おれがあんたをどこでおろしたのかとか、あんたがおれに何を言ったのかとか、いろいろとクソみたいなことを知りたがった。あんたがボートにいないので、あいつら、マジで腹を立てたんだぜ」

すると、このくさった男は予想したとおり、本当にプレストンを売ろうとしたわけだ。「すると、おまえはあいつらをボートに連れていったわけだな?」プレストンは怒りをぶちまけた。

「そうするしか、仕方がなかったんだ。あいつら、おれを威しやがった。おれが大声で話してたのが聞こえただろ？　それで、あんたはボートから逃げたんだ」

「違うぞ、ポルフィリオ。おまえが大声で話す声を聞いてはいないぞ」

「でも、おれは大声を出したんだ」ポルフィリオがまた不機嫌な声で言った。「あんたに警告するためにね。くそっ、畜生め。あいつら、おれの腎臓《じんぞう》にパンチを食らわせやがったんだぞ」

いい気味だ。プレストンはそう思ったが、口には出さなかった。じつのところ、しばらく何も言わないことに決めた。二人を乗せたトラックはまともな道路に出ると、右に曲がった。南方向だ。車の流れは少なかった。トラックは店舗《てんぽ》やマリーナ、ガソリン・スタンドの前を走った。そのすべてがしまっていた。ガソリン・スタンドでさえも。やがて、対向車線の前方に、〈バーガー・キング〉が見えた。明るいライトがついているが、客の入りはまばらだった。

「〈バーガー・キング〉だ！　あそこだ！」

「あのいまいましい店がおれにも見えるよ。あそこに向かってたんだから」

トラックがその店の前でとまると、プレストンが言った。「わたしはここで待っている。ハンバーガーがほしい」

「さっきもそう言ってたよ」

「それに、コカ・コーラ」

「いや、ハンバーガーとフライド・ポテトもほしいのか？　デザートもほしいのか？」

「フライド・ポテトだって。ええい、まったく」

ポルフィリオはおりるときに、ドアをばたんとしめたが、ハンバーガーとコカ・コーラとフライド・ポテトを自分用の同じような品揃《しなぞろ》えと一緒に持って戻ってきた。

プレストンがファストフードのハンバーガーを摂取するのは、生まれてはじめてだった。そのうちに元妻たちにはこの代金も支払ってもらおう。食べ物を頬張りながら、彼が言った。「この次に用があるのは、〈ホリデイ・イン〉だ」

「〈ホリデイ・イン〉だって？　どうして〈ホリデイ・イン〉なんだよ？　このへんにはほかの場所がたくさんあるぞ」

「ホテル・チェーンが必要なんだ」プレストンが説明した。「わたしの身元を証明してくれるほど大規模なコンピューター・システムを所有している大企業が必要なんだ。〈ホリデイ・イン〉はどこで見つかるんだ？」

「わからんよ、なあ。キー・ウェストにそんなもんがあるかもしれない」

プレストンはハンバーガーをさらに口に入れたまま、しゃべった。「わたしはキー・ウエストに行かないほうがいいだろう」と言った。「あいつらはたぶんそこでわたしを捜しているだろう。通過する車の中を街灯の明かりでのぞいたりして。キー・ウェストの街は小さすぎるし、照明は明るすぎる。ポルフィリオ、このへんのどこかに〈ホリデイ・イン〉があるはずだ」

「キー・ラーゴに一軒あるのを知ってるな」ポルフィリオが言った。「だが、ここから八十マイルも先だ。フロリダ・キーズの北の端にある」

「完璧《かんぺき》だ」プレストンが言った。やがて、プレストンとポルフィリオはキー・ラーゴの〈ホリデイ・イン〉に足を踏み入れた。気温は華氏九十度（摂氏三十二度）だったので、ジャケット姿の若いフロント係はビキニ・ボトム姿の太った男がボーンフィッシュ釣り師と一緒にはいってくるのを見ても、全然驚かなかった。

「紳士方、何かご用ですか？」

「わたしは何の身分証明書も持ち合わせていないし」プレストンは話し始めた。「現金もないが、部屋を確保したいのだ」

その若者の笑みは哀れみのそれだった。「失礼ですが……」

「ちょっと待ってくれ。紙とペンをくれ、頼む」

いつもどおり、下層階級の人間は好むと好まざるとに関わらず、プレストンの命令に従う。プレストンは紙とペンをつかんで、大きなブロック体で自分の名前を書き、若者に言った。「わたしをググってみてくれ」

「何のことでしょうか?」

「きみのコンピューターだ」プレストンはそう言うと、若者がその存在を忘れた場合を考えて、コンピューターを指さした。「グーグルで画像検索のページへ行き、わたしの名前を打ち込んでくれ。すると、長年のあいだ多くのニュース記事や社交記事に載ったわたしの写真が見つかるだろう。そのすべてが今よりも人前に出られるような服装をしているが、すべて明らかにわたしの顔だ。やってみてくれ」

若者は肩をすくめた。「いいでしょう」

彼がコンピューターのほうを向くと、ポルフィリオがしぶしぶプレストンを称賛の目で見た。「あんたはたいしたやつだぜ、おい」と言った。

「もちろんだ」

「オーケイ」若者が言った。「確かにあなたです。でも、わからないんですが……」

「黙ってくれ」プレストンが言った。驚いた若者が体を強張《こわば》らせて黙ると、プレストンがさらに続けた。「わたしがここに来た理由は、令状送達吏がわたしを待ち伏せようとしていたからだ。ここにいる紳士のポルフィリオはわたしを助けてくれて、わたしはとても感謝しているし……」

「それだけじゃない」ポルフィリオが言った。

「もちろんだ」プレストンは若者のほうに振り返った。「わたしは部屋を必要としている。わたしはカリブ海にいる同僚に電話をかけて、朝一番にここまで飛行機で来るように指示する必要がある。もちろん、料金向こう払いで電話する。その同僚はわたしの財布や衣服や残りの荷物を持ってくる。そのあいだ、わたしは隠れていないといけない。あの連中はまだわたしを捜してるんだ」

「本当だぜ、おい」ポルフィリオが若者に言った。「それに、あいつらはたちの悪いくそったれ野郎どもだぜ、本当によ」

「わたしをチェックインさせてくれ」プレストンが言った。「同僚の名前でだ。わたしが名前をここに書く」そして、自分の名前の下に〝アラン・ピンクルトン〟と書いて言った。「あす、同僚がここに着いたら、すべてが問題なく解決する」

「でも、わたしにそんなことが……」

「お若いの」プレストンが言った。「わたしはきみを雇っている会社の理事たちの数人をたまたまよく知ってるんだ。もしきみがアメリカの会社でまた働きたいという希望を捨てたいのなら、わたしを夜の暗い通りに放り出せばいい。わたしはほかのところで助けを見つけるだろうが、きみのほうは見つけることができないだろうよ。わたしを信じたほうがいいぞ」

「この男は」ポルフィリオが若者に言った。「あのほかのやつらと同じように残酷だぞ」

心が傷ついたような声で、若者が言った。「わたしを威す必要はありませんよ」

「それを聞いて嬉《うれ》しいよ」

「あなたはあなた自身がおっしゃるとおりの方だとはわかっていますし、何らかのトラブルを抱えておられることもわかっていますので、ここであなたをお助けすることにしようと思います。お二人とも宿泊なさいますか？」

プレストンとポルフィリオが同時に大声で、「しない！」と言った。そして、プレストンが言った。「だが、ポルフィリオが帰る前に、彼が協力してくれた謝礼金を支払わなければならない」

「心配してたところだよ」ポルフィリオが言った。「あんたがいつその話をするのかと」

「それに」ポルフィリオに意地の悪い笑みを見せつけながら、プレストンが言った。

「彼はあの連中をボートに連れてくるときに、大声を出してくれたし」

「あんたの命を助けたんだぜ、おい」

その笑みを若者のほうへ向けて、プレストンが言った。「ポルフィリオに現金で百ドルやってくれ。それをわたしの請求書に書き加えてくれ」

激昂《げっこう》したポルフィリオが叫んだ。「百ドルだって？　おれはあんたをあの連中から助けてやったんだぞ、おい！　あんたをここまでずっと車で送ってやったんだぞ。ハンバーガーとフライド・ポテトとコカ・コーラを買ってやったんだぞ！　あんたを海から引き揚げてやったんだぞ、おい！」

若者はプレストンに言った。「この人は本当にそんなことまでしたんですか？」

「実際にそのとおりだ」プレストンが言った。

現金レジスターの引き出しをあけて、若者が言った。「あなたの請求書に五百ドルを書き加えておきますよ、お客さま」そして、ポルフィリオの前にあるフロント・デスクの上で紙幣を数え始めた。

ポルフィリオは現金に満面のにやにや笑いを向けて言った。「よくなったぞ。そうこなくっちゃな」そして、現金をすくいあげて、プレストンに意地の悪い笑みを露骨に返して言った。「ありがとよ。なあ、相棒」

41

もしその必要さえあれば、スタン・マーチは現実の地下鉄に乗ることを拒んだりはしない。そういうわけで、木曜日の午前二時十五分に、カジュアルだが黒っぽい服装のスタンは、地下室から一階まであがって、家を出た。

その区画全体が長家建て住宅で、すべての家がつながっていて、すべて同じ造りだ。二世帯用、二階建て、レンガ造り。二階のアパートメントに続く屋外階段の横に地下の一台用ガレージに続くコンクリート敷きの私有車道がある。マーチのママが所有している一軒（スタンはただの下宿人だ）のように、大部分の家では、四・五部屋の二階アパートメントを収入のために貸し出し、所有者の家族は三・五部屋の一階アパートメントに住んでいて、裏庭に続く地下室を家族部屋か娯楽室と呼んでいるが、スタンは自分のベッドルームと呼ぶ。彼はそこを出て、一階にあがった。キッチンでは一つの常夜灯がついていた。彼のママはニューヨーク・シティーで営業許可証を持つタクシー運転手として、その日一日の激昂のために疲れ果て、ずっと前にベッドに就いていた。

静かに、彼は家を出た。その家はブルックリン区の東九十九丁目にあり、ロッカウエイ・パークウエイの近くで、ロッカウェイ・パークウェイ駅のすぐ近くにあった。その駅は公式にはL列車と呼ばれるカナーシー線の終点で、そこからマンハッタン区のエイス・アヴェニューの西十四丁目まで続く。

その駅は終点なので、普段は駅に列車がとまっている。ドアはあいていて、出発を待っている。今はそういう時間帯だ。その車輛に乗ったのは四人目の乗客で、ほかの乗客はお互いから遠く離れてすわっている。座席に《デイリー・ニューズ》を見つけると、その横にすわって、その新聞を読み始めた。そして、一時間四十分後に、別の地下鉄をレクシントン・アヴェニューの六十八丁目でおりた。

彼の地下鉄に対する唯一《ゆいいつ》の不満は、自分に都合のよい経路が選べないことだ。その一方で、目的地に着いたとき、駐車場所に頭を悩ます必要がない。

フィフス・アヴェニューまで歩いていくと、街は静かだった。空車タクシーの数人の運転手は、期待のこもった目で彼を見た。二、三人の歩行者が緊張感のある目で彼を見たが、それを除けば、街を独り占めできた。

計画では、このガレージのドアはこの時間に解錠され、警報器も作動しないはずだ。ただドアのハンドルを捻《ひね》って、持ちあげるだけでよい。そのとおりにすると、ドアが持ちあがったが、重たいので、両手を使う必要があった。電動モーターとリモートコントロールで開閉する機能なので、そのかなりの重量があることについてはあまり考慮されていなかったのだ。

ところが、ドアを持ちあげ始めると、ガレージ内のライトがすぐについたので、腰の高さまで持ちあげてから、その下をくぐり抜けて、そっと慎重にドアをおろした。するとそれがあったのだ。最近のBMWの1シリーズで、色はバンカー・ブラック。薄い灰色の埃《ほこり》が全体を毛皮のようにおおっている。ドアに一番近い後部から始めて、スタンはその車をゆっくりと目視で点検した。そのパール・グレイのレザー・シートやイグニションに刺さったままのキーを確認し、とくにGPSがないことを確認した。

ほかに何があるんだ? 金属ドアがガレージの右側にあって、車の助手席のほうに面していた。そのドアには小さな長方形の窓がついている。そのドアのむこうに金属製の棚があり、そのむこうの隅には金属製のロッカーがしまったまま立っていた。スタンはまずドアに目を向けたが、小さな窓のむこうには暗闇しか見えなかった。

エレヴェーターだろうか？　試しに、ドアのハンドルを引いてみると、ドアがあいた。うん、確かにエレヴェーターだ。エレヴェーターがこの階にとまっていて、ドアがあくと、すぐに内部のライトがついた。

小さなエレヴェーターだが、奥に赤いクッションを置いた肘《ひじ》かけなしの木製椅子《いす》や、天井に柔らかい間接照明、壁にフロック加工した壁紙があり、豪勢だった。かなり立派だ。

次は棚だ。車の掃除や整備に必要な道具が置いてあった。シャモアクロスもあった。いいぞ。車をそこから出す前に、それで車を掃除できる。一つの棚の上にガレージのドア用のリモコンがあった。スペアだ。それをBMWの助手席に放り投げた。

ロッカーは施錠《せじょう》されていなくて、運転手用のユニフォームしかはいっていなかった。一カ所にあまりにも長く吊《つ》るされたスーツと同じように、使い古された印象を与えている。

スタンはロッカーをしめて、シャモアに手を伸ばした。そのとき、ガレージ内のライトが消えた。

そうか、タイマーが働いたんだな。幸いなことに、エレヴェーター内のライトがまだついていて、窓のむこうできらめいている。その明かりで、スタンはガレージのドアのほうへ向かい、またガレージ内のライトがつくように、ほんの少し持ちあげた。

よし、点検はもう充分だ。帰る準備をしよう。シャモアクロスをつかむと、きびきびと車体をこすって、灰色の埃を拭《ふ》き取り、車を光の下で輝かせてやった。拭いているあいだに、エレヴェーター内のライトが消えたが、構わない。

最後に後部バンパーをシャモアで拭いてみると、ガレージ内のライトがまた消えた。今度はドアをずっと上まで持ちあげてから、BMWの運転席にすわり、キーを捻ると、エンジンが咳《せ》き込んだが、すぐにかかった。長いあいだ車は運転されていないので、エンジンの音は耳障《みみざわ》りだったが、走り出す準備はできていた。

スタンはバックで車を歩道に出すと、停車して、車をおり、ガレージのドアを手でしめた。ドアを開閉する電動モーターはこの静かな夜にはうるさすぎるからだ。

夜中のこの時間なら、もっとも速く家へ帰れるだろう。FDRドライヴにはいり、ブルックリン・バッテリー・トンネルを抜けて、ベルト・パークウェイにはいり、ブルックリンの縁を走って、カナーシーへ行く。ほかに車は走っていないし、迂回《うかい》もないので、マンハッタン橋とフラットブッシュ・アヴェニューを通っていくよりもずっと速い。残念ながら、日中はそううまくはいかない。

だが、今は本当にそうだ。ついに、自分の家の前でBMWをおりて、玄関ドアを解錠し、室内ドアからガレージにはいると、ママのタクシーをバックで通りに出した。そして、ＢＭＷをガレージに入れ、ガレージのドアをしめ、鼻先をガレージのドアに寄せたまま、タクシーを私有車道にとめた。

スタンはまた家の中にはいると、キッチンのテーブルの上にタクシーのキーを置き、ビールを飲んで、ベッドに就いた。素敵な車だ。マックスにはもったいないぐらいだ。

42

真夜中直後に、プレストンが電話をかけてきて、不安な眠りから起こした瞬間から、アランはこの八月十九日、木曜日が生まれて以来一番不快な日であり、一番長い日でもあると思った。部分的には、その日の大半を旅行に費やしたからだ。〝旅行〟という言葉自体に通常の苛立《いらだ》ちという意味が内在しているほか、余計な不快感がたくさん詰まっている。この特定の旅行には予見できない性質と異常性の両方が備わっているからだ。異常性というのは、例えば、まず最初に、平日に〈地中海クラブ〉を去ることとか。

水曜日の夜、アランはいつもより早くベッドに就いた。プレストンの謎《なぞ》めいた失踪《しっそう》のあと、話しかける人間がいなかったし、じつのところ、プレストンの謎めいた失踪について、自分以外に話しかける人間がいなかったからだ。それなら、暗闇のベッドの中で、パメラ・ブラサードという肚黒《はらぐろ》い人物についてくよくよ考えたほうがいいだろう。そして、パメラがプレストンにしたかもしれない誘惑的なことについても考えていると、ついに断続的な眠りに落ちたが、あの爆竹のような電話のベルでたたき起こされたのだ。

「わたしが誰かわかってるはずだ」

「何だって？　何なんだ？」

「なんてこった、アラン、眠ってしまったのかね？　わたしがどこにいるのか、わからないというのに？　自分のことをなんという雇われ話し相手だと思ってるんだね？」

「雇われ話し相手になるのは簡単じゃありませんよ」そのときにはもうはっきりと目覚めていたアランが言った。「話す相手が行方不明だとね。とにかく、あなたは自分が今どこにいるのかわかってますね」

「キー・ラーゴにある〈ホリデイ・イン〉だ」

冗談なのか？　プレストンがそんな冗談を言うだろうか？　「一軒ぐらいあるでしょうね」アランが疑り深そうに言った。

「何もかも必要だ」プレストンが続けた。「わたしは水泳パンツだけの格好でここに立ってるんだ」

「フロリダで？　プレストン、あなたは泳いで……ああ、なんてことだ、あの女がセーリングに誘ったんでしょ！」

「ああ、誘ったんだ、あのアマめ！　あの島にもし警官がいるならな、アラン、あの女を逮捕してもらいたい。今すぐに、誘拐容疑で。それに……」

「あの女はいなくなりました」

「どういう意味だ、いなくなったとは？　どうしていなくなれるんだ？」

「あの女の母親が亡《な》くなったという電子メールを、ここのリゾート事務所が受け取ったんです。突然に」

「ずっと昔に死んだんだろうな」プレストンが冷淡に言った。「パムを生んでしまったというショックのせいで」

「あのあなたの元奥さんへリーンの兄ヒューバートの下で働いています」

「あうあうあう！」

「そのとおりです。あなたは誘拐犯から逃げ出したんですか？　そういうことなんですか？」

「どういうことかと言うとだな、アラン、わたしは何も持たずにここにいるということだ。身分証明書なし、クレジットカードなし、衣服なし。わたしはまるでディケンズの小説に出てくる孤児みたいだ」

「いや、それほどでは」

「でも、よく似ているぞ。アラン、わたしの所持品をすべて荷作りしてほしいんだ。すべてだぞ」

「戻ってこないんですか？」

「あいつらがわたしを捜してるんだ、アラン。あいつらはわたしに令状を突きつけたいんだ。わたしが国外へ逃げる可能性のあるルートを見張ってる。いや、もっといい考えが浮かんだぞ。そこをチェックアウトするな。でも、人類が知る限りでもっとも速くて、すぐに来られる交通手段でここへ来てくれ」

「何のことだかわかる気がします」

「わたしの所持品すべてを持ってきてくれ。そして、きみの所持品すべても持ってくるんだ。だが、チェックアウトはするな」

「了解しました」

「わたしはここできみを待っている。わたしはきみの名義でここに泊まっているんだ。きみはここで何という名前を使いたいかね？」

「プレストン、ぼくはむしろ自分の名前を使いたいですね」

「言っただろ。わたしが使ってるんだから。ここにいる若者、フロント係だが、彼に秘密を明かして……」

「ええ、ええ」

送話口から離れたところから、プレストンの声が聞こえた。「ところで、きみの名前は？　デュエインか？　なかなかいいな。きみにはよくしてもらったので、謝礼金を出すよ、デュエイン。ポルフィリオのときほど気前よくとはいかないが、それ相応の額だ」

アランは無視されたように感じて言った。「プレストン？」

電話口に戻って、プレストンが言った。「デュエインはわたしをチェックインさせるときに、わたし自身の名前でない何らかの名前が必要だったんだ。それで、きみの名前を教えた」

「なるほど」

「それで、きみも変名を持つ必要があるわけだ。さあ、アラン、時間も遅い。わたしはここの自分の新しい部屋へ行って、温かいシャワーを長く浴び、暖かいベッドで長いあいだ眠りたい。早くしろよ、アラン、誰になりたいんだ？」

「デュエイン」アランが言った。「スミス」

「相変わらずのコメディアンだな。ここに着いたら、わたしが見つかるだろうよ、アラン。わたしの部屋で、裸に近い姿でな」

見たい光景ではなかったが、アランはそういうものを見慣れている。「できるだけ早く行きます」と約束して、電話を切った。

しかし、本人が望むほど早くは行けないものだ。アランは服を着て、歯を磨き、事務所に出向いた。そこで勤務している若い女性は、その時間に宿泊客の一人と会話を交わすことなど信じられなかった。深夜勤務に事務所に独りでいることは、彼女にとって、独りきりで女性好みの大衆小説のペイパーバック本に囲まれることを意味する。それぞれの表紙の写真は、頰っぺたをひっぱたいてやりたいほどに自信ありげで生意気な若い女性に焦点が当たっていた。

この深夜勤務の女性も表紙の女性によく似ていた。夜中の一時近くに、不安な眠りだけではなく、無礼にも妨害された眠りのあと、辛抱強く努めようと、アランが言った。「ぼくはチェックアウトするんじゃないんだが、数日のあいだ出かけないといけないんだ。飛行機で、マイアミ行きの」

「承知しました」彼女が言った。その目は背後のテーブルに散らかったペイパーバック本のほうへふらふらと移った。

「手配してくれ」彼が言った。

彼女は彼の顔を見て、目をしばたたいた。ゆっくりと。「チェックアウトなさりたいんですか？　この時間に？」

「ぼくはチェックアウトなどしたくない。部屋代を支払い続けるが、数日のあいだ出かけなければならないんだ。さっき話したように、飛行機で。マイアミ行きの」

「承知しました」彼女が言った。

話が堂々巡りになると感じ取って、アランが言った。「マイアミ行きの次の便はいつ出発だい？」

「土曜日に一便ございます」

「いや、違うんだ」彼が言った。「きょうの便だ。けさ出発する。できるだけ早く」

「土曜日の便しか存じませんが」

「ある女性が昨日ここを発《た》った」アランが指摘した。「家族の不幸があってね。彼女は両腕を動かしてアメリカまで泳いでいったわけではない。飛行機の便があったはずだ」

「マイアミ行きはありません」彼女が言った。

「じゃあ、どこ行きだい？」

「わかりません」洗面タオルのように顔にしわを寄せて、彼女が言った。「ミズ・ブラサードがどこへ行かれたのか、お知りになりたいんですか？」

「知りたくない。この島には空港がある。毎日飛行機が出発している。それはどこへ行くんだい？」

「ほかの島だと思います」

「そこのデスクに飛行便スケジュール表があるかい？　そういったものが？」

「もちろんです」彼女が言った。「ご覧になりたいですか？　どの航空会社ですか？」

「すべての航空会社だ。空を飛ぶものすべてのスケジュール表だ」

ついに、彼女は四つの航空会社のスケジュール表を持ってきた。どの航空会社もアランは聞いたこともなかったし、彼女が言うように、すべての便がハチドリのように、島々をただ飛びまわっているだけだった。しかし、一便あった。水曜日と木曜日と金曜日と土曜日の午前七時三十分に、プエルトリコのサンフアンに飛ぶ便だ。プエルトリコからなら、マイアミに行くことは可能ではないだろうか？

「では」アランが女性向き小説愛読家の若い女性に提案した。「八〇〇で始まるフリーダイアルに電話してみよう」

「電話をおかけになりたいですか？　どうぞ」

それで、彼は電話をかけた。すると、相手のアクセントから察するに、ケンタッキー州かバングラデシュ出身の女性が応《こた》えた。彼は今どこにいるのか、どこへ行きたいのか説明した。相手の女性は必要な予約をしてくれることに同意した。彼がすべきことは、飛行便の出発時刻の六十分前に、クレジットカードを持って、地元の飛行場に姿を現わすことだ。そこでは、マイアミまで行く搭乗券が待っているという。

「ありがとう」彼は電話口で言って、五時四十五分にモーニング・コールをかけるようにその愛読家に頼んだ。

太陽が起きるのと同じ時刻に、旅に出る問題点はたくさんあり、複雑だった。まず、アランはプレストンのバンガローにはいる鍵《かぎ》を持っていなくて、プレストンの所有物を荷作りするためにプレストンのバンガローのドアをあけるようにと、ベルボーイを納得させるのは容易なことではなかった。アランがプレストンをただ知っているだけではなく、プレストンが数年ものあいだここでのアランの経費を支払っていることをベルボーイが確認したあとで、やっとアランは入室を許可された。

そして、荷物の問題がある。アランは身軽に旅行をしないが、彼に比べると、プレストンのほうは王様級だ。呼んだタクシーは、バッグでいっぱいになり、アランはバッグに囲まれて、なんとかその隙間《すきま》に体を押し込んだ。小さな地元空港では、熱帯地方のあらゆる空港ターミナルでよく見受ける浮浪者たちの娯楽の原因となった。

それに、航空会社は最終目的地までの荷物のチェックインをさせてくれない。その時点で、アランはアメリカ国内にいないので、彼とたくさんの荷物はサンフアンで再会して、税関と移民局を通過することになる。

「あとで会おう」と彼はコンベア・ベルトで運ばれていく偵察隊のように並んだたくさんの荷物に呼びかけた。そして、一機目の飛行機に搭乗するのを待っているあいだ、まずいコーヒーとさらにまずいドーナツを口に入れた。

一機目の飛行機はかなり小さかったが、かなり混んでいた。全員が島民たちで、その多くが空の上でピクニックを楽しむために食べ物を入れたバスケットを持ち込んでいた。その食べ物はにおいを放ち、そのにおいもいろいろで、大半はかぐわしいものではなかった。それに、その飛行機は空を飛んでいるのに、洗濯板のような轍《わだち》ができたどこかの裏道を走る音を非常にリアルに模倣していた。ガタン、ゴトン、ガタン、ゴトン。プエルトリコの風景が見えたときには嬉しかった。

連邦捜査局が固執する密輸人やテロリストなどの歓迎されざるべき人物たちとして思い描く搭乗客の人物像がどうであれ、それには馬鹿馬鹿《ばかばか》しいほど多くの高価な旅行鞄《かばん》を持っている人物を警戒せよという指令が含まれているはずだ。というのも、アランはあまりにもたくさんの所持品検査と尋問を受けたので、もう少しで次の便に乗り遅れるところだったからだ。大声をあげたり、彼がもともと毛嫌いする類《たぐ》いの横柄《おうへい》な金持ち野郎のように振る舞ったりすることで、なんとか通過できた。

プエルトリコ発マイアミ行きの十時四十五分の飛行機はずっとましだった。大部分は、ファーストクラスのセクションが機内前部にあるからで、アランはそのセクションに問題なくすわれた。とにかく、プレストンの金で旅をしているので、けちけちする必要はない。

それに、昼食前に(とくに睡眠不足のときには)飲酒することは信条としていないのだが、飛行機が離陸すると、無料提供のブラディー・メリーをなぜか自制することができなかった。彼の隣にすわった乗客はスーツとネクタイ姿の大柄な高齢男性で、飛行中にトム・クランシーのハードカヴァー版小説を読みながら、ずっとうなずいていた。つまり、同意のうなずきであって、眠気のうなずきではない。

アランはブラディー・メリーをすすりながら、あの真夜中の電話以来初めて、笑みを浮かべた。後部のエコノミークラスでは、搭乗客たちがおそらく焚火《たきび》の上で山羊《やぎ》を丸焼きにしているかもしれないし、たぶんそうしているのだろう。しかし、ハードカヴァー版のスリラー小説の愛読者たちに囲まれた人生は素晴らしい。

快適さとウォッカのおかげで、まもなくアランは黙想にふけった。大半は自分の将来について黙想した。プレストン・フェアウェザーの付き添い人としての仕事は、ほとんど仕事と呼べないもので、非常に楽しくて、報酬も悪くないが、もう終わりに近づいているのだろうか？ パメラ・ブラサードは卑劣な方法でプレストンの人生だけではなく、アランの人生をも混乱させたのだろうか？ アランは自分のことを不可欠な人間だとは見なしていないので、もしプレストンの計画が〈地中海クラブ〉へ帰ることも含んでいなければ、アランのことも含んでいないと考えられる。自分はご機嫌取りになるために別の裕福な威張り屋を確実に見つけられるが――そのことを心配しているのではない――次の威張り屋は思慮がなくて太った、からかい好きのプレストン・フェアウェザーのように楽しいやつなのだろうか？

その便はマイアミに一時二十分に到着する予定で、ほとんど予定どおりだった。そこで、厳密にどれだけ多くの荷物を運んでいるのか実感した。三台の台車に山盛りだ。そのために、手荷物受取所からレンタカー事務所の列までの移動は極端に長引いた。彼は一台の台車を廊下の先にある曲り角か出入口まで押してから、そこにとめておき、A地点まで戻ると、二台目の台車を廊下の先まで押して、一台目の横にとめておき、

A地点まで戻り、三台目の台車を廊下の先まで押して、同じことを繰り返した。それが終わると、選択したレンタカー事務所の窓口でラッシュアワーのように、荷物がぎゅうぎゅう詰めになってしまった。彼は疲れ果ててしまい、気が短くなり、言い返せないほど苦しかった。

レンタカー事務所の所員は、彼に変な目つきをした。「大型車をご所望ですか?」

「ぼくがご所望なのは」彼が言った。「ベッドだ」

「残念ながら、わたしどもにベッドはございません。まったく別の業界ですので。リクライニング・シートつきの車をご用意できますが」

「ぼくは自分で横になるよ、いつかね、頼むよ、なんてこった」

用意された車まで、専用バスに乗っていく必要があった。つまり、彼はここで荷物を運ぶために雇われている大部分の従業員よりも多くの荷物を、その日に運んだということだ。そして、ついに、彼と彼のすべての荷物と所持品《チャテル》が派手な赤のレクサス・エノーマの前におろされると、軽くなった専用バスは次の目的地に向かった（所持品《チャテル》には〝奴隷《どれい》〟という意味もあるが、この場合は動産のことで、このいまいましい手荷物一つ一つのことである）。

そのエノーマには広々としたトランクとかなり広い後部座席があったので、アランは最終的にすべての手荷物を詰め込めた。そして、レンタカー事務所の女性所員にもらった地図をしきりに調べながら、マイアミ国際空港から出る道路を見つけた。そして、フロリダ州南部の大湿地帯を抜けてフロリダ西海岸のネイプルズに彼を行かせようという国道四十一号線に誤って一度迷い込んだことはあるが、なんとか南方向へ曲がって、国道一号線にはいった。着陸から二時間半後の午後四時前にありがたいことに、キー・ラーゴの〈ホリデイ・イン〉に着いた。そこで——いや、そこの近くで——ハンフリー・ボガートとローレン・バコールがエドワード・G・ロビンソンにひどい扱いを受けたのだ。着いたときには、その三人とも近くにいないようだったが、それは——いや、違う！《アフリカの女王》だったかな？

目の前のフロント係は女性なので、デュエインではなさそうだ。じつのところ、彼女の左胸の名札は、少なくとも彼女の左胸の部分がディーディーであると伝えていた。

「ディーディー」フロント・デスクに近づきながら、アランが言った。「表にあるのは本物の〈アフリカの女王号〉かい？　映画に出てきた？」

「さようでございます」駐車場に〈アフリカの女王号〉を所有している組織の一員として、彼女は嬉しそうな笑みを浮かべながら言った。

「映画の中より小さく見えるね」アランが言った。

彼女はうなずいた。「皆さん、そうおっしゃいます。何かご用でしょうか?」

「へええ、そうなのか。ぼくはすでに予約をしている。ぼくは……」しかし、そのとき、自分がアラン・ピンクルトンではないことを思い出して、一瞬言葉を失った。

「デュエイン・スミスだ」彼は思い出した。

「お待ちしておりました」彼女が言った。「あなたさまに伝言がございます。ええ、これですわ」

伝言はプレストンからだった。「チェックインの前に連絡をくれ。二一一号室」

「館内電話はどこだい?」

「あちらでございます。今、チェックインをなさいますか?」

「まだだ」

「お荷物をお車からお運びしましょうか?」

きみはそれがどれほど大変なことなのかわかっていないんだな。彼はそう思った。

そして、館内電話のほうへ向かいながら言った。「それも少し待ってくれ」

プレストンがあまりにもすぐに電話に出たので、彼が電話機のそばにすわっていたか、もしかしたらその上にすわっていたことは明らかだった。「もしもし!」

「プレストン?」

「何か着るものを持ってきてくれ。全部じゃなくて、服のはいってるバッグだけでいい」

アランはけさ薄暗闇の中で気がおかしくなるほど急いで荷物をバッグに詰めたので、多くのバッグの中で、どれにプレストンがこの時点でもっとも身に着けたい衣服がはいっているのか確かではないことを、プレストンに告げたかったが、プレストンはすでに電話を切っていた。それで、アランはフロント・デスクに寄って、すぐに戻ってくることをディーディーに請け合うと、暑くて明るい太陽の下に出て、エノーマのトランクをあけ、多くのスーツケースの中を探って、ついにプレストンが思い浮かべていそうな衣服のはいっているスーツケースを見つけた。それをビルディングの中に運び込んで、二一一号室を見つけ、ドアをノックすると、プレストンがドアをぐいとあけた。

「どこに行ってたんだ?」

「旅行に。ほらっ、これです」

プレストンは本当に露出の多い水泳パンツしか身に着けていなかった。アランが持ってきたスーツケースをつかむと、プレストンは窓際《まどぎわ》のルームサーヴィス・テーブルのほうへ手を振って、バスルームのほうへ向かいながら言った。「もしよければ、昼めしの残り物でも食べたまえ。ここで待っててくれ。話し合うべきことがある」そして、バスルームにはいり、ドアをばたんとしめた。

プレストンはルームサーヴィスのランチをたくさん食べたようだ。サーモン、アスパラガス、何かの白いプディング。そのほとんどはアランの食欲をそそるような状態ではなかったが、魔法びんの中のコーヒーは少なくともまだ温かいし、手がついていない胡麻《ごま》入りのロールパンは新鮮だった。すべて、マイアミ行きの飛行機内で彼が食べなかった小さな段ボール箱入りのまずそうな食べ物よりもずっとましだった。段ボール箱入りの食べ物の中で疑わしいほど傷のないリンゴがとくに目立ち、《白雪姫》で魔女が持ってきたリンゴのように、大きくて、赤くて、丸くて、完璧すぎた。

アランがロールパンを半分食べ、コーヒーを半カップ飲んだところで、プレストンが戻ってきた。明るい緑のポロシャツに、モーヴ色のスラックス、タッセルつきのグレイのローファーという格好だった。「わたしはあの水泳パンツを投げ捨てたよ」と伝えた。

「〈アフリカの女王号〉のことを教えてくれなかったですね」

「驚かせてやるほうがいいこともある」プレストンが納得させた。「驚かせると言えば、わたしたちは予定を変更したぞ」

「わたしたち？」

「わたしの最初の考えでは」プレストンが言った。「しばらく味気なくて広いフロリダの州内で姿を隠す予定だった。観光のシーズンオフには、動きまわりやすい。自分のクレジットカードとか運転免許証とかを使っても大丈夫だ。しかし、デュエインがけさ深夜勤務を終える直前、わたしに電話をかけてきた。ある男がやって来て、わたしの写真を見せ、この男を目撃したかどうか尋ねたらしい。警官だとは自己紹介しなかったが、そういう印象を与えようとした」

「私立探偵でしょう」アランが言った。

「フロリダじゅうに散らばった連中の一人だろう」プレストンが言って、多くのファンの扱い方を心得ている人間のような手ぶりを見せた。「ここにはいられない」と言った。「だが、あの島に戻るのも愚かだ。それで、唯一できることを実行することに決めたんだ」

「それは何ですか？」

「家に帰るんだ」プレストンが言った。

驚いて、アランが言った。「ニューヨークに？　確かですか？」

「ほかにどこがあるんだね？　そのほかのところでは、わたしは追われる身だ。今までは安全だったが、やつらは血のにおいを嗅《か》ぎつけたんだ、アラン。やつらはわたしを追い詰めたことを知っている。今、もっとも安全な場所はニューヨーク・シティーにあるわたしのアパートメントだ。そこなら、誰もわたしを見つけられない」

「プレストン、あなたがどうやってここからあそこまで行けるのか、わかりませんね」

プレストンは化粧だんすの上の鏡に映った自分の顔をじっと見つめた。満足げに笑みを浮かべて、ポロシャツの上から太鼓腹を軽くたたいた。「そこがわたしの頭脳明《めい》晰《せき》なところだ」と言った。「ニューヨークまで飛行機で行けないことはわかってる。飛行機に搭乗するには身分証明書を見せないといけない。やつらはニューヨーク行きの飛行便にわたしの名前がないか調べている。しかし、やつらはすべての飛行便の乗客リストを調べることはできないんだ、アラン」

「ええ、そう思いますね」

「今晩の八時十三分に出発する飛行機があって」プレストンが言った。「十時五十九分にフィラデルフィアに到着する。わたしたちはそこで車を借りるんだ、アラン。ニュージャージー・ターンパイクを一時間半走って、リンカーン・トンネルを通ると、家に戻れる。午前一時か二時なら、きっとわたしは誰にも勘づかれずにビルディングにこっそりはいれるはずだ」

「荷物がたくさんありますよ、プレストン。もしかしたら、たぶんレンタカーをあなたのガレージに乗り入れて、荷物をすべてエレヴェーターの中に運ぶべきかもしれませんね」

プレストンは軽蔑《けいべつ》的な表情を浮かべた。「ひどい考えだぞ、アラン」と言った。「指図するのはわたしに任せてくれたほうがいいと思うね」

「あなたがそうおっしゃるなら」

「わたしがそうおっしゃるのだ。ガレージ周辺で人間がせわしなく動きまわっていたり、わたしが所有する自動車が突然通りにとまっていたりするとだな、アラン、わたしが戻ったことが明らかにばれてしまうだろう。わたしは家に戻りたいんだよ、アラン。だが、わたしの元妻たちが雇ったあらゆる私立探偵たちに、わたしが自宅にいることを知られたくないんだ」

「では、あなたのおっしゃるとおりにしましょう」アランが同意した。

言うは易《やす》く、行なうは難《かた》し。アランは自分の名前とクレジットカードを使って、プレストンをチェックアウトさせた。そのあいだ、プレストンはディーディーがデュエインに手渡すための封筒を準備していた。その封筒にはデュエインが喜べないほどの金額がはいっているのだろうと、アランは確信していた。そして、マイアミ国際空港からここまでずっと運転してきたばかりのアランは、来た道を空港までずっと引き返した。

次に、空港では、すべての荷物をチェックアウトしたばかりのアランは、プレストンから少しばかりの協力を得て、そのすべての荷物をまたチェックインした。すべての荷物とレンタカーを片づけたあと、二人はフィラデルフィア行きの便に搭乗する前に、曇天《どんてん》を見ながら、かなりまずいディナーを食べる時間があった。二人が無事にファーストクラス・セクションの座席に着くと、アランはまた無料提供のブラディー・メリーを飲みながら、ディナーの味を忘れられて嬉しかった。

そして、しばらくのあいだ、何事もなかった。パイロットがしばしば鎮静剤を服用した蛙《かえる》のような声で音響システムに登場して、遅延について説明した。シカゴのオヘア空港で飛行機の離着陸が滞ったとか何とかだが、それがマイアミからフィラデルフィアへ行く便とどんな関係があるんだ、と口に出せるほどの気力はなかった。しかし、その結果、フィラデルフィア行きの便は八時十三分ではなく、九時四十五分前後に離陸し、フィラデルフィアの上空を十時五十九分ではなく、午前一時近くに飛ぶことになった。フィラデルフィアに到着したのが、予想外れの時間になり、搭乗客全員の予定を狂わせた。それに、フィラデルフィア上空でさらに十五分のあいだ旋回し、ついに何百万人もの夏期旅行客の隙間を見つけて、やっと着陸した。

荷物。さらなる荷物。待て、さらにまた荷物。三台の台車に積んだ最後の荷物がレンタカー事務所のカウンター・デスクに着いたのが、午前二時十五分前だった。驚いたことに、プレストンがその日の前にアラン名義で行なった予約がまだ有効だった。それだけではない。別のレクサス・エノーマが用意されていたのだ。今回は派手な黄色だった。

アランはニュージャージー州を北上する長い道のりのあいだ、目を覚ましたままでいるために、睡魔と闘う必要があった。そのためには、ラジオの音を大きく鳴らす必要があった。プレストンも目を覚ましている必要があった。大きいラジオの音のせいでもあったが、アランが居眠りしないように監視するためだ。そして、四時十五分前に、ついにリンカーン・トンネルを通ってマンハッタンにはいったときには、二人はかなりへとへとに疲れ果てていた。それの唯一の良い点は、二人とも口論を心の底から始めたいのに、始めるだけの気力がなかったことだ。

しかし、セントラル・パークの中を車で走っているときに、アランがエノーマを今晩じゅうに返しに行くべきだと、プレストンが言い張ったので、口論がもう少しで始まるところだった。「わたしたちはこの旅を忘れる必要がある」とプレストンは告げた。「この旅が存在しなかったかのようにね。きみの名義で借りたこの車輌をわたしの自宅の前にあすの朝まで駐車しておくわけにはいかない。きみが返しに行くのは全然大変ではないだろうよ、アラン」

もちろん、二人ともよく承知しているように、それは大変なことだが、プレストンは構わなかった。それでも、二人はついに目的地のアパートメント・ビルディングに到着した。そこで、二人はプレストンが本物のプレストンであることを従業員たちに納得させてから、勤務中の従業員のほとんどに車から荷物を運び出させ、すべての荷物を通常のエレヴェーターでペントハウスまで移動させた。プレストンがそのビルディングに実際に住んでいた前史時代に、従業員は誰もここで働いていなかった。

荷物の移動が終わったあと、アランがエノーマを返却してから戻ったら、ドアマンが彼の顔を確認してペントハウスへ連れてくることが決定した。あとは、アランが車に戻って、イレヴンス・アヴェニューのレンタカー事務所まで運転し、車を返却して、タクシーを捜しながら、夜の通りを歩きまわり、タクシーを見つけて、フィフス・アヴェニューに戻り、ぐったりした状態でエレヴェーターに乗って、ペントハウスへ行き、百万個のライトのある部屋に足を踏み入れるだけだ。そこでは、プレストンがリヴィングルームのフロアで行ったり来たりしていた。

「どこにいたんだ?」

「あちこちに」アランが言った。「できるなら、今すぐ眠りたいです」

「いつも自分勝手だな、アラン」プレストンが言った。「気づいていたよ。さあ、来たまえ。きみをゲストルームへ案内しよう。きみのホスト役を務めるために、寝ないで、きみをずっと待っていたんだぞ、アラン。ゲストルームには、浴室もある。きみのバッグは適当に置いといてもらった。これから、わたしはライトをすべて消して、ベッドに直行するよ。これから何時間も何時間も現実世界のことを忘れたい」

「右に同じです」アランが欠伸《あくび》をしながら言った。

数分後、あまりにも疲れ果てているので、顔を洗って歯を磨く以外のことをせずに、アランはゲストルームの最後のライトを消し、きわめて心地よいベッドにありがたく横たわった。ベッドサイドの目覚まし時計の赤いLEDは四時四十七分を示していた。

43

そのトラックは三年前のフォードE‐450、十六フィート・ディーゼル・キューブ・ヴァンで、かなり前に白く塗装されていた。会社のマークやほかの文字も、車体やドアや後部にも書いてない。運転台は快適で、後部ドアは楽に上に巻きあがるし、平らなフロアはきれいに掃いてあり、昨年のにおいはない。トラックの緑色のナンバー・プレートはヴァーモント州のもので、ほかの州と違って、少しの疑惑もない州だ。オーディオ・デッキに残されたCDはシューベルトのピアノ五重奏曲《ます》だった。

これを見て、スタンが言った。「前の所有者は聖職者の道をあきらめたのかい？」

「そういうようなもんだ」マックスが言った。

朝の八時なのに、マックスのシャツの前身頃は、車体にもたれたまま、ルーフ越しに購入希望者たちと話していたせいで、灰色の汚れがついている。数人の購入希望者は、そのとき陳列場の中をばらばらに歩きまわって、その日に仕事場まで運転していける何らかの交通手段をみつけようと願っていた。ハリエットには元気な甥《おい》っ子がいて、客の数が増えすぎたときに、ときどきセールスマン役を買って出る。今、その甥が陳列場にいて、エサを撒《ま》いて、商品を褒めあげたり、マックスとスタンが取引の話をしているあいだ、手伝ったりしている。

それで、スタンがそのフォード・ヴァンから用心深く一歩下がって言った。「どういうようなもんなんだ、マックス？　このヴァンは吹き飛ぶのか？」

「いや、全然そういうようなもんじゃない」マックスが請け合った。「事務所でその話をしよう。ところで、おまえは無料のギフトを持ってきてくれたんだよな」

「本日の特別優良株だ」スタンはそう言って、ＢＭＷを指さした。「ナンバー・プレート以外すべて、おまえのもんだ」

「プレートだって？」

「あとで、おれがトラックのプレートとすり替えるんだ。ヴァーモントのナンバー・プレートをつけて、ニューヨーク市内を運転したくない。誰かがおれを呼びとめて、スキー板を貸してくれと頼むかもしれない」

「うん、うん」マックスはＢＭＷの反対側にまわると、寄りかかって、ルーフ越しにスタンを見て言った。「これの書類を何か持ってるか？」

「おまえが手に持っていたいようなものは何もない」

「おれたちは処女受胎の話をしてるんだな」

「奇蹟《きせき》なんだ、マックス。もしトラックの話がおれをすごくビビらせなければ、おまえのもんだ」

「おれもＢＭＷの話を聞きたいぜ」マックスが言った。「中にはいれよ」

二人がオフィス・ビルディングにはいると、ハリエットはタイプをたたいていて、電話が鳴っていた。別に目新しいことではない。「奥のオフィスのほうがもっとプライヴァシーが保たれる」マックスがそう言うと、ハリエットがやっとタイプをたたく手をとめて、受話器をつかんだ。

「〈マクシミリアン中古車サーヴィス〉、ミス・キャロラインです。失礼、何をしたいですって？　ええ、その車輛は覚えています。わたしが書類をタイプで書きあげたんです。あなた、カーニヴァルのゴム男さんでしょ？　すごく興味深いですわね、わたしたちは……。あらっ、ごめんなさい、ミスター・フレキシーでしたわね？　すべての取引は最終決定です」

マックスとスタンはそれまでに奥のオフィスにはいっているべきだったが、二人とも電話の会話がどう決着するのか知ろうと立ちどまった。ハリエットは耳を傾け、憐《あわ》れむような笑みを浮かべて言った。「そのう、最終決定とは、わたしたちが商品を買い戻さないということです。人生は前に進むものですよ、ミスター・フレキシー。あの車輛はわたしたちのところへ来て、わたしたちはそれをあなたに渡し、もしあなたがそれを使い終わったら、あなたは……。ええっと、もし覚えておられるのなら、その車輛はここから出ていきました。ミスター・フレキシー、うしろで妙な音が聞こえますが、どこにおられますか？　郡祭りの準備ですか？　そこはどこですか、ミスター・フレキシー？」

ハリエットのトリルのような明るい笑い声がバラの花束のように、狭いオフィスじゅうに広がった。「ケンタッキー州ですって、ミスター・フレキシー？　こうしましょう。もしその車をここへ持ってきてくださったら、話し合いましょう」電話を切ると、彼女は首を横に振り、笑顔をスタンとマックスのほうに向けて言った。「みんなは車が鉄くずだとわかってるのに、それでも、それに頼るのよ」

「もし購入者の後悔がこの世の中で何かを成し遂げたなら」マックスが言った。「われわれはまだ石器時代の洞窟《どうくつ》に住んでいるだろう。ハリエットがさらに友人を作らないうちに、奥のオフィスへ行こう」

奥にあるマックスのオフィスの大半は、背の高い耐火性の金属製ファイル・キャビネットが占めていた。それぞれ鍵や掛け金や鉄棒などのいろいろな方法で施錠《せじょう》されていた。そこには、黄金よりも貴重なものか、黄金と同等に貴重なものがはいっているからだ。そこのファイル・キャビネットには、購入者の署名がはいっていた。それが存在するので、〈マクシミリアン中古車サーヴィス〉は永久に存続できるのだ。

このオフィスでは、ファイル・キャビネットのほかに、仕方なく事務家具用のスペースを残してあった。ドアから一番遠くの隅で、雑草や得体の知れないビニールハウスが見渡せる鉄棒のはまった窓の近くだ。マックスのデスクはハリエットのそれよりも小さく、もっと散らかっていた。デスクの上には、空っぽのソーダびんから、途中まで解いたクロスワード・パズルの紙面が見えるように折りたたんだいろいろな新聞や、使用者の握力を強めるためのV字形の金属製バネ式器具まで置いてあった。まるでマックスが自分の握力を強める必要があるかのようだ。

「まあ、すわれよ」マックスはそう言って、そのオフィスにあるほかの家具を見まわすと、自分の木製回転椅子《いす》にすわり、そのむかいにある茶色いモヘアの小さなたるんだソファをスタンに示した。

スタンはソファの肘《ひじ》かけにすわって言った。その肘かけがソファの大部分を占めているようだった。「あのトラックはヴァーモントで走っていたのか？」

「そうだ。ＦＢＩの覆面トラックだった」

それは驚きだった。「ＦＢＩがあのトラックを持ってたのか」

「それに、これまでに考えもしなかったような事実があるぞ、スタン」マックスが言って、大学教授風に指を一本立てた。「法執行機関はあらゆるレヴェルで、車輌をすごく大事にしている。以前にここに来た麻取《まとり》の覆面車の車体の外側は、崖《がけ》から落ちたみたいに見えたが、内側の機械と車輪は工場でできた新品よりもいい状態だった」

「連中が運転する必要があるときは」スタンが言った。「本当に運転する必要があるときだからな」

「そのとおりだ」

「でも、ＦＢＩがどうしてヴァーモントで運転をする必要があるんだよ？」

「密輪だ」

「ああ、カナダからか。何だ、ウィスキーか？」

「中国人だ」マックスが言った。「中国女もだ。それに、ときどき中国児童も含まれる」

スタンが言った。「中国人だって？　カナダからか？」

「とにかく、アジア人だ」マックスが言った。「うん、カナダからだ。ヒスパニック系の人間が南の国境からはいってくるのと同じように、こういう人間が北のカナダから越境してくるんだ。中国人はトロントへ行っても、絶対に気づかれない。トロントにはすでにチャイナタウンがあるからな。同じような中国人がメキシコのグアダラハラにいるのは、いい考えじゃない」

「すると、ＦＢＩはこのトラックを使ったわけだ」スタンが言った。「人間密輸組織に潜入するために」

「魔法のようにうまくいった」マックスが言った。「おれが理解するところでは、連中はこのトラックを使って、多くの人間たちを行きたくないところへ運んだ。それに、コヨーテたち、つまり人間密輸業者たちの数人をもカナダの監獄へ運んだらしい」

「それで、このトラックは引退した。どうしてだ？」

「そのう、ばれちまったんだ。このトラックと仕事をすると、突然、笑顔を浮かべない連中に会うことになるという噂《うわさ》が北のほうで広まったわけだ」

「そいつはまずいな」スタンが言った。

「あの国境に近づかない限り大丈夫だ」マックスが請け合った。「だが、ばれちまったので、ＦＢＩはこのトラックを民間人の市場に通常のやり方で戻せない。過去の痕《こん》跡《せき》がまだ残ってるからな」

「どういう意味だ？」

「本当のことを言うと」マックスが言った。「すごく奇妙な書類がついてきた。あるやつがこのトラックを手に入れた。こいつは主にでかいトラックを扱っていて、誰も絶対に返品しようとしないように、海外に売る。おれはそいつがうらやましいよ。そいつが言うには、このトラックの登録証明書を調べた警官がいて、注釈みたいにこう言ったそうだ。〝心配するな、厄介事に巻き込まれないように気をつけろ、じゃあな〟とね」

「なかなかいいな」

「おまえにとってはな、スタン」マックスが言った。「これ以上にいいことはないぞ。家具屋か、堅気の人間にとっては、少し異常かもしれない。それで、おれとそいつは取引をしたわけだ。今はこのBMW次第で、おれとおまえは取引をすることになる。スタン、おまえがあのトラックを何に使おうと、そのあともずっと持っていてくれ。これよりも甘い闇《やみ》取引はないぞ。さてと、おまえのほうの貢《みつ》ぎ物を見てみよう」

スタンはBMWの所有者について話した。所有者が家を留守にして、数年のあいだ〈地中海クラブ〉に出かけていて、令状送達吏から隠れていることとか、BMWが保管されていたガレージは誰も確認しないことを話したのだ。うん、その車に新しい洗礼名をつけてやれば、黄金も同然だぜ。

「そいつはよさそうだな」マックスが認めた。

「実際に、よいんだ」

「スタン、おれとおまえは申し分のない朝の仕事を終えたわけだ」

「いや、おまえの仕事はそうだが」スタンはそう言うと、ソファの肘かけから立ちあがった。「おれの仕事はこれから始まるんだ。おれは九時半に街で仲間たちと会う必要がある」

ちょっとした書類作業のあと、スタンはそこをあとにした。甥っ子が「バイバイ」と言って、手を振った。そのトラックの調子はよさそうだった。仕事のあと、トラックは持っていていい、だって？　ふうむ。

それに、ＦＢＩがシューベルトを聴くなんて、誰が想像できるんだよ？

44

「あがってきたまえ」アーニーが言った。

アーニーにビルディングの入口の電子錠をあけてもらったあと、ドートマンダーは階段のあがり口に立った。そして、アーニーを見あげて言った。「アーニー、あんたのほうがおりてくるんだ。おれはあんたをあの場所へ連れていく」

「わしはこのことを考え直してるところだ」アーニーが言った。「あがってきたまえ」

あがっていかずに、ドートマンダーが言った。「そんなことを言うなよ、アーニー。考え直すなんてやめろよ、頭が混乱するだけだ。さあ、遅れたくない。スタンが九時半にトラックを運転して、あそこへやって来る。リモコンのドア開閉器とかを持ってるので、ガレージのドアをそれでびゃっとあけて、びゅっ、びゅっとおれたち全員は中にはいる」

「そのことを考え直しているところなんだ」アーニーが言った。「中で、わしは何をするんだ? よく考えてみたら、わしは家の外で何をするんだ? わしの顔を見たまえ。まだ麻袋の色だ」

それは本当だったが、ドートマンダーは言った。「アーニー、そんなことは考えるなよ。そのうちに色あせて消えてしまうから」

「それに、きょうは陽差しがきつい。ラジオで警報を聴いたぞ」

「おれたちが行くのは屋内だ。ペントハウスの中だ。さあ、アーニー、おれたちは階段の上と下でずっと立っていられないんだ。近所の誰かが警察を呼ぶからな」

「じゃあ、あがってきてくれ。話し合おう」

もしこの階段をあがったら、アーニーを下におろせないことを、ドートマンダーはよく知っていた。それで、じっと動かずに、こう言った。「アーニー、おりてこいよ。公園の中を歩きながら、話し合おう。あんたは……」

「歩きながら、だって?」驚いたアーニーが言った。「わしは歩かないぞ、ドートマンダー!　わしはとにかく歩かない。あんたは公園で話をするのかね?　あそこでは太陽がまともに照っているぞ」

「オーケイ」ドートマンダーが言った。「じゃあ、中間地点で折り合おう。歩くのはやめよう。タクシーに乗ろう。おれのおごりだ」

「タクシーか。あの場所まで行くということだな。あれとか、これとか、いろんな物があって、みんながドアからリモコンではいる」

「そうだ。さあ、行こう」

「それのどこが中間地点なんだね? あんたはタクシーであの場所の途中まで行ってから、戻ってくるのかね?」

「アーニー」ドートマンダーが言った。「おれはあがっていかないぞ」

「わしはただ……」

「プレストン・フェアウェザーだ、アーニー」

アーニーは体じゅうを震わせて、苦悩しているように見えた。その手は目の前の手すりをぎゅっとつかんでいる。

ドートマンダーはその有利な立場を利用した。「ああいう連中はあまりにも立派すぎて、シアサッカーの絵さえも持ってるんだぞ」

「誰だって?」

ドートマンダーが言った。「あいつがそんな絵を持ってると、あんたは言わなかったかい?」

「いったい何のことかわからないぞ!」

「まあ、それを捜しに行こう。さあ、アーニー、プレストン・フェアウェザーだぞ。

ブロードウェイはすぐそこにあるんだ、アーニー。タクシーがたくさん走っているし、一台一台ルーフがついている。おれたちが間抜けだと、プレストン・フェアウェザーに思わせてはいけないんだぞ、アーニー」

「ほかのみんなは間抜けだと、プレストン・フェアウェザーは思っている」アーニーが嫌悪感《けんおかん》丸出しで言った。

「あんたも含まれてるんだぞ」ドートマンダーが思い出させた。「それがあいつの犯した過《あやま》ちだ。あいつは自分の過ちを知ることになる。それが重要な点じゃないのか？　あんたを馬鹿にしたらどういうことになるのか、プレストン・フェアウェザーに忘れさせてはいけないんだ」

警戒して、アーニーが言った。「ちょっと待ちたまえ。わしが盗みに関わってることを、あいつに知られたくはない」

「もちろんだよ、アーニー。あいつが過去にひどい扱いをしたどっかの名前もわからない天才がやったんだ。あいつの顔が見えるかい、アーニー？　頭の中に描くんだ、プレストン・フェアウェザーの顔を。あいつが今度ペントハウスに一歩足を踏み入れたときの顔を」

アーニーはよく考えた。「帽子を取ってくるぞ」と言った。

45

ケルプが安全ヘルメットを手に入れたところは西四十丁目台にある演劇衣装店で、以前にも訪れたことがある。いつも夜もかなり更《ふ》けたときで、値段は安いが、ほとんど暗闇で、自分独りで捜さないといけなかった。

奥行きが深く、横幅の広い店で、隅や狭い隙間《すきま》や小部屋がたくさんあり、衣装や小道具が二階分置いてある。舞台や映画セットで使ったり、コマーシャル映画を撮影したり、昼メロ番組を毎日制作したりするときに――ほとんど毎日その近辺でそういうことが起こっている――必要な物が何でも揃《そろ》う。ケルプはいつもここの錠前を傷つけないように注意している。傷をつけるのは乱入だ。そこにはあまりにも多くの物があり、彼があまりにも少なく持ち去るので、この店は彼の訪問にさえも気づいていないと思われる。それは素晴らしいことだ――彼は義理堅い顧客になれる機会を気に入っているし、この店に警備を厳重にする必要性を感じさせたくない。

ロゴのない通常の黄色い安全ヘルメットは、カウボーイ・ハットやナチ将校の軍帽やフットボールのヘルメットや卒業式用角帽よりも見つけにくいが、ついに二階の奥のほうの低い棚に、世界一大きなカナリアの卵のように見える安全ヘルメットの山を見つけた。そのために持ってきたビニール袋にそのうちの二つを入れると、そっとその店から出て、家までタクシーに乗り、アン・マリーと短いあいだ楽しいおしゃべりを交わして、ぐっすりと眠り、朝の九時半には六十八丁目のフィフス・アヴェニューを横断していた。そのとき、タイニーが彼の名を呼んだ。「ケルプ!」

ケルプがそっちを向くと、信号が変わるのを待っているリムジンの中からタイニーが手を振っていた。リムジンは六十八丁目に曲がるために、左折しようとしていた。ケルプが手を振り返すと、タイニーが声をあげた。「リムジンの中で一緒に待とう」

「わかった」

リムジンの運転手は、一味が狙《ねら》っているガレージの入口の通りをはさんでむかい側の消火栓の前にとめようとしていた。すると、ケルプはフィフス・アヴェニューを渡り終えて、六十八丁目を渡るために左に曲がった。縁石から車道におりたところで、タクシーが足元でとまり、驚いたことに、そこからアーニー・オルブライトがおり立った。アーニーは柔らかい鍔《つば》がまわりを囲んだ布製の帽子をかぶっていた。それは本当に下手くそなゴルファーがかぶるような帽子だが、おかしなバッジはついていない。

ケルプが言った。「アーニーか？　あんたがタクシー代を張り込んだのかい？」

「そんなことは死んでも、やらないよ」アーニーが言った。そのあとから、財布をしまいながら、ドートマンダーがタクシーから這《は》い出した。そして、いらいらした様子で言った。「おれがタクシー代を出したんだ。アーニーをここへ連れてこられる唯一《ゆいいつ》の方法だった」

「だが、わしはまだ疑問を抱いてるよ」アーニーが言うと、タクシーが猛スピードで走り去った。

「へええ」ケルプが言った。「あそこのリムジンの中でタイニーと一緒に待とうぜ」

アーニーが言った。「リムジンだって？」だが、そのとき、信号が赤に変わり、白のトラックが角を左に曲がってから、ガレージのドアのほうへ右折した。そのドアがちょうど上にあき始めた。スタンがトラックの運転台にいて、リモコンを隣の座席に戻したところが見えた。

みんながリムジンに乗る代わりに、タイニーがリムジンからおり、リムジンは走り去った。車の流れがとまったので、タイニーは車道を横切り、みんなの輪に加わった。

そして、みんなはトラックのあとからガレージの中にはいった。すると、スタンがリモコン操作でドアをしめた。

一度このガレージ内にはいったことがあるのはスタンだけなので、ほかのみんなは一分ほどガレージの中を見まわした。それに、トラックを調べる必要があった。ケルプは安全ヘルメットを入れた袋を助手席に置いた。タイニーが言った。「すごく清潔だ。思ったよりもいいな。以前は何を運んでたんだ？」

「人間だ」スタンが言った。みんなが彼の顔を見ると、彼が続けた。「話せば長くなる。あとでビールを飲みながら、説明するよ。エレヴェーターはあそこだ」

「おれたちはまず小さい警報器を無力化する必要がある」ケルプが言った。「エレヴェーターであがる前にな」

エレヴェーターの警報器を無力化するのは、エレヴェーターを動かすモーターのスイッチを入れるよりも簡単だった。そのモーターを動かすには鍵《かぎ》が必要だったが、誰も持っていなかった。鍵はエレヴェーターのコントロール・パネルに縦に並んだ『上』と『下』と書いてある二つのボタンの右側の鍵穴にぴったりと合う。その二つのボタンを見て、スタンが言った。「製造会社は客が混乱するとでも思ったのかよ？」

「きっと会社の顧問弁護士が文字を付け加えさせたんだ」ケルプが説明した。

鍵の問題というので、ドートマンダーとケルプが工具キットの革袋を出して、コントロール・パネルから金属板を外してから、イグニションを迂回《うかい》する方法を見つけた。試してみると、モーターが動いたが、乗ったのはドートマンダーとケルプだけだった。そして、エレヴェーターはその二人だけを乗せて、最上階にあがった。

「あとで、これを下におろすぞ」エレヴェーターに乗り込みながら、ドートマンダーが言った。

「みんながここへ来るまでに、警報器を外しておかなくっちゃな」ケルプが同意した。

二人はそれを実行した。次に、エレヴェーターのドアが最上階であいたとき、満員だった。そのほとんどがタイニーの体で、耳当てとして両耳をスタンとアーニーでおおっているように見えた。

（エレヴェーターのモーターが三度も長く響いても、マスター・ベッドルームで眠っているプレストンには届いていなかったが、ゲストルームではブーンとかすかな音が唸《うな》ったので、アランは顔をしかめて、寝ている姿勢を変え、潜水艦の中にいる短くて意味のない夢を見た）

「最初はまずひとまわり歩いてみよう」ドートマンダーが言った。「そのあとで、アーニー、どれを盗み出すか教えてくれ」

「わしは赤丸を持ってきたぞ」アーニーが言った。みんなアーニーにぽかんとした表情を見せたので、あとを続けた。「画廊からアイディアを借りてきたんだ。画廊で展覧会があると、誰かが絵を買っても、展覧会が終わるまで、家に持って帰れない。それで、画廊はこの小さい赤丸シールを絵の横に貼《は》って、〝売約済〟であることを示す」そして、スラックスのポケットからシートになった赤丸シールを取り出して言った。「わしもここでそうしようと思ったんだ。何かよいものを見つけたら、赤丸シールを貼るから、あんたたちはそれを運び出せばいい」

「気に入った」スタンが言った。「明解で、単純で、品がある」

「じゃあ、見てまわろう」ドートマンダーが言った。

ペントハウスの床にはすべてカーペットが敷いてあった。ペルシャ絨毯《じゅうたん》やほかの骨《こっ》董《とう》敷物はそれ自体赤丸シールの価値があったが、アーニーは家具のことをあまり考えていなかった。しかし、リヴィングルームにはいるまで、敷物はみんながペントハウスの中を歩くときの足音を消してくれた。広いリヴィングルームには、飛行機から見るマンハッタンの景色のほか、美術品と骨董品がずらりと揃っていた。

みんなが感銘を受けて足をとめ、部屋の内部と景色に見とれた。アーニーが言った。「赤丸は忘れたまえ。このリヴィングルーム全体を運び出そう」

スタンが言った。「アーニー、リヴィングルームはトラックよりも大きいんだぞ」

ドートマンダーが言った。「おれたちは赤丸のアイディアが気に入ってる。アーニー、貼りつけてくれ」

「わかった」アーニーはそう言うと、一番近くにあるピカソの絵画に近づき、その額に赤丸シールをぺたっと貼りつけた。売約済。

46

その日の朝十時少しすぎに、ジャドスンがメーローダ宛《あ》ての郵便物をJ・Cのオフィスに運び入れると、彼女は姿勢をまっすぐにして、デスクのうしろにすわったまま、電話口で話し、高地ドイツ語と思える口調を使っていた。アクセントがドイツ人風というわけではなく、明確にアメリカ生まれではない感じだ。「わたくし、あなたのお役に立てますかどうか」J・Cが言った。「わかりませんわ。メーローダのラクーナ港から積荷目録が来ないことには、お支払いはまったく不可能です。わたくし、あなたが理解してくださいますように願っております。ありがとうございます。そうしてくださいませ。失礼いたします」

彼女は電話を切って、もっと気楽で、くつろいだ姿勢を取り、ジャドスンのほうを向いた。彼は彼女のデスクのそばでずっと立ったままで、彼女の注意を引きつけようとしていた。「何か用？」

「ずっと考えてたんですけど」彼が言った。この話題については慎重に扱う必要があると感じていた。自分をあまりにも厚かましく前に押し出したくなかったが、その一方で、取り残されたくもなかったからだ。「みんなが六十八丁目であれをいつ実行するのか、ミスター・タイニーは言ってましたか？」

J・Cはその質問を気にするようには見えなかった。実際のところ、むしろ関心がないように見えた。「今、実行してるところよ」と言った。

驚くと同時に、傷ついて、ジャドスンが言った。「でも……誰も教えてくれませんでしたよ」

彼女が彼に向けた視線は、温かいものではなかった。「どうして教えなきゃいけないの？」

「いえ、そのう……ぼくは手を貸してたんです。ミスター・ケルプがあの防犯用警報器のことを教えてくれましたし、ぼくが思ったのは、そのう……」彼は何を思っていたのか、もはや確信が持てなくて、両手を動かし続けた。

「ねえ、ジャドスン」彼女が言った。「あなたはあのグループの仲間じゃないのよ」

「でも、ぼくが思ったのは……」

「あなたが助けを申し出たとか、必ずしも手助けが好ましいとは限らないことをあなたに伝えようとしたとか、タイニーが話してくれたわ」

「ええ、確かにぼくに伝えてくれました。でも、みんなはぼくに手助けをさせてくれました」

「もしもっと手助けが必要なら」彼女が言った。「あなたにまた頼むでしょうよ。今のところ、みんなは自分たちがしていることがわかっているので、手助けが必要ないの。いい？」

「ええ、まあ……」

あれはただの幻想、思い込みだ。彼の思い違いだった。一瞬のあいだ、みんなのコートを持ったまま傍観していただけだ。彼のここでの立場は〝坊主《ぼうず》〟以外の何者でもない。

しかし、もし少なくとも、その立場を保持していたければ、ここでは慎重になったほうがいい。それで、彼は背筋を伸ばすと、顔からくよくよ悩んでいる表情を拭《ぬぐ》い去った。「もちろんです」たいしたことではないかのように、彼は言った。「みんなは知っています。ミスター・ケルプもミスター・タイニーもほかのみんなも知っています。もし何かの手助けが必要になったら、ぼくがここにいることを」

「そう、知ってるわ」J・Cが同意した。「それに、みんながきょう実行していることで利益を得たら、あなたもその分け前が手にはいるわよ。心配しないで」

「はい、ぼくは心配していません」自信満々の笑みを顔じゅうに浮かべて、彼が言った。

彼を見つめながらのJ・Cの笑みは歪《ゆが》んでいた。「でも」と言った。「ほんの少しは心配したほうがいいかもね」

彼は配達された郵便物と、これから発送する郵便物に囲まれながら、彼女が最後に言った言葉の意味は何だったんだろうと、一日じゅう考えていた。

47

高額美術品が次から次へと奥のほうへ運ばれ、エレヴェーターで階下におろされているあいだ、ペントハウスでのくぐもった物音はそこの住民の安眠を妨げはしたが、目を覚まさせるほどではなかった。昨日はあまりにも骨が折れる長い一日だったし、あまりにも遅く終わったので、その物音がやまず、大きくもならない朝のペントハウスで、時間が過ぎていくなかで、プレストンもアランもただ自分たちの睡眠状態を新しい状況に順応させて、眠り続けた。

一方、リヴィングルームと正式なダイニングルームでは、赤丸シールが麻疹《はしか》のひどい症状のように、そこらじゅうに貼られていた。ドートマンダーとタイニーは指定の美術品をエレヴェーターまで運び、その中に積んで、ガレージまでおろした。そこでは、ケルプとスタンがその指定の美術品をおろして、またエレヴェーターを上にあげ、トラックの奥行き十六フィートの広々とした後部荷台に積み込んだ。

アーニーは天にものぼる気持ちだった。赤丸シールを有頂天でひと通り貼りつけたあと、気を落ち着けると、時間をかけて、美術品を吟味し、高品質だがここで慣れ始めた質の高さには達していない作品を除外することさえした。窓際《まどぎわ》に立って、セントラル・パークや南へ向かうに従って先が細くなるポークチョップ形のマンハッタン島をながめながら、ときどき自分の洞察力を回復させた。結局のところ、プレストン・フェアウェザーを知ったおかげで、自分は心が豊かになったと感じた。

正午頃に、ドートマンダーとタイニーが運動選手の大理石像を運んでいるときに、一瞬手がすべり、大理石の肘が二人のそばの壁にぶつかった。「気をつけろ」自分にも非があるのに、タイニーが言った。

「大丈夫だ」ドートマンダーが言った。二人はそのまま運び続けたが、壁の反対側では、プレストンが眠りながら顔をしかめた。口が湿ったような小さい音を出しながら動き、舌で口の中をなめた。ソーダ缶の中の泡のように、彼はしゅわしゅわと意識を取り戻していた。

ドートマンダーとタイニーが大理石の男をエレヴェーターの前の床に置くと、エレヴェーターのドアがあいた。ケルプがおりてきて言った。「トラックの荷台がそろそろ満杯になると、スタンが言ってるぞ」

「じゃあ、こいつを最後の荷物にしよう」ドートマンダーが言った。「運ぶのに手を貸してくれ」

「おれがこいつと一緒におりるぜ」タイニーが言った。

ドートマンダーが言った。「じゃあ、エレヴェーターをあげ戻してくれ。おれはアーニーを呼んでくる。あいつをここに残しておきたくないからな」

「今回はな」ケルプが言った。すると、タイニーとケルプを乗せたエレヴェーターのドアがしまった。

ドートマンダーはリヴィングルームに戻った。アーニーはまだ窓際に立って、夢を見るような目で外をながめていた。そして、ドートマンダーのほうを向くと言った。

「赤丸シールがなくなった」

「トラックの荷台の空きスペースもなくなった。ここを出る時間だ」

「わしはほかの部屋もざっと見てくる」アーニーが言った。「必須品《ひっすひん》がないか確かめるために」

「わかった」

アーニーがほかの部屋へ向かうと、ドートマンダーはポケットサイズの小物を捜した。たくさんあった。例えば、ファベルジェの卵、二、三の黄金製大型ペンダント、モンブラン万年筆、素敵なスクリムショー（鯨骨の彫り物細工）。ポケットがいっぱいになり、彼はリヴィングルームを出た。廊下へ行くと、アーニーが横手の部屋から出てきたところだった。

アーニーはドートマンダーににやっと笑いかけて言った。「わしたちはすでに最高の美術品を手に入れたが、まあ、念のために確かめさせてくれ」

「いいぞ」

ドートマンダーはほかの部屋へ向かい、アーニーは隣の部屋のドアをあけた。

ドアノブがカチッと音を立てると、プレストンの目が開いた。覚醒《かくせい》と睡眠の中間状態で、頭はぼんやりしていたが、顔をあげると、あいた戸口で凍《い》てついているアーニー・オルブライトの姿が見えた。

プレストンは目をしばたたいた。ばたんという音がした。面倒くさそうに瞼《まぶた》をあけると、アーニー・オルブライトの姿はなかった。しまったドアしか見えない。プレストンは質問を言葉にしようと努めたが、口に出すには頭が朦朧《もうろう》としていた。考えることさえ厄介だった。夢なのか？　頭が枕《まくら》の上に落ちた。

アーニー・オルブライトの夢を見るなんて……そう考えるだけでも恐ろしい。プレストンはもう一度忘却の世界にはいった。

アーニーが廊下を走って、ドートマンダーに追いつくと、切迫した甲高い声でささやいた。「あいつがここにいるぞ！　ベッドに！」

「何だって？　誰が？」

「あいつだよ！　ここから出ないと！」

アーニーが大急ぎで走った。ドートマンダーはそのあとを追いながら、肩越しにうしろを向いたが、誰の姿も見えなかった。プレストン・フェアウェザーがここにいるのか？　ベッドに？　ずっとか？

アーニーがエレヴェーターのドアをしきりに引っ掻《か》いていた。「わしたちはここを出ないといけない！　ここを！」

「アーニー、まずエレヴェーターを待たないといけないぞ」

しかし、すぐにエレヴェーターがきて、二人は乗った。アーニーは『下』ボタンをあまりにも強く押したので、親指がうしろに反り返ったが、彼はほとんど気づかなかった。「ここを出よう」と言った。「わしのような人間がいるべきところじゃない。ここを出よう」

48

マイキーは忍耐強さを信じていた。手下どもにいつもこう言ってる。「くそったれ結論にすぐに飛びつくな。忍耐強くなれ。まず、いってえどういうくそったれなのか突きとめてから、あとはおめえの好きにしろ」と。

マイキーがほかに信じてることは、仕返《しけえ》しだった。たぶんどっちか一つを選ぶとしたら、忍耐強さやほかのことよりも仕返しだろう。もしマイキーが自分自身以外のものを祀《まつ》るために聖堂を建てるとしたら、それは仕返しを祀るためだ。

それに、マイキーが熱烈に疑いなく信じてる三番目のことは、利益だ。誰もが金を儲《もう》ける。誰もが面倒をみてもらえる。利益がなけりゃ、何があるんだ？　何もねえ。

証明終わり。

〈OJバー＆グリル〉の件じゃ、マイキーが信じてる三つのことがついに一つに結びついた。マイキーが設定したおいしい取引を、最初に報告のあったドートマンドではなく、ドートマンダーという名前のどっかのドジな泥棒とその落伍者《らくごしゃ》仲間数人がぶち壊しやがった。すると、必要なことは何だろう？　必要なことは、ドートマンダーとその仲間に仕返しをして、その仕返しから利益を得ることだ。そのために、マイキーは忍耐強くならねえといけねえ。その方法をマイキーはくそいまいましいほどよく心得てる。

このドートマンダーはまったくの間抜け野郎だ。マイキーの手下の一人が〈ＯＪ〉でそいつの名前を、いや、本当に近え名前を聞き出したあと、マイキーの手下どもが二日間もこいつを尾行してた。しかし、ドートマンダーは誰かに尾行されてるんじゃねえかと一度も疑ってみなかった。

こいつは尾行されてるときに、ほとんど何もしなかった。水曜日とこの日の朝、アッパー・ウェスト・サイドの同じアパートメント・ビルディングへ行き、けさはどこかの節くれだった手をした小柄な間抜け野郎と一緒に出てきた。その二人はタクシーでフィフス・アヴェニューと六十八丁目の角へ行き、ドートマンダーの仲間たちと思われる三人の男どもに会った。その仲間たちはマイキーの〈ＯＪ〉に関する取引を台無しにしやがったやつらだ。今回、こいつらはかなりでけえトラックを持っていて、トラックごと六十八丁目のガレージにへえっていった。

そのことがニュージャージー州の自宅にいるマイキーに報告されると、彼が言った。「そこで会おうぜ。くそったれ公園でな。この指示を伝えろ。おれたちはくそったれ手下どもが必要だし、くそったれ車も必要だとな」

ニュージャージー州の遠方からマンハッタンのセントラル・パークへ行く途中で、マイキーはこの仕返しをどうやって実行してやろうか、どうやって実行すべきなのか考えついた。ドートマンダーとその仲間は泥棒だ。組織に属さねえ泥棒だ。それだけはわかってる。こいつらがマイキーの〈ＯＪ〉でのおいしい取引に関わって、この取引を無茶苦茶にしやがった理由は、やつらが〈ＯＪ〉の奥の部屋で会合をしたかったからだ。やつらは仕事を計画するときに、いつもそこに集まるからだ。

仕事を計画する、だって？　上等じゃねえか。やつらは今ガレージの中で、あの家から何らかの値打ちのあるブツをトラックに積んでやがるのだ。もしくは、隣の通りにある小せえ私設美術館からの可能性が高え。

マイキーは忍耐強かった。やつらに必要なだけの時間をたっぷり与えてやる。そして、やっとトラックをそのガレージから出したときに、マイキーと手下どもはやつらからブツを奪うのだ。一度に仕返しと利益の両方を。

唯一の些細《させえ》な問題は、この出来事がすべてニューヨーク・シティーで起こることだ。

マイキーの手下どもと父親ハウイーの組織全体は、ニューヨークの組織との合意の下《もと》に行動してる。ニューヨークの構成員はニュージャージーで介入行動を起こさねえ。ニュージャージーの構成員はニューヨークで介入行動を起こさねえ。ハドスン河のこっち側で何らかの行動を起こすことは、細けえことにうるせえやつに、その合意違反と見なされる。そして、ひでえ結果につながる可能性がある。

一方、マイキーが関わってるのは、ニューヨーク・シティーでの組織行動じゃねえ。理屈に合った不満の相手に対するマイキーの私事で、組織とは無関係だ。これは陸軍の兵隊が〝局部攻撃〟と呼ぶやつだ。侵入して、任務を果たし、立ち去る。万事が素晴らしい。

〈OJ〉倒産詐欺《さぎ》が計画どおりにうまくいったとしても、二州間合意の細けえ規則違反だが、これはユニークな取引だ。マイキー一人がその店を乗っ取って搾《しぼ》り取るので、その行為が終了すると、しかるべきニューヨークの組織は説明と謝罪とちょっとした分け前を受けることになるので、トラブルはなかっただろう。しかし、もしかしたら拳銃《けんじゅう》が振りまわされ、マンハッタンの公道で暴力沙汰《ざた》が起こるこのハイジャックは、まったく別の事柄だ〉

十一時までに、マイキーはすべての準備を整えた。六十八丁目は東行き一方通行なので、その区画のむこう端にある消火栓のそばに車を一台とめさせた。次の交差点であるマディスン・アヴェニューは北行き一方通行なので、マディスンとの角を曲がったとこに別の車を一台とめさせた。三台目は六十八丁目のマディスンの東側にとめてある。手下を二人ずつ、携帯電話を持たせて、それぞれの車に待機させてる。

トラックがどっちの方向へ行っても、マイキーの手下どもが追いかける。最初は二台の車だが、三台目がすぐに追いつく。そして、トラックを尾行して、適切な場所ではさんで、停止させ、あいつらをトラックから放り出して、トラックを乗っ取り、ニュージャージーまでまっすぐ走り去るのだ。

ただ、そういうことが起こるとは予想してねえが、ドートマンダーの仲間たちが生意気な振る舞《め》えをすれば別の話だ。そうなりゃ、ニューヨークの組織との合意に敬意を表して最小限の暴力行為が行なわれ、うまくいけば、銃撃もねえ。賢くなれ、賢く立ちまわれ。

ベンチは反対方向に向いてるが、公園のベンチにすわったまま、マイキーは体を半ば捻《ひね》って、公園の縁《へり》にある低い石塀越しに、フィフス・アヴェニューのむこうの六十八丁目を見た。戦場の全体像が見渡せる将軍みてえだ。なかなか素晴らしい。

マイキーはセントラル・パークのベンチにずっとすわってた。忍耐強く。

49

フィフス・アヴェニューと六十八丁目の角にある〈インペリエイタム〉で、午前中ずっと警備デスクで話題になっていたのは、昨夜遅くの伝説的なプレストン・フェアウェザーの驚くべき帰還だ。彼は朝の四時に一人の男と、ボーイング７４７の貨物室をいっぱいにするほどの荷物を伴って現われた。警備員を含む（！）従業員たちが奥の専用エレヴェーターではなく、手前の共用エレヴェーターを使って、その荷物をペントハウスになんとか運ばなければならなかった。じつのところ、誰も専用エレヴェーターを使っていない。

それで、ビッグ・ホゼとリトル・ホゼは一心に耳を傾けていたおかげで、フェアウェザーのペントハウスの奥で見たその専用エレヴェーターにまつわる話をついに知った。それは濃厚なセックスのためにビルディングのほかのアパートメントへ行かずに、通りと同じ階にあるガレージに続いているのだ。

それで、それについて、どう思う？　フェアウェザーはペントハウスのほか、自分専用ガレージに続く自分専用エレヴェーターを所有している。そのガレージでは本当にクールなＢＭＷを保管している。

まあ、そのエレヴェーターに関する真実を知ることは素晴らしいが、あのＴＶニュースのマブい女アンカーに関する妄想をなくすことは残念だ。その一方で、金遣いの荒いプレストン・フェアウェザーの帰還が二人のホゼの勤務生活に明確な変化をもたらした。リトル・ホゼが指摘した。「リヴィングルームでもう居眠りはできないぞ、おい」

「おれはあの八フィートのソファを気に入ってたんだがな」ビッグ・ホゼが言った。自分自身の背丈の高い体を伸ばせる心地よい場所を世界中で探すのに苦労しているからだ。

もう一つの変化は、所有者が帰還したので、月に二度の警備上の安全確認がもう必要なくなったことだ。しかし、それは気にならない。最初のうち、あのペントハウスの中を見まわることは、まあ刺激的だった。見晴らしが見事だし、美術品や骨董家具がすごかった。しかし、もちろん、二人がそこへ行くたびに、そこの見晴らしは同じだし、美術品も骨董家具も同じだ。それで、しばらくすると、どれほど素晴らしくても、少し退屈になってきた。今ではそのペントハウスをかなりよく覚えている。二週間ごとにペントハウスの内部を見に行く必要はない。

それに、ほかの退屈で繰り返しの多い仕事はまだ存在しているので、それほど変化したわけではない。例えば、正午に二人は表に出て、六十八丁目に別の入口がある二人の医師の診療所へ行き、医師が昨日から溜《た》めてあった医療廃棄物を収集しなければならない。それが放射能を持っていたり、病原菌を持っていたり、何かを持っていたりしても、防御用ポリエチレンにしっかりと包まれたまま、二人のホゼはいつもどおりに、それを警備デスクのうしろにある奥の部屋の特別金庫まで運ぶ。そして、その日の午後に合法的許可とその廃棄物を処理する施設を持つ特別企業の人間が回収に来る。新しい従業員が雇われるまで、この仕事はずっと二人のホゼの日課の一部のままだろう。そして、二人はこう考えずにはいられない。どうしてこの廃棄物を忘れて、ペントハウスまわりをしたらいけないんだろう？

しかし、それはできない。その日の正午に、二人のホゼは〈インペリエイタム〉をあとにすると、フィフス・アヴェニューに出て、角を六十八丁目のほうへ曲がり、医師たちの診療所へ向かった。二人が一軒目の入口に着く直前に、前方から聞き覚えのない耳障《みみざわ》りな音が聞こえ、隣のビルディングのガレージのドアが上に開いていくのが見えた。

二人は同時に気がついた。二人のビルディングではなく、隣のビルディングだが、なんと、それはプレストン・フェアウェザーのガレージではないか！　すると、帰った初日に、フェアウェザーは自分のＢＭＷを外に出して、走らせるつもりだ。

医師の診療所の入口で足をとめたまま、その二人は待った。ガレージのドアが非常にゆっくりと上に開いていくのを見つめ、ＢＭＷとペントハウスの伝説的所有者が現われるのを待っていたのだ。

しかし、初めに現われたのは、明らかにどちらでもなかった。三人の男が現われ、上に開いていくガレージのドアの下をくぐって、六十八丁目をきびきびと歩いていった。その三人がビルディングの前の警備デスク横を通り抜けられないような連中だということは、二人のホゼはわかっていた。では、ビルディングの裏から、ビルディングじゅうで一番裕福な男の専用区域から出てきたその三人は、何をしていたんだ？

ガレージのドアが上まで開いて、そこからバックで出てきたのは、まるで荷台が満杯であるかのように、スプリングの反応が鈍い白のフォード・トラックだった。奥行き十六フィートの有蓋《ゆうがい》荷台がついたかなり大きなトラックだった。すると、あのガレージの端から端までぎゅうぎゅう詰めだったはずだ。トラックの運転台には黄色い安全ヘルメットをかぶった二人の男がいたが、理屈に合わない。この近くでは、建設工事がまったく行われていないからだ。

ガレージのドアがしまり始めると、トラックはバックで通りに出て、六十八丁目を東のほうへ向かった。リトル・ホゼが言った。「あのナンバー・プレートを見ろよ」

それで、ビッグ・ホゼは見た。『PF WON』

「事業用プレートじゃないぞ」リトル・ホゼが言った。「あのトラックは事業用プレートをつけてないといけないのに、ホゼ、何かおかしいぞ」

ビッグ・ホゼはすでに手に携帯電話を握っていた。管轄《かんかつ》の警察分署はスピード・ダイアルに登録してあった。退屈そうな声が答えると、彼は言った。「ホゼ・カレラスです。〈インペリエイタム〉の警備担当の」

「どういうご用件でしょう?」

「白のフォード・トラックがこのビルディングからたった今、出ていったところです。ニューヨーク州のナンバー・プレートで、P・F・スペース・W・O・N。そのプレートはBMWについていたはずです。何かおかしいことが起こっています」

「そのプレートを調べましょうか? お待ちください」

ニューヨーク市警の〝お待たせ〟音楽は、ビートルズの《ルーシー・イン・ザ・スカイ・ウィズ・ダイアモンズ》だった。なぜかその曲はふさわしく思えなかったが、地域の駐車規則について最新情報を教えてくれる活発な女の声を聞くよりも楽しめた。

それに、最初の警官が電話口に戻ってくるのに、そう長くはかからなかった。

「そのとおりですね。そのプレートは四年前のＢＭＷ・シリーズ・ワンに登録されています」

「所有者は」ビッグ・ホゼが言った。「プレストン・フェアウェザーです」

「そのとおり」

「そのトラックはたった今、六十八丁目からマディスンに曲がったところです」ビッグ・ホゼが言った。「それに、ミスター・プレストン・フェアウェザーは長い留守のあと、昨夜〈インペリエイタム〉のペントハウスに戻られたところです。とにかく、そのトラックをとめてください。そして、数人の警官をここへ寄越していただきたいですね」

「ただちに向かいます」

50

停止すべき信号ごとに、ケルプとスタンは安全ヘルメット内部のハンモックをさらに調節し、それがちょうど完璧《かんぺき》で、完全に快適になるまで続けた。まるでそこにチーズバーガーを隠しているかのように、ヘルメットは頭の上でゆらゆら揺れて、もちろん、まだ馬鹿馬鹿《ばかばか》しく見えたが、少なくとも快適だった。

そして、トラックも快適だった。昔のこき使う役馬《えきば》とは違って、このトラックはエアコン、柔らかいベンチ式座席、オートマティック・ギアが整備されている。市街ではめったに使わないが、自動速度制御装置さえも装備されていた。ともあれ、そのほかもすごく素敵だった。

二人はイレヴンス・アヴェニューを南へ向かっていて、このすごく素敵なトラックを隠しておく工事現場の二ブロック手前まで来た。このトラックの特性をずっと称賛しながら、スタンはこの仕事が終わってからも、このトラックを保有するつもりだと言った。このトラックには、警察を無力化するような、スーパーマンよりも強いクリプトナイト級の魔法の力が備わっているからだ。そのとき、突然に黒のクライスラー・コンシリエーレがトラックの前にあまりにも強引に割り込んできたので、スタンは同時にブレーキ・ペダルを踏み、警笛を鳴らし、運転台のルーフに頭をぶつけた。

「いったい何なんだあ？」

目の前のクライスラーが完全に停止すると、突然にジープ・バッカニアがトラックの左に停止し、右に駐車している車列に囲まれて、身動きが取れなくなった。

ケルプが言った。「スタン、ハイジャックだぞ！」

「こんな目には遭いたくない」スタンは世界に告げた。何かがスタンの左手にある窓ガラスをたたいた。そっちを向くと、たたいているのは銃身を短く切った二連式ショットガンの金属製の先端で、ジープの前部右座席にすわった男がスタンのほうに向けている。その男は首と鼻が大きく、髪がとても少なく、蠅《はえ》の翅《はね》を引き抜くときの笑みをたたえていた。この男はショットガンの銃身で上へ上へという仕草を見せた。その意味は明らかだった。トラックからおりろ。

スタンはショットガンとその男から目を放さずに言った。「こいつらはおれたちにトラックからおりてもらいたがっている。おれはおまえの横のドアから出たいな」

スタンのむこうにいるハイジャッカーたちを見ながら、ケルプが言った。「了解」

そして、横のドアをあけると、右側の駐車中の車列とトラックのあいだの狭いスペースを抜けて、歩道のほうへ向かった。

スタンがそのあとに続くと、ショットガンの男によく似た男がクライスラーからおりてきて、トラックの運転席にすわり、同じ腹から出てきたような別の男がトラックのうしろのどこかからやって来て、スタンとケルプを脇《わき》にどかせ、助手席にすわった。

ほかにどうしようもなく、スタンとケルプは駐車中の車列の横を通って、縁石へ向かった。すると、トラックとニュージャージー州のナンバー・プレートをつけた三台の伴走車は、そこから騒々しい音を立てながら、猛スピードで走り去った。

激怒の口調というより苦々しい口調で、スタンが言った。「これまでハイジャックに遭ったことがないのに。一度もな」

サイレンの音が轟《とどろ》いた。三台の車とトラックはまだそのブロックの端にいて、赤いブレーキ・ライトが陽差しの中で光っていた。警察車輛《しゃりょう》が四方八方からやって来て、急停止した。私服刑事と制服巡査が完全武装して飛び出してきた。

「う～ん、おまえはこんな目に遭うまたとない最高のタイミングをうまく選んだもんだな」ケルプがコメントを述べた。

「ええい、くそったれ」スタンが罵声《ばせい》を発した。

二人の私服刑事が自分たちのバッジをシャツの胸ポケットから黄色い舌のように垂らしたまま、足をとめて、スタンとケルプに呼びかけた。「とまらないで、とまらないでください。ここには何も見るものがないよ。仕事に行きなさい。自分の用事を片づけに行きなさい。ここは犯罪現場ですから」

「わあ、おれは犯罪現場が大嫌いなんです」ケルプが言った。「さあ、行こうぜ、相棒」

安全ヘルメットをかぶったまま、二人はきびきびとした歩調で立ち去った。ケルプは建設労働者の役になりきって、左脇の下に金属製のランチボックスを抱えている振りをした。まるでランチボックスが目に見えるようだった。

51

プレストンは最初のてんやわんやの大騒ぎのあいだじゅう、ずっと眠りこけていた。電話の話し声、騒がしい足音に、それより騒がしい声など、総合的な騒音のあいだじゅうずっと。一度、覚醒の表面に早々と引っ張り出されたあとは、その前よりも深い眠りに落ちた。それは、ただの睡眠というよりも冬眠と見なしたほうがいいかもしれない。

しかし、アラン・ピンクルトンがベッドルームのドアをあけて、叫んだ。「プレストン、起きてください! 盗難に遭いましたよ!」すると、プレストンの目がサーチライトのように、ぱちっと見開いた。彼はアランを見つめて、なんとか目が覚めている状態で叫んだ。「アーニー・オルブライト!」

その声でアランの勢いがとまった。「何ですって? プレストン、泥棒がやって来て……」

「あいつがここにいたんだ」

プレストンはなんとか上体を起こし、なんとかベッドカヴァーから両腕を外に出した。そして、アランを指さして言った。「あいつがそこにいたんだ。きみが今いるところに」

「プレストン」アランが言った。「あなたが何の話をしてるのか知りませんがね、警察がここに来てるんです。あなたは起きてきて、警察に会ったほうがいいですよ」

「夢なのか？」

「お願いですよ、プレストン」

プレストンは頭を振って、脳から霧を少し払いのけた。「夢か。わたしは夢を……」

「服を着てください、プレストン」アランが言った。

「わかった」プレストンが答えた。「すぐに行く」

その十分後、彼はほとんど空っぽになったリヴィングルームにはいるときに、呆然《ぼうぜん》とした目で美術品のなくなった――あまりにも多くの美術品がなくなった――スペースを見つめてから、やっとそこに存在するものを認識した。十人ほどの警察官が存在していた。エレヴェーターのそばの制服警官は二人だけだが、全員が明らかに警察官だ。

彼らはまだプレストンに気づいていなかった。みんなが現場検証で忙しかったし、プレストンが驚愕《きょうがく》の沈黙状態ではいってきたからだ。しかし、畏敬《いけい》の念にうたれたプレストンが、「わたしは盗難に遭った。盗難に遭ったんだ!」と言うと、全員が彼のほうを向いて、同時にしゃべった。そして、一人を除いて全員が黙った。その一人は白髪の大柄な男で、半袖《はんそで》の白いドレス・シャツに、栗色《くりいろ》のネクタイ、黒のスラックスという格好をして、シャツの胸ポケットからバッジのついた皮革片を垂らしている。

この男が言った。「ミスター・プレストン・フェアウェザーですか?」

「ええ、もちろん。どうして、こんなことに……昨夜はこんなんじゃなかった」

「わたしはマーク・ラディック刑事です」白髪の男がそう言って、長さ八フィートの金色のソファを示した。「しばらく一緒にすわりましょう」

「ええ、もちろん。申し訳ない。まだ呆然としているもんで」

「わかります。誰でもそうなるでしょう。すわってください」

プレストンがすわると、アランが現われて言った。「コーヒーは?」

「もらう」プレストンが言った。「ありがとう、アラン。いろいろと……」

アランがむこうへ行くと、ソファで隣にすわっていたラディック刑事が言った。

「ミスター・ピンクルトンが言うには、あなたは夢を見たとか、たぶん泥棒の一人を見たとか？」

「確かじゃないんです」プレストンが言った。寝ぼけていた状態を思い出すことはむずかしかった。「目を覚まして、オルブライトという男がわたしのベッドルームの入口に立っているのを見たと思ったんです。彼とはしばらく前に〈地中海クラブ〉で会いました。その男はニューヨークから来たんです。彼がある種の悪党だという印象をいつも抱いていました。その明確な理由はわかりません。ただそう思っただけです」

アランがまた現われ、プレストンのそばのテーブルの上にコーヒーカップを静かに置いた。プレストンが言った。「ありがとう、アラン」

「それが夢か現実か、わかればいいんですがね」ラディック刑事が言った。「あなたが夢の中で泥棒の物音を聞いて、あなたが悪党と考えるこの人物の顔を思い浮かべることはあり得ます。しかし、あなたが現実にその男を見たこともあり得ます。その男は最終的にこの盗難に結びつけようと、あなたの背景を探るために、その〈地中海クラブ〉にいたのかもしれません。その男はあなたが昨日戻るのを知らなかったんでしょうね」

「誰も知りません。きのうまで、わたし自身も知りませんでしたから」プレストンは部屋じゅうを見渡した。驚きは弱まらなかった。「賊は何もかも盗んでいったんだ」

「そのう」ラディック刑事が言った。「その男の名前を教えてください。住所を突きとめられるか調べてみましょう。手がかりになるかもしれませんよ、ミスター・フェアウェザー。われわれは間違いなくこの手がかりをたどっていきますから」

「その男の名前はアーニー・オルブライトです」プレストンが言った。「〝オルブライト〟の綴《つづ》りはA・L・B・R・I・G・H・Tで、Lが一つだと思います。マンハッタンのどこかに住んでいることはわかってます。ウェスト・サイドだと思います」

このあいだも、その部屋にいるほかの警察官は動きまわり、話し合ったり、写真やヴィデオ動画を撮ったり、長さを測ったり、携帯電話や無線電話で話したりしていたが、その中の一人が近づいてきて言った。「刑事、つかまえました」

ラディック刑事がにこっと笑った。「それは早いな」

「ここの警備スタッフの二人が賊のトラックが走り去るのを目撃しまして」その警官が言った。「ミスター・フェアウェザーの車のナンバー・プレートがそのトラックについているのに気づいたんです」

プレストンが声をあげた。「何だって！　わたしのナンバー・プレートが？　わたしの車の？　わたしの車もなくなったのか？」

「すぐに突きとめますよ」ラディック刑事が言った。そして、今度は警官に言った。

「それで、被疑者の身元を突きとめたのか？　その中にアーニー・オルブライトはいたのか？」

「いいえ」警官が言った。「イレヴンス・アヴェニューで賊を確保しました。三台の伴走車も。全部で男六名です。全員、ニュージャージーのギャングスターだとわかりました」

「ニュージャージーだって？」

「全員、ハウイー・カルビーネ一家の構成員です。やつらはニューヨークで活動してはいけないはずなんです」

ラディック刑事は面白味のない笑い声を短くあげた。「すると、連中はわれわれと面倒なことになっているだけじゃなくて」と言った。「ニューヨークの組織とも面倒なことになっているわけだ。いいぞ」

「トラックは五十七丁目の警察ガレージに運ばれました」

「ミスター・フェアウェザー」ラディック刑事がプレストンに言った。「あなたが朝食を食べたあとで、一緒に来て、トラックの荷台の中身を確認してください。盗難品目録があるはずですから、できれば協力してください」

「もちろんです」プレストンが言った。「考えてみてください。ニュージャージーのギャングスターの仕業だとはね。アーニー・オルブライトではなかったんだ」ほくそ笑んで、プレストンが言った。「あの可哀想《かわいそう》な男を面倒な目に遭わせるところだった。あの男には謝罪をすべきだな」

52

「昼休みから帰ってくるのは、少し遅れます」ジャドスンが言った。「新しいアパートメントで使うために、少し生活用品を買わないといけないので」

「いいわよ」J・Cが言った。「じゃあ、あとで」

これが嘘《うそ》をつく方法だ。ジャドスンはオフィスを出るときに、自分に言い聞かせた。さりげなく、単刀直入に、自信満々に。

フィフス・アヴェニューを六十七丁目まで歩いたが、六十八丁目のビルディングで何が起こっているのかわからなかったので、そこの前を通りたくなかった。六十七丁目で右に曲がり、マディスン・アヴェニューまで行き、一ブロック北へ歩いた。そこで六十八丁目に面している目当てのビルディングのむかい側に来た。

あったぞ。ガレージのドアがあった。自分が細工した警報器もあった。みんなに聞かされた少しのことや、自分が推測したそれ以上のことから察すると、目的の場所は角のビルディングの最上階にあるペントハウスで、このガレージは特別専用エレヴェーターで、そのペントハウスに続いている。

みんなは今そこにいるんだろうか？ それとも、まだここへ来ていないのだろうか？ もちろん、もしみんながすでにここへ来てから、出ていったのなら、ぼくがここにいても意味がない。でも、もしみんながでかいヤマをまだやっているのなら、昼休みまでに終了していないよね？ とにかく、J・Cに聞かせるべき作り話を考えられなかったので、今までここには来られなかったのだ。

彼が警報器に細工した理由は、みんなが好きなときにガレージのドアを解錠してから、あけるためだった。今もまだ解錠されたままだろうか？ みんなはここに来たのだろうか？ みんなはここにいるのだろうか？ まだ着いていないのだろうか？ ジャドスンは素早く左右を見まわして、誰も自分に注意を向けていないことを確認し、ドアを上に引っ張りあげた。すると、ドアは上に開いた。

おっと。こんなことをすべきなのだろうか？

もう遅い。彼はドアを上にあげていた。ドアの下部を腰の高さまで引きあげて、ドアの下の隙間《すきま》をくぐり抜け、ドアを下に押し下げた。

そこは空っぽだった。ここは車が収納されているところだ。埃《ほこり》だらけのフロアにタイアの痕跡《こんせき》が残っているが、車はない。まだ誰もいない。

ここには窓がないが、ドアをあけたときに、頭上のライトがついた。そのライトのおかげで、エレヴェーターのドアが見えた。そこに近づき、そのドアのハンドルを引いた。すると、別のライトがついた。エレヴェーターの中のライトだ。それは目の前にとまっている。

エレヴェーターに乗るべきだろうか? 今は目の前にある。まわりには誰もいない。最上階のペントハウスは空っぽのはずだ。乗らない理由はない。

エレヴェーターに足を踏み入れると、『上』ボタンを押した。エレヴェーターが上にあがると、瞬間的に不安を感じた。しかし、まわりには誰もいない。心配することは何もない。上に行くと、みんながすでに仕事を終えたのかどうか、わかるはずだ。もし終えていたら、ぼくはここを出ていくだけでいい。まだ着いていなければ、上で待って、みんなが着いたときに驚かせて、金目の物を運ぶのに手を貸すためにここにいると言おう。すでに現場にいるんだから、みんなに追い払われることはないよね?

エレヴェーターがスピードを緩めて、とまった。ドアがあくのを待ったが、ドアはあかなかった。やがて、ドアを自分で押しあける必要があることに気がつき、押しあけてみると(彼自身はそのことを知らないが)、ペントハウスの正面エレヴェーターが犯罪現場をあとにした警官たちの最後の組を乗せて、ドアをしめたところだった。

ジャドスンはそのアパートメントの中を歩きまわりながら、家具やカーペットや街の景色に見入った。リヴィングルームは素晴らしい。

しかし、すごく空虚だった。壁面には、絵画を前にかけていたフックが点在している。上に彫刻が載っていない台座が並んでいた。

みんなはここにいたんだ。みんなはあまりにも効率的なので、ここにはいると、ほしいものをすべてきれいに運び去って、昼休み前に出ていったんだ。

ぼくがここに来たことを、みんなは知らなくてもいい。ジャドスンは自分に言い聞かせた。みんなはどっかの厄介者にうろついてほしくない。「ぼくを置いてかないでえ〜！」とわめくどっかのちっちゃいガキみたいな厄介者に。それでは、ぼくはここを出ていく。ぼくがここに来たことを、みんなが知ることはない。それにしても、みんなは手際がいいよね？

廊下を歩いているときに、ジャドスンはそこにかかっている数点の絵画が持ち去られていないことに気がついた。みんなはリヴィングルームとダイニングルームからだけ高額美術品を持ち去った。たぶん、ここにあるものはそれほど高額ではないと考えたのだろう。

暗くて、小さかったが、絵画のうちの一点がジャドスンの注意を引いた。幅が一フィート以下で、高さが八インチぐらいだろう。しかし、その大きさにしては、細部まで描いている。中世の作品で、ジャドスンと同年輩で、農民服姿の男二人が一頭の豚を長い棒からぶら下げながら、それぞれ長い棒の両端を肩に担《かつ》いでいる。そして、丘の中腹にある森のあいだの小道を歩いている。丘のふもとには湖らしきものが見える。その横には数軒のとても素朴な家と馬車があり、数人の人物が丸太を斧《おの》で割っている。

この絵画がジャドスンの目を引いたのは、二人の若い男が顔に浮かべた表情だ。まるで何かをまんまと盗んで逃げおおせたことで、笑わずにはいられないかのように、その二人は間抜けそうなにやけ顔をしている。

ジャドスンは男たちの顔と悪戯《いたずら》っぽい目と間抜けそうなにやけ笑いを見て、親近感を覚えた。もしその時代に生きていたら、その二人のうちの一人になっていたかもしれない。

そのとき、突然わかった。二人はその豚を盗んだんだ。

ジャドスンは壁のフックからその絵画を外して、もっと近くでよく調べた。確かに古くて、そういう衣服を着ている時代に描かれたものだ。木の板に描かれ、右下に解読不能な署名がはいっている。

その油彩画は、その二人の男にはそぐわないような、入念に金箔《きんぱく》を施した額縁にはいっていた。それに、無反射ガラス板がおおっていた。ジャドスンがその絵画を額縁から外すと、重くはなかった。大きくもない。気に入った。シャツの下にすべり込ませ、スラックスの前部にたくし込むと、エレヴェーターのほうへ向かった。

53

みんながアーニーのアパートメントに集まるまでに、アーニーは完全に異なる意味で精神的にまいっていた。まず、彼がフェアウェザーのガレージからドートマンダーとタイニーと一緒に飛び出したとき、フェアウェザーがうしろ六フィート以内に迫っていると確信していた。たぶん、まだパジャマ姿のままで、復讐《ふくしゅう》の天使のように追いかけてきて、まわりの警官たちをホイッスルで呼び集めていると。アーニーがあまりにも怯《おび》えていて、うしろを振り向けないために、ドートマンダーが代わりに絶え間なく振り向いて、プレストン・フェアウェザーの特徴に近い人間は誰もうしろの歩道にいないとか、警官は一人もいないとか、誰かを追いかけているように見える人間もいないことを、何度も何度もアーニーに請け合ったが、それでも、どうしようもできなかった。アーニーは電流が通じたスプリングつき操《あや》り人形のように、小刻みに揺れて、何やらつぶやきながら、ドートマンダーとタイニーの前を、想像上の猟犬のすぐ前をただ直進した。

それに、あまりにも怯えていて、タクシーにも乗らなかった。タクシーの運転手はアーニーを乗せた場所を記録に書き込んで、避けることのできないこの可哀想なアーニー・オルブライトの投獄の前にある避けることのできない裁判で、彼に不利な証言をするからだ。アーニーはそもそもあの現場に絶対にいるべきではなかったし、彼の自宅で警察が待ち受けている今では、どこへ行けばいいのだろう?

「連中はあんたの自宅で待ってはいないよ、アーニー」ドートマンダーが言った。「家に帰れよ。もし誰かがやって来たら、『それはわしじゃない、何の話をしてるのかわからない、よければ家の中を捜してくれ』と言えばいい」

「あわわわ」

「わかったよ、あんたは二、三のものを片づける。おれが一緒にあんたの家に行くからな。こんなことになったのも、少しはおれの責任で……」

「少しだと!」

「そのう、プレストン・フェアウェザーも責任の一端を取らないといけない。さあ、アーニー。おれも一緒にいくぞ」

「おれは行かないね」タイニーが言った。「あばよ」そして、マディスン・アヴェニューを歩き続け、J・Cとの昼食を食べに行った。

「さあ、行くぞ、アーニー」ドートマンダーが言った。「ちょうどタクシーが来たから……」

「タクシーには乗らんぞ！」

ということで、アーニーはその日、セントラル・パークの中を歩いて通り抜けた。朝の冷気の中ではなく、《アラビアのロレンス》の映画のような、昼すぎの酷熱の中なのに。アーニーは公園の中を歩いて横切ったというよりも、木陰から木陰へと移り、木のないところでは、キッチンのライトをつけたときに見る何かのように、こそこそと逃げまわったのだ。

ついに、二人は公園を横切り、ウェスト・サイドの一部も横切って、アーニーのビルディングに着いた。その前に警官は一人もいなかった。ドートマンダーをあとに従えて、アーニーは階下の玄関にはいったが、階下のドアを解錠せずに、自分のドアベルを鳴らした。

ドートマンダーが言った。「アーニー？　あんたは家にいないんだぞ」

「でも、誰かがいるかも」アーニーは暗い声で言って、インターコムを見つめたが、ついにそれが何も言わないことが彼にも明らかになった。そして、やっとドアを解錠し、先に自分のアパートメントへ向かった。中にはいると、まわりを見渡し、悲劇的な絶望感に浸って、両手で頭を抱えながら叫んだ。「この部屋を警察に見せるために、どう片づければいいんだよ？　わしがレシートを持ってると思うかね？」

「おれが一緒に待っててやるよ、アーニー」ドートマンダーが言った。「問題なんかないぞ。もし問題があるなら、今頃は問題になってるはずだ。おれたちが街を横断するのにすごく時間がかかったんだからな」

「歩きたがったのは、あんただ」

「それはあそこへ行くときだ。ここに戻ってくるときじゃない。ラジオを持ってるか？」

アーニーは不信の目でドートマンダーを見た。「音楽を聞きたいのかね？」

「ニュースを聞きたい」ドートマンダーが言った。

「うん、なるほど。そうだな。持ってくるよ」

アーニーはベッドルームへ行って、白いプラスティック製のラジオを持ってきた。一九四七年に銀行で口座を開いた謝礼にもらった代物《しろもの》だ。そして、それをコンセントに差し込み、地元のニュース専門局に合わせた。「わたしたちに二十二分くだされば」とアナウンサーが威《おど》す。「みなさまに世界ニュースをお伝えします」すると、だいたいはスポーツ・ニュースをみんなに伝えてくれる。ラジオ局は知らないのかもしれないが、スポーツ・ニュースは世界ニュースではないのだ。

しかし、いくつかの試合結果といくつかの監督の解雇といくつかのコマーシャルのあと、ラジオ局は実際にいくつかのニュースを伝えた。「けさ、マンハッタンのペントハウスで九百万ドル以上相当の稀少《きしょう》な美術品が盗難に遭いました。ジュリー・ハプウッドが最新緊急ニュースをお伝えします」そして、あとを続けた。

「マンハッタンのセントラル・パークを望むフィフス・アヴェニューの豪華なペントハウスでけさ起こった大胆な稀少美術品盗難事件の現場です。アパートメントの所有者である五十七歳の投資家ミスター・プレストン・フェアウェザーは、昨夜海外から帰国したばかりで、盗難が行われているあいだじゅう熟睡していたようです。四十四歳の同僚ミスター・アラン・ピンクルトンは、そのアパートメントでゲストとして同じように熟睡していました。そのビルディングの警備スタッフの二人、二十七歳のミスター・ホゼ・カレラスと二十四歳のミスター・ホゼ・オツェゴが、鋭い洞察力によって、ビルディング付近で目にとまったトラックの動きを怪しんだため、警察に連絡して、すぐさま当局にこの大胆な盗賊グループを追跡させたのです。盗賊グループが盗難品を処分する前に、警察はグループを逮捕したいと願っています。ジュリー・ハプウッドがこれから引き続きこの事件の成り行きをお伝えする予定です」そのあと、付け加えた。

「わたしたちに二十二分くだされば、みなさまに世界ニュースをお伝えします」と告げたあと、スポーツ・ニュースに移った。

二十分後、アーニーがうさんくさいキッチンで作ったオムレツを、ドートマンダーが食べようかどうか迷っているときに、ラジオが伝えた。「けさマンハッタンのフィフス・アヴェニューで起こった大胆なペントハウス盗難事件で、数人が逮捕された模様です。ジュリー・ハプウッドがこの最新緊急ニュースをお伝えしています」

アーニーは自分が逮捕されたのかどうか確かめようと、自分自身の体を素早く見た。ドートマンダーはラジオに体を近づけ、オムレツから遠ざけた。

「ほんの少し前に、マンハッタンのイレヴンス・アヴェニューで、警察が白のフォード・トラックの行く手を阻《はば》みました。マンハッタンの東六十八丁目とフィフス・アヴェニューの角にある豪華な高層アパートメント・ビルディング、〈インペリエイタム〉でけさ起こった大胆な盗難事件の現場から逃走するのを目撃されたのが、この白のフォード・トラックです。報告によりますと、数人が逮捕され、盗難品は回収されたということです。三十六歳のゾゾ・フォン・クレーヴェ市長補佐のコメントです。〝これがニューヨーク・ファイネストと称されるニューヨーク市警に期待している即時行動です〟と。ジュリー・ハプウッドがこの緊急速報をお伝えしています」

「食欲がなくなったよ」ドートマンダーはそう言って、オムレツの皿を押しのけた。

「わしたちは破滅だ」アーニーがそう告げると、電話が鳴った。アーニーが電話機を見つめた。「警察だ！」

「警察は電話なんかかけてこないよ、アーニー」ドートマンダーが指摘した。「警察は家を訪問するんだ」

それでも、アーニーは応答したくなかったので、ついにドートマンダーが答えた。ケルプからだった。「ジョンか？　アーニーに電話したと思ったんだがな」

「アンディーか？　おまえたちは逮捕されたものだと思ってたよ」

「いや、おれたちじゃない。おれの話を聞いてくれ。どこにいるんだ？」

「アーニーのアパートメントだ。おまえはそこに電話したんだ。アーニーがちょっとした精神衰弱を起こしたんで、おれが応答した。ここへ来るかい？　スタンはどこだ？」

「歩道でおれのそばにいる。そっちへ行くよ」

「五十七歳の投資家ミスター・プレストン・フェアウェザーのフィフス・アヴェニューにあるペントハウスでの大胆な盗難事件の続報です。どうもマフィアが関係している模様です」

ドートマンダーとアーニーはお互いの顔を見つめ合った。ドートマンダーが言った。

「マフィアだって？」

「ジュリー・ハプウッドがこの最新速報をお伝えします」そして、続けた。

「きょうマンハッタンのフィフス・アヴェニューの高級住宅地区で起こった大胆な盗難事件で逮捕された六人の男たちは、警察によりますと、犯罪組織に関わっているそうです。そのうちの数人は、脅迫、賭博《とばく》、放火、傷害の容疑でニュージャージー州で有罪判決を受けたことがあります。警察は投資家ミスター・プレストン・フェアウェザーとニュージャージー州の犯罪組織の顔役たちとの関連を調べています。三十六歳のゾゾ・フォン・クレーヴェ市長補佐のコメントです。〝もし組織が関係しているなら、これがただの行き当たりばったりの盗難だとは考えにくいですね。ニューヨーク・シティーの善良な市民であるミスター・フェアウェザーがこの犯罪に関わっているとは、誰も考えておりませんが、彼の同僚たちがたった今精査を受けております〟

と。ジュリー・ハプウッドがこの事件の続報をお伝えしました」

「〈OJ〉だ」ドートマンダーが言った。そのとき、ドアベルが鳴った。

「警察だ！」

「アーニー、アンディーとスタンだよ。中に入れてやれ」

しかし、アーニーはまずインターコムで二人に話しかけ、名前を名乗るように指示し、二人のほかには誰も一緒にいないことを誓わせてから、やっと二人をビルディングの中に入れた。そして、二人が階上にあがってくると、ケルプが言った。「信じてくれないだろうよ」

「ラジオで聞いたところだ」ドートマンダーが言った。「ニュージャージーの組織の連中の仕業だ」

「畜生め」ケルプが言った。「おれの話をぶち壊しやがった」

「だが、そういうことだ」ドートマンダーが言った。「やつらはおれたちのことを知って、おれたちのあとを尾《つ》けて……」

「おれは何も知らないぞ」ケルプが言った。

「おれたちの誰も知らなかった。これが〈OJ〉の件に対するやつらの仕返しのやり方だ。ただ、やつらの望みどおりに、コトが運ばなかっただけだ」

スタンが言った。「あと半ブロック先まで行ってたら、とめられていたのはおれだったろうよ。今頃は指先のインクを洗い流しているところだ。そんなことは経験したくないね」

ケルプが言った。「ビールを飲むには早すぎるかな？」

「いいや」みんながそう言って、アーニーにビールを買いに行かせた。

ビールを飲んでいるときに、タイニーも仲間に入れるべきだということが決まった。アーニーはまだ電話機に嚙《か》みつかれることを恐れていたので、ドートマンダーが電話をかけた。応答したのは若造のジャドスンだった。「ああ、どうも、ミスター・ドートマンダー」と言った。「二人はまだ昼食から帰っていません。ぼくは思ってたよりも早く戻ったので、ここの雑用を片づけたり、郵便物を片づけたりして、ここの事務所の留守番をしています」

何かうしろめたそうな声だな。ドートマンダーはそう思った。何のことでうしろめたいんだろう？「タイニーに伝えてくれ」ドートマンダーが言った。「新しい展開があったんだ。おれたちはみんなこの番号にいる」そして、電話機についた番号を読みあげた。

「伝えます」ジャドスンが約束した。「書きとめますので、心配しないでください」わかりました。ミスター・タイニーが戻ってきたら、すぐに伝えますので、心配しないでください」

「何も心配してないよ」ドートマンダーが言って、電話を切った。「あの坊主《ぼうず》は少し変だぞ」

「続報だぜ」ケルプがそう言って、ラジオを指さした。

「……この犯罪に関わっていました。ジュリー・ハプウッドが続報をお伝えします」

そして、続けた。

「ニュージャージーの組織の顔役である五十一歳のオッタヴィアン・シチリアーノ・カルビーネの息子で、二十六歳のマイクル・アンソニー・カルビーネがマンハッタンの高級住宅地区イースト・サイドを管轄する十九分署の警察官によって取り調べを受けるために連行されました。けさ一千五百万ドル以上相当の美術品が大胆な盗難に遭った豪華な高層アパートメント・ビルディング、〈インペリエイタム〉のすぐむかいにあるセントラル・パークで目撃されました。盗難美術品所持容疑で、きょうの昼早くにマンハッタンで逮捕された六人の男たちは、ミスター・カルビーネとその父親の仲間だと言われています。ニューヨーク市警の組織犯罪班のショーン・オフリン警視によりますと、お互いの縄張りに侵入しないという、ニューヨークとニュージャージーの組織が交わした合意が破られた模様です。つまり、組織間の抗争が起こるかもしれないということです。ジュリー・ハプウッドがこの事件の続報をお伝えしました」

タイニーが電話をかけてきたとき、ドートマンダーがまた電話に応答した。タイニーが言った。「おれたちはブツを持ってないのか?」

「ああ、持ってない」ドートマンダーが言った。「だが、いろいろと新しい展開があった。おれたちみんな、このラジオで事件の成り行きを聞いているところだ」

「ラジオが存在したことは覚えてるよ」タイニーが言った。「すぐに行く」

それで、十五分後にドアベルが鳴ったとき、ドートマンダーが立ちあがって言った。「すわったままでいろ、アーニー。おれがタイニーを入れるからな。これ以上来る人間の訊問《じんもん》を聞きたくない」

「たぶん」アーニーはそう言ったが、その声は疑惑の色を帯びていた。「警察はきょうだけで充分な関係者を連行したんだろうよ」

ドートマンダーがタイニーを階下の入口ドアから中に入れると、ケルプが言った。「ニュージャージーの組織構成員七人が盗難品全部を? それ以上ほしいのなら、べらぼうに強欲だよな」

「ああ、べらぼうに強欲だと思う」スタンが言った。

ドートマンダーがアパートメントのドアをあけると、タイニーがジャドスンを連れてはいってきた。「坊主を連れてきたぜ」と指摘した。

「見たらわかるよ」ドートマンダーが言った。

「ハロー」ジャドスンが言って、みんなににこっと笑いかけた。

「こいつは儲《もう》けの分け前がほしいと言うもんで」タイニーが説明した。「悲痛と苦悩の分け前をくれてやろう」

「つまり、このヤマが打ち切られたとき、ほかの連中があのトラックを運転してたわけだ」スタンが言った。「おれにとっては、成功だ」

「おまえはそういうやつだ」そして、タイニーはドートマンダーに言った。「これもおまえがヒーローになりたくて、〈OJ〉を助けようとしたからだ」

「残念ながら、そのとおりだ」ドートマンダーが認めた。

「おまえがおれにいくらの借りを作ったのか、もうわかったのか?」

ドートマンダーが青ざめた笑みを浮かべると、ケルプが言った。「ジュリー・ハプウッドによると、今、当局は五十七丁目の警察ガレージで盗難品目録を作成していて、フェアウェザーはなくなったと思うもののリストを自宅で作成しているらしい」

タイニーがケルプにしかめ面《つら》を見せた。「いったいジュリー・ハプウッドって誰なんだ？」

「ラジオで事件の成り行きを伝えてる女だ」

タイニーがラジオを見ると、二十二分間のスポーツ・ニュースを伝えるところだった。「では、その女がほかに何を伝えるのか聞いてみるか」とタイニーが言った。

しかし、ジュリー・ハプウッドはそれ以上のことを伝えなかった。突然、さよならの手も振らずに、別の緊急速報が報じられた。その速報は地元から離れたほかの地域からのニュースだった。

それで、五時に、みんなはＴＶに変えて、地元ニュース放送局が何を報じるのか観《み》てみた。最初はほとんど何も報じなかったので、アーニーがいろいろとＴＶのチャンネルを切り換え続けた。そして、突然、その手をとめると、ＴＶセットにリモコンを向けて言った。「あいつだ！」

それが裕福な男だということはわかる。太ってはいなくて、恰幅《かっぷく》がいい。裕福な男だけが、恰幅がいいと形容されるのだ。ドートマンダーたちがあまりにもよく知っているリヴィングルームで、金髪の女性ＴＶリポーターにインタヴューを受けていた。

彼のうしろの壁面には明らかに空いたスペースが見える。彼が言った。「襲撃された気分だね、グウェン。安全とされる自宅でだね、ニュージャージーから来たクロマニオン人たちに悩まされるとは、予期していなかったね」

「〝ね〟が多いな」タイニーが言った。

リポーターが尋ねた。「何を取られたのか、だいたいわかりますか、ミスター・フェアウェザー?」

「極上中の極上作品だね、グウェン。敵の膝頭《ひざがしら》をつぶすことで知られている連中が、これほどのよい趣味や教養を持っているとは予期していなかったことを認めざるを得ないね。少なくとも、一味の一人は特出した審美眼を持っていたんだろうね」

「そうこなくっちゃ」アーニーが言った。満面の笑みを浮かべている。

「あまりにも目が利《き》きすぎていて」フェアウェザーが続けた。「ブリューゲルまでも盗まれたよ」

アーニーとドートマンダーとケルプと女性リポーターが一斉に言った。「ブリューゲル?」

フェアウェザーの右側でTVカメラの画面にはいらないどこかを示しながら、彼が言った。「連中が廊下から持ち去った唯一《ゆいいつ》の美術品だ。そのほかのものは、すべてこのあたりからだ。廊下にある美術品のほとんどは少し質が落ちるかもしれないがね、わたしはそのブリューゲルを陽差しから守るために、いつもあそこに飾っていたんだ」

「それでも、見つけられたわけですね」リポーターが言った。

「うん、そうだよ、グウェン。警察がたった今トラックの中で調べている盗難品の中にそれを見つけてくれることを、わたしは心から望んでいるね」

アーニーが言った。「どのブリューゲルだ？」

女性リポーターが言った。「そのブリューゲルにいくらの値段をつけますか、ミスター・フェアウェザー？」

「いや、それはわからないな」フェアウェザーが言った。「あの絵画に百万弱払ったよ、七、八年前にね」

タイニーが言った。「TVを消せよ、アーニー。話をしなきゃいけないな」

アーニーはリモコンでTVを消して言った。「わしは廊下のものに何一つ赤丸シールを貼《は》っていない。廊下を見てもいないんだ」

「おれとドートマンダーは」タイニーが言った。「赤丸が貼ってないものは一つも運び出さなかった。そうだろ？」

「そのとおりだ」ドートマンダーが言った。

ケルプが言った。「おれとスタンは階下にいたから、わからない。このブリューゲルはどういう絵なんだ？」

「ケルプ」タイニーが言った。ほんの少し危険を孕《はら》んだ声だった。「おれたちのうちの誰も持ち出してないんだから、それがどんな絵なのか、誰も知らないんだぞ」

「でもな」ケルプが論理的に言った。「誰かが盗んだんだ」

「ジャドスンだ」ドートマンダーが言った。

みんながドートマンダーのほうを見たが、そのあとでジャドスンのほうを見た。ジャドスンは赤面して、口ごもり、キッチン椅子にすわったまま、もじもじした。両腕を動かして、まるでピンでとめられた蝶《ちょう》のようだった。みんなが彼のほうを見つめ続けた。そして、ついにジャドスンがなんとか言葉を発した。「どうして……ぼくが何を……どうやって……ミスター・ドートマンダー、どうして……」

「ジャドスン」タイニーが言った。やさしく穏やかに言ったが、ジャドスンは施錠《せじょう》された金庫のように口を閉じ、その顔はあっという間に、甜菜《てんさい》の赤から屍《し》衣《い》の白に変わった。

ドートマンダーが言った。「そのはずだ。ジャドスンは現場へ行き、おれたちと一緒にいたかった。おれたちはすでに引き上げていた。ジャドスンはペントハウスにはいると、見てまわり、何か小さいものを持ち去ることに決めた」

ケルプが言った。「ジャドスン、どうしてあれを盗もうとしたんだ？」

ジャドスンは口が利けずに、みんなの顔を見まわした。

アーニーが情報を提供するつもりで言ってみた。「坊主、おまえはこれまで会った中でも一番嘘が下手くそだぞ」

ジャドスンはため息をついた。ついに否定しても何の役にも立たない事実を受け入れるつもりであることが見て取れた。

みんながその答えに反応した。スタンが言った。「おまえがあれに共鳴したって？」

「共鳴したんです」と言った。

ドートマンダーが言った。「どんな絵なんだ、ジャドスン？」

「二人の若者が豚を盗んでる絵です」

タイニーが言った。「そんな絵に百万ドル弱の値打ちがあるのか？　二人の男が豚を盗んでる絵が？」

「素敵な絵です」ジャドスンが言った。「その二人が楽しんでるのがわかります」

「おれたち以上にな」タイニーが言った。

ドートマンダーが言った。「ジャドスン、その絵は今どこにあるんだ？」

「J・Cのオフィスにあるぼくのデスクの中です」

タイニーが言った。「じゃあ、こうしようぜ、坊主。おまえはおれたちの盗んだものの分け前を手に入れるつもりだったが、おれたちはもはや盗んだものを持っていない。それで、おれたちはおまえの盗んだものの分け前を手に入れるんだ」

「悪くないと思うな」ケルプが言った。

ジャドスンがまたため息をついた。そして言った。「では、写真を撮っておきます」

「いい考えだ」ドートマンダーが賛成した。

タイニーがアーニーに言った。「あんたの知り合いはそれに百万払った。あんたは保険会社と交渉して、保険金の十パーセントを受け取る。それで、おれたちは一人一万五千ぐらい手に入れる。おれが考えていた金額よりも少ないが、いろんなことが起こるもんだ。それに、ドートマンダー、おまえのことは赦《ゆる》そう。それにこの坊主を近くにいさせてやることに、みんなも賛成してくれると思う」

「感謝します」ジャドスンが言った。

「それにしても」タイニーが言った。「あれだけの美術品をあそこに運び入れたのに、一枚の絵だけしか手にはいらないとはね」

ドートマンダーは自分のポケットでまだ燻《くすぶ》っている小さな装身具のことを考えたが、話さないことに決めた。秘密の守り方をよく心得ている人間たちもいるのだ。

54

プレストン・フェアウェザーとのインタヴューは、放送四十分前に収録された。収録が終わり、音響係やカメラマンがたくさんの器具を集めて、帰り仕度を始めると、プレストンが金髪のグウェンに言った。「かなり楽しかったよ。きみはほとんど問題なくインタヴューをこなすんだね」

「まあ、それが仕事ですので」彼女が言った。

「TV局でやるべき仕事を終えたら」彼が言った。「ここへ戻ってこないかね。一緒に《ア・ドゥエ》楽しいディナーを食べよう」

「いいえ、結構です」彼女が言った。

「きみを近所のおいしいレストランに連れていきたいのだが」彼が笑みを浮かべながら言った。「少なくとも新車を買うまで、ちょっとした法律上の問題や令状送達吏などのせいで、わたしは家から出られないんだ。しかし、そういうレストランはわたしのことをよく知っていて、わたしはたぶんチップを弾むお客と見なされているんだと思うが、店のメニューからおいしい料理を喜んで配達してくれるだろう」ほくそ笑みながら言った。「普段のお持ち帰り中華料理とは異なる。どう思うかね？　ちょっとしたペントハウスの探検だよ」

「結構です」彼女が言った。

手ぶりで示しながら、彼が言った。「この景色は夜になると、もっと素晴らしいぞ」

「そうでしょうね」

彼は悲しげな笑みを浮かべて、彼女の顔を見つめた。「きみはわたしをここに独りきりで置き去りにするつもりかい、グウェン？　盗難に遭ったわたしのペントハウスに独りきりで？」

「ミスター・フェアウェザー」彼女が言った。「わたしはここに来る前に、あなたのことを調査しました。あなたのちょっとした法律上の問題のことも、令状送達吏のこともよく存じています。あなたには驚くべき数の元奥さんがいらっしゃるんですね」

「あああ、元妻たちね」彼は手を宙で振り払って、その話題を無視した。「執念深い虫けらどもだ。無視するのが一番だ。どういう連中か知ってるかね？」

「知ってます」彼女が言った。「わたしもその一人です」

彼には信じられなかった。「きみはあの連中の肩を持つのかね？」

「わたしはどちらの肩も持ちません」彼女が言った。「準備はいい、みんな？」

そのみんなはカメラやケースや箱やバッグを肩から黒いストラップでぶら下げたまま、帰る準備ができていることを伝えて、エレヴェーターの呼び出しボタンを押した。

高慢で自惚《うぬぼ》れの強いグウェンは、冷淡な笑みをプレストンのほうへ向けた。「ありがとうございました、ミスター・フェアウェザー。とっても素敵なインタヴューでしたわ。担当の編集者が喜ぶことでしょう」

「わたしもすごく嬉《うれ》しいよ」プレストンがそう言ったとき、エレヴェーターのドアが開いた。

「失礼ですが」音響係が言った。

「何だね？」

音響係が分厚くて白い封筒を手渡した。「ニューヨーク州法に基づいた裁判所からの書類の送付です」と言うと、うしろを向き、エレヴェーターに乗り込んだ。

「うわあああ！」プレストンが大声をあげて、その封筒を投げつけたが、しまり始めたエレヴェーターのドアに撥《は》ね返った。あとには、グウェンが音響係のほうを向いて、「あなた、何を……？」と言いながら驚きの笑い声をあげたときのイメージしか残らなかった。

そして、その三人はいなくなってしまった。プレストンはそこに立ったまま、まるで一マイル走ったあとのように喘《あえ》ぎ、自分の見事な東洋絨毯《じゅうたん》の上に落ちた憎らしい封筒を見つめた。そして、やっとうしろを向いた。「アラン！」と金切り声をあげた。「アラン！」

すると、さっきの音響係のように、いくつかの荷物をぶら下げた格好のアランが現われた。「ええい、エレヴェーターに乗りそこなった」と言って、エレヴェーターの呼び出しボタンを押した。

プレストンが口をあんぐりあけて、アランを見た。「何をしてるんだね？」

「あなたはもうぼくを必要としていないんですよ、プレストン」アランが言った。「島に取り残された遭難者としての楽しい日々はもう終わりました。ぼくはさっきまで電話をずっとかけまくってまして、新しい仕事を見つける糸口を二、三見つけたところです」

エレヴェーターがまた現われ、生意気な黒人女のエレヴェーター係が言った。「急にあわただしくなりましたわね」

「さようなら、プレストン」エレヴェーターに乗り込みながら、アランが言った。

「本当にとても楽しかったです。ありがとうございました」

55

九月半ばの夜十時に、ドートマンダーが〈OJバー&グリル〉に足を踏み入れると、常連客たち全員がカウンターの左端に固まって、首を前に曲げたまま、まるでライアーズ・ポーカー（紙幣の連番の数字を用いて賭ける騙し合いゲーム）に興じているかのように、紙幣を見つめていた。カウンターのむこう側では、バーテンダーのロロがドリンクを注いでいて、もっと右のほうには、ドートマンダーがここで会うために来た相手が見えた。ラルフ・ウィンズロウだ。

ドートマンダーがカウンターに近づくと、常連客たちがライアーズ・ポーカーに興じていないことがわかった。彼らは新しい紙幣の色を見ているのだ。というのも、彼らのうちの一人が不当な目に遭ったような声を出して、こう言ったからだ。「この色は何なんだ。紙幣は緑色であるはずだ。〝緑色のゲンナマ〟とか〝緑色で払ってくれ〟とか、みんなは言うだろう。これは何だ、番号式塗り絵か？」

「それでも、まだ緑色が多く使われてるぞ」二人目の常連客が説得した。

「そうかなあ？」一人目は納得しなかった。紙幣に描かれたアンドリュー・ジャクソンの頭の左側を指で突ついて言った。「これは何だ？」

二人目が自分の二十ドル紙幣を観察した。「それはシャルトルーズだ」と教えた。

一人目が嫌悪感《けんおかん》に満ちた視線を送った。「それは何だって？」

「シャルトルーズだ。黄色がかなり混じった緑色のことだ」

ドートマンダーとラルフ・ウィンズロウのドリンク（ずんぐりした分厚いグラスにはいったライ・ウィスキーの水割り）が同時にカウンターにやって来た。「調子はどうだい、ラルフ？」

ラルフは陽気で大柄な男で、口が大きく、鼻も大きくて丸い。ドートマンダーたちが七月にここで会うはずだった相手だが、彼は急にしばらく街を留守にしなければならなくなった。今は彼が街に戻ってきたので、みんながここにやって来ると、遅まきながら、その話し合いが開かれるのだ。ラルフがドートマンダーのほうへグラスを持ちあげると、グラスの中の氷が遠くの寺院の鐘のようにカチンと鳴った。「戻ってこられて嬉しいよ」と言った。「乾杯」

「すぐに戻るよ」奥の部屋に行こうとして、ドートマンダーがロロに言った。「全員で六人になる。おれがバーボンびんとアンディーのグラスを持っていくから」

「悪いな」ロロが言った。「今はあの部屋を使えないよ」

ドートマンダーがロロを見つめた。「えっ、またかい？　あいつらは重犯罪容疑と組織間抗争で忙しくしてると思ってたんだがね」

「いや、あいつらがいるわけじゃないんだ」ロロが言った。「あいつらの件はもう大丈夫だ」とカウンターの銅製の表面を拳《こぶし》でこつこつとたたいて、魔除《まよ》けのまじないをした。「じつは、ある支援グループがあの場所をときどき使ってるんだ。少し終わるのが遅くなっているようだな。そのうちの一人が病状を再発してね」

「それは可哀想《かわいそう》に」

「あんたのドリンクを持ってくるよ」

「ありがとう」

左側で三人目の常連客が言った。「このハミルトンはまだ緑色だ。まだ頭部のまわりに丸い枠がある」

「本当かい？」二人目が非常に興味を抱いた。「じゃあ、古いほうだ」と言った。「それにいくらの値打ちがあると思う？」

三人目が言った。「何だって？　これは十ドル札だぞ！」

一人目が言った。「ハミルトンって誰なんだ? ほかのみんなは大統領だった。ハミルトンは大統領じゃなかった」

全員が静かになった。全員がその答えを少し知っていたが、正確には知らなかった。すると、二人目が顔を輝かせた。「撃たれたやつだ!」

「それがどうした?」一人目が言った。「おれのいとこは撃たれたが、紙幣に顔が載らなかったぞ」

いろいろなことに興味を抱く二人目が言った。「あんたのいとこが撃たれたって? 誰に撃たれたんだ?」

「亭主二人に」

「亭主二人だって?」

一人目は肩をすくめた。「あのとき、あいつは仕事がなくて暇だったんだ」

ロロはドートマンダーのバーボンを氷の上に注いだ。ラルフ・ウィンズロウがドートマンダーの横でカチンと氷の音を立てていた。そのとき、ロロが顔をあげて言った。「お仲間が二人来たよ」

ドートマンダーがあたりを見まわした。タイニーと坊主だった。「奥の部屋じゃないのか?」タイニーが言った。

ドートマンダーは支援グループと病状の再発について説明した。ロロはまったく同じものに見える真っ赤な液体と氷のはいったトール・グラスを二つ持ってきて、タイニーとジャドスンの前に置いた。

二つとも同じものだとは信じられなくて、ドートマンダーが言った。「タイニー？坊主もウォッカと赤ワインを飲むのかい？」

「いや」タイニーが言った。「ロロが飲ませないぜ」

「ストロベリー・ソーダです」ジャドスンが一口飲むと、顔をしかめて言った。「ええ、確かにストロベリー・ソーダです。ミスター・ロロはそれしか飲ませてくれません」

「ニュージャージーの連中とのトラブルのあと」ロロが半ば謝罪した。「分署がこの店からずっと目を離さないんだ。この店で未成年に酒を飲ませたら、どうなるか知ってるかい？」

ドートマンダーが言った。「当局がこの店を閉鎖するのかい？」

「オットーをまたこの店に来させることになる」ロロが言った。すると、ラルフが言った。「調子はどうだい、アンディー？」

「おまえは元気そうだな」到着したアンディー・ケルプがラルフに言って、ロロがカウンターに置いたグラスとバーボンに手を伸ばした。「休暇が体に合ったようだな」

「自宅よりもね。だが、山については何て言えばいいんだ？〝山は高いなあ〟か？」

そして、ラルフはライを一口飲んで、カチンと氷の音を立てた。

「あれは何だ？」ケルプが自分の左方向を見つめて言った。

支援グループだった。七人のグループで、数人の男性と数人の女性が混ざっていた。全員が極端にやせていて、全員が全体に黒い服を着ていた。何かのことでバツが悪そうで、ほかのみんなと目を合わそうとはしなかった。〈ウェザーチャンネル〉でよく見る接近中の低気圧のように、支援グループは店の中を抜けた。そのうちの一人がグループから離れて、カウンターに近づくと、ロロの顔を見ずに、封筒を彼の手に押しつけた。そして、「ありがとう」とささやいて、グループの元に戻ると、そのグループは夜の中に消えていった。

「奥の部屋はあいたぞ、紳士諸君」ロロが言った。

紳士諸君全員がささやかずに、ロロに礼を述べると、それぞれのドリンクをつかみあげて、奥の部屋へ向かった。ラルフは向かう途中で、グラスの氷をカチンと鳴らした。全員がカウンターの端をまわって、廊下へ向かうときに、常連客たちが歌でロロを称賛することに自発的に決めた。

「彼はいいやつだ、
　ロロはいいやつだ、
　気前がいいやつ～だ!
　愛想もいいやつ」
「それはおかしいと思うな」二人目の常連客が言った。「最後の一節はこうだと思うぞ。〝店のおごりだ〟と」
　そして、常連客たちはそのとおりに歌い直した。

泥棒にも九分の理

木村仁《じ》良《ろう》

まず最初に、二〇二二年七月に新潮文庫から刊行されたドナルド・E・ウェストレイクの『ギャンブラーが多すぎる』を購入してくださった方々や、いろんな媒体で薦めてくださった方々にお礼を申しあげる。誠にありがとうございます。お陰さまで、同年九月に二刷、二三年五月には三刷まで増刷された。

そして、ついにウェストレイクのジョン・ドートマンダー・シリーズを新潮文庫から刊行することができた。ドートマンダーものの作品が日本で出版されるのは、ウェストレイクが二〇〇八年の大晦日《おおみそか》にメキシコで客死した翌年に訳出されたドートマンダーものの短篇集『泥棒が1ダース』（ハヤカワ・ミステリ文庫、原書は二〇〇四年刊）以来のことである。

ということで、訳者の親しい悪友であるこの解説子が本書の解説を簡潔に述べることにする。

＊＊＊

本書『うしろにご用心！』(*Watch Your Back!*) のハードカヴァー版は二〇〇五年にミステリアス・プレスより刊行された。ウェストレイクによると、原題には二つの意味があるという。アメリカ全体では、「何者かがあんたに害を及ぼそうとしているので、注意しろ」という意味だ。一方、ニューヨークでは、「道をあけてくれ！　どいてくれないと、怪我《けが》するぞ！」という意味だという。本書ではニューヨーク的な意味なので、びっくりマーク「！」をつけたらしい。

献辞は、「スーザン・リッチマンに捧《ささ》ぐ／彼女はそれがそんなにいい考えだという確信がなかったが、／とにかく前に突き進んだ。神のご加護を。」(3頁) というものだが、スーザン・リッチマンという名前は聞いたことがあるぞ。一九七八年三月にニューヨークで開催された第二回国際犯罪作家会議で姿を見たときの彼女は、スクリブナー出版の広報担当副社長だった。彼女はスクリブナーやマクミラン、ワーナー・ブックスという大手出版社で広報の道を歩んでいた。ワーナー・ブックスの一部であったミステリアス・プレスの上級副社長兼広報部長も務めたことがある。「彼女はそれがそんなにいい考えだという確信がなかったが……」の「それ」とは、〈ゴダード・リヴァーサイド〉という慈善事業に関わり、「作家との会食」というホームレスのための募金活動を始めたことだろう。二〇〇九年にグランド・セントラル出版（旧ワーナー・ブックス）の広報担当副社長を引退した。そして、二一年四月十九日に自宅で亡《な》くなった。八十歳だった。

第一章で、「天国は家具を準備できてないのかね？」（8頁）と〈OJ〉の常連客の一人が尋ねる。すると、ほぼ理解不能の議論が常連客たちのあいだで交わされるが、彼らの発言は予想外の聞き間違い、突飛な勘違い、馬鹿馬鹿《ばかばか》しい誤解の連続なので、一般人には意味をなさない。建設的な提案があったので、調べてみると、少しは理解できた。しかし、「七十二人のヴァージン」という言葉が暗示するとおり、その内容は教育上よろしくないので、ここでは言及を控える。

第二章で、「彼は隔離施設から戻ってきたんだ」（21頁）とドートマンダーはメイに故買屋アーニーの現状を伝える。この「隔離施設」というのは、原文ではintervention となっていて、医療用語では「健康事象とそれに影響を及ぼす要因との関連を明らかにする研究において、研究者が要因の有無や程度を制御すること」という長い説明がついているが、門外漢の解説子にはさっぱりわからない。いろいろな例を調べると、「医療介入」という専門用語もあるのだが、ここの場合、「隔離施設」が一番当てはまると訳者が判断した。日本の精神科医の中にも、「介入」という言葉は誤解を招きやすいので、否定的含みを持つ「介入」と訳さないほうがいいと考える人もいる。

第八章で、若い探偵志望の青年ジャドスン・ブリントが〈アヴァロン・ステイト銀行タワー〉にあるJ・C・テイラーの〝通信販売会社〟を訪ねるが、七一二号室には、「知らない四つ目の名前が」（70頁）ある。その「メーロータ商務官事務所」とは何か？『骨まで盗んで』の後半で、J・C自身が説明するのだが、彼女が私書箱内で〝建国〟したメーローダ共和国とは、通信販売（メールオーダー）をニューヨーカー風に「メーローダ」と発音しただけの命名だという。

第十四章で、ジャドスンが「レンタカーの巨大な黒のレクサス・ヅィラを信号の前で」（114頁）とめる。レクサスはトヨタの高級車のブランドだが、ヅィラという車名は存在しない。ウェストレイクが創造した架空の車名だ。ドートマンダーものには車が多く登場するが、社名やブランド名までは存在しても、車名まで実在するとは限らないので、ご注意を！（そう、小説では許されるのだ。）

第十八章で、「ダース・ヴェイダーの頭をした男がレイフィエルの左側頭部の左耳の上で指を弾き、デコピンをかました」（170頁）とある。「デコピン」は中指で相手の額周辺を弾くことだ。これは地方によって呼び方が異なり、「デコピン」が一番ふさわしいと訳者が判断した。そのすぐあとに、MLBのスーパースター、大谷翔平選手の愛犬の名前が「デコピン」だと報じられたのだ。

第三十章で、〈OJ〉の常連客たちはどっかの悪党の名前が「何かのビールと同じ名前だ」(282頁)と言って、バランタインやバドワイザー、モルソン、ハイネケン、ベックス……と有名なビールの銘柄を次々に挙げていく。そして、最後に二人目の常連客が「……ドイツ語でドルトムント、英語でドートマンド」とドートマンダーに近い名前を挙げる。ウェストレイクが〝ドートマンダー〟という名前を思いついたのは、ふとはいったバーのカウンターの背後に《DAB——ドルトムンダー・アクテイエン・ビール》というネオン・サインを見たときだ。ドルトムンダーはドイツのドルトムント市で醸造されるビールのことで、日本では「ドルト」と呼ばれるらしい。

第四十章で、プレストンが「きみはここかこのへんに陸上ヴィーイクルを持っているはずだ」(375頁)と言うが、ポルフィリオは「陸上何だって?」と聞き返す。原文ではvehicleで、日本では発音しやすいように、「ビークル」とカタカナ表記される。そして、あとで、ポルフィリオが「おれのヴィーヒックルはこっちのほうだ」と違う発音を使うところが、この場面のミソである。彼はvee-hicleと発音したのだ。hを発音しない「ヴィーイクル」がいちおう〝標準的な発音〟だが、南部ではhを発音して「ヴィーヒックル」と発音する人が多い。

第五十五章の最後で、常連客たちがバーテンダーのロロを称賛して、《彼はいいやつだ》を歌うのだが、二節目、三節目、四節目とだんだん歌詞が変わっていく。原文を直訳しても、ちっとも意味をなさないし、面白くもないので、訳者は編集サイドから再考を求められたという。まともに直訳してもつまらないので、訳者は勝手に替え歌を創作したそうだ。もしも面白くなかったら、それはまともに歌わない常連客のせいだからね。

＊＊＊

最後に大切なお知らせがあります。

本書の売れ行き次第でドートマンダーものの次作刊行の有無が決まるらしいので、ドートマンダー・ファンやウェストレイク・ファン、ユーモア・ミステリー・ファンの方々にはぜひとも本書を購入したり、いろんな媒体で薦めたりしていただければ幸いである。

よろしくお願いします。

（二〇二四年十二月、ミステリー研究家）

解説

香山二三郎

泥棒というと、昨今日本では闇《やみ》バイトによる強盗犯を連想する人が多いと思う。きちんと戸締りしていても、戸や窓を壊して犯人が侵入してくるケースもあるという。物騒な世の中になったものだ。

その点ミステリー小説における泥棒のイメージはソフトというか、何となれば名探偵シャーロック・ホームズに対峙《たいじ》するルパンからして怪盗紳士といわれるほどだ。

こと現代の海外作品に限っても、ローレンス・ブロックの表向きは中年の古書店主で実は怪盗というバーニイ・ローデンバーのシリーズや、動物園から虎《とら》を盗んだり、屋敷からプールの水を盗んだり、奇想天外なもの、無価値なものを盗むのを信条とするエドワード・D・ホックのニック・ヴェルヴェット・シリーズなど、どれも軽妙なタッチの作品が人気を得ているようである。

ドナルド・E・ウェストレイクのジョン・ドートマンダー・シリーズもそうした人

気シリーズの一つだ。ウェストレイク作品はすでにノンシリーズの『ギャンブラーが多すぎる』が新潮文庫から出ているが、ウェストレイクといえば、（リチャード・スターク名義の）悪党パーカー・シリーズか、ドートマンダー・シリーズと相場が決まっていよう。

　ウェストレイクという人は多作家で、一九六〇年にダシール・ハメットの作風を髣《ほう》髴《ふつ》させるハードボイルド長篇『やとわれた男』で本格的なデビューを飾るが、その二年後には早くもスターク名義で悪党パーカー・シリーズの第一作『悪党パーカー／人狩り』を刊行している。冷徹非情な犯罪のプロ・パーカーの姿を追ったシリーズは順調に巻を重ねていくが、一九七〇年頃、新作にとりかかる前、パーカーという人間について考えていて、もし彼にフラストレーションを与えてみたら、それで物語が書けるだろうか。たとえば、同じものを何度も盗む羽目になったとしたら、彼は怒り狂うに違いない、と思ったそうな。で、

「わたしは執筆にとりかかり、すこし書き進んだところで妻に筋を話してきかせた。話しながら、笑いが止まらなかったよ。（中略）それは捨てるには惜しいアイデアだったが、どう考えてもパーカーのやりそうなことではなかった。（中略）でも話としては気にいっていたので、主人公をかえることにした。ドートマンダーと『ホット・

ロック』はそんな経緯から誕生したんだ」（「ドナルド・E・ウェストレイク最新インタヴュー」「ミステリマガジン」一九九七年七月号）

かくして悪党パーカー・シリーズのスピンオフという形で発進したドートマンダー・シリーズではあったが、その後の人気ぶりは本家をもしのぐほど。

というわけで、いささか前置きが長くなったけど、本書『うしろにご用心！』（*Watch Your Back!* 二〇〇五年刊）はそのドートマンダー・シリーズの第十二作に当たる。

物語はドートマンダーとその仲間の行きつけの店（実はアジト）〈OJバー＆グリル〉の日常描写から始まるが、これはプロローグで、本篇はその三週間後、カリブ海の〈地中海クラブ〉の施設で休養プログラムを受けていた嫌われ者の故買屋アーニー・オルブライトがニューヨークに帰還、ドートマンダーが呼び出されるところから始まる。相棒のアンディー・ケルプとともに会いにいくと、二人はある提案をもちかけられる。アーニーは施設でプレストン・フェアウェザーという横柄《おうへい》で傲慢《ごうまん》な投資家と出会ったが、その彼が所有するセントラル・パークを見渡せるペントハウスにはアート・コレクションを始めとする金目のものがいろいろある。ドートマンダーたちがそれらを運び出せば、自分がそれを売り払った金額の七〇パーセントを渡すというのだ。しかもプレストンのペントハウスには、隣のビル一階のガレージと直結した専用エレヴェーターがあるという。

二人は直ちに準備にかかるべく〈OJ〉に集まるよう呼びかけるが、その〈OJ〉に異変が。いつものように「奥の部屋」にいこうとすると、バーテンのロロがあの部屋のことは忘れろというのだ。ドートマンダーの前には二人の強そうな男が立ちふさがった……。

このシリーズのパターンとしては、今度こそ成功疑いなしというヤマをケルプがもちかけてくるところから動き出すのが通例だが、今回は棚からぼたもちのような話が舞い込んでくる。さすが休養プログラムの効果ありといいたいところだが、不運の犯罪プランナーというドートマンダーの看板は伊達《だて》じゃない。今回彼の障害となるのは、何とアジトの〈OJバー&グリル〉の危機だ。〈OJ〉の無能な経営者が保護観察仲間の組織の一員に経営権を譲ってしまったため、その男が店を悪用せんとたくらんだ。そうと知ったドートマンダーたちはまずは組織相手にカタを付けようとするのだが……。

物語の進行とともに、ドートマンダーのいつもの面々——チームも動き出す。ドライバーにして親思いの自動車泥棒のスタン・マーチとその男まさりのタクシー運転手であるママ、荒事担当の異形の大男、タイニー・バルチャーとそのガールフレンド、J・C・テイラー、そして注目は初登場の一九歳、ジャドスン・ブリントだ。高校を中退してロングアイランドから出てきたこの探偵志望の青年、抜け目ないようでいてまだまだ幼さを残しているが、賢いところをJ・Cに見込まれ採用、彼女のもとで働き始める。程なくドートマンダーたちとも顔合わせをしたジャドスンは故郷に別れを告げたといい、チームの一員になるチャンスを得ることになる。

ドートマンダーたちの〈OJ〉救済策が進む一方、〈地中海クラブ〉で美女漁《あさ》りの日々を送っていたプレストン・フェアウェザーと秘書のアラン・ピンクルトンだが、極楽の時間がいつまでも続くとは限らなかった。彼をターゲットにした謎《なぞ》の美女ロゼルによって、やがてプレストンはカール・ハイアセンのフロリダ活劇を髣髴させるような冒険行を強いられる羽目になるのである。ただの傲慢な富豪かと思いきや、この冒険行を通して、この男にも一抹の共感を感じるようになるのは作者の筆力のなせる業だろう。そしてそれが終盤のスラプスティックな悲喜劇の周到な伏線になっていることも。

印象に残るキャラクターといえば、〈OJ〉の元所有者オットー・メドリックだ。フロリダで悠々自適の年金暮らしをしている老人で、写真撮影に凝っており、〈O

J〉の取り戻しについても電話一本でてきぱきと処理してのける現役ぶり。

いやはや、組織を相手にまさに胸のすくような解決ぶりといいたくなるけれども、物事、そう簡単には片付かないのが現実というもの。ましてやドートマンダーが不運の泥棒となれば、なおさらである。一方のプレストン・フェアウェザーのお宝頂戴《ちょうだい》の行方はどうなるのか気になるところで、犯罪小説の巨匠は、エンディングをどう畳みかけ、どうまとめ上げたのか、その仕上げぶりをとくとご覧あれ。

（二〇二四年十二月、コラムニスト）

ドートマンダー・シリーズ著作リスト

【長篇小説】

The Hot Rock（1970）『ホット・ロック』平井イサク訳（角川文庫）※一九七二年にピーター・イェーツ監督、ロバート・レッドフォード主演、同題で映画化。悪党パーカー・シリーズとして執筆予定だった泥棒ジョン・ドートマンダー第1作

Bank Shot（1972）『強盗プロフェッショナル』渡辺栄一郎訳（角川文庫）＊一九七四年にガワー・チャンピオン監督、ジョージ・C・スコット主演、同題（邦題『悪の天才たち／銀行略奪大作戦』）で映画化

Jimmy the Kid（1974）『ジミー・ザ・キッド』小菅正夫訳（角川文庫）※リチャード・スターク名義の架空の長篇小説 *Child Heist* からの引用数章を含む。一九八二年にゲイリー・ネルソン監督、ポール・ルマット主演、同題で映画化。一九七六年にイタリア、九九年にドイツでも映画化

Nobody's Perfect（1977）『悪党たちのジャムセッション』沢川進訳（角川文庫）

Why Me?（1983）『逃げだした秘宝』木村仁良訳（ミステリアス・プレス文庫）＊一九九〇年にジーン・クインターノ監督、クリストファー・ランバート主演、同題（邦題『ホワイ・ミー？』）で映画化
Good Behavior（1985）『天から降ってきた泥棒』木村仁良訳（ミステリアス・プレス文庫）
Drowned Hopes（1990）※ジョー・ゴアズ『32台のキャディラック（*32 Cadillacs*）』（1992）とリンクした作品
Don't Ask（1993）『骨まで盗んで』木村仁良訳（ハヤカワ・ミステリ文庫）
What's the Worst That Could Happen?（1996）『最高の悪運』木村仁良訳（ミステリアス・プレス文庫）※二〇〇一年にサム・ワイズマン監督、マーティン・ローレンス主演、同題（邦題『ビッグ・マネー』）で映画化
Bad News（2001）『バッド・ニュース』木村二郎訳（ハヤカワ・ミステリ文庫）
The Road to Ruin（2004）
Watch Your Back!（2005）※本書
What's So Funny?（2007）
Get Real（2009）※没後刊行

【中篇小説】

"Walking Around Money"（*Transgressions*, 2005）「金は金なり」木村二郎訳（エド・マクベイン編『十の罪業ＲＥＤ』〔創元推理文庫〕に収録）

【短篇集】

Thieves' Dozen（2004）『〈現代短篇の名手たち3〉泥棒が1ダース』木村二郎訳（ハヤカワ・ミステリ文庫）

〈収録作品〉序文　ドートマンダーとわたし（Dortmunder and Me, in Short）／愚かな質問には（Ask a Silly Question）／馬鹿笑い（Horse Laugh）／悪党どもが多すぎる（Too Many Crooks）／真夏の日の夢（A Midsummer Daydream）／ドートマンダーのワークアウト（The Dortmunder Workout）／パーティー族（Party Animal）／泥棒はカモである（Give Till It Hurts）／雑貨特売市（Jumble Sale）／今度は何だ？（Now What?）／芸術的な窃盗（Art and Craft）／悪党どものフーガ（Fugue for Felons）

本書は、本邦初訳の新潮文庫オリジナル作品です。

本作品中には、今日の観点からは差別的表現ともとれる箇所がありますが、作品の時代的文化的背景に鑑み、原書に忠実な翻訳をしたことをお断りいたします。

（新潮文庫編集部）

Title：WATCH YOUR BACK!
Author：Donald E. Westlake

うしろにご用《よう》心《じん》！

新潮文庫　ウ－26－2

Published 2025 in Japan
by Shinchosha Company

令和七年二月一日発行

訳者　木《き》村《むら》二《じ》郎《ろう》

発行者　佐藤隆信

発行所　株式会社新潮社
郵便番号　一六二―八七一一
東京都新宿区矢来町七一
電話　編集部(〇三)三二六六―五四四〇
読者係(〇三)三二六六―五一一一
https://www.shinchosha.co.jp

価格はカバーに表示してあります。

乱丁・落丁本は、ご面倒ですが小社読者係宛ご送付ください。送料小社負担にてお取替えいたします。

印刷・株式会社三秀舎　製本・株式会社植木製本所

ISBN978-4-10-240232-0 C0197

Shinchosha